Valentina Berger

Das Liliengrab

Psychothriller

Piper München Zürich

Mehr über unsere Autoren und Bücher:
www.piper.de

Von Valentina Berger liegen bei Piper vor:
Der Augenschneider
Das Liliengrab

Mix
Produktgruppe aus vorbildlich bewirtschafteten Wäldern und anderen kontrollierten Herkünften
www.fsc.org Zert.-Nr. GFA-COC-001223
© 1996 Forest Stewardship Council
FSC

Originalausgabe
September 2011

Umschlagkonzept: semper smile Werbeagentur, München
Umschlaggestaltung: Hafen Werbeagentur
Umschlagmotiv: Siede Preis / Getty Images (Lilie), cg textures (Stein)
Satz: Kösel, Krugzell
Gesetzt aus der Bembo
Papier: Munken Print von Arctic Paper Munkedals AB, Schweden
Druck und Bindung: CPI – Clausen & Bosse, Leck
Printed in Germany ISBN 978-3-492-25813-5

So wie die Verrücktheit, in einem höheren Sinn,
der Anfang aller Weisheit ist, so ist Schizophrenie
der Anfang aller Kunst, aller Phantasie.

Hermann Hesse, Der Steppenwolf

PROLOG

Samstag, 23 Uhr 30

Jennifer lehnte sich an ihren Freund und kicherte verlegen. Sie hatte ein bisschen zu viel von dem Alkopop getrunken. Gerade genug, um ihre Hemmungen abzubauen.

Thomas nahm sie bei der Hand und zog sie weiter durch das Gestrüpp.

»Wann sind wir da?«, fragte Jennifer ungehalten. Sie wollte sich ins Gras legen, sich von Thomas küssen lassen, und ja, sie wollte auch das, was dann mit Sicherheit folgen würde. Heute war sie bereit dazu. Heute würde es geschehen. Nicht nur, weil Thomas langsam die Geduld verlor, sondern auch, weil sie sich danach sehnte, endlich ihren Status als Jungfrau zu verlieren – und sie wollte, dass Thomas der Erste war, mit dem sie Sex hatte.

Er kenne ein schönes Plätzchen, an dem sie ungestört wären, hatte er ihr ins Ohr geflüstert, nachdem sie seine stürmischen Liebkosungen diesmal nicht abgewehrt hatte.

»Gleich! Wir sind gleich da. Kannst es wohl gar nicht mehr erwarten?«

Sie bemerkte seinen schnellen Atem, der bestimmt nicht von dem Fußmarsch rührte.

Endlich durchbrachen sie das Dickicht und standen auf einer Lichtung.

Thomas hatte nicht zu viel versprochen. Es war wunderschön. Die Lichter der Stadt glänzten am Fuße des Berges, und über ihren Köpfen funkelte ein atemberaubender Sternenhimmel.

»Und was ist, wenn jemand kommt?«, fragte Jennifer. Jetzt

wäre ihr etwas weniger Romantik, dafür aber ein sicheres Dach über dem Kopf doch lieber gewesen. Wie peinlich, falls ein Spaziergänger sie entdecken sollte.

»Es kommt niemand. Wer sollte denn mitten in der Nacht hier heraufwandern? Da drüben«, deutete Thomas mit dem Finger auf einen Platz, »da ist es schön.«

Er legte seinen Arm um Jennifers Taille und wollte sie in die Richtung führen, in die er gezeigt hatte. Sie drückte sich eng an ihn, schlang die Arme um seinen Hals und küsste ihn. Wild und ungehemmt. Thomas erwiderte ihren Kuss leidenschaftlich, und Jennifer war es jetzt egal, ob jemand käme. Keuchend ließ Thomas von ihr ab, nahm ihre Hand.

»Komm, Hexchen. Wir breiten die Decke aus und machen da weiter, wo wir gerade aufgehört haben.«

Ein wenig Angst hatte sie schon, noch mehr verspürte sie aber Lust und Aufregung. Nein, ein Zurück gab es nicht. Sie wollte es tun. Jetzt!

Jennifer beschleunigte ihren Schritt. Der Mond wurde von einer Wolke verdeckt. Es wurde unvermittelt finster, und sie stolperte. Thomas fing sie auf.

»Die Decke«, erinnerte Jennifer ihren Freund. Sie hatte zugestimmt, mit ihm hier heraufzukommen, allerdings war ihr die Vorstellung unheimlich, auf ihrer nackten Haut außer Thomas' Händen und Lippen Ameisen und andere Krabbeltiere zu spüren.

Mit Schwung breitete er die Wolldecke aus, die er aus dem Auto mitgebracht hatte, setzte sich und zog sie zu sich hinab. Die eine Hand spielte mit ihrem Haar, während die andere damit beschäftigt war, durch die Bluse ihre Brüste zu streicheln. Jennifer lehnte sich zurück. Er legte sich auf sie, liebkoste mit seiner Zunge ihren Hals, ihre Lippen, ihr Ohrläppchen. Sie spürte seine Erregung, fühlte seinen Herzschlag an ihrem. Sie hätte sich ewig von Thomas streicheln lassen können. Doch nun drehte er sich mit ihr, sodass sie obenauf lag. Seine Augen blitzten in der Dunkelheit. Jennifer setzte sich auf seine Oberschenkel, ihre Hände wanderten über seine Brust, unter sein T-Shirt, unter den Bund seiner Hose. Er zog sein Shirt über den Kopf und öffnete den Reißverschluss seiner Jeans, dann knöpfte er ihre Bluse auf und streifte sie über ihre Schultern. Schon hatte er an ihrem Rücken den BH aufgehakt und umkreiste mit seinen Fingern ihre Brustwarzen. Jennifer stöhnte vor Lust. Sie legte sich auf ihn, spürte seine Haut an ihrer, seine Hände auf ihrem nackten Rücken.

»Zieh dich aus«, forderte Thomas mit belegter Stimme. Jennifer rückte von ihm ab und legte sich neben Thomas auf die Decke. Sie stemmte ihre Füße auf den Boden und hob ihre Hüften, um ihre Hose hinunterschieben zu können. Verdammt, warum hatte sie bloß diese engen Röhrenjeans angezogen?

»Soll ich dir helfen?«, fragte Thomas.

»Ja, zieh mal an den Hosenbeinen, ich komm nicht raus.«

Thomas zog und zerrte, Jennifer schob, und schließlich rutschte die Hose über ihren Po. Thomas verlor das Gleichgewicht und fiel nach hinten. Jennifer brach in schallendes Gelächter aus. Auf allen vieren kroch sie in die Richtung, in der sie Thomas vermutete. Sie konnte ihn nur ertasten, denn immer noch war es stockfinster. Ihre Fingerspitzen berührten etwas Weiches, Samtiges.

»Thomas?«, fragte sie flüsternd. »Da ist was.«

Thomas griff nach ihrem Arm, und Jennifer schrie auf.

»He, hier bin ich«, neckte er sie.

Jennifer schüttelte seine Hand ab.

»Das ist nicht komisch. Ich hab da was gespürt«, beharrte Jennifer. Sie hatte auf einmal gar keine große Lust mehr auf Sex. Es war eine Schnapsidee gewesen, hierherzukommen. Andererseits war das, was sie gespürt hatte, weder eklig noch unangenehm gewesen. Sie hatte sich lediglich erschrocken.

Jennifer tastete erneut nach dem, was sie kurz zuvor berührt hatte. Nun, da sie darauf vorbereitet war, wurde sie mutiger. Da war es. Zart und weich. Und nun wusste sie auch, um was es sich handelte. Sie sog den schweren Duft ein.

»Du bist verrückt.« Erleichterung machte sich in ihr breit. Thomas hatte Lilien heraufgebracht. Einen ganzen Strauß. Vielleicht wollte er sie auf Blüten betten. Wie süß! Sie drehte sich zu ihm, um sich gebührend zu bedanken. Da riss die Wolkendecke auf, Mondschein erhellte die Lichtung. Ihr strahlendes Lächeln gefror, als sie Thomas' Gesichtsausdruck sah.

»Heilige Scheiße!«, entfuhr es ihm, und er zeigte mit dem Finger an eine Stelle neben der Decke.

Jennifer drehte sich um. Da war tatsächlich ein Bett aus Lilien. In diesem lag eine Puppe, bekleidet mit einem weißen Rüschenkleidchen. Jennifer wollte nach ihr greifen, doch Thomas hinderte sie daran. Da begriff sie: Die Puppe war gar keine. Das war ein echtes Baby. Reglos. Starr. Tot. Jennifer öffnete den Mund und begann gellend zu schreien. Sie hatte sich gewünscht, diese Nacht ewig in ihrer Erinnerung zu bewahren, immer an ihr erstes Mal zu denken. Stattdessen war diese Samstagnacht, die die schönste ihres Lebens hätte werden sollen, zu einem Albtraum geworden.

KAPITEL EINS

Es dauerte eine Weile, bis Heinz Martin das Läuten seines Handys als das einordnen konnte, was es war. Verdammt, dachte er, als er die Nachttischlampe anknipste. Er hatte gerade so gut geschlafen. Eine Seltenheit, seit er und sein Freund und Kollege, Helmut Wagner, einen Serienmörder zur Strecke gebracht hatten.

Der Killer hatte damals Heinz' Schwester Emilia entführt, und die Sorge um sie hielt ihn auch jetzt noch, zwei Monate danach, die meisten Nächte wach, obwohl es ihr gesundheitlich schon deutlich besser ging.

»Martin«, meldete er sich unfreundlich.

Als er die Stimme des Anrufers hörte, wurde er schlagartig wach. Je länger er zuhörte, umso versteinerter wurde sein Gesichtsausdruck. Schließlich sagte er: »Ich komme, so schnell ich kann.«

Während er sich anzog, rief er seinen Freund Helmut Wagner an. Wenn er keinen Schlaf bekam, dann sollte Wagner auch keinen bekommen. Schließlich hatte der nach den Serienmorden ohnehin nur Däumchen gedreht. War nicht viel los gewesen seither.

Sein Freund klang erstaunlich wach, wenn auch nicht wirklich munter. »Ich weiß schon Bescheid. Ich bin auf dem Weg zum Tatort.«

Es ist ein Kind, dieser Gedanke ließ Heinz nicht los, als er sich in sein Auto setzte und losfuhr. Die ganze Strecke bis hinauf auf den Leopoldsberg konnte er nur an eines denken: Es ist ein Kind.

Die ganze Mannschaft war versammelt: Laura Campelli, die Leiterin der Spurensicherung, mit ihren Mitarbeitern, sein Freund Wagner, der die Ermittlungen führen würde, und zwei uniformierte Beamte, die als Erste vor Ort gewesen waren und durch ihren Anruf die ganze Maschinerie erst in Gang gesetzt hatten.

Laura Campelli kam auf Heinz zu.

»Wir haben auf dich gewartet. Es ist kein schöner Anblick«, warnte sie ihn.

Das waren Leichen nie. Doch Heinz war allerhand gewöhnt. Er atmete durch. Dann trat er auf die Erderhebung, hinter der sich der Leichnam befinden musste.

»Heilige Mutter Gottes«, entfuhr es ihm. Laura hatte unrecht. Denn obwohl das Kind zweifelsohne tot war, was ausreichte, um die Situation verstörend und unnatürlich zu machen, hatte das Bild etwas Ästhetisches an sich. Der kleine Körper war auf Lilien gebettet. Das Kind sah aus, als schliefe es. Auf den ersten Blick zeigte es keine Spuren von Gewalteinwirkung oder Verletzungen.

Der Säugling war nicht älter als vier, fünf Monate, soweit Heinz das beurteilen konnte.

Wagner, der neben ihm hergegangen war, wurde blass und drehte sich weg. Er war, gelinde gesagt, etwas empfindlich, was den Anblick toter Menschen betraf. Diese Zimperlichkeit hatte Wagner in all seinen Dienstjahren nicht ablegen können. Heinz hatte sich damit abgefunden, dass sein Freund etwas anders tickte. Tote Kinder waren selbst für ihn, der täglich mit Leichen zu tun hatte, schwer zu verkraften. Um wie viel verstörender musste es dann für Wagner sein?

Heinz beugte sich zu dem kleinen Körper hinab, ohne ihn anzufassen.

»Auf den ersten Blick gibt es keine Anzeichen für einen gewaltsamen Tod.«

»Du meinst plötzlicher Kindstod?«, fragte Wagner.

»Zum Beispiel.«

Aber wer hatte das Kind dann hierhergebracht und auf Lilien gebettet, anstatt seinen Tod zu melden und es anständig zu begraben? Die einzige Antwort, die ihm darauf einfiel, war: die Eltern. Das Kind war gestorben, sie hatten Panik bekommen und es hier abgelegt. Das war ihre Art, sich von ihrem Baby zu verabschieden und mit ihm von den Träumen und Hoffnungen, die man als junge Familie hegte. Die Lilien, auf denen der Leichnam arrangiert worden war, zeugten davon, dass dieses Kind geliebt worden war. Dass jemand um es trauerte. Dieser Gedanke tröstete Heinz ein wenig.

Er sorgte dafür, dass der Leichnam aus allen Richtungen fotografiert wurde. All die Scheinwerfer und das Blitzlichtgewitter durchbrachen die Dunkelheit und gaben dem Ort etwas Unwirkliches. Nachdem die genaue Lage der Leiche festgehalten war, konnte Heinz mit der eigentlichen Untersuchung anfangen. Er maß die Temperatur des toten Babys und die der Umgebung. Hier würde es schwierig werden, einen Todeszeitpunkt festzulegen. Alles war bei einem so kleinen Kind schwieriger als bei Erwachsenen. Nicht nur, weil es anatomische Unterschiede zu berücksichtigen galt. Sondern weil es auch ihm als Gerichtsmediziner, der durchaus immer wieder Kinder auf dem Seziertisch hatte, derart unnatürlich vorkam, dass ein Mensch so jung sterben musste. Verstand gegen Gefühl. Heinz schätzte sich durchaus als rational ein, meistens jedenfalls. Aber hier musste er darum kämpfen, sachlich und nüchtern zu bleiben. Er schob das Kleid hoch, hielt nach Striemen oder Flecken Ausschau. Auf den Beinen waren keine, auch an den Armen nicht, soweit er das erkennen konnte, ohne das Kind zu entkleiden. Und das würde er erst in der Gerichtsmedizin machen, um keine Spuren zu zerstören.

Der Duft der Lilien verursachte bei ihm Übelkeit, und er

konnte sich nun besser vorstellen, wie es Wagner jedes Mal ging. Vorsichtig drehte er den kleinen Körper um, tastete mit seinen behandschuhten Händen das Köpfchen nach Verletzungen ab. Nichts. Ihm war klar, dass er vor Ort nicht mehr herausfinden würde. An manchen Leichenfundorten war die Sachlage eindeutig. Ein zertrümmerter Schädel oder eine klaffende Halswunde ließ keinen Zweifel an der Todesursache. Aber hier? Hier würde er nur mit einer Obduktion weiterkommen. Deshalb ordnete er mit einer Handbewegung an, dass die Leiche abtransportiert werden konnte.

Laura Campelli fragte: »Bist du fertig?«

Heinz nickte. »Der Platz gehört ganz euch. Vielleicht findet ihr ja etwas, das bei der Identifizierung hilft.«

Er zog seine Handschuhe aus und stellte sich zu Wagner, der ein wenig abseits wartete und dem Treiben zusah.

»Wer tut so etwas?«, wollte sein Freund von ihm wissen. Er erwartete keine Antwort. Schließlich war es sein Job, eben das herauszufinden. Trotzdem sagte Heinz: »Vielleicht verzweifelte Eltern, die fürchten, niemand würde ihnen glauben, dass ihr Kind am plötzlichen Kindstod gestorben ist. Vielleicht ertrugen sie den Gedanken nicht, ihr Kind solle in einem dunklen Sarg in der Erde verscharrt werden.«

Wagner starrte ihn an. »Du glaubst anscheinend wirklich, dass es sich hier nicht um ein Verbrechen handelt.« Die Skepsis in seinen Worten war unüberhörbar.

»Ich will keine voreiligen Schlüsse ziehen. Die Sektion wird uns ein paar Antworten geben. Aber ehrlich gesagt, denke ich nicht, dass es Mord ist.«

»Dann hoffe ich, dass du recht hast.«

Eines hatte Heinz in den Jahren der Zusammenarbeit mit Wagner gelernt: Dessen Bauchgefühl täuschte sich nur selten. Beunruhigt machte sich Heinz auf den Weg zu seinem Auto. Er würde bei der Autopsie noch größere Sorgfalt walten lassen als sonst.

KAPITEL ZWEI

21 Stunden vor der Entdeckung von Kevins Leiche

Das Baby weinte. Das wievielte Mal in dieser Nacht? Die Frau schlug die Augen auf und starrte ein, zwei Sekunden in die Finsternis. Seufzend schlug sie die Decke zurück und stellte ihre nackten Füße auf den Boden. Kälte kroch augenblicklich an ihnen hoch und ließ auf ihren Armen eine Gänsehaut entstehen.

»Ich komme!«

Wann hatte sie eigentlich das letzte Mal durchgeschlafen? In ihrem Kopf hämmerte es dumpf, und ihr Körper bewegte sich steif wie ein Roboter. Ohne Licht zu machen, stapfte sie durchs Schlafzimmer und ging nach nebenan. Auch hier machte sie die Lampe nicht an.

»Ist schon gut, Mama ist hier.« Sie tastete nach ihrem Baby. Das Bett war leer. Sarah?

Die Realität traf sie mit voller Wucht. Sarah war nicht da. Sie lag nicht in ihrem Bett und würde auch nie darin schlafen. Sie war tot. Seit genau einhundertzwei Tagen. Sie hatte den Tag ihrer Geburt nicht überlebt, nicht einen Atemzug getan. Kein einziges Mal hatte sie ihr Kind schreien gehört. Aber sie träumte von ihm. Nacht für Nacht. Sie stand auf, wie jede Mutter eines Säuglings es tut, wankte in das Zimmer, das sie liebevoll und voller Vorfreude eingerichtet hatte.

Sie hatte Sarah in ihren Armen gehalten, ihr vorgesummt, sie geschaukelt, während ihre Tränen die Decke, in die sie gewickelt gewesen war, feucht werden ließen. Nie mehr wollte sie ihre Kleine loslassen. Alles hätte sie getan, um sie behalten zu dürfen, doch dann waren die Pflegerinnen und die Ärzte und Psychologen gekommen. Das Baby sei tot, hatten sie gesagt und es aus ihren Armen gewunden. Ebenso leer, wie sich ihre Arme anfühlten, war auch ihr Herz. Es hielt sie zwar am Leben, doch jegliches Gefühl war aus ihm gewichen. Das, was ihr Verstand schließlich irgendwann akzeptiert hatte, wurde von ihren Gefühlen verleugnet.

Sie ließ sich auf den Boden gleiten, umfasste ihre Knie mit beiden Armen und legte den Kopf darauf. In ein, zwei Stunden würde sie vielleicht die Kraft finden, in ihr Bett zurückzukehren. Bis dahin würde sie sitzen bleiben und an ihre kleine Tochter denken: wie sie sich gefreut hatte, Sarah nach Hause zu bringen, in ihr Zimmer, dessen Wände moosgrün und sonnengelb gestrichen waren, weil sie rosa verabscheute. Eigenhändig hatte sie das Gitterbett zusammengeschraubt und den Himmel montiert, ein Kunstwerk aus weißer Baumwolle mit Spitzen an den Enden. Das Kissen, an dessen Überzug sie wochenlang gestickt hatte. Niemals würde Sarah das alles sehen, nie wissen, wie sehr sie geliebt, wie sehr sie vermisst wurde.

Ein Geräusch drang in ihre Gedanken. Das Weinen war wieder da. Sie hob den Kopf, lauschte. Es war eindeutig ein Baby. Es schrie, nein, es brüllte. Sarah? Nein, natürlich nicht, das war keine Einbildung. Kein grausames Trugbild. Sie träumte nicht. Diese Träume kamen immer, wenn sie in ihrem Bett lag und schlief – niemals, wenn sie in Sarahs Zimmer auf dem Boden saß.

Sie rappelte sich auf, wankte zur Wand des Kinderzimmers und presste ihr Ohr dagegen. Da war das Weinen wieder – und eine Stimme, die nicht besänftigte, nicht tröstete. Die Stimme schrie: »Was willst du? Gib endlich Ruhe!«

Aus dem Brüllen wurde ein schrilles Kreischen.

Ihr Herz schlug so hart, dass sie es bis in den Hals spürte. Sie wischte die schweißnassen Hände an ihrem Nachthemd ab. Was sollte sie tun? Unablässig drehte sich die Frage in ihrem Kopf: Was soll ich tun?

Sie wagte kaum zu atmen, aus Angst, ein Geräusch hinter der Wand zu überhören, doch nun war es ruhig. Zu ruhig. Sie verharrte in ihrer Position, mit dem Ohr an der Wand, bis ihr der Rücken wehtat. Da richtete sie sich auf und ließ die Arme sinken. Das Baby schlief wahrscheinlich. Die Stimme hatte bestimmt der vor Übermüdung gereizten Mutter gehört. Einer verzweifelten Mutter, die schon alles ausprobiert hatte, um ihr Kind zu beruhigen. Die einfach nicht mehr wusste, was sie noch alles tun sollte, damit es endlich schlief. Nichts Außergewöhnliches. Jede konnte einmal die Nerven verlieren und ihr Kind anbrüllen.

Ihre Augen hatten sich längst an die Dunkelheit in dem Raum gewöhnt. Vor dem Fenster stand das Bettchen, in der Ecke die Wickelkommode und an der linken Mauer der Schrank, auf den fluoreszierende Sternchen geklebt waren.

Im Nachthemd stahl sie sich aus der Wohnung. Sie pflegte keinen freundschaftlichen Kontakt zu den Nachbarn, kannte sie kaum. Auch die Neue, die erst vor wenigen Tagen eingezogen war, hatte sie erst einmal gesehen. Neben ihrer neuen Nachbarin kam sie sich alt vor. Verbraucht.

Diese junge Mutter war selbst noch ein Kind. Vielleicht brauchte sie Hilfe, vielleicht war sie froh, Unterstützung zu bekommen.

Vor der Wohnungstür blickte sie sich um. Niemand war zu sehen, kein Laut war zu hören. Was tust du? Geh ins Bett und schlaf, wie es andere Leute um diese Uhrzeit tun. Du bildest dir bestimmt alles ein, sie schmeißt dich wütend aus ihrer Wohnung. Wahrscheinlich will sie niemanden, der sich einmischt, auch wenn es gut gemeint ist. Dein Nervenkostüm ist ein wenig dünn in letzter Zeit.

Fast war sie geneigt, ihrer inneren Stimme zu folgen, doch da wimmerte es hinter der Tür. Der letzte Rest Unentschlossenheit löste sich in Luft auf. Sie drückte die Klinke hinunter.

Die Wohnung war nicht abgesperrt, die Tür ließ sich ohne Probleme öffnen. Das Wimmern wurde lauter.

»Hallo?«, rief sie leise in die Dunkelheit. Keine Antwort, nur das Raunzen eines kleinen Kindes.

Sie verließ sich ganz auf ihr Gehör, folgte dem Geräusch. Im Wohnzimmer stand zwischen Umzugskartons und herumliegenden Kleiderhaufen ein Reisegitterbett. Sie trat näher. Im Bettchen bewegte sich etwas. »Ich habe es gefunden. Gott sei Dank! Und es lebt. Nicht so, wie meine kleine Sarah.«

Als sie sich dem Bett näherte, trat sie auf etwas Weiches, das unter ihren bloßen Füßen nachgab. Ihr wurde schlagartig heiß. Jetzt bemerkte sie auch den unangenehmen Geruch: süßlich und beißend. Gebrauchte Windeln. Das Atmen fiel ihr schwer. Armes Baby.

Da lag es. Seine Augen blitzten ihr entgegen, es gluckste, als würde es sich freuen, sie zu sehen. Als würde es sie kennen.

»Hallo, Mäuschen«, sprach sie zu dem winzigen Wesen. Wie schön sein Gesicht war, so perfekt. Kleine Hände ruderten in der Luft. Nimm mich raus, schienen sie zu sagen.

Die Frau beugte sich hinunter.

»Komm, mein Kleines!«, sagte sie, als sie es heraushob. Die Wut auf die Mutter war wieder da. Die Windel war übervoll, der Strampelanzug bereits vollkommen durchnässt. Durch eine der offenen Türen konnte sie die Küche erkennen. Ob sie jemals benutzt werden würde? Heutzutage konnten die wenigsten jungen Menschen kochen. Zumindest nicht richtig.

Hinter der anderen war das Badezimmer. Hier würde sie vielleicht eine Wickelkommode finden.

Sie blickte sich nach einem frischen Strampelanzug um,

irgendwo musste doch etwas sein. So nass konnte das Baby nicht bleiben. Aber sie fand nichts.

Das Kind lag in ihrem Arm. Es fasste nach ihren Haaren. Vor Freude zog sich ihr Herz zusammen, und sie musste lächeln. Wie lange war es her, dass sie so empfunden hatte? So viel Liebe, so viel Glück.

»Na, du?« Sie nahm sein Händchen, führte es zu ihrem Mund und drückte einen Kuss auf seine Finger. Es gluckste vor Vergnügen.

»Mein Kleines, wo ist deine Mami? Ist sie fortgegangen?«

Das Baby gluckste noch einmal. Es klang wie ein »Ja«.

Wie schnell man doch mit einem Baby im Arm in dieses rhythmische Gehen hineinfand. Ein Urinstinkt?

»Wo sind deine Windeln? Deine Strampler?«

Sie erwartete keine Antwort, aber in dieser fremden Wohnung fühlte sie sich nicht wohl, und es gab ihr Sicherheit, die eigene Stimme zu hören. Sie betrat das Badezimmer. Ein einziges Chaos umfing sie. Weit und breit keine Windeln.

In der Küche fand sie auch keine. Wo sonst sollte sie noch schauen? Sie konnte doch nicht jeden einzelnen Karton ausräumen.

Die Frau betrachtete das kleine Gesicht.

»Weißt du, ich hatte auch eine kleine Tochter. Sarah. Sie ist jetzt ein Engel.« Das Baby krähte vor Vergnügen.

Sie dachte nach. Alles in Sarahs Zimmer war unverändert geblieben: Kleidung, Windeln, das Mobiliar.

»Hast du Hunger?« Natürlich hatte es Hunger. Sie würde hinüber in ihre Wohnung gehen, das Kind wickeln, es umziehen und es füttern. Die Wohnungstüren würde sie offen lassen. Wenn die Mutter zurückkam, sollte sie nicht denken, jemand hätte ihr Baby gestohlen. Sie war vielleicht nur schnell Windeln besorgen. Doch welcher Supermarkt hatte rund um die Uhr geöffnet? Keiner. Da war allenfalls die

Tankstelle mit einem Shop ein paar Straßen weiter. Die hatte die ganze Nacht auf. Wenn die Mutter dorthin gegangen war, würde es eine Zeit lang dauern, bis sie zurückkam. Bestimmt wäre sie dankbar, dass sich ihre Nachbarin um das Kind gekümmert hatte. Vielleicht würden sie sich anfreunden, und dann könnte sie öfter auf das Kleine aufpassen.

Sie drückte das Baby an sich, und ihr Nachthemd wurde nun ebenfalls feucht. Es war höchste Zeit, es komplett umzuziehen.

Ob sie eine Nachricht hinterlassen sollte? In der Unordnung wird die ja doch nur übersehen. Nein, sie würde die Mutter hören.

Das Baby sicher an die Brust gedrückt, verließ die Frau die Nachbarwohnung und ging in ihre eigenen vier Wände.

Das Kind, ein Junge, war gewickelt und umgezogen. Er hatte ein Fläschchen bekommen, und nun schlief er, während sie auf der Couch saß und sich an ihm nicht sattsehen konnte.

Irgendwann fielen ihre Augen von alleine zu. Nur ein bisschen ausruhen, sagte sie sich.

Sie musste eingenickt sein, denn als der Kleine zu raunzen begann und sie die Augen aufschlug, war es bereits hell. Die Wohnungstür stand immer noch offen. Sie legte das Kind in Sarahs Bettchen und schlich in die Nachbarwohnung. Mit einem Blick erfasste sie die Situation. Auf der Sitzbank schlief die Mutter des Babys. Sie war vollständig bekleidet und lag in ihrem eigenen Erbrochenen. Die Frau würgte, und das lag nicht nur an dem Anblick, sondern am Geruch und an der Tragweite ihrer Entdeckung. Diese Schlampe! Sie musste so volltrunken oder in solch einem Drogenrausch heimgekommen sein, dass sie nicht einmal nach ihrem Sohn geschaut, geschweige denn ihn vermisst hatte. Und die sollte Mutter sein dürfen? Sie, die ihr Kind eine ganze Nacht, und wahrscheinlich nicht die erste, allein ließ?

Ihr konnte sie das Baby unmöglich zurückbringen. Niemals. Sie war wahrscheinlich sogar froh, es los zu sein.

Die Frau drehte sich um und floh aus der Wohnung, vor dem Chaos und vor dieser Person, die es nicht verdient hatte, Mutter zu sein.

Ganz langsam drückte sie ihre Tür zu. Mit dem Einrasten des Schlosses sperrte sie alles andere aus. Es gab nur mehr sie und dieses Baby. Sie ging in die Küche, um Wasser aufzusetzen. Kommt Zeit, kommt Rat. Sie würde ganz in Ruhe überlegen, wie es weitergehen sollte. Aber zuerst musste sie ein Milchfläschchen zubereiten.

KAPITEL DREI

Helmut Wagner war froh, dass sein Freund diesmal bei der Obduktion auf spöttische Bemerkungen verzichtete und ihn auch nicht dazu überreden wollte, näher zu kommen. So stand er mit dem Rücken an der Tür zum Autopsiesaal und versuchte, seine Gefühle unter Kontrolle zu bekommen. Wenn seine Verlobte dieses Kind – sein Kind – bekommen hätte, wäre es ein Junge oder ein Mädchen geworden? Wäre er ein guter Vater gewesen? Sonja hatte es abgetrieben, und er würde nie Gelegenheit bekommen, es herauszufinden. Dabei hatte er wirklich geglaubt, in ihr die Richtige gefunden zu haben. Sie wollten heiraten. Verdammt, er war sogar bereit gewesen, mit ihr nach Innsbruck zu ziehen. Wenigstens das war ihm erspart geblieben. In Innsbruck hatte es ihm ohnehin nicht gefallen.

Heinz hatte schon lange nichts gesagt. Er sprach seine Erkenntnisse während der Obduktion immer auf ein Band. Doch jetzt schwieg er schon seit Minuten und starrte mit dem Skalpell in der Hand konzentriert auf den winzigen Leichnam, als ob es ihm widerstrebte, Hand an den kleinen Körper zu legen.

Tatsächlich drehte er sich in diesem Moment nach Wagner um und blickte ihn an.

»Was ist los? Du schneidest gar nicht.«

Heinz schüttelte den Kopf. »Ich frag mich, ob es wirklich nötig ist.«

»Spinnst du? Unnatürliche Todesursache bedeutet Autopsie. Wie lange machst du den Job schon?« Wagner wusste genau, wie lange Heinz schon als Gerichtsmediziner arbeitete: seit fünfzehn Jahren, nur unwesentlich kürzer, als er selbst bei der Mordkommission war, und noch nie hatte er seinen Freund so unentschlossen erlebt.

»Ja, ja, ich weiß. Bei Kindern fällt es mir einfach schwer. Gott sei Dank muss ich das nicht oft machen.«

Wagner trat wider besseres Wissen näher an den Tisch. Sein Magen verhielt sich still, bemerkte er dankbar. Ob das nun daran lag, dass er das Abendessen hatte ausfallen lassen oder weil das Baby immer noch so aussah, als schliefe es, von der blassen Hautfarbe mal abgesehen, wusste er nicht. Es war ihm auch egal, solange ihm nicht übel wurde.

Er hörte Heinz seufzen, dann wurde ihm doch flau im Magen, denn sein Freund hatte den ersten Schnitt gesetzt. Die Haut klaffte auseinander und bescherte ihm einen Blick in den offenen Bauch des Opfers.

Wagner flüchtete wieder zurück zu seinem Platz bei der Tür. Er wünschte sich, Heinz behielte mit der Annahme recht, es handle sich um plötzlichen Kindstod. Doch seine Intuition sagte ihm, dass etwas anderes dahintersteckte. Wagner hasste es, wenn er einen Irrtum eingestehen musste, aber in diesem Fall hätte er es liebend gerne getan.

Wagner war schon ein komischer Kauz, dachte Heinz Martin, als er sich der Leiche zuwandte und das Skalpell ansetzte. Er seufzte. Manche meinten, Gerichtsmediziner wären kalt und unnahbar. Wenn man ständig Leichen aufschneiden musste und im wahrsten Sinne des Wortes in deren Innersten herumwühlte, legte man sich eine Schutzhülle zu. Das hieß aber nicht, dass ihm die Fälle nicht nahegingen. Mit einigen Toten hatte er weniger Mitleid als mit anderen. Manche gaben ihm regelrechte Rätsel auf. Sie waren Herausforderungen, denen er sich gern stellte. Und zuweilen hatte er Fälle auf seinem Tisch, bei denen er den Kopf schüttelte, weil sie so kurios waren oder weil selbst er Ekel empfand.

Und dann waren da die Opfer, die ihn auf die Probe stellten, die ihn an seinem Beruf zweifeln ließen. Bei denen half ihm der Gedanke, für Gerechtigkeit zu sorgen. Wenn er mit seiner Arbeit dazu beitragen konnte, Verbrechen aufzuklären und die Seelen der Opfer dadurch Ruhe fanden, dann war alles andere nebensächlich: seine Skepsis, seine Hemmungen. Und manches Mal, so wie bei dieser Leiche, ging es darum, die Wahrheit um die Todesursache herauszufinden.

Heinz umklammerte das Skalpell, drückte es auf die zarte Haut und öffnete den Brustkorb. Er entnahm die Organe, eines nach dem anderen, wog sie, vermaß sie. Routinetätigkeiten. Dennoch wurde er bei jedem Handgriff, bei jedem Messwert, den sein Assistent Kramer eintrug, daran erinnert, um wie viel kleiner und leichter alles war als bei den erwachsenen Patienten. Heinz ging dazu über, die einzelnen Organe zu zerteilen. Herz, Lunge, Leber. Vielleicht würde er dadurch zu einer eindeutigen Diagnose kommen. Die äußerliche Prüfung des Körpers hatte nichts ans Tageslicht gebracht, was den Schluss auf plötzlichen Kindstod ausschloss – aber eben auch nichts, das ihn erhärtete. Wie die Sache lag, würde es nahezu unmöglich werden, zu einem eindeutigen Ergebnis zu gelangen. Manchmal hasste er seinen Job. So wie jetzt.

Es war fast Mittag, als Heinz mit der Obduktion fertig war. Er streifte seine Handschuhe ab, warf sie und den Mundschutz in den Treteimer. Das Schließen des Leichnams überließ er Kramer.

»Ich habe Hunger«, meinte er, als Wagner ihm die Tür aufhielt.

»Jetzt?« Sein Freund schluckte vernehmlich.

»Sicher jetzt. Ich bin mitten in der Nacht aufgestanden

und zum Fundort gerast. Ich hatte kein Frühstück, ja nicht mal einen Kaffee. Also darf ich hungrig sein. Auch wenn es erst 11 Uhr 30 ist.«

»Ich meinte auch nicht die Uhrzeit, aber du hast gerade an einem Kind herumgeschnipselt, du hast sein Herz in der Hand gehalten – du kannst doch unmöglich etwas essen!«

Heinz griff sich an den Kopf. Wagner konnte einem wirklich auf die Nerven gehen.

»Du musst ja nicht, wenn du nicht willst. Du hast auch nur den ganzen Vormittag herumgestanden, während ich gearbeitet habe. Ich geh jetzt zum Würstlstand und hol mir zwei Leberkässemmeln.« Etwas Richtiges wäre ihm lieber gewesen, aber er wollte keine Zeit vertrödeln. Er wusste, wie er seinen Freund dazu bewegen konnte, ihm Gesellschaft zu leisten. »Wenn du wissen willst, zu welchem Ergebnis ich gekommen bin, dann gehst du mit, oder du wirst auf den Obduktionsbericht warten müssen.« Wagner war immer schon ungeduldig gewesen. Heinz war sicher, er würde nicht allein essen müssen. Und er hatte recht.

Wagner folgte Heinz ins Büro, wo der seinen Arbeitsmantel auszog und auf den Kleiderständer hängte.

Sein Zimmer sah nun lange nicht mehr so chaotisch aus wie vor zwei Monaten, als er nicht gewusst hatte, wo ihm der Kopf vor lauter Sorge um Emilia, seine Schwester, stand. Aber noch immer sah es nicht so aufgeräumt aus, wie er es eigentlich von sich selbst verlangte.

Wagners Gesichtsfarbe hatte in der Zwischenzeit von Aschfahl zu seinem normalen Teint gewechselt. Obduktionen nahmen den Armen wirklich mit.

»Die machen den Zwiebelsenf selber«, sagte Heinz und griff nach seiner Jacke.

»Mir ist egal, ob der Senf hausgemacht ist oder nicht. Ich bekomme keinen Bissen hinunter«, maulte Wagner, doch er klang schon nicht mehr ganz so überzeugt.

Laura Campellis Reich war die Abteilung für Spurensicherung, der sie vorstand. Sie war die einzige Frau, die es je bis zur Leitung geschafft hatte. Hinter der Glaswand, welche die Labore von der restlichen Welt abschottete, war sie zu Hause.

Vor ihr lag das weiße Taufkleidchen des toten Babys. Manche Stellen waren vom Blütenstaub der Lilien verfärbt. Auf dem Markeneinnäher stand »Baby's Doll«. Sie nahm mit einer Pinzette einige Fasern ab, um sie zu untersuchen. Während ihre Finger mechanisch arbeiteten und Handgriffe verrichteten, die sie schon Hunderte Male getan hatten, wirbelten ihre Gedanken karussellgleich umher. Wieder einmal kreisten sie um Wagner. Jetzt war er zwar frei, wollte aber nichts mehr von ihr wissen. Verständlich nach dem Fiasko, das sie angerichtet hatte. Jetzt noch wurde sie rot, wenn sie daran dachte. Sie vermieden es beide, darüber zu reden, aber vielleicht sollten sie gerade das tun, damit Laura sich endlich wieder auf ihr Leben, ihre Arbeit konzentrieren konnte. Sie hasste es, im Unklaren zu sein. Wahrscheinlich hatte sie deshalb einen Beruf ergriffen, in dem sie Antworten auf Fragen suchte – und meistens auch fand.

Stirnrunzelnd betrachtete sie die Fasern unter dem Mikroskop. Ihre Nase hatte es ihr bereits verraten. Der Geruch, der dem ganzen Kleid anhaftete, war charakteristisch. Paraffin. Diese Substanz wurde für Mottenkugeln verwendet. Und da war noch was anderes: eine ölige Substanz. Nur wenige Spritzer. Laura war froh, sie überhaupt entdeckt zu haben. Sorgfältig bereitete sie die Untersuchung für den Gaschromatografen vor. All diese Kleinigkeiten, die Wagner, Heinz und sie zusammentrugen, würden zum Schluss ein Bild ergeben. Der Ermittler, der Gerichtsmediziner und die Spurensicherung. »Laura?«, riss einer ihrer Mitarbeiter sie aus ihren Gedanken. Sie blickte auf.

»Woran denkst du? Ich habe dich schon zwei Mal gerufen.« Der Vorwurf war nicht zu überhören.

»Ich war in diese Fasern hier vertieft. Da ist Paraffin dran. Und eine unbekannte Substanz.« In ihren eigenen Ohren klang ihre Stimme, als wäre sie bei etwas Verbotenem ertappt worden.

»Wir haben die Lilien bestimmen können«, verkündete ihr Kollege. Laura stand von ihrem Platz auf und streckte sich. Diese ewige Sitzerei vor dem Mikroskop bescherte ihr Rückenschmerzen. Sie sollte endlich wieder Joggen gehen. Zum Ausgleich. Schuldbewusst dachte sie daran, dass ihr letztes Lauftraining mittlerweile über zwei Wochen her war. Wenn sie so weitermachte, würde sie einrosten. Und dick und fett werden, wie ihr Kater, der den ganzen Tag faul herumlag. Laura nahm sich fest vor, an ihrem nächsten freien Tag laufen zu gehen, vielleicht auch ins Fitnesscenter. Die Jahreskarte hatte sich bisher noch nicht ausgezahlt. Sie hatte einfach zu wenig Zeit gehabt.

Laura ging zu dem Tisch mit dem aufgeschlagenen Pflanzenbuch hinüber. Lilium candidum, die Madonnenlilie. Aber warum gerade diese? Lilienarten gab es Hunderte.

»Ich hab im Internet geschaut«, sagte ihr Mitarbeiter. »Weiße Lilien sind ein Symbol für Reinheit und Unschuld.«

Laura kaute auf ihren Lippen. Reinheit und Unschuld. Passender hätte es nicht sein können. Sie sah den leblosen kleinen Körper vor sich, und ihre Augen begannen zu brennen. Sie schluckte und blinzelte ein paar Mal, um das Aufsteigen der Tränen zu unterdrücken. Gleichzeitig ärgerte sie sich über ihre Gefühlsduselei. Bisher hatte sie es immer geschafft, eine professionelle Distanz und dadurch die notwendige Objektivität zu wahren. Doch bei diesem Kind schien ihr das nahezu unmöglich. »Reiß dich zusammen, Laura«, schalt sie sich.

Im Moment kämpfte sie in jeder möglichen und unmöglichen Situation damit, Fassung zu bewahren. Das lag bestimmt am Tod ihres Vaters, der sie mehr aus der Bahn geworfen hatte, als sie es sich eingestehen wollte. Oder an der vertrackten, ungeklärten Situation mit Wagner. Verflixt, schon wieder dachte sie an ihn.

Sie hatte sich immer für eine selbstständige Frau gehalten, die genau wusste, was sie wollte und was nicht. Aber bei Wagner war sie sich eben nicht darüber im Klaren, was sie wollte. Diese eine Nacht war ein Ausrutscher gewesen, redete sie sich ein. Geboren durch die Trauer um ihren Vater und die romantischen Gefühle, die wieder aufgelebt waren, als Helmut Wagner nach langer Abwesenheit wieder zurück nach Wien gekommen war. Irgendwann würde sie ihren italienischen Stolz hinunterschlucken und mit ihm reden, nahm sie sich vor. Aber erst der Fall. Ja, einen Schritt nach dem anderen. Sie nahm das Pflanzenlexikon und trug es zu ihrem Schreibtisch. Mit einem Klick auf die Maus erwachte der Computer wieder zum Leben. Sie gab als Suchbegriff »Blumensprache« ein. Es war unglaublich, was man mit Blumen alles ausdrücken konnte. Vielleicht sollte sie Wagner einfach einen Blumenstrauß schicken? Das schien ihr wesentlich einfacher, als sich auf Worte zu verlassen, die ohnehin nicht das beschreiben konnten, was sie ihm sagen wollte.

Heinz hatte sich zwei Leberkässemmeln und ein kleines Bier bestellt. Andächtig machte er den ersten Bissen, während er Wagner beobachtete, der noch überlegte, ob er seine tatsächlich essen sollte.

Nachdem er runtergeschluckt hatte, wischte er sich mit der Papierserviette den Senf vom Mundwinkel, trank von seinem Bier und sagte: »Die ist zum Essen gedacht, nicht zum Spielen.«

Wagner knabberte ein wenig an dem überhängenden Leberkäse, legte die Semmel wieder auf den Pappteller und schaute ihn an.

»Also, was hast du gefunden?«

Heinz biss noch einmal von seiner Semmel ab. Er ließ sich Zeit beim Kauen. Dann sagte er: »Im Grunde nichts.«

»Wie? Und dafür hast du mich hergeschleift? Du musst doch irgendeinen Anhaltspunkt haben.«

Heinz stieß die Luft aus. »Leider nein. Ich kann weder eindeutig bestätigen noch ausschließen, dass es sich um SIDS handelt.«

»SIDS? Ist das die Fachbezeichnung für plötzlichen Kindstod?«

Heinz nickte. »Sudden Infant Death Syndrome. Das Schwierige ist, dass ich keine Vorgeschichte habe. Es gibt Faktoren, die SIDS begünstigen. Andererseits könnte das Baby auch erstickt worden sein, zum Beispiel mit einem Kissen. Ich habe Fasern in den Atemwegen gefunden.«

»Fasern? Dann ist doch klar, dass es erstickt wurde.«

Heinz schüttelte den Kopf. »Wenn man davon ausgeht, dass die meisten SIDS-Fälle auf dem Bauch liegen und Fasern einatmen können, ist das kein hinreichendes Indiz für Mord.«

Wagner dachte nach, ließ Heinz' Worte sacken. »Abgesehen davon, dass du medizinisch nicht sicher bist, hast du dir doch eine persönliche Meinung gebildet. Ich kenne dich. Du hättest mir sonst gleich gesagt, dass du mit deinem Latein am Ende bist.«

Heinz trank das Bier in einem Zug aus. Dann schob er wortlos das Glas auf der Tischplatte hin und her. Endlich blickte er auf. »Es ist nur eine Vermutung, mehr nicht. Aber dieses Kind wurde vernachlässigt. Auf den ersten Blick hatte ich es auf vier Monate geschätzt, doch jetzt weiß ich, dass es etwa sechs Monate alt sein muss. Der Säugling ist viel zu leicht und zu klein für sein Alter. Außerdem hatte er verblasste Hämatome auf dem Oberkörper und den Oberarmen, die darauf schließen lassen, dass jemand sehr unsanft mit ihm umgegangen ist. Sein Genitalbereich ist rot und entzündet, was auf eine ungenügende Körperpflege deutet.«

»Aber das schließt alles nicht aus, dass es trotzdem am plötzlichen Kindstod gestorben ist.«

»Nein, das nicht. Nur wenn ich in Betracht ziehe, wie seine Leiche liebevoll arrangiert wurde – das Taufkleid und die Lilien – dann passt das für mich einfach nicht zusammen.«

Wagner bohrte mit seinem Zeigefinger ein Loch in seine Semmel. »Gut, das heißt, du kannst nicht mit Sicherheit sagen, dass kein Verbrechen stattgefunden hat. Wir behandeln das ganze als Mordfall, bis du mich vom Gegenteil überzeugst. Oberste Priorität hat die Identifizierung des Kindes.« Seine Stimme klang entschlossen, und sein Körper schien unter Strom zu stehen. Heinz wusste, dass Wagner von diesem Moment an alles daran setzen würde, herauszufinden, was tatsächlich passiert war. Und er? Er würde Wagner nach bestem Gewissen und mit all seinen Möglichkeiten unterstützen.

KAPITEL VIER

Zehn Stunden vor der Entdeckung von Kevins Leiche

Die anfängliche Euphorie war gewichen. Das Baby quengelte. Die Frau trug es umher, wiegte es, redete auf es ein, doch nichts half. Was, wenn die Schlampe schon während der Schwangerschaft Drogen genommen hatte? Wenn sie Alkohol getrunken hatte?

Sie kannte sich aus. Sie hatte in ihrem Beruf oft mit solchen Fällen zu tun gehabt. Und nicht nur damit. Alles Schlampen, die sich um ihre Kinder nicht kümmerten. Und das war noch die mildeste Form der Misshandlung. Der Junge litt möglicherweise an Entzugserscheinungen. Und wieder war da die Frage: »Was soll ich tun?«, nur diesmal hatte sie keinen blassen Schimmer. Keine Idee. Außer zu hoffen, dass er sich beruhigte, bevor irgendjemand auf ihn aufmerksam wurde.

Der Kleine war nun seit über zehn Stunden in ihrer Obhut. Die Schlampe hatte sich bisher nicht gerührt. Sie war nicht in Panik verfallen, hatte nicht bei allen Nachbarn angeklopft und nach ihrem Sohn gesucht, hatte nicht die Polizei verständigt. Die Polizei! Wenn die nun kam und Nachforschungen anstellte? Niemand konnte so einfach, mir nichts dir nichts, ein Kind loswerden, ohne dass die Behörden aufmerksam wurden. Und niemand konnte plötzlich ein Kind haben, ohne dass es auffiel. In welchen Schlamassel hatte sie sich bloß reingeritten?

Das Quengeln wurde lauter und ging in ein herzzerreißendes Weinen über. Sie strich dem Säugling über das flaumige weiche Haar und drückte ihm einen Kuss auf den

Kopf, murmelte beschwörende Worte, sang ihm vor. Ein Fläschchen hatte er erst vor einer halben Stunde bekommen, die Windel war trocken. Vielleicht war er einfach überreizt. Ihre Arme taten ihr weh, er wog schwerer, als sie gedacht hatte. Aber wenn sie ihn in Sarahs Bett legte, würde man ihn vielleicht durch die Wand hören, und was dann? Wollte die Schlampe ihn wieder zurück? Das ging nicht. Auf keinen Fall. Vielleicht würde ein warmes Bad helfen. Oder das Milchpulver war schuld. Es war für Neugeborene gedacht, und vielleicht sättigte es nicht genug. Also füllte sie den Wasserkocher neu, schaltete ihn ein. Sie holte aus Sarahs Zimmer die Babybadewanne. Einen Teil leerte sie in das Fläschchen, den Rest des heißen Wassers schüttete sie in die Plastikwanne. Das Baby weinte immer noch, es war ein Dauerraunzen, und langsam machte sie das wahnsinnig.

Sorgfältig mischte sie nun kaltes Wasser aus der Leitung zu dem heißen. Irgendwo hatte sie ein Gute-Nacht-Bad, aber das hätte sie erst suchen müssen, also gab sie nichts dazu. Sie entkleidete das Kind und tauchte es vorsichtig in das warme Wasser. Es zog im ersten Moment die Füße ein, war dann aber plötzlich ruhig.

»Na siehst du? Es geht doch«, sprach sie zu dem Jungen und vor allem zu sich selbst. Sie hatte bereits angefangen, an sich zu zweifeln. Was für eine Mutter wäre sie bloß geworden, wenn sie es nicht einmal schaffte, über wenige Stunden durchzuhalten. Aber jetzt war sie zufrieden. Das Baby gluckste vor sich hin, und jede Mühe war vergessen. Bis sie es aus dem Wasser hob und es abtrocknete. Da begann das Gejammer wieder von vorne.

Sie füllte Milchpulver in das Fläschchen, verschraubte es und schüttelte es gut durch. »Bitte, Baby, trink!«, murmelte sie, doch es drehte sein Köpfchen weg. Wenn sie ihm den Sauger zwischen die Lippen schob, spuckte er ihn aus.

Wäre der Junge Sarah gewesen, sie hätte ihn eingepackt,

ihn in den Kinderwagen gelegt und mit ihm einen Spaziergang gemacht, aber er war nicht ihr Kind. Sie durfte sich nicht mit ihm sehen lassen.

Wie stellst du dir dein weiteres Leben vor? Willst du dich ständig verstecken, immer Angst haben? Wer soll auf ihn aufpassen, wenn du mal weg musst? Wie willst du in deiner Dienststelle erklären, dass du ein Kind hast, wo doch alle wissen, dass Sarah tot ist? Wie den Nachbarn?

Wenn es krank wurde, hatte sie keinen Kinderarzt, keine Versicherung, keinen Mutter-Kind-Pass, keinen Impfpass, gar nichts.

Sie würde als Entführerin entlarvt, verlöre ihren Job, käme ins Gefängnis.

Der Junge schrie nun. »Sei still, Baby, ich kann nicht denken«, flehte sie in Gedanken. Er wird gehört! Alle können ihn hören, tu was!

Sie klopfte beruhigend auf seinen Rücken und auf den Po, sie barg sein Köpfchen in ihrer Hand und umfasste die Stirn. Irgendwo hatte sie einmal gelesen, dass das beruhigend wirken sollte.

Er wand sich unter ihrem Griff, bog die Wirbelsäule durch, machte sich steif in ihrem Arm. Aus Furcht, ihn nicht länger halten zu können, und weil sie schon alles versucht hatte und nicht mehr wusste, was sie noch tun konnte, brachte sie ihn nun doch in Sarahs Zimmer und legte ihn in das Bettchen. Sie zog die Spieluhr auf. Die mechanische Melodie von »Weißt du, wie viel Sternlein stehen« erklang. Aber auch sie nützte nichts und ging im Brüllen unter.

»Bitte, hör auf!«, flehte sie. »Bitte, hör auf.« Das Gebrüll hallte in ihren Ohren, ihr Kopf begann wehzutun.

»Hör auf!«, schrie sie ihn an. Er reagierte nicht. Sie hielt sich die Ohren zu, aber das brachte kaum Linderung.

Ihr Blick fiel auf das Kissen. Es würde das Weinen des Babys dämpfen. Nur ein bisschen, damit sie einen klaren

Gedanken fassen konnte. Nur ganz kurz. Nur, um ihrem malträtierten Gehör ein wenig Pause zu gönnen, nur um durchzuatmen. Sie nahm das Kissen und legte es auf das Gesicht des Jungen. Er strampelte und brüllte. Anstatt leiser zu sein, klang sein Weinen nur noch lauter. Sie presste fester. »Du darfst nicht schreien!«, flüsterte sie. »Du willst doch nicht, dass ich dich zurückbringen muss. Zurück zu dieser Schlampe!« Je lauter er schrie, desto fester drückte sie. Jetzt schien er sie gehört zu haben. Endlich. Denn nun lag er ganz still da. Gut. Das war gut.

Sie nahm das Kissen von seinem Gesicht. Er war ruhig. Wie Sarah. Sarah? Nein, die war tot. Er, er schlief bloß. Er war einfach eingeschlafen. Klar, er musste müde gewesen sein, nachdem er sich so verausgabt hatte. Eine Woge der Zärtlichkeit überschwemmte sie. Sie strich ihm übers Köpfchen. Es fühlte sich warm an. Sarah war kalt gewesen, zum Schluss, als sie sie ihr weggenommen hatten.

»Braves Baby!«

Erleichtert verließ die Frau das Zimmer. Sie würde schon eine Lösung finden, wie sie ihn behalten konnte. Sie musste nur nachdenken.

KAPITEL FÜNF

Heinz saß mit Wagner und Laura in dem großen Besprechungsraum. Hier wurden Geburtstage gefeiert und Informationen zusammengetragen. In diesem Raum wurde gleichermaßen gelacht, geweint und gearbeitet.

Der große Tisch bot genügend Platz, um Dokumente und Papiere auszubreiten, und deshalb legte Wagner, immer wenn es möglich war, die Lagebesprechungen hierher. Heinz fühlte sich hier schon fast so heimisch wie in seinem Büro. Er hatte seinen Lieblingsplatz mit dem Fenster im Rücken. Da saß er auf seinem Stuhl und kritzelte auf einem leeren Notizblock herum.

Laura spielte mit ihrem Haar und wickelte Strähnen auf einen Bleistift.

»Das Wichtigste ist, dass wir ihn identifizieren«, sagte Wagner.

»Meine ich auch«, stimmte Heinz zu.

Lauras Locke hatte sich verfangen, und sie riss an ihr, um sie freizubekommen.

»Mist«, sagte sie leise. Als sie endlich den Bleistift aus ihrem schwarzen Haar bekommen hatte, schaute sie auf. »Das Taufkleid hatte Spuren von Paraffin und noch einer Substanz, die wir erst einordnen müssen. Ja, und die Lilien. Die müssen aus einer Blumenhandlung sein. Jetzt blühen sie nicht im Garten. Der Käufer muss aufgefallen sein.«

Wagner schüttelte den Kopf. »Nicht zwangsläufig. Das sind Grabblumen. Wahrscheinlich werden die zu Hunderten täglich verkauft oder ausgeliefert.«

»Aber so viele auf einmal?«, ließ Laura nicht locker.

»Wenn der Täter nun in verschiedenen Geschäften eingekauft hat?«, gab Wagner zu bedenken.

»Es wäre einen Versuch wert, bei den Blumenhandlungen nachzufragen«, meinte Heinz. »Hat denn nun jemand das Baby als vermisst gemeldet?«

Wieder ein Kopfschütteln von Wagner. »Kannst du bereits sagen, wie lange das Baby tot ist. Ungefähr wenigstens?«

Heinz nahm die Brille von der Nase und putzte sie mit seinem T-Shirt. »Das ist halt alles ein bisschen schwieriger als bei Erwachsenen. So ein kleiner Körper kühlt viel schneller aus, und der Mageninhalt ist auch nicht aufschlussreich. Einige Milchreste, aber die werden auch von Marke zu Marke und Kind zu Kind unterschiedlich schnell verdaut.«

Er wollte sich nur ungern festlegen, aber Wagner ließ sich nicht so leicht abspeisen.

»Dann gib uns einen ungefähren Rahmen.«

Heinz seufzte. »Nach Berücksichtigung aller Informationen würde ich sagen, zwischen gestern Mittag und gestern Abend.«

»Das ist ja tatsächlich ziemlich vage«, kam auch prompt Wagners Vorwurf.

»Ich kann es nicht näher eingrenzen, tut mir leid.« Er kannte das schon. Alle Ermittler wünschten sich, den Todeszeitpunkt auf die Minute zu wissen. Aber er war nun mal kein Zauberer, er konnte keine Kristallkugel um Rat fragen, er konnte sich nur an unwiderlegbare Fakten halten, wie Mageninhalt, Temperatur, Ausprägung der Leichenstarre, Zustand der Totenflecken.

Wagner tippte mit seinem Kugelschreiber auf den Zettel vor ihm. »Wie sollen wir herausfinden, wer das Baby ist? Wo sollen wir ansetzen?«, fragte er, in Gedanken schon einen Schritt weiter.

»Ist es nicht üblich, dass nach der Geburt Hand- oder Fußabdrücke genommen werden?«, meinte Laura.

Heinz nickte bedächtig. Ja, das war in manchen Krankenhäusern Standard.

»Ich hör mich um«, bot sich Heinz an. Er hatte zu den hiesigen Krankenhäusern gute Kontakte. Einem Kollegen gegenüber waren Ärzte hilfsbereiter. Bei Polizisten beriefen sie sich öfter als nötig auf ihre Verschwiegenheitspflicht.

Wagner machte sich ein paar Notizen, und Heinz fragte sich, ob sein Freund die eigene Handschrift wohl entziffern konnte. Sie sah für ihn wie eine Geheimschrift aus. »Du hast eine Schweineklaue, hat dir das schon mal jemand gesagt?«, entfuhr es ihm.

Wagner blickte von seinem Gekrakel auf. »Du musst reden. Wer von uns beiden diktiert alles auf ein Tonband, damit die Sekretärin es abtippt?«

»Du bist nur neidisch, weil ich mir den ganzen Schreibkram spare, aber das hat einen Grund. Es ist schwierig, mit von Blut und Eingeweide glitschigen Fingern einen Stift zu halten.«

Wagner wurde eine Spur bleicher.

»Das Taufkleid war von ›Baby's Doll‹«, sagte Laura und kam damit wieder auf den Fall zurück.

»Klingt nach einem Dessousshop«, meinte Wagner. Das brachte ihm einen bitterbösen Blick von Laura ein.

»Möglich, dass dir die Nachforschungen da mehr Spaß machen würden, aber es handelt sich um ein nobles Kinderbekleidungsgeschäft in der Innenstadt. Und da Shoppen wohl eher Frauensache ist, werd ich das für dich übernehmen.«

Heinz blickte Laura überrascht an. Sie hatte mit all den Spuren genug zu tun. Fasern, Blut, DNA. Sie arbeitete jetzt schon mehr, als ihr guttat. Gerüchten zufolge schlief sie sogar im Labor, doch bisher hatte sich das nicht bestätigen lassen.

Wagner hob bei Lauras Vorschlag erstaunt die Brauen, widersprach aber nicht, was zweifelsohne klüger war. Laura hatte italienisches Blut in den Adern, und sie konnte sehr enthusiastisch ihre Meinung vertreten, um es milde auszudrücken. Nur selten wagte es jemand, ihr Paroli zu bieten.

»Gut, dann übernimm du das«, gab sich Wagner geschlagen.

Laura lächelte. »Und dafür kümmerst du dich um die Lilien.«

»Ich glaube nicht, dass das sinnvoll ist«, warf Wagner ein.

Doch Laura fuhr fort, als hätte sie seinen letzten Satz gar nicht gehört: »Die heißen übrigens Madonnenlilien. Und sie stehen für Reinheit und Unschuld.«

Heinz musste grinsen, als er erkannte, dass Laura Wagner geschickt genau dorthin bugsiert hatte, wo sie ihn die ganze Zeit haben wollte.

»Also dann: Machen wir uns an die Arbeit. Treffen wir uns heute Abend, sagen wir um sechs?«, kam es von Wagner.

Laura blickte betroffen zur Uhr. »Verdammt, ist heute Sonntag?«

Heinz nickte.

Laura fluchte noch einmal, sprang vom Sessel auf, raffte ihre Unterlagen zusammen und sagte beim Hinausgehen: »Tut mir leid, ich kann wahrscheinlich nicht. Familientreffen.« Wenn man ihrem Gesichtsausdruck Glauben schenken konnte, freute sie sich nicht darauf.

Wagner sah ihr nach und zuckte dann die Schultern. »Und was ist mit dir?«

»Ich komme«, sagte Heinz. Auf ihn wartete ohnehin niemand. Vielleicht konnte er Wagner zu einem Besuch im »Traviata« überreden, ihrem Stammitaliener, bloß ein paar Meter von seiner Wohnung entfernt. Die weltbeste Pizza Salami und ein kaltes Bier. Dann würde dieser Tag wenigstens angenehmer enden, als er angefangen hatte.

KAPITEL SECHS

Fünf Stunden vor der Entdeckung von Kevins Leiche

Das Baby schlief. Schon seit vier Stunden. Sehr lange für ein Schläfchen zwischendurch. Langsam machte sie sich Sorgen. Die Brüllerei des Jungen war ihr auf die Nerven gegangen. Sie hatte Angst gehabt, jemand könnte ihn hören. Jetzt allerdings wäre sie froh gewesen, wenn er geschrien hätte.

Sie hatte die Ruhe genutzt, um nachzudenken, und sie war zu dem Entschluss gekommen, ihn zurück zu seiner Mutter zu bringen. Nur vorübergehend. Vielleicht würde sie froh über das Angebot sein, das ihr die Frau zu machen gedachte: Sie wollte das Baby in Pflege übernehmen.

Und wenn alles nichts half, würde sie das Jugendamt einschalten und die Pflege beantragen. Ja, das würde sie tun. Nichts war geschehen. Alles würde wieder in Ordnung kommen. Alles würde gut werden.

Sie ging in Sarahs Zimmer, weil sie das Bedürfnis hatte, das Baby – ihr Baby – anzusehen, es anzufassen.

Sie stand vor dem Bettchen und beobachtete das Kind. Es rührte sich nicht. Kein bisschen. Nicht mal der Brustkorb hob und senkte sich. Aber der Junge muss doch atmen, nicht wahr? Er muss. Er kann nicht wie Sarah sein. Tot und kalt. Kalt.

Sie legte ihre Hand zögernd auf seinen Kopf. Sanft, streichelnd. Er fühlte sich an wie Stein. Leblos. Hart. Kühl. Sie ließ ihre Hand unter seinen Strampler gleiten. Auch sein Körper war kalt. Sie hob den Jungen aus dem Bett. Er war schon steif geworden, wie eine Puppe. Das Kissen. Es hatte sein Schreien gedämpft. Sie hatte es auf sein Gesicht gedrückt. Sie hatte ihn umgebracht. Großer Gott! Was hatte sie getan? Ihre Beine gaben nach, wollten sie nicht mehr tragen. Sie begann zu schluchzen, mit dem toten Kind im Arm rutschte sie zu Boden. Ihr ganzer Leib wurde von einem Beben erfasst. Ihre Tränen durchfeuchteten den Strampelanzug, während sie den Kleinen hin und her wiegte. Du darfst nicht tot sein, du darfst nicht tot sein, formte sie die Worte immer wieder in Gedanken. Eine Faust umklammerte ihr Herz. So hatte sie sich gefühlt, als sie ihr Sarah weggenommen hatten. Sarah!

Sie bekam plötzlich keine Luft mehr. Sosehr sie versuchte zu atmen, das Gefühl, ersticken zu müssen, blieb. Da entrang sich ihrer Kehle ein Schrei, es war, als hätte er in ihr gesteckt, hätte verhindert, dass Sauerstoff in ihre Lungen strömte. Sogleich dämpfte sie ihren Klageruf mit ihrer Faust. Der Schmerz, den sie so in sich zurückzwang, zerfetzte ihr Herz, ihr Sein in tausend Stücke. Sarah, was hab ich bloß getan?, fragte sie immer wieder. Was hab ich bloß getan?

Ein süßer Geruch drang an ihre Nase, und sie hob den Kopf. Babypuder? Sarah antwortete ihr. Sie konnte sie deutlich hören: »Mama, du hast ihn zu einem Engel gemacht. Du hast ihn gerettet. Jetzt passe ich auf ihn auf.«

Sie drehte suchend den Kopf, hielt Ausschau nach ihrer Tochter, die doch hier war. Die sie hören, riechen konnte. Warum konnte sie sie nicht sehen?

»Ich bin in dir drinnen, Mama.«

Ein Seufzer entrang sich ihren Lippen. Sarah war da. Ihre Tochter war zurückgekehrt. Ruhe umhüllte sie, wie ein schützender Umhang. Ihre Tränen kullerten spärlicher. Sie wischte sich mit der Hand übers Gesicht.

Sarah hatte recht. Was hätte denn der Junge für ein Leben gehabt? Nur Leid und Schmerz. Schon während seines kurzen Daseins hatte er nichts anderes kennengelernt. Keine Liebe, keine Streicheleinheiten, keine Sicherheit.

»Dank dir hat er das alles wenigstens einmal erlebt. Du kannst stolz auf dich sein. Du hast ihn davor bewahrt, zurück ins Elend zu müssen.«

Sie fühlte sich getröstet.

»Ich wusste nicht, dass du sprechen kannst, Sarah.«

Ihre Tochter lachte. »Klar. Du hast mir bisher nur nicht zugehört.«

»Ich verspreche, dass ich dir ab jetzt immer zuhöre. Nur verlass mich nicht. Nie mehr.«

»Ich lass dich nie wieder allein, Mama.«

Die Tränen versiegten. Sarah gab ihr Anweisungen. Sie erzählte ihr, wie Engel aussahen: weiß gekleidet, von Lilien umgeben.

Sie schloss die Augen und stellte sich die majestätischen Blüten vor. Lilienduft! Sie hatte ihn in der Nase.

Sie holte Sarahs Taufkleidchen aus dem Schrank, das sie einige Monate vor ihrer Geburt gekauft hatte. Sie war in einen Secondhandladen gegangen, weil sie sich kein neues leisten konnte. Dieses hatte ihr sofort gefallen.

»Meinst du, das Kleidchen ist das Richtige für ihn? Er ist doch ein Junge«, fragte sie verunsichert.

»Er wird wie ein Engel aussehen.« Sarah kannte sich gut mit Engeln aus.

»Du musst die Blumen besorgen, Mama! Du kennst doch die Friedhofsgärtnerei. Dort, wo du die Kränze bewundert hast.«

Ja, natürlich. Sie kannte die Blumenhandlung vom Vorbeifahren. Wie oft hatte sie sich vorgenommen, einmal hineinzuschauen, etwas zu kaufen, und sei es nur ein kleiner Blumenstrauß. Es hatte sich bisher noch nie ergeben.

Erst halb sechs. Zeit genug. Die Blumenhandlung hatte auch samstags bis sechs geöffnet.

Sie legte den Jungen zurück in Sarahs Bett und verließ die Wohnung.

Das Geschäft roch nach feuchter Erde und einer Mischung aus verschiedenen Blüten. Zielstrebig ging sie zu den Vasen mit den Lilien. Sie waren edel und schön. Genau richtig für einen kleinen Engel.

Eine junge Verkäuferin trat auf sie zu. Ob sie helfen könne.

»Ich hätte gern fünfzehn Stück von denen da«, deutete sie auf die weißen Lilien.

»Noch etwas Grün dazu? Oder Schleierkraut?«

»Nein, danke. Nur die Blumen.«

Keine Fragen, wozu sie so viele brauchte. »Die sind das gewohnt, Mama«, meinte Sarah.

Sie bezahlte. Mit dem riesigen Strauß, der von Papier umhüllt und dadurch vor neugierigen Augen geschützt war, stieg sie wieder in den Bus ein. Obwohl er ziemlich voll war, beschwerte sich niemand darüber, dass sie zwei Sitzplätze in Anspruch nahm. Alle Menschen schienen zu respektieren, dass sie eine schwere Last trug. Bis auf den Fahrer. Der schaute ihr beim Aussteigen eigenartig hinterher. Als wüsste er Bescheid.

Bei der Straßenbahn stieg sie sicherheitshalber ganz hinten ein. Vielleicht waren alle Fahrer der öffentlichen Verkehrsmittel informiert worden.

»Satan hat überall seine Helfer, Mama. Du musst aufpassen, damit sie dich nicht aufhalten.«

Hinter dem Blumenstrauß versteckt, damit die Kameras sie nicht aufnehmen konnten, wartete sie auf die U-Bahn. Sie blickte sich immer wieder verstohlen nach verdächtig aussehenden Personen um. Sie musste auf der Hut sein. Immer und jederzeit.

Endlich stand sie vor ihrer Wohnung. Sie horchte bei der Nachbartür und meinte ein Schluchzen zu vernehmen. Ja, geschieht dir recht, du Schlampe. Hättest du deinen Sohn nicht allein gelassen.

Sie sperrte auf, brachte aus dem Badezimmer einen Eimer,

füllte ihn mit Wasser und stellte die Lilien hinein. Wie schön sie waren.

Die Frau holte den Jungen aus Sarahs Zimmer, entkleidete ihn und zog ihm das Taufkleidchen an. Es stimmte. Er sah wie ein Engel aus. Engel lebten im Himmel. Es gab einen Platz, an dem der Himmel der Erde ganz nah war. Dorthin würde sie ihn bringen. Er sollte es nicht weit in seine neue Heimat haben.

Kapitel sieben

Laura Campelli spielte in Gedanken alle Ausreden durch, die ihr einfielen. Ihre Mutter würde keine gelten lassen. Die Wahrheit schon gar nicht. Sie könnte behaupten, sie hätte die Nacht mit einem Mann verbracht, einem potenziellen Schwiegersohn, das würde ihre Mutter vielleicht milder stimmen. Die wünschte sich nichts sehnlicher als Enkelkinder. Doch selbst diese Lüge wäre keine Entschuldigung für ihr Zuspätkommen. Nicht heute. Nicht, wenn ein Familienessen zu Ehren ihres Bruders geplant war.

Daniel war ein ganzes Jahr in München gewesen, hatte dort gearbeitet. Zur Beerdigung ihres Vaters vor zwei Monaten war er natürlich gekommen, aber schon am selben Abend musste er wieder zurück. Ihre Mutter hatte Verständnis dafür gehabt.

Sie hatte für alles Verständnis, was Daniel tat. Nicht so bei Laura. Eine Frau sollte sich nicht mit so grausigen Dingen beschäftigen, wie Laura es tat. Sie sollte heiraten, Kinder bekommen – je mehr, desto besser – und ihr Leben damit verbringen, Mann und Nachwuchs glücklich zu machen. So hatte es Esther Campelli gehalten, und so erwartete sie es von ihrer Tochter. Einzig ihr Vater hatte Laura unterstützt, sie in ihrem Berufswunsch bestärkt. Er hatte immer ein offenes Ohr für ihre Probleme gehabt. Ach, wie sehr sie ihn vermisste.

Nach seinem Tod fuhr sie einmal in der Woche zu seinem Grab, um Trost zu suchen. Ihre Mutter hatte sie seither nur zwei Mal besucht. Sie hielt es nicht aus, wie ihre Mutter sich an sie klammerte. Aber jetzt war Daniel da. Der verlorene Sohn war heimgekehrt. Und er war nicht allein angereist, er hatte seine Freundin mitgebracht. Sie würden eine Zeit lang zu Hause wohnen, und Esther Campelli hätte nun gleich zwei Personen, die sie verwöhnen, bemuttern und vor allem bekochen konnte.

Laura hoffte, dass ihr altersschwacher Wagen ansprang. Sie hatte sich schon lange vorgenommen, sich ein neues Auto zu kaufen. Aber ständig war etwas anderes dazwischengekommen. Außerdem hing sie irgendwie an der alten Kiste.

»Na bitte, schnurrt wie ein Kätzchen«, dachte sie, als sie den Zündschlüssel umdrehte und der Motor ohne zu stottern startete. Siedend heiß fiel ihr Kasimir ein, ihr Kater. Sie stellte ihm zwar immer eine Schale mit Trockenfutter hin – bei ihren Dienstzeiten wusste sie nie, wann sie ihn das nächste Mal füttern konnte –, aber das fraß er nur, wenn er dem Verhungern nahe war. Sie wusste jetzt schon, dass er sie mit Verachtung strafen würde, wenn sie abends nach Hause kam. Trotzdem konnte sie unmöglich noch in ihrer Wohnung vorbeifahren. Sie würde auch so schon deutlich zu spät kommen.

Es war Viertel nach zwei, als sie vor ihrem Elternhaus anhielt. Daniels nagelneuer BMW parkte in der Einfahrt. Laura fuhr sich durch die Locken und sah prüfend in den Rückspiegel, bevor sie ausstieg. Sie sah furchtbar aus. Die schlaflose Nacht hatte dunkle Ringe unter ihren Augen hinterlassen. Ihr Gesicht war bleich, und sie hatte weder Zeit gehabt, sich zu schminken, noch, sich umzuziehen. Ihre Mutter hasste Jeans und Tops. Laura verzog das Gesicht, als sie daran dachte, was Esther Campelli zu ihrem Aufzug sagen würde: So wirst du nie einen Mann abbekommen. Du musst mehr aus dir machen, Kind.

Sie schnappte sich ihre Handtasche vom Beifahrersitz, knallte die Autotür zu und ging ins Haus, um ihren Bruder zu begrüßen.

Wagner hasste Sonntage, weil er es hasste, zum Nichtstun verurteilt zu sein. Die Geschäfte hatten geschlossen, und zu Hause erreichte man in der Regel auch niemand, denn sonntags fühlten sich die meisten Leute dazu verpflichtet, etwas zu unternehmen oder Verwandte zu besuchen.

Er hingegen hatte auch häufig am Wochenende Dienst. Mörder hielten sich nicht an Sonn- und Feiertage. Es war nicht grundsätzlich der Gedanke, arbeiten zu müssen, wenn andere frei hatten, der ihn störte. Nein, es war die Tatsache, dass an solchen Tagen die Ermittlungen immer aufgehalten wurden. Und Geduld hatte noch nie zu seinen Stärken gehört.

Seufzend setzte er sich an seinen Schreibtisch. Er versuchte mit allen Mitteln, die Ordnung, die Moser in seinem Büro in den wenigen Wochen während Wagners Abwesenheit eingeführt hatte, aufrechtzuerhalten. Ein schwieriges Unterfangen. Wie es Moser jetzt wohl ging? Ob er sich auch daran störte, dass Sonntag war? Moser war nicht beliebt gewesen. Er hatte die Meinungen anderer nicht gelten lassen und nur ungern Dinge aus der Hand gegeben. Nur was er selbst erledigen konnte, war gut erledigt. Das war Mosers Motto gewesen. Aber nichtsdestotrotz hatte Wagner auch eine andere Seite an ihm kennengelernt. Eine, die ihn zu einem der besten Ermittler machen würde, wenn er erst einmal wieder genesen war. Obwohl sie im Grunde Rivalen gewesen waren, Moser und er, hatten sie zum Schluss ihrer Zusammenarbeit einen Draht zueinander gefunden. Und es tat Wagner immer noch leid, dass es Mosers Gesundheit nicht erlaubte, in den Dienst zurückzukehren. Einerseits.

Andererseits war er froh, denn so brauchte er sich keine

Gedanken darüber zu machen, Mosers Erwartungen durchkreuzt zu haben. Schließlich hatte sich Moser erhofft, seinen Platz als Leiter der Mordkommission einzunehmen, bevor sich Wagner entschied, Innsbruck endgültig den Rücken zu kehren. Alle, die unter Mosers Arroganz gelitten hatten, waren froh gewesen, ihn los zu sein, wenn sich auch niemand gewünscht hatte, dass er aus gesundheitlichen Gründen ausschied. Wagner nahm sich vor, Moser in den nächsten Tagen anzurufen. Das brachte ihn wieder auf sein eigentliches Vorhaben zurück: die Blumenhandlungen durchzutelefonieren.

Helmut Wagner kannte sich mit dem Computer aus. Dennoch gab es einige Dinge, die er lieber per Hand erledigte. Adressen suchen gehörte dazu.

Er holte den Branchenteil des Wiener Telefonbuchs, einen dicken Wälzer, der einige Kilo wog, aus seiner untersten Schreibtischschublade und wuchtete ihn mit Schwung auf die Tischplatte. So viele Einträge. Wo sollte er beginnen? Blumenhandlungen? Floristik? Grabbetreuung? Noch einmal seufzte er und schlug die erste Seite auf. Als er die unzähligen Eintragungen sah, klappte er das Telefonbuch zu und warf es wieder in die Schublade. Er würde sich morgen darum kümmern, wenn er ein paar Mitarbeiter hatte, die ihm helfen konnten – und wenn die Läden wieder geöffnet hatten.

Ihm fiel die Besprechung ein, die er für sechs angesetzt hatte. Eine Schnapsidee von ihm. Laura würde wahrscheinlich nicht kommen. Im Grunde konnten sie den Termin gleich ins »Traviata« verlegen. Da war es gemütlicher, sie konnten was Vernünftiges essen und danach über den Fall reden. Wagner griff zum Telefon und rief seinen Freund an. »Was hältst du davon, wenn wir uns gleich im ›Traviata‹ zusammensetzen?«, fragte er.

Heinz klang erfreut. »Klar, der Vorschlag hätte glatt von

mir sein können. Glaubst du, wir sollten Laura eine Nachricht hinterlassen?«

Wagner überlegte kurz. »Ich glaub nicht, dass es nötig ist.«

Laura küsste ihren Bruder auf beide Wangen, dann ebenso ihre Mutter. Sie versuchte, den tadelnden Blick, den ihr Esther Campelli zuwarf, zu ignorieren und ging auf die junge Frau zu, die vom Sessel aufgestanden war. »Du musst Veronika sein«, sagte sie lächelnd und reichte ihr die Hand.

»Ja, Daniel erzählt pausenlos von dir. Ich freu mich, dich endlich kennenzulernen.«

Laura betrachtete Veronika. Ihr Bauch wurde von einem sehr weiten T-Shirt verdeckt, aber Laura vermutete, dass sie wohl bereits im letzten Drittel der Schwangerschaft sein musste. Daniel, dieser Schuft, hatte ihr kein Sterbenswörtchen davon verraten, dass sie bald Tante werden würde.

Veronika war genau der Typ Frau, den ihr Bruder immer schon bevorzugt hatte: blonde lange Haare, schlank und groß. Sogar mit dem Bauch sah sie wie ein Model aus.

»Es tut mir leid, dass ihr warten musstet. Ich habe da einen Fall …« Laura stockte. Nein, sie konnte doch vor einer Schwangeren nicht von dem toten Baby erzählen. »Egal«, winkte sie ab. »Ich habe einen Bärenhunger. Und wie ich sehe, hat Mama sich wieder selbst übertroffen.«

Veronika war witzig und charmant. Laura schloss sie gleich ins Herz. Sie leistete Laura beim Kuchenteigrühren Gesellschaft, indem sie Esther Campelli taktvoll der Küche verwies.

»Ich glaube, du und Daniel habt eine Menge zu besprechen. Wir schaffen das schon. Laura und ich.« Und das, was Laura noch nie zustande gebracht hatte, wenn sie in ihrem Elternhaus auf Besuch war, brachte Veronika zuwege. Esther Campelli überließ den beiden jungen Frauen ihr Reich.

Laura war seit ihrer Kindheit für den sonntäglichen Kuchen zuständig. Teils war es der mütterliche Versuch, ihr ein paar hausfrauliche Kniffe beizubringen, teils war es immer die Gelegenheit, Mutter-Tochter-Gespräche zu führen. Beides empfand Laura meist als lästige Pflicht. Doch nun verstand sie, warum ihre Mutter diese Tätigkeit gewählt hatte, um mit ihr über Jungs oder sonstige schwierige Themen zu sprechen. Es redete sich beim Rühren tatsächlich leichter und ungezwungener. Und mit Veronika machte es sogar Spaß.

»Ich finde es toll, Tante zu werden. Daniel hat nichts davon erzählt«, sagte Laura, während sie gekonnt die Eier trennte.

Veronika reichte ihr den Zucker. Sie kniff die Lippen zusammen. »Ja, das glaub ich«, meinte sie dann.

Laura gab weiche Butter in die Schüssel und holte den Mixer aus dem Schrank. »Du siehst nicht gerade glücklich aus«, stellte sie fest und hoffte, mit ihrer Äußerung nicht zu weit gegangen zu sein. Schließlich kannte sie Veronika gar nicht.

Die werdende Mutter seufzte. »Daniel ist kein Vatertyp. Als ich ihm von dem Baby erzählte, wollte er es zuerst nicht und zog aus unserer Wohnung aus. Wir haben bis vor zwei Monaten getrennt gelebt.«

»Der gemeine Kerl. Wie konnte er bloß?«, wetterte Laura. Sie schaltete den Mixer auf die höchste Stufe.

»Lass nur. Er hat diese Zeit gebraucht, um sich darüber klar zu werden, dass er mich liebt. Und mich gibt es nun mal nur mit Baby«, nahm Veronika Daniel in Schutz.

»Was ist passiert?« Laura konnte es sich nur schwer vorstellen, dass ihr Bruder seine Meinung so grundlegend änderte.

»Dein Vater ist gestorben. Sein Tod hat ihm vermutlich vor Augen geführt, wie schlimm es wäre, allein alt zu werden. Einsam zu sterben. Auf jeden Fall kam Daniel danach zu mir und bat mich um Verzeihung. Er hat mich gefragt, ob ich ihn heiraten will, aber da lass ich ihn noch zappeln. Und er schlug vor, dass ich mit ihm nach Österreich komme. Ja, und nun bin ich hier, kenne außer Daniel und Esther keine Menschenseele und werde in weniger als sechs Wochen Mutter. Und ich hab verdammt viel Schiss davor.«

Laura schaltete den Mixer aus, stellte das Gerät beiseite und umarmte Veronika.

»Ich bin ja auch noch da«, betonte Laura. Und das war nicht nur so dahergesagt. Es war ein spontanes Hilfs- und Freundschaftsangebot, das Veronika so sehr rührte, dass sie die Tränen kaum unterdrücken konnte.

»Diese blöden Hormone«, schniefte sie und lächelte Laura zu. »Es ist gut, eine Freundin zu haben. Ich fühl mich etwas verloren in dieser fremden Umgebung.«

»Aber du hast doch Daniel.«

Veronikas Blick sprach Bände. »Schon, aber du weißt ja, sein neuer Job. Kinderzimmer herrichten. Er ist einfach rund um die Uhr beschäftigt.«

Laura nahm Veronikas Hand und drückte sie. »Wenn du jemanden brauchst, dann ruf mich an. Und gleich morgen werde ich shoppen gehen. Schließlich werde ich Tante.« Sie lauschte dem Klang ihrer Worte. »Ich werde Tante!«, jubelte sie. Damit zauberte sie ein Lächeln auf Veronikas Gesicht. Mehr denn je sah sie umwerfend aus. Und mit ihrem Bruderherz würde sie noch ein Hühnchen rupfen, schwor Laura sich. Wo gab es denn so was, dass ein werdender Vater sich nicht um seine hochschwangere Freundin kümmern konnte?

»Komm, lass uns den Teig in die Form füllen, sonst wird der Kuchen nie fertig«, sagte sie zu ihrer neu gewonnenen Freundin.

»Das wäre schlimm. Ich hab schon wieder Hunger. Und Kuchen liebe ich«, meinte Veronika und tauchte ihren Finger in den Teig, um ihn abzuschlecken.

Bald sahen sie aus wie zwei kleine Kinder. Sie naschten vom Kuchenteig, ihre Finger klebten und ihre Münder nicht weniger. Lauras Telefon vibrierte. Mit spitzen Fingern nahm Laura es vom Küchentisch und hob ab.

Es war Heinz. Er meinte, sie würden sich nicht im Kommissariat, sondern im »Traviata« treffen.

Unter anderen Umständen wäre Laura froh gewesen, eine gute Ausrede zu haben, möglichst schnell zurück in die Stadt zu fahren. Aber heute wollte sie nicht mehr an tote Babys denken. Nicht an Taufkleider und Lilien. Schon gar nicht wollte sie Helmut Wagner sehen. Sollten Heinz und er doch die Besprechung ohne sie machen. Laura lächelte in sich hinein. Im »Traviata«? Einem italienischen Restaurant? Welches hätte je Esther Campellis Kochkünste übertreffen können?

KAPITEL ACHT

Zwei Stunden vor der Entdeckung von Kevins Leiche

Sarah begleitete die Frau, unterstützte sie bei ihrem schweren Gang. Sie hatten sich dazu entschlossen, zu Fuß zu gehen. Ein mühsamer und beschwerlicher Weg, nicht zuletzt, weil es bereits dämmrig war.

Sarah hatte ihr zu dem Kinderwagen geraten. Sie solle behaupten, auf das Kind einer Freundin aufzupassen, falls jemand Fragen stellte. Welch gute Idee! Wie hatte sie ohne Sarahs Zuspruch, ohne ihre Gegenwart, bisher existieren können?

Die Wanderung war schrecklich. Die Blicke aller Menschen ruhten auf ihr – und auf dem Kinderwagen. Sarah hatte sie gewarnt: Satan war überall. Die Frau konnte vor nichts und niemand sicher sein. Sie war auf sich allein gestellt. Die Einzige, die sie unterstützte, die Einzige, der sie trauen konnte, war ihre kleine Tochter.

Die Lilien hatte sie in dem Papier von der Blumenhandlung gelassen und die Stiele in nasse Küchentücher eingewickelt, damit die Blüten nicht welk wurden. So schob sie den Kinderwagen mit den Blumen auf dem Verdeck und dem Engel darin den schmalen Fußweg bergauf. Oft legte sie Pausen ein. Dann endlich hatte sie es geschafft. Sie blickte sich um und fand eine geschützte Senke.

»Zuerst die Lilien!«, diktierte Sarah. Die Frau wickelte sie aus, sah sich nach Satans Helfern um, aber weit und breit war niemand zu sehen. Sie legte die Blumen nebeneinander auf den Boden. Das Weiß bildete einen schönen Kontrast zu der grünen Wiese.

Nun holte sie den Jungen aus dem Kinderwagen. Er sah immer noch aus, als schliefe er. So friedlich, das Gesichtchen entspannt. Je länger sie ihn betrachtete, desto sicherer wurde sie, das einzig Richtige getan zu haben. Dieses Kind gab sie jetzt in Gottes Hände. Hätte sie ihn der Mutter zurückgebracht, wäre es geworden wie all die anderen: ein Teufel in Menschengestalt. Ihr Herz war nicht mehr schwer, sondern frohlockte. Sanft küsste sie es auf sein Haar und bettete es auf seine letzte Ruhestätte.

Es war ein Bild, das sich für immer in ihr Gedächtnis einprägte. So und nicht anders sollte es sein. So sehen Engel aus. Sarah sagte: »Komm, wir gehen. Du hast für heute genug getan.«

Die Frau schob den Kinderwagen leer zurück. Bergab ging es deutlich schneller. Sie war so beschwingt, dass sie ewig hätte weitermarschieren können, sie fühlte keine Müdigkeit und keine Erschöpfung. Dennoch riet Sarah ihr, das letzte Stück die U-Bahn zu nehmen. Es war schon spät.

Als sie schließlich in ihrer Wohnung ankam, legte sie sich gleich ins Bett. Das erste Mal nach Sarahs Tod schlief sie mit einem Lächeln auf den Lippen ein.

Der Abend zuvor war lang gewesen. Laura hatte sich schließlich entschuldigen müssen, weil sie dringend nach Hause musste, um ihren Kater zu füttern. Und weil sie nach der kurzen Nacht zuvor einfach müde war.

Kasimir war ihr vorwurfsvoll maunzend entgegengekommen und hatte sie, nachdem sie seine Futterschüssel gefüllt hatte, strafend ignoriert. Erst als in der Früh der Wecker läutete, sprang er zu ihr ins Bett.

»Na, hast du mir verziehen?«, fragte Laura und streichelte über sein rot getigertes Fell. Er schnurrte und schmiegte sich an ihre Hand. Laura schob ihn zur Seite. »Komm, lass mich aufstehen. Ich habe heute einiges zu erledigen.« Das Tier war ganz schön schwer. Sie sollte ihn öfter fasten lassen, nahm sie sich vor, wusste aber, dass sie schon nach dem ersten Maunzen weich werden würde. Nach dem Frühstück rief sie Heinz an. Er erzählte ihr, dass Wagner und er zwar gut gegessen, aber für den Fall nichts Relevantes herausgefunden hatten.

Laura erinnerte ihn daran, dass sie gleich am Vormittag wegen des Taufkleidchens in die Kinderboutique gehen wolle.

»Warum sagst du das mir? Wagner sollte Bescheid wissen«, meinte Heinz.

»Du richtest es ihm doch aus, oder? Es ist nicht notwendig, ihn deswegen extra anzurufen«, antwortete Laura. In Wahrheit wollte sie es vermeiden, Wagners Stimme zu hören. Sie rief in ihr Erinnerungen wach, die sie zu verdrängen versuchte. Blöde Kuh!, schalt sie sich. Du musst noch länger mit ihm arbeiten. Ihr werdet noch oft miteinander reden, persönlich und am Telefon. Was stellst du dich so an?

All das mochte schon sein. Aber der gestrige Tag hatte ihr schmerzlich klargemacht, wie sehr sie sich nach einem Partner, nach Wagner, sehnte. Sie konnte von Daniels Verhalten denken, was sie wollte, aber schlussendlich hatte er sich für Veronika und das Kind entschieden. Die beiden liebten sich, das war unübersehbar. Gut, sie hatten ihre Probleme. Sie mussten mit der neuen Situation klarkommen, sich in ihr zurechtfinden. Ein Gedanke schoss ihr durch den Kopf. Wagner und ihr Bruder ähnelten sich. Nicht vom äußeren Erscheinungsbild. Da konnten die Gegensätze kaum größer sein. Aber von ihrem Wesen. Beide waren beschützend. Für beide stand die Arbeit an erster Stelle. Daniel Campelli und Helmut Wagner gehörten eindeutig dem »alten Schlag« an – sie hielten Frauen die Tür auf, halfen ihnen in die Mäntel und übernahmen selbstverständlich die Rechnung nach einem gemeinsamen Essen. Aber mit Daniel stritt sie sich unaufhörlich, jetzt noch. Ob Wagner da tatsächlich die richtige Wahl wäre?

Aus! All diese Gedanken führten zu nichts, außer zu Herzschmerzen. Sie sollte sich auf ihre Arbeit konzentrieren. Laura nahm ihre Handtasche von der Kommode im Flur und verließ die Wohnung.

Wagner saß vor seinem Schreibtisch, das Telefonbuch mit den gelben Seiten lag aufgeschlagen vor ihm. Déjà-vu, dachte er. Erst gestern hatte er das verfluchte Buch in die Schublade gepfeffert. Wo sollte er anfangen?, fragte er sich auch heute wieder. Er hatte seine Frage wohl unbewusst laut ausgesprochen, denn Heinz sagte: »Am besten bei A.«

Wagner sah missmutig auf und warf einen Kugelschreiber nach seinem Freund, der ihn geschickt auffing.

»Hast du nichts zu tun?«, fragte Wagner.

»Ich geh ja schon«, antwortete Heinz und grinste breit. Dem guten Rat zum Trotz blätterte Wagner zum letzten Eintrag. »Zwarinsky – Blumen und Floristik« stand dort. Er griff zum Telefonhörer und wählte die Nummer. Lilien? Ja, natürlich führten sie die. Ob sie vorgestern welche verkauft hätten? Sicher. Lilien waren beliebte Blumen. Ach nein, nicht in solchen Mengen. Nicht auf einmal.

So ging das weiter. Eine Sisyphusarbeit. Wagner überlegte, ob es jemanden gab, den er mit diesen Telefonaten betrauen konnte. Dafür brauchte er mindestens zwei, drei Kollegen. Er würde sonst nie fertig werden. Bis er die Liste durch hätte, hätte er Schwielen auf den Fingerkuppen vom Wählen.

Also riss er die fraglichen Seiten aus dem Telefonbuch, rollte mit seinem Sessel nach hinten und stand auf.

Er ging aus seinem Zimmer und lief den Gang entlang bis zum nächsten Raum, den sich vier Beamte teilten. Sie schienen alle beschäftigt, dennoch legte er jedem von ihnen zwei

Blätter auf den Tisch. »Leute, ich brauch ein wenig Unterstützung.«

»Das Baby?«, fragte einer der Beamten.

Wagner nickte. Wortlos griffen alle vier zu den Seiten aus dem Telefonbuch. Wagner erklärte ihnen, worum es ging. Sie mussten die Blumenhandlung ausfindig machen, in der die Lilien, eine große Stückzahl, gekauft worden waren.

Der grimmige Blick seiner Kollegen zeigte ihm, dass sie alle ihr Möglichstes tun würden. Manche von ihnen hatten selbst Kinder. Auch wenn sie nicht am Tatort gewesen waren, die Nachricht von dem toten Baby hatte sich herumgesprochen.

In diesem Augenblick war er stolz, Teil dieser Truppe zu sein.

»Wenn jemand etwas herausfindet – ich bin in meinem Büro.«

Dann ließ er die vier alleine. Mit den Seiten, die ihm geblieben waren, klemmte er sich wieder hinter das Telefon.

Heinz Martin war in das gerichtsmedizinische Institut gefahren. In seinem Büro wütete das Chaos, und er machte sich seufzend daran, alte Zeitschriften durchzusehen, Artikel, die er noch aufheben wollte, auszuschneiden und sie abzuheften. Doch bei allem, was er in die Hand nahm, ließ ihn der Gedanke an das tote Baby nicht los. Also gut, dann würde er sich zuerst um die Krankenhäuser kümmern. Er scannte die Fußabdrücke ein und war gerade dabei, eine Rundmail an die Geburtsstationen zu verfassen, als er vom Klingeln seines Handys unterbrochen wurde. Es war Wagner.

»Na, fehle ich dir schon? Ich bin gerade erst eine Stunde weg«, scherzte Heinz.

»Ha, ha. Sehr lustig. Ich ruf dich aus einem anderen Grund an«, meinte sein Freund. In seiner Stimme war kein Funken von Humor.

»Hast du was gefunden?«

»Ja und nein.«

»Du drückst dich ziemlich unklar aus. Was denn nun?«

Wagner antwortete: »Was die Blumenhandlungen angeht: nein. Aber wir haben gerade eine Vermisstenmeldung reinbekommen. Aus dem 20. Bezirk.«

Heinz schrieb sich die Adresse der Polizeidienststelle auf. Sie machten aus, sich direkt dort zu treffen. Verdammt. Er sollte nun einer verzweifelten Mutter beibringen, dass ihr Kind vermutlich tot war und im Kühlraum der Gerichtsmedizin darauf wartete, identifiziert zu werden. Das war immer am schwierigsten: den Angehörigen die Gewissheit zu vermitteln, dass ihr Sohn, Tochter, Ehemann oder Ehefrau nie wieder zurückkehren würde.

Manche standen auf dem Standpunkt, alles sei besser als die Ungewissheit. Doch solange sie den geliebten Menschen nicht sahen, bloß mit einem Laken bedeckt, so lange hatten sie auch noch mindestens einen Funken Hoffnung.

Meist war er es, der ihnen diese Hoffnung, die Illusion, es könnte alles noch gut werden, raubte.

Einst hatte er sich für die Pathologie entschieden, weil er es nicht aushielt, Menschen wie am Fließband zu behandeln. Doch in Augenblicken wie diesem wünschte er sich, er hätte sich eine Fachrichtung ausgesucht, die Hoffnung schürte, anstatt sie zunichte zu machen.

Er schnappte sich seine Autoschlüssel und verließ sein Büro. Aufräumen konnte er später auch noch. Wenn er aus dem 20. Bezirk zurück war. Oder wenn dieser Fall abgeschlossen war. Oder gar nicht. So schlimm sah es auch wieder nicht aus.

Wagner wartete vor dem Eingang der Dienststelle auf Heinz. Hätte er geraucht, wäre das die Gelegenheit für die eine oder andere Zigarette gewesen. So aber spazierte er auf und ab und hoffte, sein Freund würde sich nicht allzu lange Zeit lassen.

Da bog Heinz' lange Gestalt um die Ecke.

»Du hättest doch schon vorgehen können«, sagte der anstelle einer Begrüßung.

»Ich hatte ein paar Telefonate zu erledigen«, log Wagner. Er wollte der Mutter einfach nicht allein gegenübertreten. Heinz hatte ein besseres Händchen, oder passender ausgedrückt: die besseren Worte, um mit Angehörigen umzugehen.

Gemeinsam betraten sie das Gebäude und fragten nach dem Beamten, der sie angerufen hatte.

Dessen Büro lag im ersten Stock. Wagner klopfte an, und als ein »Herein« ertönte, öffnete er die Tür.

»Guten Tag, mein Name ist Helmut Wagner. Wir haben telefoniert. Wegen des vermissten Babys.«

Erst jetzt fiel ihm auf, dass die Mutter des Kindes gar nicht anwesend war. Der Beamte bemerkte offenbar seinen suchenden Blick, denn er seufzte und sagte: »Ja, das ist eine komische Sache. Aber nehmen Sie doch Platz.«

Er und Heinz setzten sich dem Mann gegenüber, Heinz reichte dem Beamten die Hand und stellte sich vor.

»Oha«, meinte der Polizist. »Gerichtsmedizin. Wenn ich davon höre, läuft es mir immer kalt den Rücken hinunter. Ich bin froh, dass ich hier nur die Meldungen aufnehme. Wobei, so etwas wie heute habe ich noch selten erlebt.«

»Inwiefern?«, fragte Wagner.

Der Polizist lehnte sich zurück, griff nach einem Kugelschreiber und kritzelte Kurven und Linien auf den großen Block vor ihm.

»Also, die Mutter des vermissten Babys ist gerade achtzehn geworden, und sie hat erzählt, sie sei gestern Mittag aufgewacht, und das Kind sei einfach nicht mehr da gewesen. Bitte schön, wo gibt es denn so etwas? Und ich bin im

Übrigen davon überzeugt, dass sie Drogen nimmt. Ich habe ja schon oft mit Drogenabhängigen zu tun gehabt und erkenne sie auf hundert Meter Entfernung.« Er schüttelte den Kopf.

»Wo ist sie hin?«, wolllte Heinz wissen.

Der Mann blickte ihn direkt an. »Nun, ich hab gesagt, sie soll warten, ich verständige die Kollegen von der Kripo, aber als sie Kripo gehört hat, hat sie sich gehetzt umgesehen, als wäre jemand hinter ihr her, und schon war sie weg.«

»Aber die Adresse haben Sie doch?«, versicherte sich Wagner.

Der Beamte nickte. »Ich hatte ja schon alles aufgenommen. Name, Adresse. Das ist doch das Komische. Sie müsste wissen, dass ihr sie findet. Das war einfach eine Panikreaktion. Frag mich nur, woher die Panik kommt.«

Der Polizist hatte recht, fand Wagner, und auch Heinz nickte bestätigend. Hatte vielleicht doch die Mutter das Kind getötet? Warum meldete sie es aber dann bei der Polizei als vermisst? Die Frage konnte er selbst beantworten: Um eine plausible Erklärung für dessen Verschwinden parat zu haben. Das hatte er schon einige Male erlebt. Ehemann ermordet Frau und meldet sie anschließend vermisst, damit niemand misstrauisch wird.

Er bat um eine Kopie von der Vermisstenmeldung mit dem Namen und der Adresse der jungen Mutter. Dann stand er auf, tippte mit der Hand zum Gruß an die Schläfe und verabschiedete sich.

»Geben Sie mir Bescheid?«, rief der Beamte ihm beim Hinausgehen nach.

Wagner drehte sich kurz um und sagte: »Klar, sobald wir was herausgefunden haben.« Einen Teufel würde er tun.

Er verstand zwar die Neugier seines Kollegen. Doch mit den Dienstjahren war er vorsichtig geworden, was die Weitergabe von Informationen betraf. Man wusste nie, wo solche Auskünfte landeten. Günstigstenfalls bei ein paar Mitarbeitern, die Nachrichten über Mord und Totschlag mit einem Teil Abscheu und drei Teilen Voyeurismus verschlangen. Im ungünstigsten Fall landeten sie bei den Medien, die unreflektiert alles an die Bevölkerung weitergaben, Hauptsache, die Quoten und Auflagen stimmten. Und denen war ganz egal, ob sie den Ermittlungen schadeten oder nicht.

»Und jetzt?«, fragte Heinz, als sie ins Freie traten und er die Augen zukniff, weil ihn die Sonne nach dem dämmrigen Licht im Inneren des Gebäudes blendete.

»Wir fahren zu der Mutter, was sonst?«

»Ja, ist schon klar. Soll ich mit?«

Wagner blickte seinen Freund an. »Ich sagte ›wir‹«, betonte er noch einmal. Er versuchte den bittenden Ton in seiner Stimme zu unterdrücken, aber es misslang.

Heinz grinste. »Wie schön, wenn man gebraucht wird. Für dich lasse ich meine Arbeit liegen, die sich ohnehin schon stapelt. Das muss dir schon eine Pizza wert sein.«

»Gut, dann Pizza. Nach der Arbeit im ›Traviata‹«, gab sich Wagner geschlagen.

KAPITEL NEUN

Laura betrat die Kinderboutique. Sie blickte sich um und schlenderte zwischen den halbhohen Regalen zu einem Kleiderständer. Es war unglaublich, dass ein simpler Body so viel kostete wie zwei ihrer Jeans. Die Modefarben der Saison waren frühlingshafte Grüntöne und natürlich Rosa und Rot für Mädchen, Olivgrün und Schlamm für Jungs. Leibchen lagen akribisch gefaltet und farblich aufeinander abgestimmt auf Stapeln übereinander. Das ganze Ambiente strahlte kühle Eleganz aus, und sie fragte sich, wer in solch einem Geschäft einkaufen ging. Sie hatte keine Ahnung von Kindern, schon gar nicht von Babys, aber bisher hatte sie sich vorgestellt, Kinderkleidung sollte vor allem pflegeleicht und bei mindestens sechzig Grad waschbar sein. Alle diese Dinge sahen aus, als würden sie in die Reinigung gehören.

Eine überschlanke Verkäuferin mit blondiertem Haar trat aus einem hinteren Verkaufsraum, musterte sie und ordnete sie in eine der unteren Schubladen der Kategorie »Ich will mich nur mal umsehen« ein.

Umso erstaunter war die Dame, als Laura auf sie zuging und ihr das Foto von dem Taufkleid unter die Nase hielt.

»Ich bin Laura Campelli, Kripo Wien. Haben Sie solche Taufkleider im Sortiment?«

Die Verkäuferin blickte sich um, als suche sie ihre Vorgesetzte oder zumindest eine Kollegin, die ihr die unangenehme Aufgabe hätte abnehmen können. Aber da weder die eine noch die andere greifbar war, seufzte sie ergeben. »Nein, dies gehört nicht zu unserer aktuellen Kollektion.«

Laura blies sich eine Haarsträhne aus dem Gesicht. »Wenn nicht zur aktuellen, dann zu einer alten?«

Ihr Gegenüber nahm das Foto und studierte es näher. »Ich bin mir nicht sicher. Ich glaube, wir hatten so etwas voriges Jahr.«

»Dann wäre ich Ihnen sehr verbunden, wenn Sie nachsehen könnten. Es ist wirklich wichtig.«

Die Frau starrte sie an, als würde sie etwas Unmögliches, Unzumutbares von ihr verlangen. Eben setzte sie an: »Hören Sie, das ist aber sehr viel …«

Laura unterbrach sie unfreundlich: »Nein. Sie hören mir zu. Ich ermittle in einem Todesfall. Ein Baby, von dem wir nicht einmal den Namen wissen, hat dieses Taufkleid getragen, als es gefunden wurde. Und wenn Sie mir nicht helfen wollen, kann ich nicht garantieren, dass mir der Presse gegenüber nicht ganz nebenbei rausrutscht, aus welcher Boutique das Taufkleid stammt. Ihrem Geschäftsführer würde die negative Schlagzeile kaum gefallen.«

Sie schaute die Verkäuferin zuckersüß an. Deren Gesichtsfarbe wechselte von Grau über Rot zu Weiß.

»Das wird aber dauern«, murmelte sie.

»Das macht nichts. Heute habe ich ohnehin nichts Besseres vor«, rief Laura, während die Verkäuferin nach hinten ging, um kurz darauf mit zwei großen Katalogen und einem dicken Ordner im Arm zurückzukehren.

Sie schlug einen der dicken Wälzer auf und blätterte darin. Im ersten wurde sie nicht fündig. Erst als sie beim zweiten Katalog bis zu den Taufkleidern gekommen war, drehte sie wortlos das Buch zu Laura um und tippte mit ihren gepflegten Nägeln auf eine Aufnahme. »Hier. Das ist es.«

»Wie viele von jedem Modell haben Sie normalerweise hier?«, wollte Laura wissen.

»In der Regel ein oder zwei. Wenn der Bedarf größer ist, bestellen wir nach.«

»Und in diesem Fall? Haben Sie nachbestellt?«

Die Frau klappte den Ordner auf, fuhr mit dem Finger eine Spalte entlang und schüttelte dann den Kopf.

»Nein, wir haben beide verkauft. Keine Bestellung.«

Das wunderte Laura nicht. Das Kleidungsstück kostete bestimmt einige Hundert Euro. Viel zu überteuert, selbst wenn man den Anlass in Betracht zog. Schließlich war es trotz aller Noblesse auch nur ein Stück Stoff und nicht mehr. Zwar ein Designerstück, aber dennoch.

»Sie wissen nicht zufällig, an wen es verkauft wurde?«, fragte Laura.

Die Verkäuferin seufzte wieder, als müsse sie alle Last der Welt auf ihren zarten Schultern tragen, aber sie drehte sich wortlos um und ging erneut in den hinteren Bereich, wo Laura das Büro vermutete.

Diesmal blieb sie länger weg. Um sich die Zeit zu vertreiben, nahm Laura eines der Kleidchen von dem Ständer. Angeekelt schüttelte sie sich. Das war ja furchtbar. Sie stellte sich das arme Kind vor, das in so einem Zweihundert-Euro-Kleid gefangen war. Tu dies nicht, tu das nicht. Mach dich ja nicht schmutzig. Was war denn das für ein Leben?

Sie war als Kind ein richtiger Wildfang gewesen und hatte ihrer Mutter einigen Kummer bereitet, während ihr Vater den Stolz in seinem Blick nicht mal dann unterdrücken konnte, wenn er mit ihr schimpfte. Sie hatte sich mit ihrem Bruder gemessen und war immer als Siegerin hervorgegangen, auch was aufgeschürfte Knie, blaue Flecken und zerrissene Hosen anging. Sie spürte Tränen aufsteigen, als sie an ihren Vater dachte, der ihre Verletzungen mit Pflaster und Desinfektionsmittel versorgt und zu ihr gesagt hatte: »Nur wer aufgibt, hat schon verloren. Das nächste Mal klappt's wieder.«

Mitten in ihre Gedanken knallte ein Ordner auf den Tresen.

»Hier. Das sind die Rechnungsduplikate vom fraglichen Jahr. Wenn bar bezahlt wurde, sehe ich keine Chance, herauszufinden, wer der Käufer gewesen ist. Allerdings zahlen die meisten unserer Kunden mit Kredit- oder EC-Karte.«

Nun war es an Laura, einen Seufzer auszustoßen. Hätte sie nur vorher nicht den Mund so voll genommen, als sie sagte, sie hätte noch nichts vor. Angesichts der Menge an Rechnungen ging das Geschäft weit besser, als sie erwartet hatte. Es würde einige Zeit in Anspruch nehmen, alles zu sichten. Sie wünschte sich, sie hätte jemanden mitgenommen, der sie unterstützen könnte.

Die Verkäuferin dachte gar nicht daran, ihr zu helfen. Im Gegenteil. Sie hatte sich demonstrativ von Laura abgewandt und damit begonnen, einige Strampelanzüge neu zusammenzulegen.

An die Arbeit, sprach sich Laura selbst gut zu. Sie war bald so vertieft in die Unterlagen, dass sie um sich alles vergaß.

Einige prominente Namen tauchten auf. So wurden also Nobelbabys eingekleidet. Ob die glücklicher waren als Kinder mit weniger begüterten Eltern, bezweifelte sie.

Die Zahlen begannen vor ihren Augen zu flimmern. Da waren Beträge ausgegeben worden, die sie schummerig werden ließen. Wenn sie jemals ein Kind haben sollte, würde sie nie, niemals in solch einem Geschäft einkaufen, schwor sie sich. Nicht einmal für Veronikas Baby wollte sie hier Geld ausgeben.

Endlich hatte sie die beiden Rechnungen gefunden, auf denen die Taufkleider aufgeführt waren.

Sie öffnete den Ordner und nahm die Belege heraus. »Sie haben doch einen Kopierer?«, rief sie der Verkäuferin zu, die mittlerweile dazu übergegangen war, einen Karton mit Stoffwindeln auszupacken. Laura glaubte ihren Augen nicht zu trauen. Da waren tatsächlich Blümchen drauf. Gestickte.

Die Verkäuferin wandte sich ihr zu, bemerkte ihren Blick

und meinte: »Die sind nicht zum Wickeln. Und das Kopiergerät steht hinten im Büro. Bedienen Sie sich.«

Nicht zum Wickeln. Natürlich. Aber wozu dienten diese Nobelwindeln dann? Sie musste Veronika davon erzählen.

Laura nahm die Rechnungen und ging nach hinten, wo sie den Kopierer entdeckte. Sie hob den Deckel, legte die Zettel hinein und drückte auf den Knopf. Der Apparat surrte und spuckte gleich darauf die Duplikate aus. Laura nahm die Kopien an sich. Geblümte Windeln hin oder her, mit Kopiergeräten kannte sie sich aus. Im Leben kam es auf die richtigen Prioritäten an.

Heinz Martin startete seinen Wagen und bugsierte ihn aus der engen Parklücke. »Wohin?«, fragte er Wagner, der auf dem Beifahrersitz Platz genommen hatte.

»Nordwestbahnstraße«, kam die ebenso knappe Antwort.

Mit einem Seitenblick auf seinen Freund gab er Gas. Heinz war froh, dass Wagner nicht sprach und er seinen Gedanken nachhängen konnte. Was würde sie erwarten? Handelte es sich bei dem vermissten Baby tatsächlich um das tote Kind? »Vielleicht hat es ja einfach der leibliche Vater mitgenommen«, sagte Wagner, der sich offenbar mit der gleichen Idee herumschlug.

Heinz warf ihm einen kurzen Blick zu und schüttelte kaum merklich den Kopf. Es hatte keinen Sinn, sich an Strohhalme zu klammern. Klar wäre ihm lieber gewesen, wenn es sich um eine simple Sorgerechtsstreitigkeit handelte, doch tief in seinem Inneren wusste er, dass sie gleich den Namen des toten Babys erfahren würden. Er fürchtete sich schon jetzt vor diesem Augenblick.

Sie hatten ihr Ziel erreicht. Heinz fluchte, weil er wieder einmal weit und breit keinen Parkplatz fand.

»Dann stell das Auto einfach dort ab«, meinte Wagner und deutete auf die Abstellplätze, die zu einem Supermarkt gehörten. Heinz setzte den Blinker und bog auf den Platz ein. Auch hier standen die Autos ziemlich eng, und er fragte sich, ob wirklich alle Fahrzeughalter einkaufen waren oder ob einige, so wie er, ihre Autos in Ermangelung anderer Parkmöglichkeiten hier abstellten und hofften, dass niemand die Einstundenfrist kontrollierte.

Sicherheitshalber legte er das Arzt-im-Dienst-Schild unter seine Windschutzscheibe. Das hatte ihn bisher noch jedes Mal davor bewahrt, abgeschleppt zu werden. Dieser Spaß kostete fast 250 Euro, von den Scherereien und der Tatsache, dass man plötzlich keinen fahrbaren Untersatz mehr hatte, ganz abgesehen.

Für Laura Campelli war es ein Leichtes, anhand der Belege, die sie in der Boutique gefunden hatte, die Besitzer der Kreditkarten auszumachen. Der eine war eine Frau. Die würde sie zuerst aufsuchen. Die zweite Karte war auf den Namen Josef Dattler ausgestellt worden. Er lebte im 13. Bezirk.

Die Frau wohnte in Praternähe, und Laura wunderte sich beim Anblick der Wohnblocks, die sie immer an Hühnerkäfige erinnerten, dass sich jemand aus einer solchen Gegend Preise wie im »Baby's Doll« leisten konnte.

Sie fuhr mit dem Aufzug in den dritten Stock, und als sie an der Wohnungstür klingelte, fiel ihr ein, dass sie genauso gut zu Fuß hätte hinaufgehen können. Sie wollte sich doch mehr bewegen. Aus der Wohnung dröhnte der Fernseher. Kindergeschrei übertönte das ohnehin laute Geräusch des Apparates.

Eine Frau Anfang dreißig öffnete die Tür. Ein Kleinkind saß auf ihrer Hüfte. Das Kind sah aus, als hätte es gerade Schokolade gegessen, sein Mund und die Hände waren verschmiert, ebenso wie der weiße Body. Sogar das T-Shirt der Mutter hatte etwas abbekommen.

Das Kleine brüllte herzzerreißend.

»Ja, bitte?«

Laura stellte sich vor. Die Frau setzte ihr Kind ab und lud sie mit einer Handbewegung ein hineinzukommen. »Entschuldigen Sie, aber der Kleine hat Schokolade gemopst, und jetzt schreit er, weil ich sie ihm weggenommen habe. Ich muss ihm nur schnell etwas anderes anbieten, damit er Ruhe gibt.«

Laura setzte ein Lächeln auf. Die Mutter schien bemüht zu sein, ihren Nachwuchs gesund zu ernähren. Ob das mit Kindern immer so schwierig war? Ihre romantischen Vorstellungen begannen sich zu verflüchtigen. Sie dachte an Veronika. Plötzlich beneidete sie ihre Schwägerin nicht mehr. Die Frau schnitt einen Apfel in Viertel und gab dem Jungen ein Stück, der tatsächlich mit dem Gebrüll aufhörte und anfing, an dem Obststück zu knabbern.

Die Frau lächelte zufrieden und wandte sich nun Laura zu. »Was kann ich für Sie tun? Sie sagten, Sie sind von der Kripo? Ich hab doch nichts verbrochen, oder?«

»Nein, nein«, beeilte sich Laura zu versichern. »Wir suchen nach dem Besitzer eines Taufkleides. Unsere Überprüfung hat ergeben, dass Sie eben solch eines aus der Kollektion von ›Baby's Doll‹ gekauft haben.«

Die Frau dachte kurz nach. »Ach das!«, sagte sie schließlich. »Ich hätte es mir ja nie leisten können, aber meine Tante meinte, ich solle was Besonderes für die Taufe besorgen. Sie war die Taufpatin – sie würde mir den Kaufpreis ersetzen. Ich habe lange gesucht, fand aber keines, das mir gefallen hätte. Dann ging ich mal in der Innenstadt spazieren. Ich würde sonst nie einen Fuß in so einen Laden setzen, aber ich war schon verzweifelt, der Kleine war hungrig und müde. Also bin ich doch rein – und dieses hat mir auf Anhieb gefallen. Ich hab mit meiner Kreditkarte bezahlt. So viel Bargeld hatte ich nicht bei mir. Und meine Tante hat mir das Geld wiedergegeben.«

Also fühlte nicht nur Laura sich in dem Ambiente von »Baby's Doll« nicht wohl.

»Was haben Sie denn mit dem Taufkleidchen gemacht? Ich meine nach der Taufe.« Gespannt hielt Laura die Luft an.

»Ich hab's natürlich aufgehoben. Zur Erinnerung.«

»Würde es Ihnen etwas ausmachen, mir das Kleidchen rauszusuchen?«, fragte Laura.

»Äh, nun – ich weiß nicht genau, wo ich es hab. Aber wenn Sie kurz auf den Kleinen aufpassen, schau ich schnell, ob ich es auf Anhieb finde.«

Bevor Laura protestieren oder auch nur einen Ton sagen konnte, war die Frau schon im Nebenzimmer verschwunden. Der Kleine sah Laura an und verzog weinerlich sein Gesicht.

Hilflos hockte sich Laura nieder und strich dem Buben über das Gesicht. Das war die falsche Entscheidung, denn nun fing er erst recht zu weinen an.

»Ist ja gut, Mama kommt gleich«, murmelte Laura und hoffte, dass sie recht damit hatte.

Die Mutter eilte herbei und warf Laura einen vorwurfsvollen Blick zu, bevor sie ihr Kind hochhob und ihm einen Kuss auf die immer noch schokoladenverschmierte Wange gab. Zu Laura gewandt meinte sie: »Keine Ahnung, wo das Taufkleid ist. Ich kann es nicht finden. Wenn es Ihnen nichts ausmacht, ich würde den Kleinen jetzt schlafen legen. Er ist schon grantig.«

Laura wunderte sich über den veränderten Tonfall der Frau. Sie war doch vorhin noch so entgegenkommend gewesen. Ob es wirklich nur an dem weinenden, müden Kind lag?

»Ich brauche dieses Taufkleid. Wenn Sie also die Güte hätten, es für mich rauszusuchen, sobald Sie dazu kommen, wäre mir sehr geholfen. Ich ermittle in einem Mordfall«, sagte sie, bevor sie sich verabschiedete. Sie registrierte den erschrockenen Blick der Frau. Entweder sie hatte ein schlechtes Gewissen, oder die Nachricht, in einen Mordfall verwickelt zu sein, behagte ihr nicht. Wie auch immer, Laura würde noch ein paar Erkundigungen über sie einholen. Am besten fing sie damit bei den Nachbarn an.

KAPITEL ZEHN

Heinz und Wagner standen vor der Haustür, die ebenso wie die Wände mit Graffiti vollgeschmiert war. Im Inneren des Gebäudes roch es muffig und nach angebranntem Kohl.

»Welcher Stock?«, fragte Heinz seinen Freund.

»Der zweite. Ganz schön desolat hier«, antwortete Wagner und deutete auf die abgetretenen Stufen und den wackeligen Handlauf.

Heinz nickte. »Ja, es würde mich nicht wundern, wenn hier die Toiletten auf den Fluren sind.«

Wagner schaute ihn ungläubig an. »Was? So etwas gibt es noch?«

Heinz hob die Schultern. »Keine Ahnung. Aber hier würde es passen.«

Sie waren im zweiten Stock angekommen und klingelten an Tür 12. Als niemand öffnete, drückte Heinz noch einmal die Klingel und ließ sie nicht mehr los. Das Dauerschrillen zeigte Wirkung. Die Wohnungstür wurde aufgerissen.

»Was?«, kam die ungehaltene Frage der Mieterin.

»Wir sind von der Kripo«, übernahm Wagner den Gesprächseinstieg. »Sind Sie Yvonne Kruger?«

Die Angesprochene schluckte jedes Wort, das ihr noch auf der Zunge gelegen hatte, hinunter und nickte. Plötzlich schien sie in sich zusammenzusinken, als sei jegliche Kraft aus ihr gewichen. »Sie sind wegen Kevin hier.« Es war eine Feststellung, keine Frage.

Heinz machte einen Schritt vorwärts und drängte sich auf diese Weise in die Wohnung. Die junge Frau drehte sich um und ging ins Wohnzimmer, ohne nach den Männern zu sehen. Heinz und Wagner fassten das als Einladung auf und folgten ihr. Das Erste, was Heinz auffiel, war das Durcheinander, das hier herrschte. Sein Büro war ein Palast dagegen. Und dann der Geruch. Als wäre hier eine feuchtfröhliche Party gefeiert worden. Es roch nach Alkohol, nach Erbrochenem und Rauch. Die junge Frau ließ sich auf das Sofa fallen und bedeckte das Gesicht mit ihren Händen.

Trotz des erbärmlichen Zustandes der Wohnung und der Unordnung tat sie Heinz leid. Sie war fast noch ein Kind. Und mit allem überfordert. Er fragte sich, ob sie von irgendwem Hilfe bekam. Sanft, um sie nicht noch mehr zu verunsichern, fragte er: »Frau Kruger – Yvonne –, wo ist Kevin?« Es kam ihm richtig vor, sie zu duzen.

Yvonne Kruger sah auf. »Ich weiß es nicht.« Dann brach sie in Tränen aus.

Heinz ging zu ihr hinüber und setzte sich neben sie auf das Sofa, während Wagners Blick Erleichterung und Dankbarkeit zeigte.

Hier, wo er saß, war der Gestank furchtbar. Sogar für ihn, der an schlimme Gerüche gewöhnt war. Er legte fürsorglich den Arm um die Schultern des Mädchens, die sich vor lauter Schluchzen hoben und senkten.

»Jetzt erzähl uns, was passiert ist. Schön der Reihe nach«, forderte er Yvonne auf.

Sie schniefte und wischte sich dann die Tränen mit ihrem Ärmel ab. »Ich habe geschlafen. Und als ich munter geworden bin, war er auf einmal nicht mehr da. Das ist alles.«

Heinz' Blick wanderte zu Wagner, der leicht den Kopf schüttelte. »Yvonne, so kommen wir nicht weiter. Wann war das?«

Die junge Frau schien sich wieder einigermaßen gefasst zu haben. Fast trotzig meinte sie: »Samstagnachmittag.«

Heinz seufzte. »Gut. Dann frag ich mal andersrum: Wann hast du Kevin zuletzt gesehen?«

Mit dieser Frage schien die junge Mutter überfordert zu sein. Sie biss sich auf die Unterlippe und dachte nach. Schließlich sagte sie: »Ich weiß nicht mehr so genau.«

Jetzt wurde es Wagner zu bunt. Er trat einen Schritt auf das Sofa zu. »Frau Kruger, wir können auch anders. Ihr Kind ist möglicherweise in Gefahr, wenn nicht sogar schon tot. Wenn Sie sich weigern, uns zu helfen, können Sie mit einer Verhaftung wegen unterlassener Hilfeleistung oder gar Totschlags rechnen. Also?«

Die Frau riss die Augen auf und schnappte nach Luft. Dann senkte sie den Kopf und begann stockend zu erzählen. Ihr sei die Decke auf den Kopf gefallen. Sie habe das übermächtige Gefühl gehabt, raus zu müssen – und Kevin hatte nur geschrien und geschrien. Da sei sie einfach gegangen. Es wäre ja ohnehin egal gewesen, weil sie nichts habe tun können, damit er mit dem Brüllen aufhörte.

Wagner trat einen Schritt vor. Heinz konnte sich vorstellen, dass sein Freund Yvonne am liebsten geschüttelt oder ihr eine Predigt gehalten hätte, die sich gewaschen hatte. Aber mit einer Handbewegung hielt er Wagner zurück. Jetzt, wo Yvonne redete, sollte sie nicht unterbrochen werden.

»Ich bin aber gleich zurückgekommen, weil ich ein schlechtes Gewissen hatte. Er hat geschlafen. Endlich. Als ich aufgewacht bin, war er fort.«

»Herrschaftszeiten, warum bist du dann erst heute Morgen zur Polizei gegangen?« Heinz bemühte sich, nicht laut zu werden, obwohl alles in ihm zu zerreißen drohte.

»Ich dachte, das würde mir keiner glauben. Ich weiß auch nicht. Und ich war so müde. Ich war froh, dass ich endlich mal in Ruhe schlafen konnte. Ich hab geglaubt, meine Mutter hätte ihn abgeholt.«

Wagner hatte die Hände zu Fäusten geballt. »Ich sage Ihnen, das wird ein Nachspiel haben!«, zischte er.

Heinz konnte die Gefühle seines Freundes verstehen. Dennoch ging es ihm nun darum, ob der tote Junge Kevin war oder nicht. Er hob beruhigend die Hand. Es brachte nichts, wenn Wagner die Mutter bedrängte. »Im Krankenhaus, nach der Entbindung, wurden da Hand- oder Fußabdrücke von Kevin genommen?«

Die junge Frau blickte auf und schniefte. »Ja, sie haben eine Glückwunschkarte gemacht. Da standen das Gewicht und die Größe drauf. Und ganz vorne war der Fußabdruck von Kevin.«

Heinz' Herz schlug schneller. »Hast du diese Karte noch?«

Yvonne überlegte. »Ich weiß nicht. Sie kann beim Umzug verloren gegangen sein.«

Heinz musste ein Schnaufen unterdrücken. Was wusste sie überhaupt? Er seufzte. »Da kann man nichts machen. In welchem Krankenhaus hast du entbunden?«

Wenigstens daran erinnerte sie sich. Diese Information brachte ihn der Identifizierung des toten Babys näher.

Und dann überraschte Yvonne Kruger Wagner und ihn. Sie schlug sich die Hände vors Gesicht. Ihre Worte waren kaum zu verstehen, als sie sagte: »Ich hab das nicht gewollt. Wirklich nicht.« Die Tränen flossen, ihre Schultern bebten, und egal, was Heinz versuchte, sie konnte nicht aufhören zu weinen.

Lauras Magen knurrte. Es war schon Mittag vorbei, und sie überlegte, ob sie irgendwo einen Salat essen sollte, bevor sie den zweiten Kreditkartenbesitzer aufsuchte. Da klingelte ihr Handy. Veronika war dran. Sie wollte wissen, wo die Alserstraße war.

Laura erklärte ihr, wie sie dort hinkam. »Warum willst du das wissen?«, fragte sie.

»Dort ist der Geburtsvorbereitungskurs.«

»Aber Daniel kennt sich doch in Wien gut aus.« Veronika schwieg. Da kapierte Laura endlich! »Sag bloß, er will dich dort allein hinschicken?«

Sie hörte Veronikas Seufzen, das ihr ins Herz schnitt. Dann sagte ihre Schwägerin: »Er wollte eigentlich mitkommen. Aber er hat mich vorhin angerufen, dass er es nicht schafft. Ein Geschäftsessen. Es ist wichtig.«

Laura hätte vor Wut auf ihren Bruder schreien können. Wichtig? Dieser Geburtsvorbereitungskurs war wichtig. Veronika und das Baby waren wichtig. Herr im Himmel! Waren alle Männer so? Oder bloß ihr missratener, karrieregeiler Bruder?

»Hör mal, wir treffen uns, und ich bring dich hin«, bot sie an. »Wann musst du dort sein?«

»Der Kurs beginnt um sieben. Aber es ist wirklich nicht nötig.«

Und ob! Sie konnte doch ihre Schwägerin nicht mutterseelenallein in einer fremden Stadt auf Expedition schicken. »Keine Widerrede«, sagte Laura. »Ich mach das gerne.«

In Wirklichkeit wäre sie lieber zu Hause geblieben, hätte Kasimir ein paar Streicheleinheiten gegönnt und den Roman weitergelesen, den sie schon vor Wochen begonnen hatte, in dem sie aber nie weiter als bis Seite hundertzwanzig gekommen war.

Doch als sie auflegte, hatte sie das Gefühl, nur ein ganz kleines bisschen gelogen zu haben – sie freute sich tatsächlich.

Yvonne Kruger war zusammengebrochen, und Heinz hatte schließlich einen Krankenwagen rufen müssen. Nachdem die junge Frau abtransportiert worden war, fragte Heinz: »Und jetzt?«

In Wagner brodelte es immer noch. Grimmig sagte er:

»Jetzt befragen wir die Nachbarn. Wenn das Kind wirklich so viel geweint hat, dann muss es schließlich jemand gehört haben.«

»Hier hört man nicht zu, hier hört man weg. Zivilcourage ist nicht mehr in.« Heinz klang resigniert.

Wagner wusste, was er damit meinte. Viel zu oft sahen die Menschen weg, wo sie besser hätten hinschauen sollen. Aus Angst, falsch zu handeln, taten sie gar nichts. Viele fürchteten sich davor, in Unannehmlichkeiten verwickelt zu werden. Und er fragte sich, ob die Polizei einen so schlechten Ruf hatte, dass sich die Leute nicht mehr trauten, Meldung zu machen. Die Polizei, dein Freund und Helfer – galt das heutzutage nicht mehr?

»Wir versuchen es trotzdem«, sagte er und klopfte an die benachbarte Wohnungstür, weil er keinen Klingelknopf finden konnte.

Die Tür ging einen Spalt auf, und eine Frau mit strähnigem Haar lugte heraus. Sie hatte eine Kette vorgelegt. Das Ding gaukelte Sicherheit vor. Die Wenigsten wussten, wie leicht es war, sie mit einem gezielten Fußtritt zu sprengen.

»Ja?«

»Wir sind von der Polizei. Frau …«, hob Wagner an.

Die Frau blickte misstrauisch von einem zum anderen. »Und?«, fragte sie.

Wagner zückte seine Dienstmarke. Doch auch die half nicht. Die Frau machte keine Anstalten, sie hineinzubitten.

»Da drüben ist ein Kind verschwunden. Ein Baby. Haben Sie etwas Verdächtiges gehört oder gesehen?«, fragte Wagner. Die Frau schüttelte den Kopf. Sie wirkte betroffen und schien nun auch ein wenig zugänglicher zu sein. »Nein, wie furchtbar! Ich habe auch eine Tochter. Es wäre schrecklich, wenn sie weg wäre«, sagte sie.

»Die Mutter sagt, das Baby habe häufig geschrien. Das müssen Sie gehört haben. Schließlich wohnen Sie nebenan.«

»Die sind doch erst ganz kurz hier. Ich glaub, ich hab sie und das Baby erst einmal gesehen, aber jetzt, wo Sie fragen: Ja, ich habe es sehr oft weinen gehört.«

Heinz nahm sofort den Faden auf. »Wann war es das letzte Mal? Denken Sie bitte nach, das könnte wichtig sein.«

Die Frau hielt den Kopf schief, als würde sie in sich hineinhorchen. Wagner glaubte schon, Heinz' Frage wiederholen zu müssen, als sie schließlich antwortete: »Ich bin mir fast sicher, in der Nacht von Freitag auf Samstag. Meine Sarah hat sehr unruhig geschlafen, sie hat mehrmals geweint, ich ging in ihr Zimmer, um sie zu beruhigen, und da hörte ich das Baby durch die Wand.«

»Und danach? Haben Sie auch danach noch etwas gehört?«, wollte Heinz wissen. Sein Ton war drängend, aber nicht unfreundlich. Es gab also durchaus noch Menschen, die bereit waren, der Polizei zu helfen.

Wieder ließ sich die Frau Zeit mit ihrer Antwort. Wahrscheinlich wollte sie nichts Falsches sagen. Dann schüttelte sie leicht den Kopf. Wagner konnte Bedauern in ihrer Miene erkennen. »Nein, nachher war es ruhig. Vielleicht habe ich auch fest geschlafen. Durch die dicken Mauern in diesen Altbauwohnungen dringt ja nicht so viel durch. Auf jeden Fall habe ich den ganzen restlichen Tag nichts mehr gehört. Es tut mir leid, dass ich Ihnen nicht mehr sagen kann.«

»Vielen Dank. Ich wünschte, wir hätten mehr solche aufmerksamen Nachbarinnen wie Sie«, sagte Wagner zum Abschied.

Alle anderen Flurnachbarn waren entweder nicht daheim, oder sie hatten weder etwas gesehen noch etwas gehört – ganz so, wie sie es erwartet hatten.

Frustriert gingen er und Heinz die Treppe hinab. Als sie die Eingangstür erreichten, zog Wagner sie mit Schwung auf und ließ Heinz vorangehen.

Wagner hatte seine Lippen zusammengekniffen. »Was ist?

Du denkst doch gerade über etwas nach«, drängte Heinz ihn.

Wagner bedachte seinen Freund mit einem skeptischen Blick. »Es stimmt was nicht. Du hast gesagt, Kevin starb am Samstagnachmittag.«

Heinz nickte. »Eher am späten Nachmittag, abends«, stellte er richtig.

»Wenn die Nachbarin ihn Freitagnacht das letzte Mal gehört hat und danach nicht mehr, frage ich mich, was in der Zeit bis Samstagabend passiert ist. Die Kruger lügt doch wie gedruckt. Und wenn nicht, verheimlicht sie etwas. Ich glaube immer noch, dass sie ihn umgebracht hat. Die Entführung ist erstunken und erlogen.«

Heinz widersprach. »Sie war's nicht.«

»Sie hat gesagt, sie hätte das alles nicht gewollt. Das ist ja schon fast ein Geständnis«, beharrte Wagner.

»Sie war es nicht. Denk an die Lilien, an das Taufkleid. Meinst du, sie würde ihn so aufbahren? Nie und nimmer.«

Wagner musste seinem Freund widerwillig recht geben. Yvonne Kruger hätte ihren Sohn, egal, ob er an SIDS gestorben war oder ob sie ihn erstickt hätte, in der Wohnung liegen lassen. Oder sie hätte ihn irgendwo abgelegt, in die Donau oder einfach in den nächsten Müllcontainer geworfen. Die Reue, die sie gezeigt hatte, kam zu spät, falls sie überhaupt echt war. Vielleicht hatte erst ihr Besuch Yvonne Krugers schlechtes Gewissen geweckt. Verdammt, sie drehten sich im Kreis. Sie waren keinen Schritt vorangekommen, hatten immer noch keine Ahnung, woran das Kind gestorben war.

Schön langsam fragte sich Wagner, ob er sich nicht in etwas verrannte. Er hatte sich nicht einmal den Namen der Nachbarin gemerkt, die sie vorhin befragt hatten. Eine Schlamperei, für die er niemandem außer sich selbst die Schuld geben konnte. »Sag, weißt du den Namen der Nachbarin? Ich hab ihn nämlich vergessen«, fragte er Heinz. Vor ihm konnte er diese kleine Blöße eingestehen.

Heinz grinste ein wenig. »Sie hat dir ihren Namen gar nicht genannt. Aber auf dem Türschild stand: Caroline Mitterhofer.«

Wie gut, dass Heinz mitgekommen war, dachte Wagner. Die Pizza, die er ihm schuldig war, würde er gerne bezahlen.

Laura hatte sich nun doch gegen den Salat entschieden. Im Vorbeigehen kaufte sie sich ein Croissant und eine Flasche Mineralwasser. Das musste reichen. Es war nicht das erste Mal, dass sie aktiv an Ermittlungsarbeiten teilnahm. Meistens war es eine Abwechslung zu der Laborarbeit, aber wohler fühlte sie sich eindeutig in ihrem Reich. Sie hatte immer das Gefühl, sie müsse improvisieren, und das lag ihr nicht. Sie hielt sich lieber an Fakten, an Beweise, die sie wissenschaftlich belegen konnte. Sollte sie nicht doch wieder umkehren und den zweiten Käufer des Taufkleids Wagner überlassen? Nein. Sie hatte damit begonnen, und sie würde es auch zu Ende führen. Wahrscheinlich kam ohnehin nichts dabei raus. Laura stieg in ihr Auto und fädelte sich in den Verkehr ein. Irgendwann sollte sie ihrem Auto eine Innenreinigung gönnen. Aber das war so wie mit dem Joggen: keine Zeit.

Die Adresse Josef Dattlers lag in einer noblen Gegend. Lauter Villen mit großen Gärten. Kurz überlegte sie, wie es wäre, in solch einem Haus zu leben, verwarf die Idee jedoch gleich wieder. Sie war mit ihrer kleinen Wohnung zufrieden. Mehr brauchte sie nicht. In solch einem riesigen Haus würde sie sich wahrscheinlich verloren vorkommen.

Sie klingelte am Tor. Einige Sekunden verstrichen, bis die Gegensprechanlage knackte und eine weibliche Stimme fragte: »Bitte?«

Sie meldete sich mit »Laura Campelli, Kripo Wien. Ich habe ein paar Fragen.«

Der Türöffner summte, und Laura drückte das Tor auf. Sie ging den Kiesweg bis zum Haus und bewunderte den kurz geschnittenen Rasen. Die Haustür wurde geöffnet, und eine gepflegte junge Frau trat hinaus. »Meine Güte, Kripo? Was kann ich denn für Sie tun?« In ihrer Stimme schwang Verunsicherung.

Laura fragte: »Frau Dattler?«, und als die Frau nickte, meinte sie beruhigend: »Ich brauche nur eine Information von Ihnen. Ich bin anhand einer Kreditkartenabrechnung auf Ihren Namen gestoßen. Es geht um ein Taufkleid, das Sie oder Ihr Mann letztes Jahr bei ›Baby's Doll‹ gekauft haben. Können Sie sich daran erinnern?«

Das Gesicht der Frau entspannte sich ein wenig. Sie nickte: »Ja, natürlich. Was ist denn damit?«

»Mich würde interessieren, ob Sie es noch haben. Wir würden das zu Vergleichszwecken brauchen.«

Die junge Frau schüttelte bedauernd den Kopf. »Tut mir leid, ich fand es nicht sinnvoll, es nach der Taufe noch aufzuheben. Wir haben es mit anderer Babybekleidung, die Viktoria zu klein geworden ist, in einen Secondhandladen gebracht.«

»Können Sie mir den Namen dieser Boutique sagen?«

Als Laura sich verabschiedete, hatte sie einen neuen Anhaltspunkt. Eigentlich hatte sie vorgehabt, nach diesem Besuch ins Labor zurückzufahren, aber jetzt schien sie einer richtigen Spur so nahe zu sein, dass sie ihren Entschluss verwarf und sich auf den Weg in den 10. Bezirk zu dem Secondhandladen machte. Vielleicht würde sie ja dort gleich etwas für Veronika finden.

»Sarah, die Polizei war gerade da«, sagte die Frau. Ihre Stimme klang atemlos. Kein Wunder. Der Besuch hatte ihr einen gehörigen Schrecken versetzt.

»Das war zu erwarten«, antwortete Sarah.

»Ich hatte Angst. Wenn sie noch einmal kommen? Was soll ich denen sagen?«

»Die kommen nicht wieder. Nicht heute. Du musst einfach aufpassen. Sie werden mit allen Mitteln versuchen, dich aufzuhalten. Aber das darf nicht sein. Du musst noch viele Kinder retten.«

Die Frau ging unruhig in der Küche auf und ab. »Ich kann das nicht. Wie soll ich die Wohnung verlassen, wenn überall Teufel lauern? Ich geh nicht raus. Nein, ich bleib hier. Für immer.«

Sarah antwortete nicht.

»Sarah?« Angst stieg in Caroline Mitterhofer auf. Sie biss sich auf die Lippen und schmeckte Blut. »Sarah, du hast gesagt, du bleibst bei mir.« Sie war den Tränen nahe. Wenn Sarah sie erneut verlassen hatte – sie würde es nicht überleben.

Da meldete sich ihre Tochter endlich wieder: »Ich habe auch gesagt, du musst mir zuhören.«

Caroline nickte. »Ja, alles, was du willst. Ich höre dir ja zu.«

»Gut. Du hast eine Aufgabe, vor der du dich nicht verschließen kannst. Dein Leben dient einem höheren Zweck. Diese Kinder warten, verlassen sich auf dich. Ich verlasse mich auf dich.«

Die Frau ließ die Worte ihrer Tochter auf sich wirken. Ja. Wie konnte sie bloß zweifeln? Wie konnte sie an sich selbst denken? Daran, wie sie sich fühlte? Diesen Kindern ging es wesentlich schlechter als ihr. Und sie war die Einzige, die daran etwas ändern konnte.

Sie seufzte. »Gut, dann sollten wir uns einen Plan überlegen.« Sie spürte Sarahs Lächeln und wünschte sich, sie könnte ihre Tochter auch sehen, nicht nur hören.

KAPITEL ELF

Lauras Handy klingelte. Sie blickte auf das Display, und ihr Herz pochte schneller, als sie die Nummer erkannte. Gott sei Dank hatte die Ampel gerade auf Gelb geschaltet. Sie hob ab.

»Wir sollten uns schleunigst zusammensetzen«, klang Wagners Stimme an ihr Ohr.

»Habt ihr was herausgefunden?«, fragte sie.

»Wir haben eine Spur.«

Das reichte, um sie neugierig zu machen.

»Ich bin in einer Viertelstunde da«, sagte Laura. Der Besuch in dem Secondhandladen würde noch etwas warten müssen.

Abgehetzt betrat Laura Campelli das Besprechungszimmer. Sie konnte es kaum erwarten, von ihren Ergebnissen zu berichten. Wagner und Heinz diskutierten miteinander und blickten nicht einmal auf, als sie eintrat.

Laura hatte das Gefühl, platzen zu müssen, wenn sie ihre Neuigkeiten nicht gleich los würde.

»Meine Herren, könnt ihr euren Meinungsaustausch mal kurz unterbrechen? Ich war nämlich den ganzen Vormittag und den halben Nachmittag unterwegs. Und ich habe etwas gefunden.«

Endlich zollten die beiden ihr Aufmerksamkeit.

»Also: Ich war in diesem Geschäft, ›Baby's Doll‹. Ihr könnt euch gar nicht vorstellen, welche Preise die dort haben. Aber egal, ich habe zwei Kunden ausfindig gemacht, die so ein

Taufkleid gekauft haben. Es war eine Kollektion vom vorigen Jahr.« Die unfreundliche Verkäuferin und die Blümchenwindeln verschwieg sie. »Die erste Kundin wohnt im 2. Bezirk. Zuerst war sie nett und freundlich, aber als sie mir das Taufkleid vorzeigen sollte, hatte sie es plötzlich eilig, mich loszuwerden. Sie meinte, sie wüsste nicht mehr, wo sie es hat.« Sie blickte triumphierend von Wagner zu Heinz. »Ich hab dann mit einer Nachbarin gesprochen. Die findet Martha Groß, so heißt die Frau, suspekt. Die hätte ständig fremde Kinder in ihrer Wohnung. Meint ihr nicht, dass das verdächtig wirkt?«

Wagner meinte: »Na ja, es reicht zumindest, die Dame im Auge zu behalten und mit ihr noch einmal zu reden.« Er machte sich eine Notiz und sah sie auffordernd an.

»Na gut. Aber ich fahr nicht noch mal hin. Ich glaub, sie mag mich nicht. Bei der zweiten Adresse gab die Zeugin an, sie hätte das Taufkleid an einen Secondhandladen verhökert.«

Sie hätte wenigstens ein kleines Lob für ihre Arbeit erwartet. Stattdessen fragte Wagner: »Und dieser Secondhandladen? Hast du dort schon nachgefragt?«

Laura schüttelte den Kopf. »Nein, dazu kam ich nicht mehr. Ich war gerade auf dem Weg dorthin, als du mich angerufen hast. Aber nun zu euch: Du sagtest, ihr hättet eine Spur.«

Heinz nahm ein Blatt Papier vom Tisch und hielt es ihr hin. »Das ist der Fußabdruck von Kevin Kruger. Die Mutter hat ihn heute Morgen vermisst gemeldet. Ich hab den Ausdruck gerade vorhin vom Krankenhaus bekommen.«

Laura griff danach. »Ich lass das gleich mit denen des toten Jungen vergleichen.«

»Das brauchst du nicht mehr. Deine Mitarbeiter haben das bereits erledigt. Das tote Baby ist Kevin.«

Laura schluckte. Alles drehte sich einen Moment um sie.

Sie musste sich setzen. Den Namen zu kennen machte es nicht leichter. Im Gegenteil.

»Und jetzt?«, fragte sie. »Wie geht es weiter? Geht es überhaupt weiter, nachdem wir den Leichnam identifiziert haben?«

Wagner schlug mit der Faust auf den Tisch. »Ja, verdammt! Wir haben zwar den Namen, aber wir wissen nicht, was passiert ist. Es gibt zu viele Ungereimtheiten.«

»Es ist immer noch nicht klar, ob das Kind entführt wurde. In der Nacht von Freitag auf Samstag hat die Nachbarin es jedenfalls weinen gehört – wenn man ihr Glauben schenken kann –, danach nicht mehr. Und das, obwohl sowohl Yvonne Kruger als auch die Nachbarin bestätigt haben, dass Kevin sehr viel geweint hat«, warf Heinz ein.

»Wodurch für mich die Aussage der Mutter fragwürdig erscheint. Die hat ihre Finger mit im Spiel, sag ich euch«, ereiferte sich Wagner. Heinz schüttelte den Kopf. »Ich räume ein, dass sie uns nicht die volle Wahrheit gesagt hat, aber vergiss die Lilien und das Taufkleid nicht.«

Wagner schnaufte genervt.

»Ich finde die Lilien ebenfalls bedeutsam«, meinte Laura. Sie war überzeugt davon, dass sie den Blumen bisher viel zu wenig Beachtung geschenkt hatten. »Bist du bei den Blumenhändlern fündig geworden?«

Wagner schüttelte den Kopf. »Es sind einfach zu viele. Ich habe trotzdem ein paar Leute darauf angesetzt. Außerdem gibt es andere Hinweise, denen wir nachgehen sollten. Wie zum Beispiel der Secondhandladen. Das erscheint mir vielversprechender, als tausend Blumengeschäfte durchzutelefonieren. Was erzählen wir der Presse? Ich würde vorschlagen, wir halten uns möglichst kurz.«

Heinz nickte. »Da bin ich deiner Meinung. Nur die wesentlichen Fakten. Alter und Geschlecht des Kindes, Todesursache noch nicht geklärt.«

»Na ja, ein wenig ausführlicher wird's schon werden müssen. Diese Reporter sind wie die Geier. Die lassen sich nicht mit ein paar Brocken abspeisen. Wir könnten noch erwähnen, dass der Junge möglicherweise entführt wurde. Jemand könnte ihn gesehen haben.«

»Und die Lilien. Wir könnten einen Aufruf starten. Vielleicht finden wir auf diesem Weg das Geschäft, in dem die Blumen gekauft wurden«, meinte Laura.

»Jetzt hör doch mit deinen verfluchten Blumen auf«, wetterte Wagner. Laura starrte ihn überrascht an. Sie war zunächst einmal sprachlos, aber sie fühlte, wie es in ihrem Inneren zu brodeln begann. Wie kam er dazu, so mit ihr zu reden? Sie atmete durch, um sich einigermaßen zu fassen, und sagte so ruhig es ihr möglich war: »Was heißt hier ›deine Blumen‹? Und überhaupt: Du hast keinen Anlass, mich anzuschreien. Ich geh jetzt ins Labor hinüber. Da werden meine Ratschläge wenigstens nicht heruntergemacht.«

Sie drehte sich um, warf Wagner einen vernichtenden Blick zu und verließ das Besprechungszimmer.

Heinz schüttelte verständnislos den Kopf. »War das notwendig? Sie hat es doch nur gut gemeint. Und ich denke ebenfalls …«

Wagner fiel ihm ins Wort. »Ich lasse die blöden Lilien ja überprüfen. Mehr kann ich nicht tun.«

»Aber …«

»Nichts aber. Die Lilien werden nicht erwähnt und damit basta. Ich möchte diesen Hinweis aus ermittlungstechnischen Gründen aus der Presse heraushalten.«

Heinz verstand. Oft konnte der wahre Täter durch die geschickte Ausspielung von Informationen erst überführt oder ein falsches Geständnis erkannt werden. Aber der Ton, den Wagner Laura gegenüber angeschlagen hatte, war reichlich unangebracht gewesen.

»Du bist für die Ermittlungen verantwortlich, und es ist deine Entscheidung, was du an die Zeitungen weitergibst, aber du hättest sie deswegen nicht so anschnauzen müssen«, verteidigte Heinz Laura.

Helmut Wagner fuhr sich mit beiden Händen durch sein Haar, sodass es nun ein wenig unordentlich aussah. »Tut mir leid, du weißt, wie ich Pressekonferenzen hasse. Ich hab immer das Gefühl, diese Reporterfritzen stürzen sich auf mich wie eine Hundemeute auf ihre Beute.«

»Bei mir brauchst du dich nicht zu entschuldigen, sondern bei Laura. Und so schlimm, wie du es darstellst, ist es auch wieder nicht.«

Wagner sah auf die Uhr und seufzte. »Ich muss los.«

Laura schäumte vor Wut. Erst jetzt, da sie über Wagners Äußerung nachdenken konnte, fielen ihr die besten Entgegnungen auf seine Unverschämtheit ein. Dabei war sie sonst nicht auf den Mund gefallen.

Sollte er doch in der Hölle schmoren. Von ihr brauchte er sich kein Entgegenkommen mehr zu erwarten.

Sie setzte sich an ihren Computer und schrieb eine Mail an ihn. Ohne Anrede, ohne Betreff. Nur die Adresse von Martha Groß und die des Secondhandladens. Sie hatte sich die Sohlen platt gelaufen, sich mit einer unfreundlichen Verkäuferin herumgeschlagen, sich die Ohren von einem Kleinkind vollbrüllen lassen – und was war der Dank dafür? Na warte, ich kann auch anders. Dienst nach Vorschrift. Er würde schon sehen, was er von seinem Benehmen hatte.

Ein klitzekleines Stimmchen in ihrem Kopf wagte einzuwerfen, sie wäre nur deshalb so enttäuscht, weil sie ihm gefallen wollte. Blödsinn! Es ging ihr um diesen Fall. Und um nichts anderes. Nachdem sie sich diese beiden Sätze etwa ein Dutzend Mal vorgesagt hatte, glaubte sie sie sogar.

Wagner saß an einem Tisch, zwei Mikrofone vor sich. Die Scheinwerfer blendeten ihn, und Schweißtropfen hatten sich auf seiner Stirn gebildet. Ob wegen der Anspannung oder wegen der Hitze in dem überfüllten Konferenzraum, konnte er nicht sagen.

Er hielt sich akribisch an die Notizen, die er sich zurechtgelegt hatte. Es dauerte bloß drei Minuten, bis er mit seiner Mitteilung fertig war. Wie auf Kommando begannen alle anwesenden Reporter gleichzeitig ihre Fragen zu stellen.

Wagner hob die Hand. Doch seine Geste blieb wirkungslos. Da donnerte er mit der Faust auf die Tischplatte. Nun verstummten die Stimmen schlagartig, und alle Blicke waren auf ihn gerichtet.

»Ich kann Ihnen zurzeit nicht mehr sagen. Die Ermittlungen haben erst angefangen, und sie laufen auf Hochtouren. Lassen Sie mich nun wieder an meine Arbeit gehen.«

Er stand auf. Sofort setzte wieder ein Gemurmel ein. Ein paar Unverbesserliche riefen ihm Fragen zu. Die einzige Antwort, die er auf sie hatte, war: »Kein Kommentar.«

Er bemühte sich, den Weg nach draußen nicht wie eine Flucht aussehen zu lassen. Als er endlich wieder in seinem Büro war, atmete er erleichtert auf. Es war gar nicht so schlimm gewesen. Diesmal. Vielleicht, weil er sich diese Begegnung mit der Presse besonders schrecklich vorgestellt hatte. Nimm das Schlimmste an, dann kann die Realität nur besser werden, dachte er.

Ließ sich diese Philosophie auch auf andere Dinge anwenden? Das Schlimmste wäre, überlegte er, wenn es sich tatsächlich um einen Mordfall handeln würde.

Wagner setzte sich in seinen Drehsessel und schaltete den Computer ein. Kaum war er hochgefahren, blinkte ein Briefsymbol. Er hatte eine Mail erhalten.

Sie war von Laura. Sie hatte ihm zwei Adressen geschickt.

Er griff zu dem Haftnotizblock, löste einen Zettel ab und suchte nach einem Kugelschreiber. Fluchend, weil er keinen fand, obwohl er sich sicher war, dass am Vortag sogar mehrere auf seinem Tisch gelegen hatten, klickte er auf das Druckersymbol. Das Gerät begann zu rattern und spuckte gleich darauf ein Blatt aus. Welch Papierverschwendung für eine einzige Zeile. Dann griff er sich heute zum zweiten Mal das Branchentelefonbuch. Es gab einige solcher Secondhandläden in Wien. Im 10. gab es allerdings nur drei, und nur einer befand sich in der Oberlaaer Straße. Als Inhaber war Waltraud Prinz eingetragen. Er gab ihren Namen in die Polizeidatenbank ein, eher aus Routine als aus einem konkreten Anlass. Auf dem Bildschirm erschienen die Worte: Bitte warten!

Warten fiel ihm schwer. Schon als Kind war das so gewesen. Egal, der Rechner arbeitete alleine. Wahrscheinlich würde es ewig dauern, bis der Computer den Namen mit allen Einträgen abgeglichen hatte. Er hatte genug für heute. Er war müde, emotional ausgelaugt, und er war hungrig.

Eben wollte er zum Telefon greifen, um seinen Freund anzurufen, als einer der Kollegen eintrat, die sich mit den Blumenhandlungen beschäftigt hatten.

»Oh, Peter! Komm rein.« Wagner rieb sich die Augen, um die Müdigkeit zu vertreiben. »Habt ihr was gefunden?«

Der Beamte zögerte. »Ich kann auch morgen kommen, du siehst fertig aus und solltest Feierabend machen.«

»Wollt ich ohnehin gerade. Also, was gibt's denn?«

»Wir haben eine Liste erstellt, aber die bringt nicht viel. In Blumenhandlungen werden nun mal haufenweise Lilien verkauft. Niemandem ist etwas Außergewöhnliches aufgefallen. Tut mir leid, aber das war ein Fehlschuss.«

»Schon gut. Ich wollte nur nichts unversucht lassen. Na dann, schönen Abend«, sagte Wagner.

Der Beamte nickte ihm zu und ging Richtung Tür.

»Peter«, rief Wagner ihn zurück. Der Angesprochene drehte sich um. »Danke, dir und den anderen.«

»Passt schon. Schließlich geht es um ein Baby.« Der junge Polizist hob zum Abschied die Hand und verließ den Raum. Wagner ging die Aufzeichnungen durch, die er eben erhalten hatte. Die Kollegen waren wirklich gründlich gewesen, das musste er ihnen lassen. Sie waren alle Telefonbucheinträge durchgegangen, hatten überall angerufen und zum jeweiligen Namen einen Vermerk gemacht. Es war aber nichts dabei, was ihm weitergeholfen hätte. Im Geiste hakte er diese Spur ab. Es hatte keinen Zweck, die Lilien zurückverfolgen zu wollen. Er musste sich auf etwas anderes konzentrieren. Etwas, das sich als weniger fruchtlos erwies.

Er griff zum Telefon und wählte Heinz' Nummer. »Ich mach jetzt Schluss. Sehen wir uns in einer halben Stunde im ›Traviata‹?«

»Schon wieder? Wir waren doch erst gestern da.«

»Schon, aber ich bin dir eine Pizza schuldig, und da ich dem Verhungern nahe bin, kann ich ja das Notwendige mit dem Angenehmen verbinden.«

Das »Traviata« lag praktischerweise nur wenige Meter von Heinz' Wohnung entfernt, und es war Zuflucht und Heimat in einem. Hier, beim Duft von Knoblauch und Holzkohlengrill, bei gutem Essen und einem oder auch mehreren Gläsern Bier sprachen Heinz und Wagner über Privates, über Belanglosigkeiten und über Wichtiges. Hier feierten sie ihre Erfolge, und hier trösteten sie sich bei Fehlschlägen. Aber nie, niemals redeten sie während des Essens über ihre Fälle. Diese Abmachung hatten sie am Anfang ihrer Freundschaft getroffen – und bisher hatten sie sich noch immer daran gehalten.

Heinz saß im hinteren Bereich des Lokals, wo es deutlich ruhiger war. Er wartete auf Wagner.

Er setzte gerade sein Bierglas an, als ihm jemand unvermittelt von hinten auf den Rücken klopfte.

»Servus. Halt dich mit dem Bier zurück. Meine Einladung umfasst bloß ein Getränk«, sagte Wagner.

»Idiot. Ich hätte mich fast verschluckt«, beschwerte sich Heinz, grinste aber.

Wagner hatte noch nicht einmal richtig Platz genommen, als die Kellnerin mit der Speisekarte erschien. Sie waren so häufig hier, dass die Bedienung längst ihre Namen kannte.

Wagner bestellte sich ebenfalls ein Bier. Dann konzentrierten sich beide auf die Karte.

»Ich denke, ich nehme die Muscheln«, meinte Heinz.

Wagner blickte auf. »Die hattest du doch schon gestern. Außerdem war Pizza ausgemacht. Denk an mein bescheidenes Polizistengehalt.«

»Eben. Die waren hervorragend. Außerdem muss ich ausnutzen, dass du mich einlädst«, gab Heinz zurück. Wagner brauchte wieder einmal eine halbe Ewigkeit, um sich zu entscheiden. Normalerweise schloss er sich in seiner Unentschlossenheit Heinz an, aber Muscheln mochte Wagner nicht.

»Hast du in der Zwischenzeit was von Sonja gehört?«, fragte Heinz, um irgendetwas zu sagen.

Wagner schüttelte den Kopf. »Nicht wirklich. Sie hat mir mein Handy aus Innsbruck geschickt. Sie hat nicht einmal etwas dazugeschrieben.«

Heinz schüttelte bedauernd den Kopf. Diese ganze Sache mit Innsbruck hatte einfach unter einem schlechten Stern gestanden. Von Anfang an.

»Wie geht es Emilia?«, versuchte nun Wagner ein Gespräch anzufangen.

Heinz hob die Schultern. »Sie macht eine Therapie. Scheint ihr zu helfen.«

Wagner nickte. Dann kehrte wieder Ruhe ein.

Das Einzige, das beide beschäftigte, war dieses tote Baby. Da fand sich kein Platz für geistreiche Gespräche. Schon gestern Abend hatten sie keine große Lust zum Reden verspürt.

Gott sei Dank brachte die Kellnerin die Speisen, und sie waren vorerst beschäftigt, sodass das Schweigen zwischen ihnen nicht unangenehm wurde.

»Einfach köstlich!«, stellte Wagner fest, als er den ersten Bissen von seiner Pizza Provinciale nahm.

»Die Muscheln auch«, stimmte Heinz zu. »Wie war die Pressekonferenz?«

»Eh nicht so schlimm. Allerdings fürchte ich, dass sie sich morgen nicht mit so wenigen Infos begnügen werden. Wir haben im Grunde nichts Neues. Und das ist ja das Vertrackte. Wenn ich ihnen nichts gebe, worüber sie schreiben können, erfinden sie einfach etwas. So entstehen die wildesten Spekulationen, und die Bevölkerung glaubt sie.«

»Schlussendlich machen die Reporter nur ihren Job. Auch unter ihnen gibt es solche, die gut recherchieren und nur schreiben, was bestätigt ist«, meinte Heinz. »Wenn du über die Lilien nichts verlautbaren lassen willst – vielleicht kannst du erwähnen, dass wir dem Taufkleid nachgehen. Was mich wieder an Laura erinnert.«

Wagner starrte ihn verständnislos an.

Heinz seufzte. »Du hättest dich entschuldigen müssen.«

Wagner schlug sich mit der flachen Hand auf die Stirn. »Ich Hornochse! Ich hab's vergessen.«

»Was den Hornochsen angeht, kann ich dir nur zustimmen. Ich kann mir gar nicht vorstellen, warum dir die Frauen scharenweise nachlaufen. Du hast kein Gefühl für das weibliche Geschlecht.«

Wagner grinste. »Du etwa? Du beachtest weibliche Wesen ja nur, wenn sie tot auf deinem Seziertisch liegen.«

»Die kann ich wenigstens nicht beleidigen. Außerdem

stimmt das nicht. Nur in letzter Zeit läuft in puncto Verabredungen wenig. Zu viel Arbeit.« Heinz konzentrierte sich auf sein Abendessen und hing seinen Gedanken nach.

»In letzter Zeit« war etwas beschönigend ausgedrückt. Wie lange war sein letztes Date her? Ein halbes Jahr?

Hin und wieder wünschte er sich, jemanden an seiner Seite zu haben. Jemand, der auf ihn wartete, wenn er heimkam. Jemand, der ihn in den Arm nahm, wenn er sich schlecht fühlte, weil ihn sein Job wieder einmal zu sehr plagte.

Aber andererseits: Welcher Frau konnte er seine Arbeitszeiten zumuten? Welche hätte Verständnis für seinen Beruf?

Er hatte schon zweimal eine längere Beziehung gehabt, doch schlussendlich waren sie daran gescheitert, woran viele scheitern: an der Arbeit. Und seit der Sache mit seiner Schwester fand er es auch vernünftiger, sich nicht zu binden. Je weniger Gefühl man investierte, desto weniger verletzlich war man.

Wagner hielt sich sein Handy ans Ohr, nach einigen Sekunden unterbrach er aber die Verbindung. »Es meldet sich nur die Mailbox.«

»Tja, vielleicht hat Laura auch noch ein Privatleben«, meinte Heinz.

Wagners Gesichtsausdruck war eine Mischung aus Unglauben und Erkenntnis. Heinz nahm das wohlwollend zur Kenntnis. Laura war seinem Freund also nicht egal.

Er spielte nicht gern Amor, aber er wollte auch nicht mit ansehen, wie die zwei litten, weil sie sich weigerten, miteinander zu reden, um diesen Zustand der Ungewissheit ein für alle Mal zu beenden.

Sie ließen sich Zeit mit dem Essen. Plötzlich war es Heinz ganz recht, dass sie diese Abmachung getroffen hatten. Es hätte ohnehin nichts zu besprechen gegeben. Nichts Neues, nichts, das sie nicht schon gestern durchgekaut hatten.

Kapitel zwölf

Caroline Mitterhofer biss sich unschlüssig auf die Innenseite ihrer Wangen. Sarah hatte ihr aufgetragen, sie solle heute schön aussehen, wenn sie ihren Arbeitskollegen einen Besuch abstattete. Wäre das geblümte Kleid passend? Oder lieber der dunkelblaue lange Rock mit einer weißen Bluse? Nein, vielleicht wäre der Rock doch zu fein. Ein Kleidungsstück nach dem anderen wanderte vom Schrank aufs Bett.

Schließlich fand sie ganz hinten im Kleiderschrank eine Hose, die sie schon ewig nicht angehabt hatte. Sie nahm sie heraus und faltete sie auseinander. Im gleichen Augenblick ließ Caroline die Hose fallen, als hätte sie glühende Kohle berührt. Überall auf dem braunen Leinen hatten sich kleine silbrig schimmernde Tierchen eingenistet. Wie winzige Fäden krochen sie den Stoff entlang, wanden sich ineinander, als würden sie sich paaren, sich vermehren. Auf jeden Fall teilten sie sich tatsächlich, wurden immer zahlreicher und schwärmten weg von der Hose, hin zu den anderen Kleidungsstücken, wo sie anfingen, sich ebenfalls festzusetzen.

Caroline Mitterhofer schüttelte sich vor Ekel. Ein Japsen entrang sich ihren Lippen. Sie musste etwas tun, bevor sich die Plage ausweitete und ihre ganze Wohnung erfasste. Doch berühren wollte sie die Hose mit der bloßen Hand auch nicht.

»Dann hol dir Handschuhe«, erklang Sarahs Stimme in ihrem Kopf. Caroline wirbelte herum, raste in die Abstellkammer und kramte hektisch zwischen den Putzlumpen nach ihren Gummihandschuhen. Sie prüfte sorgfältig, ob sie keine Löcher hatten, zog sie dann über, holte einen Müllsack – einen der großen stabilen schwarzen –, ging ins Schlafzimmer und begann die Wäsche hineinzustopfen. Zuallererst die Leinenhose, dann nach und nach die anderen Kleidungsstücke, die von den silbernen Tierchen bereits angefallen worden waren.

Als sie alles eingesammelt hatte, band sie den Müllsack zu und stellte ihn vor ihre Tür. Sie würde ihn später mit nach unten nehmen, wenn sie ging.

Dann hielt sie ihre behandschuhten Hände unter das heiße Wasser und schrubbte sie so lange, bis sie nicht mehr den leisesten Silberhauch auf ihnen entdecken konnte.

»Sarah, was war das?«, fragte sie laut.

»Spione. Agenten des Teufels. Sie wollten deine nächsten Schritte ausforschen. Wie gut, dass du sie entdeckt und unschädlich gemacht hast. Und nun schau, dass du fertig wirst. Wir haben schon viel Zeit verloren.«

Sarah hatte gesagt, Satans Abgesandte seien überall, sie müsse sich in Acht vor ihnen nehmen. Sie würde in Zukunft noch höllischer aufpassen, noch besser auf ihre Umgebung achten und darauf, wo sie hintrat.

Nicht auszudenken, wenn diese kleinen Spione auf ihrer Schuhsohle haften bleiben würden und die Tierchen sie überallhin begleiteten.

Große Auswahl an Kleidung hatte sie nun nicht mehr, also zog sie das Erstbeste über, das sie in die Finger bekam. Aufs Frühstück verzichtete Caroline. Sie würde mit ihren Arbeitskolleginnen einen Kaffee trinken. Die würden das von ihr erwarten.

Schließlich machte sie sich auf den Weg. Den Müllsack stopfte sie in die große Tonne im Innenhof.

Normalerweise benötigte sie eine halbe Stunde zu ihrer Arbeitsstelle. Doch heute dachte sie über jeden ihrer Schritte nach, bevor sie den nächsten setzte. Sie drehte sich immer wieder um, weil sie ständig das Gefühl hatte, beobachtet zu werden. Ein paar Mal ging sie absichtlich einen Umweg, um ihre Verfolger abzuschütteln. So brauchte sie über eine Stunde, bis sie ihr Ziel erreichte.

Als sie durch die riesige Drehtür schritt, fühlte sie einen Moment lang Panik in sich aufsteigen, bis Sarah ihr Mut zusprach und sie an ihre Aufgabe erinnerte. An den höheren Zweck ihres Kommens. Sie atmete tief durch und schlug den Weg Richtung Verwaltung ein.

»Lächel!«, kommandierte Sarah, ehe sie an die Tür klopfte, hinter der sie sechs Jahre lang gearbeitet hatte.

Sie öffnete, bevor jemand »Herein« sagte, und lugte mit dem Kopf in den Raum, um zu sehen, wer von ihren Kolleginnen gerade anwesend war. Gerlinde. Gut. Mit ihr hatte sie sich immer gut verstanden.

Die sprang auch gleich auf, als sie Caroline erkannte. »Liebes! Komm rein. Wie schön, dass du vorbeikommst.« Sie winkte Caroline näher und bot ihr einen freien Sessel an.

Gerlinde redete gern und viel. »Willst du Kaffee? Ich habe gerade einen aufgebrüht. Und dann musst du mir erzählen, wie es dir geht. Patricia ist in Urlaub. Leider. Sie hätte dich bestimmt auch gerne getroffen. Weißt du schon, wann du zurückkommst. Du kommst doch wieder?«

Sarah gab Caroline innerlich einen Stoß. »Äh, ja. Ich hätte gerne einen Kaffee. Und ein Glas Wasser, bitte. Ist Dr. Siegfried in der Nähe? Ich bräuchte ein neues Rezept.«

Gerlinde nickte beflissen. »Klar. Ich schau mal rüber auf den Plan. Und deinen Kaffee und das Wasser bring ich dir auch gleich mit. Ach, wie schön, dass du dich anschauen lässt.« Sie seufzte theatralisch und verließ das Zimmer, um nach nebenan zu gehen.

»Jetzt!«, kommandierte Sarah, kaum dass Carolines Arbeitskollegin aus dem Raum gerauscht war. Caroline stand auf, ging zu Gerlindes Platz hinüber und zog die Schublade heraus, in der die Krankenakten der Pädiatrie aufbewahrt wurden.

Sie musste die einzelnen Akten nur überfliegen. Es dauerte keine fünf Minuten, bis sie fündig wurde.

Sie merkte sich Namen und Adresse. Ich komme, mein Engel, dachte sie, als sie sich wieder auf ihren Platz setzte und auf Gerlinde und den Kaffee wartete.

Laura Campelli war früh auf den Beinen. Den vergangenen Abend hatte sie mit Veronika beim Geburtsvorbereitungskurs verbracht. Sie war nur ihrer Schwägerin zuliebe mitgegangen, obwohl die mehrmals betont hatte, es sei nicht nötig. Aber nachdem Laura schon dort war und sie das Gefühl hatte, Veronika wolle bloß nicht unnötig ihre Zeit strapazieren, hatte sie ihre Schwägerin hinaufbegleitet.

Zuerst kam sie sich zwischen all den Schwangeren und deren Partnern fehl am Platz vor. Doch die Hebamme, die den Kurs leitete, war eine lustige Person, die meinte, ihr könne es auch nicht schaden, dann wisse Laura immerhin bereits, was eines Tages auf sie zukäme. Auch die Paare waren allesamt nett, sodass sie sich bald zugehörig fühlte.

Nach dem Kurs beschlossen sie, am nahe gelegenen Universitätscampus noch etwas trinken zu gehen. Und bis Laura ihre Schwägerin schließlich nach Hause gebracht hatte und sie selbst in ihrer Wohnung war, zeigte die Uhr bereits 23 Uhr 15.

Laura war zu Bett gegangen, hatte zuvor noch auf ihr Handy geschaut und Wagners unbeantworteten Anruf bemerkt. Angesichts der späten Uhrzeit verzichtete Laura auf einen Rückruf. Es konnte sich um nichts Dringendes handeln, sonst hätte er eine Nachricht hinterlassen. Außerdem war sie immer noch böse auf ihn. Egal, was er von ihr gewollt hatte – es würde warten müssen.

Während sie nun den Frühstückskaffee trank, drehte sie unschlüssig ihr Handy in der Hand hin und her. Sollte sie ihn jetzt zurückrufen? Sie unterdrückte ihre Neugier und steckte das Telefon in die Hosentasche. Nein, Dienst nach Vorschrift, ermahnte sie sich, obwohl sie wusste, dass spätestens im Labor ihr Vorsatz schwinden würde. Der Zorn, den sie noch am Vortag auf Wagner verspürt hatte, war schon fast verflogen – und sie konnte sich vorstellen, dass es Veronika mit Daniel wohl ebenso ging. Laura seufzte vernehmlich, was zur Folge hatte, dass Kasimir auf ihren Schoß sprang und den Kopf so ungestüm an ihrer Hand rieb, dass sie den Kaffee fast verschüttet hätte.

»Kommst du mich trösten, mein Großer?« Immer noch in ihre Gedanken versunken, kraulte sie ihren Kater, bis er sich schnurrend auf ihrem Schoß niederließ.

Eine Weile saß Laura so da und streichelte das weiche Fell ihres Katers, der es sichtlich genoss, so viel Zuwendung zu bekommen.

»Ich muss jetzt gleich los, mein Lieber. Ich habe nämlich, im Gegensatz zu dir, auch noch was anderes zu tun, als den ganzen Tag faul auf dem Sofa zu liegen.«

Kasimir zuckte mit den Ohren, als würde er sie zwar verstehen, aber ignorieren.

»Du bist ein Schlingel. Ich muss schließlich arbeiten, damit du dein Futter kriegst!« Das schien ihn überzeugt zu haben. Er stand auf, streckte sich träge, sprang mit einem Satz von ihrem Schoß und spazierte zu seiner Futterschüssel. Dort umrundete er den leeren Napf und miaute zum Herzerweichen.

Laura erhob sich von ihrem Sessel, ging in die Küche, füllte Kasimirs Napf mit Trockenfutter und stellte ihm frisches Wasser hin. Er beäugte ihr Tun misstrauisch.

»Keine Sorge, du bekommst auch noch was anderes.« Sie nahm ein Schälchen mit Katzenfutter aus dem Schrank und gab ihm auch das. Als hätte er tagelang nichts zu fressen bekommen, stürzte er sich heißhungrig darauf.

Laura lächelte zufrieden, nahm ihre Tasche und ihre Jacke aus der Diele und verließ die Wohnung.

Wagners erster Gedanke, als er erwachte, galt Laura. Er hatte sie am Vortag telefonisch nicht erwischt und gehofft, sie würde zurückrufen. Schlechtes Gewissen wallte in ihm auf, als er daran dachte, wie er mit ihr umgesprungen war. Heinz hatte recht, das war nicht notwendig gewesen, und er hätte es mit ihr gern geklärt. Solch ein rüdes Verhalten sah ihm sonst gar nicht ähnlich, und er konnte es sich nur mit der Anspannung vor der Pressekonferenz erklären. Und damit, dass er sich in ihrer Gegenwart immer unsicher fühlte, was er dann durch solche dummen Aussagen wie die gestrige zu überspielen versuchte.

Er füllte die Kaffeemaschine, während er weiter seinen Gedanken nachhing, die ebenso trüb waren wie das Wetter draußen, wie er mit einem Blick durch das Fenster feststellte.

Heinz hatte behauptet, die Frauen würden Wagner scharenweise nachlaufen, aber das stimmte natürlich nicht. Vor gefühlten hundert Jahren war er verheiratet gewesen. Die Ehe mit Katharina hatte nicht lange gehalten. Sie war an seinem Job zerbrochen. Danach hatte es zwar einige Affären gegeben, doch im Grunde hatte er sich immer nach einer festen Bindung gesehnt. Dann war Laura in sein Leben getreten. Die Beziehung zu ihr hatte nicht lange gehalten; sie fand eine Partnerschaft unter Kollegen, die über das Berufliche hinausging, nicht aussichtsreich. Schließlich hatten sie eine Basis gefunden, auf der sie gut miteinander arbeiten konnten. Ja, und dann hatte er Sonja kennengelernt. Mit ihr schien alles anders zu werden. Da sie als Ärztin einer ebenso zeitintensiven Arbeit nachging, hatte sie Verständnis für seinen Job. Sie sahen sich naturgemäß seltener als viele andere Paare, aber gerade deshalb waren ihre gemeinsamen Stunden kostbar. Alles lief wunderbar, er fragte sie, ob sie ihn heiraten wolle. Sie stimmte freudig zu. Dann wurde ihr in Innsbruck eine tolle Stelle angeboten, und Wagner war bereit, mit ihr mitzugehen. Alles war schon unter Dach und Fach. Er hatte einen neuen Dienstposten in Aussicht, sie waren dabei, ihre gemeinsame Wohnung, ihr neues Leben einzurichten, als Heinz ihn mit einem Hilferuf zurückbeordert hatte. Seine Schwester sei in Gefahr. Wagner musste nicht lange überlegen. Er fuhr zurück nach Wien, in der Annahme, es würde nur ein paar Tage dauern. Sonja schmollte zwar, akzeptierte seine Entscheidung aber schließlich. Und von da an geriet sein Leben aus den Fugen. Laura tauchte eines Nachts überraschend bei ihm auf, weil sie Trost nach dem Tod ihres Vaters suchte. Es passierte mehr, als sie beide gewollt hatten. Doch am Morgen danach kam das böse Erwachen – im wörtlichen und übertragenen Sinne. Seither war ihr Umgang miteinander ziemlich angespannt. Sie gab sich kühl und sachlich ihm gegenüber. Als wäre er tatsächlich nicht mehr als ein Kollege. Als hätte es diese eine Nacht zwischen ihnen nie gegeben. Trotz aller Bemühungen schaffte er es nicht, die Erinnerung an ihr tränenüberströmtes Gesicht zu löschen. Ihre Verletzlichkeit. Wenn er die Augen schloss, konnte er noch immer den Duft ihrer Haare riechen und wie weich sich ihre Haut angefühlt, wie sie geschmeckt hatte.

Idiot, schalt er sich selbst. Dann lass die Augen offen, und quäl dich nicht selber. Sie hat dir deutlich klargemacht, dass sie nichts von dir will. Wagner seufzte. »Es tut mir leid«, hatte sie gesagt, bevor sie aus seiner Wohnung floh – sie war geflohen, das war der richtige Ausdruck für ihr abruptes Aufbrechen am darauffolgenden Morgen.

Warum muss das Leben auch dermaßen kompliziert sein?, fragte er sich, als die Kaffeemaschine einen gurgelnden Ton von sich gab. Das Zeichen dafür, dass der Kaffee fertig war. Er schenkte sich einen Becher voll ein, gab einen Löffel Zucker hinein und rührte um. Vorsichtig blies er in die Brühe, um sie abzukühlen, kostete dann und verzog angewidert das Gesicht. Grausig, wie immer. Sein Kaffee war einfach nicht zu genießen, und wie jeden Morgen überlegte er, sich einen dieser Vollautomaten anzuschaffen, der auf einen einfachen Knopfdruck hin einen wunderbaren Espresso ausspuckte. Und genauso wie jeden Morgen verwarf er diese Idee als zu kostspielig und unrentabel für ihn alleine.

Leichtes Sodbrennen begleitete ihn, als er zu seiner Arbeit aufbrach.

Heinz Martin hatte sich vorgenommen, sich noch einmal mit dem toten Baby zu beschäftigen. Er war früh aufgestanden und ins gerichtsmedizinische Institut gefahren. Er genoss die morgendliche Ruhe, wenn außer dem diensthabenden Pathologen noch niemand da war. Anders als allgemein angenommen, herrschte im Institut keine grabesähnliche Stille. Bei vollem Betrieb ging es hier eher zu wie in einem Bienenstock. Leute gingen ein und aus, Mitarbeiter scherzten und lachten, ununterbrochen läutete das Telefon.

Aber jetzt, um Viertel vor sieben, war niemand da. Heinz saß in seinem Büro und recherchierte in seinen Fachzeitschriften und Büchern. Und schön langsam verzweifelte er. Denn alles, was er fand, wusste er bereits. Er hatte nichts übersehen, hatte nichts fehlinterpretiert. Normalerweise ein Grund, um stolz auf sich zu sein. Aber bei diesem Fall hätte er sich etwas mehr Klarheit gewünscht.

Er war gut in seinem Job. Er war angesehen, und nicht selten bekam er Anfragen mit der Bitte um Amtshilfe. Er hatte sogar schon, allerdings inoffiziell, einem Schweizer Kollegen unter die Arme gegriffen, als dieser bei einem besonders kniffligen Fall nicht mehr weiterkam. Und doch stieß er bei diesem toten Kind an seine Grenzen. Wie er diesen Zustand hasste!

Er hasste es, zu keinem Ergebnis zu kommen, er hasste es, sich eingestehen zu müssen, dass er versagt hatte. Ja, versagt. Denn nichts anderes war das in seinen Augen. Freilich wäre nie jemand auf die Idee gekommen, ihn als Versager zu bezeichnen. Es gab nun mal nicht immer eine Lösung. Manche Geheimnisse konnte selbst er den Toten nicht entreißen, sosehr er sich auch anstrengte, so viele Fortbildungen und Symposien er auch besuchte. Manche Rätsel blieben für immer ungelöst, wurden mit den verwesenden Körpern vergraben, mit in die Särge gesperrt, oder sie verbrannten in Krematorien.

Doch wenn ihm auch niemand einen Vorwurf machen würde – Heinz war selbst sein strengster Richter. Also würde er so lange in Fachbüchern, Zeitschriften und im Internet graben, bis er jeden noch so kleinen Anhaltspunkt gefunden und mit seinen Erkenntnissen verglichen hatte.

Er war dermaßen beschäftigt, dass er hochschrak, als seine Sekretärin ihren Kopf in sein Büro steckte und ihn fragte, ob er einen Kaffee wolle.

»Ja, gerne. Und verbinden Sie mich bitte mit Professor Kinzmann.«

Kinzmann hatte sich auf plötzlichen Kindstod spezialisiert und einige Studien zu diesem Thema durchgeführt. Wenn jemand ihm helfen konnte, dann der.

KAPITEL DREIZEHN

In seinem Büro angekommen, überprüfte Wagner als Erstes, ob der Computer über die Besitzerin des Secondhandladens, Waltraud Prinz, etwas gefunden hatte. Der Name war erfasst worden – und nicht nur das. Waltraud Prinz hatte ausgerechnet eine Anzeige wegen Kindesmisshandlung erhalten. Vor zwei Jahren.

Bingo! Somit war die Entscheidung gefallen, wohin er zuerst fahren würde. Zuerst Waltraud Prinz und danach Martha Groß.

Während er auf die Ausdrucke wartete, wählte er Lauras Durchwahl im Labor. Immerhin war sie es gewesen, die den entscheidenden Hinweis gefunden hatte. Damit hatte sie sich das Recht erworben, mit ihm mitzufahren, wenn er sich mit dieser Frau Prinz unterhielt.

Es läutete mindestens fünf Mal, und er dachte schon, sie sei nicht auf ihrem Platz, als sie sich doch meldete.

»Laura, Helmut hier.«

»Ach ja? Ist es wichtig? Ich bin nämlich gerade ziemlich beschäftigt.« Ihre Stimme klang scharf wie ein Rasiermesser.

»Äh, irgendwie schon. Es geht um deinen Tipp mit dem Secondhandladen. Ich glaub, wir sind auf der richtigen Spur. Die Frau hatte vor zwei Jahren eine Anzeige wegen Kindesmisshandlung.«

»Oh!« Das klang wieder normal. Aufgeregt. Neugierig. Und auch erfreut.

»Nachdem du die Vorarbeit geleistet hast, wollte ich dich fragen, ob du mitfahren willst«, sprach Wagner weiter.

Laura machte eine kurze Pause. »Ich weiß nicht, ob das so eine gute Idee …«

»Doch, natürlich. Und wenn du immer noch wegen gestern böse bist: Es tut mir leid. Ich wollte dich nicht so überfahren. Du weißt, ich hasse Pressekonferenzen.«

Laura dachte nach. »Gut, ich begleite dich. Aber nur, weil ich es sinnvoller finde, wenn eine Frau bei der Befragung dabei ist. Deine Holzhammermethode zieht nicht immer.«

»Dann in zehn Minuten auf dem Parkplatz«, sagte Wagner und legte auf. Holzhammermethode? Was sollte das nun wieder bedeuten?

Er organisierte sich ein Dienstfahrzeug und wartete bereits draußen, als Laura aus dem Gebäude kam.

Sein Herz machte einen Satz, als er sie erblickte. In dem Moment, als sie aus der Tür trat, verzog sich die Wolkendecke, und die Sonne umrahmte ihre Gestalt, tauchte sie in goldenes Licht. Er hatte vorher noch nie den rötlichen Schimmer in ihrem Haar bemerkt. Sie schien ihm begehrenswerter denn je. Wagner schluckte und versuchte, seine Gefühle in den Griff zu bekommen. Das waren die denkbar schlechtesten Voraussetzungen, um rein dienstlich miteinander umzugehen.

Laura hatte ihn in der Zwischenzeit erreicht und nickte ihm zu. »Nehmen wir meinen Wagen?«, fragte sie.

»Die alte Kraxe? Dass die überhaupt noch funktioniert, grenzt an ein Wunder. Nein, ich habe uns einen Dienstwagen geordert.«

Laura lachte. Und dieses Lachen ließ einen ganzen Schwarm Schmetterlinge in Wagners Bauch herumflattern.

»Ja, Wunder gibt es immer wieder. Ich frage mich auch, wie lange es noch dauert, bis ich eines Morgens wegfahren will, und mein Auto springt nicht an. Aber ich häng halt einfach an dem Ding«, sagte sie.

Seite an Seite gingen sie zu einem der Fahrzeuge. Es hätte

nicht viel gefehlt, und Wagner hätte Lauras Hand in seine genommen. Erschrocken über die starken Empfindungen ihr gegenüber, steckte er beide Hände in seine Hosentaschen, um nicht in Versuchung zu geraten.

Erst als sie das Auto erreicht hatten und Wagner aufsperren musste, nahm er die Hände wieder heraus. Er setzte sich sofort hinter das Steuer, weil er wusste, dass Laura es ihm übelgenommen hätte, wenn er ihr die Tür aufgehalten hätte. Sie konnte das nicht leiden. Wagner fragte sich, was mit den Frauen heutzutage los war, dass sie solche kleinen Höflichkeitsbekundungen ablehnten. Fühlten sie sich tatsächlich schwächer dadurch, dass ihnen jemand eine Tür aufhielt oder ihnen in den Mantel half? Dass er ihnen den Vortritt ließ oder bei einer Verabredung selbstverständlich die Rechnung übernahm?

War er etwa altmodisch? Aber so war er erzogen worden. Das hatten ihm seine Eltern beigebracht. Langsam kam er sich immer mehr wie ein Dinosaurier vor – eine aussterbende Spezies. Irgendwann, wenn sich die Gelegenheit bot, würde er mal mit Heinz darüber reden. Der gehörte der gleichen Generation an wie er. Mal sehen, was der dazu meinte.

Die Fahrt dauerte nicht lange, aber die Zeit reichte, um das Schweigen zwischen ihnen als unangenehm zu empfinden. Es gab so viel, was Wagner hätte sagen können, hätte sagen wollen, aber nichts von alledem kam über seine Lippen. Er tat, als würde er sich auf den Verkehr konzentrieren, während er aus den Augenwinkeln immer wieder zu Laura hinübersah.

»Mein Bruder ist da«, brach sie das Schweigen.

Nun bedachte er sie offen mit einem Seitenblick. »Der, den ich für deinen Geliebten gehalten habe?«

Laura lächelte. »Ich hab ja nur den einen. Er hat seine schwangere Freundin mitgebracht.«

Wenn sie meinte, Smalltalk führen zu müssen, bitte. Das konnte er auch.

»Das heißt, du wirst Tante. Freust du dich?«

»Es ist irgendwie seltsam. Aber ja. Ich freu mich. Nur Veronika tut mir ein bisschen leid.«

»Warum? So ein Kind bedeutet ja nicht das Ende der Welt. Im Gegenteil. Ich hätte gern eins gehabt.«

Laura sah ihn unergründlich an. Verflixt. Das war zu persönlich gewesen. Und schon hakte sie nach: »Im Ernst? Du wirkst auf mich nicht wie ein Familienmensch.«

Jetzt war es auch schon egal. Die von ihm so mühsam aufrechterhaltene Distanz war plötzlich verschwunden, und eine alte Vertrautheit hatte von ihm Besitz ergriffen. Schlecht. Ganz schlecht. Und dennoch genoss er diesen Zustand. So hatten sie schon lange nicht miteinander geredet.

Darum sagte er: »Man wächst mit seinen Aufgaben. Es hat sich bisher einfach noch keine Gelegenheit ergeben, meine Qualitäten als Vater auszuprobieren.«

Laura blickte wieder nach vorne. Er parkte den Wagen gegenüber dem Secondhandladen, zog den Zündschlüssel ab und stieg aus. Mochte sein, dass er sich verhört hatte, aber es schien ihm, als hätte Laura so etwas Ähnliches wie: »Was noch nicht ist, kann ja noch werden«, gemurmelt.

Sein Gespräch mit Professor Kinzmann hatte über eine Stunde gedauert. Eine Antwort des Fachmannes zog zwei weitere Fragen von Heinz nach sich, abgesehen davon fand er Kinzmanns Ausführungen ungemein spannend, auch wenn sie ihm kaum weiterhalfen.

»Da ist die Medizin so weit entwickelt, und dennoch gibt es Millionen Dinge, die wir nicht erforscht haben und die uns weiter Rätsel aufgeben werden«, war einer der letzten Sätze des Professors gewesen, bevor sie sich voneinander verabschiedet hatten.

Heinz stimmte Kinzmann diesbezüglich zu, nur seine Aufgabe war es nun einmal, diese Rätsel – wenigstens einen Teil von ihnen – zu lösen. Und dieses hier wurmte ihn besonders. Er fragte sich, ob er im Laufe seiner Dienstjahre nicht schon einmal versehentlich eine Fehldiagnose gestellt hatte. Ob er fälschlich SIDS bescheinigt hatte oder umgekehrt. Wobei er sich fragte, was schlimmer war: Eltern, die damit durchgekommen waren, ihr Baby getötet zu haben, oder welche, die irrtümlich eines Verbrechens beschuldigt, wenn nicht sogar dafür verurteilt worden waren, obwohl ihr Kind tatsächlich am plötzlichen Kindstod verstorben war. Auch eine Frage ohne Antwort.

Heinz gab sich einen Ruck. Er würde noch einmal Yvonne Kruger befragen müssen, um mehr über Kevins Anamnese zu erfahren. Abgesehen davon musste er ihr beibringen, dass ihr Sohn tot war. Aus Vermutung war Sicherheit geworden. Er sagte seiner Sekretärin Bescheid und verließ das Büro.

Beim Öffnen der Ladentür ertönte eine Melodie. Viel konnte nicht los sein, dachte Laura, als Wagner ihr die Tür aufhielt und sie als Erste das Geschäft betrat. Missbilligend schüttelte sie den Kopf. Nicht nur, weil Wagner seine altmodische Erziehung einfach nicht ablegen konnte. Hier wirkte alles irgendwie verstaubt und muffig. Der Boden hätte einer gründlichen Reinigung bedurft. Schmuddelig war das richtige Wort. Von hier würde sie Veronika bestimmt nichts mitbringen. Die Tür schloss sich mit der gleichen Melodie. Wagner flüsterte ihr ins Ohr: »Mich würde diese Bimmelei nervös machen.«

Sie nickte. »Mich auch.« Allerdings wirkte die plötzliche Nähe Wagners auch nicht gerade beruhigend. Sie trat einen Schritt auf die Theke zu, um in den Raum dahinter zu lugen – und um ein bisschen mehr Abstand zu Wagner herzustellen.

Eine unglaublich dicke Frau mit grauen Haaren trat aus dem Nebenzimmer.

Als sie lächelte, wurde eine Zahnlücke sichtbar – und die verbliebenen Zähne hätten ebenfalls einen Zahnarztbesuch dringend nahegelegt. Sie selbst schien sich an ihrem Aussehen allerdings nicht im Geringsten zu stören.

Laura tauschte mit Wagner einen vielsagenden Blick. Er hielt sich nicht lange mit Nebensächlichkeiten auf. »Frau Prinz?«

Die Dicke verschränkte die Arme vor ihrer Brust, sodass sich ihr Busen beträchtlich hob. »Wer will das wissen?« Durch Wagners Frage war ihr klar geworden, dass sie sich von Laura und Wagner kein Geschäft erwarten konnte.

Wagner zückte seinen Ausweis. »Wir sind von der Kripo.« Der Ausdruck in den Augen der Frau wechselte von Neugier in Ablehnung. »Ich mache keine krummen Geschäfte«, sagte sie mürrisch.

»Deswegen sind wir auch nicht hier. Wir untersuchen den Tod eines Babys«, erklärte Laura.

Das Gesicht der Ladenbesitzerin verschloss sich vollends und wurde um eine Spur bleicher.

»Frau Prinz, die sind Sie doch? Beantworten Sie uns einfach ein paar Fragen«, meinte Wagner.

Die dicke Frau nickte knapp. Ob es als Einverständnis gedacht war oder als Beantwortung der Frage nach ihrem Namen, blieb unklar.

»Es wird eine Weile dauern. Sie sollten sichergehen, dass wir ungestört reden können.« Wagners Ansage klang ein wenig nach einer Drohung. Jedenfalls watschelte die Frau zur Eingangstür, schob einen Riegel vor und drehte das Schild an der Tür um. »So, legen Sie los, und machen Sie es kurz.«

Oh! Wagner mochte diesen Ton gar nicht, dachte Laura, und schon kam seine Antwort: »Es wäre Ihnen bestimmt unangenehmer – und vor allem wäre es mit Sicherheit viel zeitaufwendiger –, wenn wir Sie aufs Revier zitieren müssten. Also schlage ich vor, wir klären alles jetzt, egal, wie lange es dauert.«

Laura lachte in sich hinein. Wie gut sie Wagner kannte.

»Also, Frau Prinz. Haben Sie dieses Taufkleid schon einmal gesehen?« Laura war an der Reihe und hielt ihr das Foto hin. Die Frau nahm es und hob es nah ans Gesicht, als sei sie kurzsichtig und zu eitel, um eine Brille zu tragen.

Nachdem sie das Bild eingehend studiert hatte, reichte sie es Laura zurück. »Kann sein, dass ich so eines auf Lager hatte.«

»Nicht kann sein. Wir wissen mit Sicherheit, dass Sie es hatten«, konterte Wagner.

»Gut. Dann hatte ich es. Ist das ein Verbrechen?«

Schweißperlen bildeten sich auf der Nase der dicken Frau. Wagner schüttelte den Kopf. »In diesem Kleid wurde ein Säugling tot aufgefunden. Bei unserer Überprüfung mussten wir feststellen, dass gegen Sie eine Anzeige wegen Kindesmisshandlung lief. Eigenartiger Zufall, nicht wahr?«

Die Frau seufzte, und plötzlich schien sie alle Abwehr aufzugeben. Laura war sich nicht sicher, meinte aber sogar, Tränen in ihren Augen schimmern zu sehen.

»Egal, was Sie glauben. Ich habe damals nichts getan und jetzt auch nicht. Das Kleid hatte ich nicht mal drei Wochen, dann hab ich es verkauft. Und die Anzeige? Die war ungerechtfertigt. Ich hatte meiner Tochter eine geknallt. Die erste und einzige Ohrfeige ihres Lebens. Und das Luder rennt gleich zur Polizei.«

In Lauras Magen begann es vor Wut zu rumoren. Sie selbst hatte sich auch manchmal schlecht benommen, hatte ihre Eltern immer wieder gereizt, bis ihr Geduldsfaden gerissen war. Sie hatte ein Spiel daraus gemacht, auszutesten, wie lange es dauern würde, bis sie tatsächlich Hand gegen sie erhoben. Doch nie. Kein einziges Mal. Wie schwach mussten Eltern sein, die sich nur mit Schlägen durchsetzen konnten? Dass die Frau ihre Tochter bloß ein einziges Mal geohrfeigt hatte, nahm sie ihr nicht ab.

»An wen haben Sie das Kleid verkauft?«, war Wagners nächste Frage.

»Keine Ahnung. Die Leute kommen, schauen, kaufen und gehen wieder. Ich kenne die wenigsten. Laufkundschaft halt.«

Warum wohl?, dachte Laura. Das war nun wirklich kein Geschäft, in das man öfter als einmal kam.

»Wahrscheinlich schreiben Sie auch keine Rechnungen«, stellte sie fest. Die Frau zuckte zusammen. Laura hatte ins Schwarze getroffen. »Nun, ich denke, wenn wir Ihre Bücher überprüfen würden, ließe sich bestimmt die eine oder andere Unregelmäßigkeit finden«, stichelte sie weiter.

Sie blickte zu Wagner, der ihr fast unmerklich zunickte. Laura wusste, welche Frage sie als nächste stellen sollte.

»Wo waren Sie letzten Samstag?«

Die Frau schluckte. »Hier. Ich war hier im Geschäft.«

»Ach? Die ganze Zeit über? Auf dem Schild mit den Ladenschlusszeiten steht, Sie hätten samstags bloß bis zwölf geöffnet«, sagte Wagner übertrieben freundlich. »Und danach?«

Waltraud Prinz knetete ihre Hände, gab aber keine Antwort. Geduldig wartete Wagner, aber als nach einiger Zeit immer noch nichts kam, setzte er hinzu: »Frau Prinz, ich muss Sie bitten, uns zu begleiten.«

Nun hatte die Gute tatsächlich Tränen in den Augen, die sie mit dem Handrücken wegwischte. Vor schlechtem Gewissen, oder weil sie Dreck am Stecken hatte?

Sie leistete keinen Widerstand, als sie von Laura und Wagner zum Auto geführt wurde. Sie sprachen alle drei bis zum Revier kein einziges Wort. Das war Laura nur recht. Sie war damit beschäftigt, ihren Triumph auszukosten. Es war ihr Verdienst, dass sie eine Verdächtige hatten. Sie liebte ihren Job. Aber gerade in diesem Augenblick hatte sie zudem noch das Gefühl, etwas wirklich Wichtiges zuwege gebracht zu haben.

Egal, wie Wagner sich gestern ihr gegenüber verhalten hatte – mit seinem Angebot, bei dieser Befragung, dieser Festnahme mit dabei zu sein, hatte er einiges wiedergutgemacht.

KAPITEL VIERZEHN

Caroline Mitterhofer lag auf der Lauer. Sie war zu der Adresse gefahren, die sie sich in der Krankenhausverwaltung organisiert hatte. Ein unglaubliches Drama: Ein erst vier Monate altes Baby war mit Verdacht auf eine Gehirnerschütterung eingeliefert worden – der behandelnde Arzt hatte mit Rotstift vermerkt: ev. Misshandlung!!! Drei Ausrufezeichen.

Wie oft hatte sie das schon gelesen? In den wenigsten Fällen erzählten die Eltern die Wahrheit, wenn sie behaupteten, das Kind sei vom Wickeltisch oder vom Sofa gefallen. Und selbst wenn. Selbst wenn es stimmte, wäre es ein Fall von Verletzung der Aufsichtspflicht. Man durfte doch niemals ein Kind unbeobachtet auf einer Wickelkommode liegen lassen. Niemals. Nicht einmal für eine Sekunde durfte man ein Baby aus den Augen lassen. Dann passierten auch keine solchen Unfälle. Sarah stimmte ihr voll und ganz zu. Sie meinte ebenfalls, auch wenn die Eltern dieses Kind nicht geschlagen hätten – ihre Elternrolle hatten sie nicht ausreichend erfüllt. Grund genug, um das Kind zu erlösen. Grund genug, um es an einen Ort zu schicken, an dem es für immer dem Zugriff solcher Menschen entzogen wäre.

Um ins Wohnhaus hineinzugelangen, musste sie bloß ein paar Klingelknöpfe auf einmal drücken, und schon betätigte jemand den Türöffner. Sie mochte sich gar nicht vorstellen, welches Gesindel sich auf diese Weise Zutritt zu ihrem Wohnhaus verschaffen konnte.

Sie ging in den zweiten Stock hinauf. Zu Fuß, denn Aufzüge waren leicht zu manipulieren. Vor der fraglichen Wohnungstür bemerkte sie einen Kinderwagen. Dunkelblau mit silbernen Streifen. Den würde sie garantiert wiedererkennen. Eine Zeit lang lauschte sie an der Tür, und das, was sie hörte, bestärkte sie in ihrem Vorsatz. Mindestens drei Kinderstimmen stritten miteinander. Die Mutter brüllte und schien vollkommen überfordert. Dann begann auch noch das Baby zu schreien, und aus der Wohnung drang ein einziges Chaos zu ihr heraus. Ja, hier war sie richtig. Sie musste nur mehr darauf warten, bis die Mutter das Haus verließ, mit oder ohne Baby. Alles andere würde sich ergeben.

Auf der gegenüberliegenden Straßenseite war eine kleine Grünfläche. Dort setzte sie sich auf eine Bank und starrte zum Hauseingang hinüber. Niemand würde sich über eine Frau wundern, die auf der Bank saß und sich ausruhte.

Aus der Mülltonne fischte sie eine Zeitung. So war ihre Tarnung perfekt. Sie tat, als lese sie. Aber nie, kein einziges Mal ließ sie den Eingang aus den Augen. Wie lange sie so gesessen war, wusste sie nicht. Es war auch nicht von Belang. Nichts ist von Belang, wenn man einem höheren Ziel verpflichtet ist. Nicht Hunger und nicht Durst. Und auch nicht die Zeit. Endlich tauchte die Frau mit dem Kinderwagen auf. Im Schlepptau hatte sie noch zwei weitere Kinder, eines etwa vier, das andere ein wenig älter. Das dritte, das Caroline gehört hatte, musste wohl zu Hause geblieben sein. Sie wurde von tiefem Mitleid ergriffen, doch für die anderen drei konnte sie nichts tun. Sie waren schon zu alt. Der Teufel hielt sie bereits in seinen Klauen. Aber das Baby. Das würde Satan nicht bekommen. Es war rein und unschuldig.

Caroline erhob sich, warf die Zeitung in den Mülleimer zurück und folgte der Frau.

Sie ging in einen Lebensmittelladen. Caroline wartete draußen, etwas abseits.

Als sie wieder herauskam, hatte die Frau den Korb des

Kinderwagens mit lauter ungesunden Dingen gefüllt. Kekse, eine Packung Chips und überzuckerte Limonade in kleinen Tetrapäckchen konnte Caroline ausmachen. Sie wollte sich gar nicht vorstellen, was die Frau sonst noch gekauft hatte. Kinder mussten doch Obst essen.

Der nächste Weg führte sie an einen Spielplatz. Es war erschreckend, in welchem Zustand die Geräte waren. Die Sandkiste war voll Laub und die Schaukelketten verrostet. Das Karussell funktionierte gar nicht mehr. Dennoch waren einige Mütter mit ihrem Nachwuchs hier.

Die zwei älteren Kinder stoben auseinander, eines zur Rutsche, das andere zur Schaukel.

Das Baby schien zu schlafen. Die Frau stellte den Kinderwagen unter einen Baum und zündete sich eine Zigarette an.

Schon rief das eine Kind: »Mama, Schwung geben!«

Kein »Bitte«.

Die Frau seufzte, warf einen Blick zu dem zweiten Kind, das gerade dabei war, die Sprossen auf dem desolaten Klettergerüst emporzukraxeln. Dann stapfte sie zu der Schaukel hinüber, um der Anweisung ihrer Tochter Folge zu leisten.

Sie hatte nun dem Kinderwagen den Rücken zugekehrt. Caroline ging die paar Schritte hinüber und nahm das schlafende Kind heraus.

»Vorsichtig, damit es nicht munter wird«, flüsterte Sarah.

»Ja, ich weiß«, gab Caroline zurück. Nur wenige Sekunden später war sie mit dem Baby im Arm außer Sichtweite des Spielplatzes. Weitere zwei Minuten danach hatte sie den Eingang zur U-Bahn erreicht. In dem Moment, als sie den Bahnsteig betrat, kam ein Zug. Die Richtung war nicht wichtig. Hauptsache, fort von hier.

Als sich die Türen schlossen, atmete Caroline auf. Es war alles glattgegangen. Leichter als erwartet.

»Natürlich. Was hattest du geglaubt? Gott belohnt die

Seinen. Du bist ein Soldat Gottes, du rekrutierst seine Engel. Er lässt dich nicht im Stich«, sagte Sarah, und Caroline konnte ihr Lächeln erahnen.

Ohne Zwischenfälle, wenn auch mit mehrmaligem Umsteigen – wegen der Verfolger –, erreichte Caroline ihre Wohnung. Das Baby schlief noch immer in ihrem Arm.

Sie legte es in Sarahs Bettchen. Eine Weile stand sie nur da und beobachtete das schlafende Kind. Es sah so friedlich aus. Einen Moment schwankte sie. Sie hätte es so gern behalten. Sich um es gekümmert, besser, als die Mutter es vermocht hatte. Doch Sarah quengelte in ihrem Kopf, wurde ungeduldig. »Tu es!«, rief sie.

»Ja doch! Gleich!« Aber Sarah duldete keinen Aufschub. Immer energischer wurde ihre Stimme in Carolines Kopf. Und dann war ihr, als würde Sarah ihre Hände führen. Sie griffen zu dem Kissen und legten es auf das Gesicht des Babys. Es begann zu strampeln. Sie drückte fester zu, erstickte jeden Laut, selbst als es sich nicht mehr rührte, verharrte sie mit ihrem ganzen Körpergewicht auf dem Kissen. Schweißperlen hatten sich auf ihrer Stirn gebildet, ob vor Anstrengung oder Angst, vermochte sie nicht zu sagen. Nach einer Ewigkeit, so schien es ihr, als ihre Arme bereits zu schmerzen begannen, ließ sie das Kissen los. Sie hob es an und betrachtete den leblosen Körper vor ihr. Ein gleißender Lichtschein umgab das tote Baby. »Schau, Sarah! Das hab ich getan! Ich habe es zu einem Engel gemacht.« Ehrfurcht erfüllte Caroline. Vor sich, vor Gott und vor dem kleinen Wesen in dem Bettchen, dem sie soeben neues Leben geschenkt hatte.

»Ich weiß, Mama! Das hast du gut gemacht. Gott ist stolz auf dich. Und ich bin es auch.«

Wagner und Laura trennten sich, nachdem sie Frau Prinz in der Obhut anderer Beamten gelassen hatten. Wagner wollte sich noch etwas zu essen holen.

»Soll ich dir etwas mitbringen?«, fragte er Laura. Sie schüttelte den Kopf. Sie hatte keinen Hunger. Das Hochgefühl, das sie die ganze Fahrt über verspürt hatte, hielt immer noch an und war ihr im Moment Nahrung genug.

»Du solltest aber etwas …«, wandte Wagner ein. Laura funkelte ihn an. »Ich habe keinen Hunger. Okay?«

Wagner hob beschwichtigend die Hand. »Ich habe es nur gut gemeint.«

»Das ist ja dein Problem«, konterte Laura, bevor sie durch die Glastür in ihr Labor flüchtete.

Das war wieder mal typisch für Wagner. Nur weil sie eine Frau war oder weil sie ihm bloß bis zur Brust reichte – oder aus beiden Gründen –, benahm er sich, als könnte sie nicht selber denken. Als wüsste sie nicht, was ihr guttat. Als wäre sie nicht fähig, ihr Leben selbst in die Hand zu nehmen. Sie war sich sicher, dass er bei Heinz nie auf die Idee käme, ihn zu gängeln, als wäre er ein kleines Kind.

Immerhin hatte er ihr versprochen, bei der Vernehmung mit dabei sein zu dürfen. Er hatte gemeint, in etwa einer Stunde wolle er die Prinz befragen, bis dahin solle die Frau ruhig etwas schmoren. Vielleicht würde sie dann ein wenig zuvorkommender die Fragen beantworten. Das war Laura nur recht. Sie hatte noch einige Proben auszuwerten, und etliche Berichte warteten darauf, geschrieben zu werden.

Heinz ärgerte sich maßlos über sich selbst. Er hätte anrufen sollen, ob Yvonne Kruger noch auf der Psychiatrie war. Dann hätte er sich den Weg gespart. Nun stand er bei der Anmeldung und musste hören, dass Yvonne in häusliche Pflege entlassen worden war.

»Wer wird sich denn um Frau Kruger kümmern? Sie lebt allein, soweit ich weiß«, fragte er.

Der Portier schaute auf die Entlassungspapiere. »Hier steht, dass ihre Mutter sie abgeholt hat.«

Heinz wusste, dass er diese Information nur bekam, weil er sich als Gerichtsmediziner vorgestellt hatte.

»Haben Sie auch eine Adresse?« Wenn er sie bekam, wäre der Weg hierher nicht ganz umsonst gewesen.

Bereitwillig schrieb der Pförtner die Adresse von Yvonnes Mutter auf einen Zettel und reichte ihn Heinz.

Er bedankte sich für die Hilfsbereitschaft und ging zu seinem Auto. Na dann, auf in den 3. Bezirk.

Parkplätze waren rar, wie fast überall. Heinz steuerte ein Parkhaus an. Da würde er zwar ein paar Straßen weit gehen müssen, aber er konnte nicht einschätzen, wie lange der Besuch bei Yvonne dauern würde, und er wollte es nicht riskieren, an einen ablaufenden Parkschein gebunden zu sein.

Heinz bewunderte die verschnörkelte Fassade des Gebäudes, bevor er läutete. Emilia, seine Schwester, kannte sich mit Kunst- und Stilrichtungen aus. Sie hätte bestimmt gewusst, welcher Epoche dieser Bau zuzuordnen war. Er nahm sich vor, sie bald anzurufen. Er hatte sie schon seit über zwei Wochen nicht gesehen – und so angespannt ihr Verhältnis auch sonst gewesen war, nach ihrer Entführung hatten sie eine gute Basis gefunden, miteinander umzugehen. Seine Gedanken wurden vom Summen des Türöffners unterbrochen. Keine Frage nach dem Namen. Wagner pflegte zu sagen, die Leute seien viel zu gutgläubig. Das stimmte. Ein wenig mehr Achtsamkeit, und Heinz hätte nur halb so viel zu tun.

Heinz stieß die schwere Holztür auf. Neben dem Klingelknopf hatte die Türnummer gestanden. Die Wohnung musste gleich im Erdgeschoss liegen.

Ein kitschiger Blumenkranz zierte die Wohnungstür. Er hätte sich so etwas nie aufgehängt, aber er war eher der nüchterne Typ. Schließlich mochte er auch keine Kerzen oder Porzellanfiguren in seiner Wohnung.

Bevor er klingeln konnte, ging bereits die Tür auf, und

eine blondierte, durchaus attraktive Frau schaute heraus. »Sie wollen zu mir?«, fragte sie.

»Eigentlich zu Yvonne. Ich muss mit ihr über Kevin sprechen«, antwortete er.

Franziska Kruger schaute misstrauisch, aber nachdem er sich vorgestellt hatte, hellte sich ihr Gesicht auf. »So wie in CSI?«

Heinz seufzte. »Ja, so ähnlich«, ließ er es dabei bewenden. Dass seine Arbeit nicht mit einer Fernsehserie zu vergleichen war, sagte er ihr nicht. Sollte sie ruhig daran glauben, wenn es sie glücklich machte und sie damit bei ihren Nachbarn Eindruck schinden konnte.

Mit einem strahlenden Lächeln auf den pinkgeschminkten Lippen lud sie ihn ein, näher zu treten. Yvonne hatte das Aussehen von ihrer Mutter geerbt. Und wohl auch den Hang zum frühen Kinderkriegen. Franziska Kruger wirkte auf ihn nicht viel älter als 35. Vielleicht hatte sie sich auch nur gut gehalten.

Die Frau führte ihn ins Wohnzimmer. »Ist eine schlimme Sache, die mit Kevin. Yvonne geht das ziemlich nahe.«

Heinz dachte sich seinen Teil. Kevins Weinen war Yvonne nicht allzu nahegegangen – zumindest nicht, als es darum ging, mit ihren Freunden herumzuziehen.

Yvonne lag auf der Wohnzimmercouch und glotzte in den Fernseher. Ihre Mutter setzte sich zu ihr. Heinz hätte mit Yvonne lieber allein gesprochen, sah aber keine Möglichkeit, Frau Kruger begreiflich zu machen, dass sie sich besser zurückziehen solle. CSI, live in ihrem Wohnzimmer, würde sie sich unter keinen Umständen entgehen lassen.

»Yvonne«, sprach er die junge Frau sanft an. Widerwillig löste sich deren Blick vom Bildschirm.

»Yvonne, kennst du mich noch? Ich war gestern bei dir. Ich habe den Krankenwagen gerufen. Kannst du dich daran erinnern?«

Frau Kruger legte eine Hand auf die Hüfte ihrer Tochter. Meine Güte, was die für Nägel hatte. Regelrechte Krallen, passend zum Lippenstift lackiert.

»Sie hat Beruhigungsmittel bekommen, müssen Sie wissen.«

Heinz seufzte. Ja, das war ihm klar. Aber wahrscheinlich keine besonders starken, sonst hätten sie die Kleine in stationärer Behandlung belassen, wo sie beaufsichtigt werden konnte.

Endlich antwortete Yvonne: »Ja, ich erinnere mich. Sie sind wegen Kevin gekommen. Sie und der andere. Der Unfreundliche. Ich habe Ihnen alles gesagt, was ich weiß.«

»Yvonne, schau mich an. Wir haben ein totes Baby gefunden. Es ist Kevin.«

Yvonne blickte ihn an, doch seine Worte schienen noch nicht zu ihr durchzudringen. Die Mutter des Mädchens schnappte nach Luft.

Sanft fuhr Heinz fort: »Du musst uns die ganze Wahrheit sagen, nur so können wir herausfinden, was passiert ist. Das möchtest du doch genauso, nicht wahr?«

In Yvonne Krugers Augen standen Tränen. Sie schluchzte und bedeckte mit einer Hand ihre Augen, als wolle sie die Welt aussperren.

Die Mutter trat an Yvonnes Seite und legte ihren Arm um die Schulter des Mädchens. »O Gott!«, sagte sie bloß. Eine Weile stand sie so da, dann richtete sie sich auf, und ein Ruck ging durch ihren ganzen Körper, als sie sagte: »Yvonne, du musst dem Herrn alles sagen, was du weißt. Das bist du Kevin schuldig.«

Wie in Zeitlupe griff Yvonne zu dem Glas Cola, das vor ihr auf dem Tisch stand. Sie nahm einen Schluck und überraschte Heinz, indem sie zögernd nickte und mit leiser Stimme zu erzählen begann.

Weniger überraschend fand er Yvonnes Schilderung, so

etwas Ähnliches hatte er sich schon gedacht. Sie sei ins Donauzentrum gefahren, habe sich mit Freunden getroffen und ziemlich viel getrunken. Sie wisse nicht einmal, wie sie nach Hause gekommen sei, geschweige denn, wann. Nach Kevin habe sie nicht geschaut. Sie sei erst Samstagnachmittag aufgewacht, und da war er fort gewesen.

Heinz bemühte sich um einen neutralen Gesichtsausdruck, auch wenn es ihm schwerfiel. Was hatte sie sich bloß dabei gedacht? Wahrscheinlich nichts. Fand sie das etwa normal? Weshalb hatte sie nicht ihre Mutter gebeten, auf Kevin aufzupassen? Er vermutete, dass Yvonne ihren Sohn nicht bloß dieses eine Mal allein gelassen hatte. Zudem war er davon überzeugt, dass sie mehr Alkohol trank, als ihr guttat. So viel, dass sie, selbst wenn sie nicht unterwegs war, Kevin nicht ordentlich versorgen konnte. Kein Wunder, dass der Kleine ständig geweint hatte. Kein Wunder, dass er vernachlässigt gewirkt hatte und zu klein für sein Alter war. Natürlich versuchte Yvonne, ein bisschen zu beschönigen, und ließ einige Details aus, zumal ja auch ihre Mutter zuhörte. Aber Heinz hatte schon lange gelernt, zwischen den Zeilen zu hören. Zu spüren, was hinter dem Gesagten steckte, und dem Nichtausgesprochenen genauso viel Bedeutung beizumessen wie dem Erzählten.

Wahrscheinlich trank Yvonne nicht nur, sondern nahm auch Drogen. Speed, Ecstasy, was auch immer. Bloß würde sie das vor ihrer Mutter nie zugeben.

Immerhin erfuhr er, dass Yvonne am Samstag gegen vier Uhr am Nachmittag munter geworden war und Kevin zu der Zeit definitiv nicht in seinem Bettchen gelegen hatte. Yvonne hatte sich »krank« gefühlt und war darum gleich wieder eingeschlafen, anstatt nach ihrem Sohn zu suchen.

»Hast du während der Schwangerschaft geraucht, Yvonne? Oder danach?«, fragte er.

Yvonne verneinte. Weder noch. Dabei blickte sie aber

verstohlen zu ihrer Mutter hinüber, sodass Heinz das Gefühl hatte, sie sagte nicht die Wahrheit. Trotzdem ließ er es dabei bewenden. Vielleicht würde sich ein Gespräch unter vier Augen ergeben, bei dem er sie noch einmal darauf ansprechen konnte.

»Wie hast du Kevin schlafen gelegt? Auf dem Rücken, auf dem Bauch? Neigte er zum Schwitzen, hatte er Probleme mit der Atmung?«

Yvonne fühlte sich nun ein wenig sicherer und antwortete: »Er schlief normalerweise auf dem Rücken. Weil ich gehört habe, dass man Babys nicht auf den Bauch legen soll.«

Heinz hätte ihr sagen können, dass man Babys auch nicht einfach alleine lassen durfte oder dass Zigarettenrauch schädlich für Säuglinge war. Das tat er aber nicht.

Was hätte es ihm genützt, wenn Yvonne wieder von einem Weinkrampf geschüttelt worden wäre?

Heinz wollte Informationen von ihr, je mehr, desto besser. Also würde er sie mit Samthandschuhen anfassen. Er war froh, dass er allein gekommen war, ohne Wagner. Der hätte Yvonne vermutlich so verschreckt, dass sie kein Wort mehr sagte.

Wagners Methoden mochten vielleicht bei Vernehmungen erfolgversprechend sein, aber Yvonne war krank. Sie war labil. Und er – er war Arzt. Gut, normalerweise führte er mit seinen »Patienten« keine Gespräche, aber nichtsdestotrotz, bevor er sich der Gerichtsmedizin zugewandt hatte, hatte er lebende Menschen behandelt. Solche, die Schmerzen, die Angst, richtige Krankheiten und Verletzungen gehabt hatten. Und natürlich umfasste auch seine jetzige Arbeit nicht nur Autopsien, sondern auch Gespräche mit Angehörigen. Er wusste also, wie er mit Leuten wie Yvonne umgehen musste.

»War Kevin in letzter Zeit krank? Hat er Impfungen bekommen? Wann warst du mit ihm das letzte Mal bei einer Untersuchung?«

Yvonne schüttelte den Kopf, als wären ihr Heinz' Fragen lästig.

»Wenn Sie meinen, ob er Fieber oder so gehabt hat – nein. Er hat halt immer geweint. Keine Ahnung, wie lange es her ist, dass ich mit ihm beim Kinderarzt war. Da war er noch ganz klein.«

Heinz hätte schreien können. Keine Impftermine oder Pflichtuntersuchungen. Er konnte nur hoffen, dass sie nicht gleich wieder schwanger werden würde. Vielleicht war sie in ein paar Jahren so weit, eine pflichtbewusste Mutter zu sein, vielleicht aber auch nie.

»Yvonne, ich möchte herausfinden, wie dein Baby gestorben ist.«

Die junge Frau starrte ihn verständnislos an.

»Vielleicht war es ein Unfall, oder er ist aus seinem Schlaf einfach nicht mehr aufgewacht. Wenn es so wäre, könnte niemand etwas dafür. Dann würdest du es mir doch erzählen, nicht wahr?«

Yvonne schien darüber nachzudenken. »Ich glaub schon«, sagte sie.

Heinz seufzte. Das war mühsamer als erwartet – und dabei hatte er sich schon auf einiges gefasst gemacht. Er beschloss, das Pferd von hinten aufzuzäumen. »Warst du eigentlich schon mal auf dem Leopoldsberg?«

Die Mutter des Mädchens setzte sich gerade auf und taxierte ihn abwägend. »Worauf wollen Sie hinaus?«, fragte sie, doch Heinz hob die Hand und gebot ihr zu schweigen. Er wollte eine Antwort von Yvonne. Die legte den Kopf schief. Dann beantwortete sie Heinz' Frage. »Höchstens in der Grundschule – da haben wir ja öfter Wandertage gemacht, aber ich kann mich nicht mehr erinnern, ob der Leopoldsberg auch dabei war.«

»Sag, und hast du irgendwelche Lieblingsblumen? Lilien vielleicht?«

Yvonne schaute ihn an, als wäre er plötzlich verrückt geworden. »Lilien? Nein, bestimmt nicht. Die stinken so. Ich mag Rosen. Und Tulpen.«

Heinz stand auf und verabschiedete sich. Er hatte zwar nie so recht daran geglaubt, dass Yvonne ihren Sohn auf Lilien gebettet hatte – aber nun war er davon überzeugt, dass es jemand anderer gewesen sein musste. Außerdem konnte er davon ausgehen, dass Kevin schon viel eher in die Hände seines Mörders gelangt war. Nämlich Freitag in der Nacht. Das deckte sich auch mit der Aussage der Nachbarin. Für einen Nachmittag hatte er eigentlich ziemlich viele Informationen gesammelt. Aber immer noch bei Weitem nicht genug.

KAPITEL FÜNFZEHN

Caroline Mitterhofer wäre lieber daheim geblieben, dort, wo sie sich halbwegs sicher fühlte. Aber Sarah hatte andere Pläne. Deshalb ließ Caroline das Baby im Bettchen liegen und fuhr auf die Mariahilfer Straße, wo sich Geschäft an Geschäft reihte und sie in den großen Kaufhäusern nicht auffallen würde.

In einem der Bekleidungsmärkte schlenderte sie durch die Kinderabteilung. Als sie die Ständer mit den Babykleidchen betrachtete, vergaß sie für einen Augenblick ihre Vorsicht und ihre Anspannung. Verzückt hielt sie ein geblümtes Oberteil mit passender Hose in die Höhe und malte sich aus, wie herzig Sarah darin aussehen würde. Seufzend hängte sie es wieder zurück. Nun brauchte sie das alles nicht mehr. Doch Sarah riet ihr zu, doch ein paar Kleidungsstücke zu kaufen, um weniger aufzufallen.

Caroline ließ sich das nicht zweimal sagen. Mit großer Sorgfalt, als würde sie tatsächlich für ihre Tochter etwas zum Anziehen kaufen, wählte sie zwei Strampelanzüge aus. Einen in Grün mit Rüschen an den Ärmeln und den Fußenden, der andere rosa mit gestickten Rosen auf dem Oberteil. Dazu legte sie noch passende Leibchen in ihren Korb. Schließlich war sie bei den Taufkleidern angelangt. Manche von ihnen hätte sie Sarah nie angezogen, aber dann fand sie das, was sie suchte: schlicht, aber doch elegant. Winzige weiße Kunststoffperlen zierten die Säume an Halsausschnitt, Ärmeln und am Rockende.

Es war nicht ganz billig, aber das durfte für den Zweck, für den es benötigt würde, keine Rolle spielen. Schließlich sollte ein Engel dieses Kleid tragen.

Die Verkäuferin packte alles in eine Plastiktüte und fragte: »Bar oder mit Kreditkarte?«

»Bar, bitte.« Caroline hatte noch nie eine Kreditkarte besessen, und das war auch gut so. Kreditkarten ließen sich zurückverfolgen. Sie achtete mittlerweile auch darauf, dass sie nichts mit ihrer EC-Karte bezahlte.

Auf dem Heimweg holte sie von einem der großen Blumenmärkte einen schönen Strauß Lilien. Wieder hatte sie das Gefühl, jemand verfolge sie, und so nahm sie die U-Bahn in die entgegengesetzte Richtung, achtete darauf, dass ihr Gesicht von den Kameras nicht erfasst werden konnte, indem sie es mit dem Strauß verdeckte. Sie stieg mehrmals um, bis sie sicher war, dass sie alle Verfolger abgeschüttelt hatte. Erst dann traute sie sich, mit der Straßenbahn bis zu ihrer Station zu fahren. Als sie ausstieg, blickte sie sich um. Sie wollte sichergehen, dass niemand auf sie lauerte. Doch nachmittags war nicht viel los. Nur eine alte Dame, die Caroline schon öfter gesehen hatte, ging, auf einen Gehwagen gestützt, den Bürgersteig entlang.

»Siehst du die Alte?«, fragte Sarah.

Caroline nickte.

»Sie gehört zu den anderen«, wisperte die Stimme ihrer Tochter. Niemals hätte Caroline das vermutet. Diese alte Frau war eine von Satans Helfern? Sie waren schon oft aneinander vorbeigegangen. Caroline hatte noch nie etwas Beunruhigendes an der Frau bemerkt. Solche wie sie gab es zu Hunderten, wenn nicht gar zu Tausenden in Wien.

»Sieh genauer hin«, forderte Sarah. Caroline drehte sich unauffällig um und blickte der alten Frau nach.

Und da sah sie, was Sarah gemeint hatte: Der Körper der Alten war von einem schmutziggrauen Dunst umhüllt. Auf ihrem Kopf prangten deutlich zwei gewundene Hörner.

Caroline bekreuzigte sich. Am liebsten wäre sie davongelaufen, doch Sarah hielt sie von dieser Panikreaktion ab. »Damit ziehst du erst recht die Aufmerksamkeit auf dich. Bleib ruhig, atme durch und geh weiter, als hättest du nichts bemerkt.«

Es fiel Caroline schwer, ihre Angst zu zügeln. Aber sie hielt sich an Sarahs Rat. Sie atmete einige Male ein und aus. Die Satanshelferin war inzwischen am Ende der Straße angelangt. Dennoch hatte Caroline das Gefühl, die Luft um sie herum würde nach Metall schmecken. Ihr wurde übel. Mehr denn je überkam sie das Bedürfnis wegzulaufen – so schnell wie möglich in die Sicherheit der eigenen vier Wände zu fliehen, weg von der Straße, weg von den Menschen, weg von der Öffentlichkeit, wo überall Gefahren auf sie lauerten.

Doch sie riss sich zusammen. Endlich. Endlich hatte sie die Haustür erreicht. Die Begegnung vorhin hatte ihr mehr zugesetzt, als sie sich selbst und Sarah gegenüber eingestehen wollte. Ihre Hände zitterten, als sie den Schlüssel aus ihrer Tasche nahm. Sie brauchte mehrere Versuche, um das Schloss zu treffen. Dann hatte sie aber auch das gemeistert. Sie huschte hinein, drückte die Tür hinter sich zu und lehnte sich schwer atmend dagegen.

Es dauerte eine Weile, bis sie das Gefühl hatte, ihre Beine würden sie über die Treppe bis zu ihrem Stockwerk tragen. In ihrer Wohnung setzte sie sich erst einmal in die Küche. »Du musst etwas essen«, sagte Sarah.

»Ich bin nicht hungrig«, antwortete Caroline.

»Du musst. Du wirst heute noch deine Kräfte brauchen. Wir müssen das Baby zu Gott bringen. In den Himmel. Es wird erwartet.«

Caroline seufzte. Dann würde sie eben etwas zu sich nehmen. Wenigstens eine Kleinigkeit. Sie wusste, wie anstrengend es das letzte Mal gewesen war – die lange Wanderung, die nervliche Anspannung.

Sie trat vor den Kühlschrank. Viel war nicht mehr darin, sie hatte nicht daran gedacht, einkaufen zu gehen. Zu viel war in den letzten Tagen passiert.

So toastete sie sich zwei Scheiben Brot, bestrich sie mit Butter und tropfte Honig darauf.

Erst jetzt, da sie den ersten Bissen machte, merkte sie, wie hungrig sie war. Gierig schlang sie zuerst das eine, dann das andere Brot hinunter. Ihre Fingerspitzen waren klebrig, und sie schleckte sie ab. Wie ein kleines Kind kam sie sich vor. Ein Lächeln umspielte ihre Lippen. Wie lange war es her, dass sie sich so gelöst, so unbeschwert gefühlt hatte? Dieses Gefühl wollte sie festhalten. Es war die Belohnung für ihre Mühen. Für ihren Gehorsam, für ihre Taten. Ein schönes Gefühl. Sie war sich sicher, dass die Zeit der schlaflosen Nächte nun endlich überstanden war. Für immer. Auch ohne Medikamente. Es war so einfach, gut zu sein.

Gesättigt und zufrieden, wie sie war, hätte sie sich gern für den Rest des Tages in ihrer Wohnung verkrochen. Die Begegnung mit der Alten auf der Straße hatte ihr Angst eingejagt. Aber sie wusste, dass sie vorher noch einiges zu erledigen hatte. Ausruhen konnte sie später. Sie ging in Sarahs Zimmer und hob das Baby aus dem Bettchen. Während sie es ankleidete, summte sie vor sich hin. »Weißt du, wie viel Sternlein stehen…?« Dieses Lied hatte sie Sarah immer vorgesungen, als sie noch mit ihr schwanger war. Sarah stimmte mit ein. Mit ihrer reinen Engelsstimme sang sie: »… an dem blauen Himmelszelt.«

Caroline fühlte sich in die Zeit ihrer Kindheit versetzt, als sie noch mit Puppen spielte. Sie hatte eine besessen, die war fast so groß wie dieses Baby – und hatte auch verblüffend echt ausgesehen. Sie wäre eine wunderbare Mutter geworden.

In dem weißen Kleidchen wirkte das Baby jetzt schon engelsgleich. Caroline hob es auf den Arm, verließ die Wohnung. Das Kind lag verborgen in einem Tragetuch, die Lilien hielt sie in der Hand und versteckte mit ihnen das kleine Bündel vor ihrem Bauch.

Die Menschen erschreckten sie. Doch Sarahs beruhigende Gegenwart gab ihr die Kraft weiterzugehen. Mehr als einmal bog sie in eine Gasse ab, weil ihr jemand mit einer graudüsteren Aura entgegenkam.

»Wie kommt es, dass ich sie jetzt erkennen kann?«

»Du hast dich als würdig erwiesen. Deine Gabe, das Böse zu erkennen, ist ein Geschenk Gottes an seine treue Dienerin. Dir wird nichts geschehen, solange du wachsam bleibst.«

Das würde sie. Sie würde aufmerksam ihre Umgebung beobachten. Nur so konnte sie ihrer Aufgabe weiterhin ungehindert nachgehen.

Sie lief ziellos durch die Gegend, vertraute auf Gott, ihren Herrn, und auf Sarah, dass sie ihr den rechten Weg weisen würden.

»Wir sind da«, hörte sie die Stimme ihrer Tochter. Die Frau blickte sich überrascht um. Ihr war gar nicht aufgefallen, dass es Abend geworden war. Am Himmel waren bereits die ersten Sterne zu sehen, auch wenn sich immer wieder Wolken vor sie schoben. Sie kniete auf den Boden, legte die Lilien ab und hob das Baby aus dem Tragetuch. Sarah hatte sich einen schönen Platz ausgesucht. Unweit konnte sie den Waldsaum erkennen. Sie legte die Blumen auf die Wiese. Eine neben die andere. Als sie damit fertig war, nahm sie das Kind, betrachtete es stolz, als wäre es ihr eigenes. Es war ja gewissermaßen auch so. Sie hatte dieses Baby aus der Finsternis seines Daseins in das Licht Gottes hineingeboren. Sanft küsste Caroline es auf die Stirn und legte es auf sein Lilienbett. »Leb wohl, mein kleiner Engel«, sprach sie zum Abschied. Dann drehte sie sich um und ging den gleichen Weg, auf dem sie hergekommen war, zurück, ohne sich noch einmal umzudrehen.

Wagner hatte sich zwei Leberkässemmeln gekauft. Er ärgerte sich immer noch über Lauras brüske Art. Das war nun der Dank für seine Fürsorglichkeit. Dann sollte sie eben verhungern. Er würde sich eher die Zunge abbeißen, als ihr noch einmal anzubieten, ihr etwas zu essen zu besorgen.

Er kaute gerade an einem großen Stück, als sein Telefon klingelte. Ungehalten über die Störung, hob er ab und verschluckte sich prompt, als er sich meldete.

»Mit wem spreche ich?«, wollte der Anrufer wissen. Seine Stimme klang ungeduldig und fordernd. Wagner räusperte sich und blinzelte die Tränen weg, die ihm während seines Erstickungsanfalls gekommen waren. »Wagner hier. Morddezernat.«

»Gut. Zu Ihnen wollte ich. Wir hatten schon miteinander das Vergnügen. Ich bin der Kollege, der die Vermisstenmeldung von Kevin Kruger aufgenommen hat.«

»Ja, ich erinnere mich. Aber ich habe noch keine Neuigkeiten …«

Der Beamte unterbrach ihn. »Darum geht es gar nicht. Vor einer Stunde ist eine weitere Vermisstenmeldung reingekommen. Ein vier Monate altes Baby ist heute um die Mittagszeit aus seinem Kinderwagen verschwunden.«

»Verdammt«, war das Einzige, was Wagner herausbrachte.

»Ja, nicht wahr. Und ich dachte mir, das würde Sie vielleicht interessieren. So viel Zufall gibt es wohl nicht.«

Wagner bedankte sich bei dem Mann. Dann rief er Heinz an.

»Wie gut, dass du dich meldest. Ich war bei Yvonne Kruger und …«

»Heinz, ein weiteres Baby ist verschwunden.«

Sein Freund antwortete nicht gleich. Dann presste er hervor: »Gütiger Himmel!«

»Es wird gerade ein Suchtrupp organisiert. Ich schließe mich den Kollegen an«, meinte Wagner.

»Gut, ich mach auch mit. Ich kann ohnehin nicht ruhig sitzen, wenn ich weiß, dass da draußen ein Mörder herumläuft.«

Wagner schluckte und sagte nichts. Genau das war auch seine Empfindung. Er wollte sie nur nicht aussprechen, denn solange dieser Gedanke nicht in Worte gefasst war, konnte er sich einreden, dass es dem Kind gut ging. Nun hatte Heinz ihm diese Illusion genommen. Er seufzte. Es hatte keinen Zweck, die Dinge beschönigen zu wollen. »Gut, wir treffen uns am Wallensteinpark. Dort wurde es aus dem Kinderwagen entführt.«

»Ich bin in einer halben Stunde da«, antwortete Heinz.

Wagners nächster Anruf galt Laura.

»Oh, ist es schon Zeit für die Befragung? Ich dachte, ich hätte noch Zeit für …«

»Die Frau hat mit dem Tod Kevins nichts zu tun«, unterbrach er Laura.

»Wie? Ich dachte …«

Wieder ließ er sie nicht ausreden. »Es ist ein zweites Kind verschwunden. Gerade eben kam die Meldung rein. Ich weiß ja nicht, wie du darüber denkst, aber für diese Entführung hat die Prinz ein wasserdichtes Alibi. Nämlich uns.«

»Schöne Bescherung«, murmelte Laura, und Wagner sah sie vor sich, wie sie auf ihrer Unterlippe kaute und nachdachte.

»Was machen wir jetzt? Sie kann es ja doch gewesen sein. Das verschwundene Baby muss nicht mit Kevins Tod zusammenhängen«, wandte sie ein.

»Ich fürchte doch. An so viel Zufall glaub ich nicht. Heinz und ich schließen uns den Suchtrupps an. Und beten, dass wir es rechtzeitig finden.«

»Kann ich auch mit?«

Wagner konnte Laura verstehen. Niemand wollte dableiben und nichts tun. Trotzdem sagte er: »Laura, bitte. Du musst mit der Prinz reden. Du hast doch selbst gesagt, sie ist immer noch verdächtig. Irgendetwas verbirgt sie, sonst hätte sie uns sagen können, wo sie am Samstagnachmittag war. Und ich möchte zudem wissen, was mit dem Taufkleid geschehen ist.«

Laura brummte. Begeistert schien sie nicht zu sein, aber schließlich stimmte sie zu.

»Und, Laura?«

»Ja? Ist noch was?«

»Du musst sie nicht mit Samthandschuhen anfassen. Und wenn du mit ihr fertig bist, schick sie nach Hause. Wir können sie nicht ohne zwingenden Grund festhalten, aber signalisiere ihr, dass wir sie beobachten.«

»Schon gut. Ich weiß, was ich tue.«

Sie war eingeschnappt. Eindeutig. Dabei konnte er gar nichts dafür. »Du weißt immer, was du tust«, sagte er, in der Hoffnung, sie ein wenig milder zu stimmen, aber da hatte sie schon aufgelegt.

Im Fuhrpark stand kein vernünftiges Auto mehr zur Verfügung. So blieb Wagner nichts anderes übrig, als seine Kollegen von der Streife zu bitten, ihn zum Wallensteinpark zu bringen. Er schwor sich, sobald dieser Fall abgeschlossen wäre, würde er sich um ein eigenes Fahrzeug kümmern. Plötzlich hatte er das Gefühl, es eilig zu haben. Zu spät zu kommen. Im Eilschritt lief er auf den Parkplatz und instruierte seine uniformierten Kollegen, das Blaulicht einzuschalten. Bitte, lass diesem Baby nichts passiert sein, betete er still vor sich hin. Gleichzeitig wusste er, dass seine Gebete normalerweise nicht erhört wurden. Und er fragte sich, ob es überhaupt einen Gott gab. Denn wie konnte es sein, dass Er nun schon zum zweiten Mal so etwas zulassen konnte?

Lauras Hochgefühl hatte sich schlagartig in Luft aufgelöst. Nicht nur, weil »ihre« Verdächtige die Tat nun wahrscheinlich gar nicht begangen hatte, sondern weil Wagner sie dazu verdonnerte, hierzubleiben, während er sich einer sinnvolleren Aufgabe widmete. Sie kam sich vor wie in der Steinzeit. Männer gingen auf die Jagd. Die Frauen blieben daheim und hüteten das Feuer. Wie hatte sie bloß für diese Ausgeburt von Chauvinismus jemals romantische Gefühle hegen können? Mistkerl!

Sie gab ihren Mitarbeitern im Labor Bescheid, dass sie gleich wieder zurück wäre, und ging zum Verhörzimmer.

Frau Prinz saß auf dem Metallsessel, der ebenso wie der Metalltisch am Boden festgeschraubt war. Ihre beträchtliche Körperfülle machte es unmöglich, eine bequeme Sitzhaltung einzunehmen. Die Ellbogen hatte sie auf den Tisch gestützt, das Gesicht in beiden Händen verborgen, während ihr Po gerade mal die Kante des Stuhls berührte.

Als Laura eintrat, wandte die Frau ihren Kopf nach ihr um. Laura bemerkte, dass sie geweint haben musste. Ihre Augen waren gerötet, und eine getrocknete Tränenspur zierte ihre teigigen Wangen.

Aus jeder Pore schien Angstschweiß zu quellen. Ein unangenehmer Geruch hatte sich im Raum ausgebreitet. Laura war oft genug bei Verhören dabei gewesen, um zu wissen, dass die Frau einem Nervenzusammenbruch nahe war und nun alles tun würde, um aus diesem Zimmer herauszukommen.

»Also, Frau Prinz«, begann Laura. »Zuerst die Formalitäten. Dieses Gespräch wird von einer Kamera aufgenommen.«

Die Frau nickte. »Was wollen Sie wissen?« Ihre Stimme hatte jegliche Kraft verloren.

Laura fragte sie nach ihrem Namen und ihrer Adresse.

»Warum wollen Sie das noch einmal hören?« Der alte Trotz klang schon wieder mit.

»Fürs Protokoll, und jetzt sagen Sie mir, wo Sie am Samstag wirklich waren und was es mit diesem Taufkleid auf sich hat.«

Laura sah, wie die Frau ihre Möglichkeiten abwog. Ihre Schultern sackten hinunter. Dann seufzte sie theatralisch. »Gut, ich habe den ganzen Samstagnachmittag bis zum späten Abend mit meinem Liebhaber verbracht.«

Laura konnte sich beim besten Willen nicht vorstellen, dass jemand Sex mit dieser Frau haben wollte, aber dann riss sie sich zusammen. Sie hatte schon viel erlebt und gesehen. Es stand ihr nicht zu, Urteile anhand von Äußerlichkeiten zu fällen. »Warum um Himmels willen haben Sie uns das denn nicht gleich gesagt?«

»Weil er verheiratet ist. Seine Frau weiß nichts von mir. Sie denkt, er sei Kartenspielen gewesen.«

Laura meinte: »Wir brauchen den Namen und die Adresse von Ihrem Freund. Wir werden das nachprüfen. Vorerst können Sie dann gehen.«

Laura entging Frau Prinz' Erleichterung nicht. »Ich sage Ihnen gleich, dass Sie damit noch nicht aus dem Schneider sind. Wir werden weiterhin ein Auge auf Sie haben. Da sind die Unregelmäßigkeiten in Ihrer Buchführung. Und ich möchte immer noch wissen, was es mit dem Taufkleid auf sich hat.«

Die Frau zuckte die Schultern. Mehr denn je glich sie einem Walross. Aber auch Walrösser pflanzten sich fort. Laura hätte gern gewusst, wie dieser Liebhaber aussah. Ganz das Gegenteil von Waltraud Prinz – klein und schmächtig –, oder ging es eher nach dem Motto: Gleich und gleich gesellt sich gern?

»Ich habe Ihnen alles gesagt, was ich weiß. Ich habe das Taufkleid mit ein paar anderen Kleidungsstücken übernommen. Solche Sachen bekomme ich nicht oft herein. Man hat gesehen, dass die Kleidung teuer gewesen war. Ich hab sie in die Auslage getan. Ja, und dann hab ich's verkauft.«

»An eine Frau oder einen Mann?«, hakte Laura nach.

»Ich weiß nicht mehr genau. Ich denke, es war eine Frau.

Männerkundschaft habe ich so gut wie nie – wahrscheinlich wäre mir das dann eher in Erinnerung geblieben. Wenn es ein Mann gekauft hätte, mein ich.«

»Erinnern Sie sich wenigstens daran, wann das Taufkleid verkauft worden ist? Ungefähr?«

Obwohl Laura damit gerechnet hatte, mit einer nichtssagenden Antwort abgespeist zu werden, dachte die Frau zuerst nach, indem sie an die Decke starrte, als würde sie dort die Antwort finden.

Schließlich hob sie an: »Also den Tag weiß ich nicht mehr. Aber ich denke, es war Anfang April. Ich habe erst Mitte März die Auslage dekoriert. Mit den teuren Sachen. Normalerweise mach ich alle drei, vier Monate die Auslage neu – den Jahreszeiten entsprechend.«

Laura sah die Schaufenster vor sich, von Dekoration keine Spur. Ein altmodischer Kinderwagen hatte darin gestanden. Sie fragte sich, was der mit der Jahreszeit zu tun haben sollte.

Aber sie nickte, um ihr Gegenüber zum Weitersprechen zu animieren. »Na ja, und weil aber die Sachen so schnell weg waren, musste ich schon zwei, drei Wochen später was Neues reintun.«

Im ganzen Geschäft gab es wohl nicht ein einziges Stück, das neu gewesen wäre. Langsam begriff Laura, warum solche Läden, wie der im 1. Bezirk, so gut gingen. Aber verdammt, es musste doch noch was dazwischen geben.

»Das heißt, das Taufkleid muss irgendwann zwischen Mitte März und Anfang April gekauft worden sein. Wahrscheinlich von einer Frau. Sehe ich das richtig?«, fasste Laura noch einmal Prinz' Aussage zusammen. Die nickte, und Laura musste sich bemühen, nicht auf das gewaltige Doppelkinn zu starren.

»Gut. Wir nehmen das alles zu Protokoll.«

»Kann ich jetzt gehen?«

»Sie dürfen. Aber morgen müssen Sie noch einmal herkommen und Ihre Aussage unterschreiben.« Laura hob den Zeigefinger. »Und wehe, Sie erscheinen nicht!«, drohte sie. »Wir lassen Sie sonst von einem Streifenwagen mit Blaulicht abholen. Stellen Sie sich vor, was das für ein Gerede nach sich ziehen würde.«

Die Frau stemmte sich aus dem metallenen Sessel, was gar nicht so leicht war, denn ihr Hintern schien zwischen den Seitenlehnen eingeklemmt zu sein. Aber wahrscheinlich hatte sie Erfahrung in solchen Dingen, denn sie drehte sich ein wenig hin und her, und schließlich hatte sie sich befreit.

»Ist schon gut. Ich werde kommen«, murrte sie. Jetzt, da sie spürte, dass sich ihre Position geändert hatte und alles nicht so schlimm gewesen war, wie sie befürchtet hatte, gewann sie ihre alte Überheblichkeit zurück. Das war auch der Grund, warum Laura ihr noch hinterherrief: »Und Frau Prinz, die Steuerprüfung wird sich bei Ihnen demnächst melden!«

Laura konnte sich das Grinsen nicht verkneifen, als Frau Prinz zusammenzuckte, sonst aber so tat, als hätte sie nichts gehört.

Sie kostete ihren kleinen Triumph aus und wollte eben zurück ins Labor gehen, als jemand ihren Namen rief. Eine Polizistin winkte sie herbei. Es kam nur sehr selten vor, dass sie auf uniformierte Kollegen traf, dennoch kannte sie die meisten vom Sehen. Sie blieb stehen und wartete, bis die Beamtin sie erreicht hatte.

»Da ist eine Frau Groß, die nach Ihnen gefragt hat. Sie hat aber nicht gesagt, was sie will.«

Laura seufzte und nickte dann ergeben. »Schicken Sie die Dame in Wagners Büro. Ich bin mir sicher, dass er nichts dagegen hat.«

Sie rechnete nicht mit Schwierigkeiten. Wagner wäre bestimmt einverstanden, dass sie sein Zimmer für diese Zeugenbefragung benutzte. In den Verhörraum wollte sie nicht zurück. Waltraud Prinz' Geruch war dort noch zu gegenwärtig. Außerdem blieb der eher den echten Verdächtigen vorbehalten, und es sprach immerhin für Frau Groß, dass sie freiwillig gekommen war.

Laura betrat das Büro und nahm hinter dem Schreibtisch Platz. Ein schwacher Duft nach Wagners Rasierwasser hing in der Luft und rief Erinnerungen wach, die hier und jetzt nichts zu suchen hatten. Es klopfte an der Tür, und Martha Groß steckte schüchtern ihren Kopf herein.

Laura bedeutete ihr, näher zu kommen. »Nehmen Sie Platz, Frau Groß. Wo haben Sie denn Ihren Jungen gelassen?«

Die Frau folgte Lauras Aufforderung und setzte sich auf den Stuhl gegenüber. »Mein Freund passt auf ihn auf. Ich bin gekommen, um Ihnen das Taufkleid zu bringen. Ich wusste einfach nicht mehr, wo ich es hingeräumt hatte. Und als dann der Kleine noch so gebrüllt hat …«

Sie griff in eine Papiertüte, holte das Kleid heraus und überreichte es Laura.

Sie drehte es hin und her. Es sah tatsächlich aus wie das gesuchte Modell, aber um sicherzugehen, musste sie es genauer unter die Lupe nehmen.

»Danke. Ich weiß zu schätzen, dass Sie extra gekommen sind, um es herzubringen. Ich verspreche Ihnen, dass Sie es umgehend zurückbekommen, sobald wir die Untersuchungen abgeschlossen haben«, sagte Laura.

»Hauptsache, ich krieg es wieder. Es ist halt doch ein Erinnerungsstück.«

»Frau Groß, ich habe mit Ihrer Nachbarin gesprochen. Sie hat mir erzählt, bei Ihnen wären ständig fremde Kinder in der Wohnung. Können Sie mir das erklären?« Laura hatte entschieden, direkt vorzugehen.

Frau Groß' Gesicht wurde verschlossen. Mit zusammengekniffenem Mund antwortete sie: »Ach, die alte Gans! Die hat nichts Besseres zu tun, als mich anzuschwärzen, nur weil die Kinder halt manchmal laut sind. Hat Sie Ihnen auch von den ständigen Männerbesuchen bei sich selbst erzählt? Ich glaube, sie arbeitet als Prostituierte. Und beschwere ich mich über sie?«

Laura stieß ihren Atem aus. Nachbarschaftsstreitigkeiten waren das Letzte, womit sie ihre Zeit verplempern wollte. Abgesehen davon hatte Frau Groß ihre Frage nicht beantwortet. »Also, wie ist das nun mit den Kindern? Das eine, das ich bei Ihnen gesehen habe, ist das überhaupt Ihres?«

»Ja, natürlich. Ich arbeite als Tagesmutter. Der dummen Zicke von Nachbarin war das immer schon ein Dorn im Auge. Sie hasst Kinder. Wahrscheinlich hat sie selbst nie welche gehabt.«

Bevor nun wieder eine Schimpftirade der anderen folgte, überlegte Laura, wie sie das Gespräch beenden konnte. »Nun, wir melden uns bei Ihnen, wenn es noch Unklarheiten gibt.« Laura stand auf und hielt der Frau die Hand hin.

Die nahm sie, sprach aber noch weiter. »Ihr müsste man eigentlich die Polizei auf den Hals hetzen!«

Laura begleitete Martha Groß zur Tür und bugsierte sie möglichst unauffällig hinaus. »Ich muss jetzt wirklich weg, auf Wiedersehen.«

Geschafft. Wie kam sie eigentlich dazu, sich zuerst mit der Prinz und dann auch noch mit Martha Groß herumzuschlagen? Viel lieber wäre sie jetzt beim Suchtrupp dabei gewesen. Da hätte sie das Gefühl, endlich etwas Sinnvolles beizutragen. Einmal etwas zu tun, bevor Schlimmes passierte. Dann erinnerte sie sich an ihren Besuch in der Nobelboutique, an ihre Befragungen heute. Nein, ihre Welt war das nicht. Sie sollte zufrieden sein, das zu betreiben, was sie am besten konnte: Forensik. Sie sah oft Dinge, die kein anderer in ihrer Wichtigkeit erkannte. Mit ihrer Arbeit hatte sie schon häufig dazu beigetragen, Mörder dingfest zu machen, die sonst weiter getötet hätten. Von dieser Warte aus betrachtet, hatte sie durchaus schon mehrere Menschenleben gerettet.

Aber das hier ist ein Baby, sagte sie sich. Du müsstest alles tun, damit es rechtzeitig gefunden wird. Alles.

Gleichzeitig ahnte sie instinktiv, dass diesem Kind wohl niemand mehr helfen konnte. Es war bereits tot.

Laura kniff die Lippen zusammen. Für Kevin und für dieses verschwundene Baby war es zu spät. Das Einzige, was sie beisteuern konnte, war, ihre Arbeit gewissenhaft zu erledigen, damit sie das nächste Opfer retten konnte – und dass es ein nächstes geben würde, davon war sie überzeugt.

KAPITEL SECHZEHN

Mehrere Suchtrupps hatten in den letzten Stunden die Parks, Spielplätze und Grünflächen durchkämmt. Uniformierte Polizisten befragten immer noch Anrainer und Passanten, in der Hoffnung, einen Zeugen für die Entführung zu finden.

Heinz musste dem Organisator Bewunderung zollen. Ausgangspunkt war natürlich der Ort gewesen, an dem das Kind verschwunden war. In Gruppen hatten sich die Polizisten und freiwilligen Helfer vorgearbeitet. Nach und nach vergrößerten sie den Radius. Jede Gruppe hatte einen Suchhund dabei, doch bislang war alles vergeblich gewesen. Heinz' Hoffnungen, das Kind lebend zu bergen, schwanden von Minute zu Minute. Bei den Temperaturen würde es nicht lange überleben können – wenn es nicht schon tot war, ermordet, wie Kevin. Er sah den kleinen Körper vor sich und schüttelte das Bild ab. Besser, er konzentrierte sich auf die Aufgabe, die vor ihm lag.

Wäre es ein wenig älter, dann könnte es sich wenigstens bemerkbar machen.

Vor ein paar Jahren hatte Heinz an einer Suchaktion teilgenommen, bei der sie nach einem sechsjährigen Jungen Ausschau hielten. Sie hatten jeden Stein und jedes Blatt umgedreht. Plötzlich hatte er vor ihnen gestanden, das Gesicht schmutzig und die Kleidung zerrissen. »Bist du Julian?«, hatte einer der Polizisten gefragt. Und der Bengel hatte genickt und gemeint: »Ja, sonst wäre ich doch nicht gekommen, als ihr gerufen habt.«

Doch dieses Kind würde nicht einfach auftauchen. Verdammt, es war erst ein paar Monate alt. Nun begann es bereits zu dämmern, und es würde nicht lange dauern, bis es dunkel wurde und sie die Suche abbrechen mussten.

Heinz hätte am liebsten geschrien oder wäre gern nach vorne gelaufen, einfach nur um Adrenalin abzubauen, das seinen Körper ganz kribbelig machte und ihn massiv aufforderte, mehr zu leisten, als in einer Reihe mit anderen Freiwilligen die Wiese abzuschreiten.

Der Anführer des Suchtrupps hob die Hand und blieb stehen. Von seiner Position aus konnte Heinz den Anlass dafür nicht erkennen, doch es konnte nur einen Grund geben: Sie hatten das Baby gefunden.

Die geordneten Reihen lösten sich auf, weil alle es eilig hatten, nach vorne zu gelangen. Heinz begann ebenfalls zu laufen. Er wollte niemandem unterstellen, aus Sensationsgier bei der Suche mitgewirkt zu haben, doch ein Blick in die Gesichter bewies ihm das Gegenteil. In manchen konnte er Sorge und Anspannung lesen, aber einige meinten wohl, sie seien in einem Film – je grausiger, desto besser.

Als alle Teilnehmer des Suchtrupps den Leiter erreicht hatten, hob der die Stimme und sagte: »Trupp 6 hat das Baby gefunden. Tut mir leid, dass ich euch keine bessere Nachricht übermitteln kann, aber es ist tot.«

Einige begannen aufgeregt miteinander zu tuscheln, andere senkten ihre Köpfe und schwiegen.

»Ihr könnt heimgehen, Leute. Danke allen, die sich bereit erklärt haben, mitzuhelfen«, fuhr der Suchtruppleiter fort.

Heinz wäre nur zu gerne der Aufforderung heimzugehen gefolgt. Doch seine Aufgabe war noch nicht zu Ende. Im Gegenteil, nun begann sie erst richtig. Während sich die Menge langsam zerstreute, wartete er auf den Beamten.

»Ich bin Heinz Martin von der Gerichtsmedizin«, stellte er sich vor. »Sagen Sie mir bitte, wo die Leiche gefunden wurde. Ich muss umgehend dorthin.«

Der Mann taxierte ihn einen Augenblick, als zweifelte er an Heinz' Aussage. Dann erhellte sich sein Gesicht. »Ja, Herr Martin. Klar, wir haben uns schon mal getroffen. Leider auch aus einem ähnlich unerfreulichen Anlass.«

Während Heinz dem Beamten zuhörte, wie der von ihrer letzten Begegnung erzählte, fragte er sich, warum er sich einen Job ausgesucht hatte, in dem es praktisch nur unerfreuliche Anlässe gab.

»Ich hätte Geburtshelfer werden sollen«, murmelte er.

Der Beamte lächelte ihn verständnisvoll an. »Ich kenne das. In Augenblicken wie diesen wünsche ich mir immer, Gärtner zu sein. Aber seien wir doch ehrlich: So gern ich Blumen auch mag, erfüllend wäre der Beruf eines Gärtners für mich nicht. Also mach ich als Polizist weiter.«

»Keine schlechte Wahl. Der Gärtner, mein ich«, sagte Heinz.

»Ja, bloß dass meine Zimmerpflanzen alle vertrocknen. Ich wäre ein miserabler Gärtner.«

Das rang Heinz ein Lächeln ab, auch wenn es etwas grimmig ausfiel. »Ja, wahrscheinlich wäre ich auch ein miserabler Geburtshelfer.«

Der Beamte klopfte Heinz auf die Schulter. Dann gab er ihm die Adresse. »Machen Sie diesem Wahnsinn ein Ende.«

Der Hund schlug an und zerrte wild an seiner Leine, sodass der Führer ihn kaum mehr halten konnte. Wagner hatte das Gefühl, er könne sich keinen Zentimeter mehr bewegen. Alles in ihm schien erstarrt, selbst sein Gesicht kam ihm vor, als wäre es aus Stein.

Er wollte sich nichts vormachen. Schon als er die Vermisstenmeldung bekommen hatte, war die Hoffnung, das Baby lebend zu finden, geringer gewesen als die Angst, es könnte tot sein. Und dennoch wog ein Quäntchen Hoffnung mehr als alles andere. Solange sie noch im Herzen war, machte man weiter, unabhängig von allen rationalen Gedanken, egal, welche Erfahrungen man bisher gemacht hatte. Hoffnung war das Triebwerk des Seins. Und gleichzeitig grausam, wenn sie sich als Trugbild herausstellte.

Wie oft hatte er schon gehört: »Wir haben bis zuletzt gehofft.« Und dann? Es gab nichts Schlimmeres als das, was danach kam: Trostlosigkeit, Ausweglosigkeit.

Auf einmal kam wieder Leben in die müden Suchenden. Alle Ordnung, die Einhaltung der Reihen, war nun nicht mehr wichtig. Ihr Trupp hatte das vermisste Kind gefunden! Natürlich hätte es auch etwas ganz anderes sein können. Aber daran wollte niemand denken. Nicht mit dem Ziel so nah vor den Augen.

Der Hundeführer blieb abrupt stehen und konnte seinen Hund nur mit großer Not bändigen. Der ihm nachfolgende Kollege schlug die Hände vors Gesicht und rief: »Herr im Himmel!«

In diesem Moment zerplatzte die Hoffnung in Wagner seifenblasengleich. Wie in einem Film beobachtete er den Polizisten, der allein weiterging, sich niederkniete, danach mit hängenden Schultern zurückkehrte und wortlos den Kopf schüttelte.

Wagner hätte am liebsten kehrtgemacht. Er wollte dieses tote Kind nicht sehen. Er hatte sich, obwohl schon lange bei der Mordkommission, immer noch nicht an den Anblick von Leichen gewöhnt. Würde er wohl auch nie. Aber dies hier war tausend Mal schlimmer als sonst.

Der Polizist neben dem Hundeführer hatte sich in der Zwischenzeit zu der Menge umgedreht und die Arme seitlich ausgebreitet, als wäre er ein Priester. Aber Wagner wusste, dass er nur die Neugierigen davon abhalten wollte, näher zu kommen, damit keine Spuren verwischt werden konnten.

Spuren. Ja, er musste Laura verständigen. Und er musste,

ob er nun wollte oder nicht, den Fundort besichtigen. Die Leiche ansehen. Der Hundeführer rief ihn bereits.

Er holte das Handy aus seiner Hosentasche und tippte Lauras Nummer ein. Als sie sich meldete, brauchte er alle Anstrengung, um seine Kiefer zu öffnen und die Lippen zu bewegen. »Wir sind zu spät gekommen«, war das Einzige, was er herausbrachte.

»Scheiße, Scheiße, Scheiße«, fluchte Laura. »Wo ist es? Ich trommel mein Team zusammen und fahre sofort los.«

Wagner gab ihr die Adresse durch. Dann trennte er die Verbindung und wählte Heinz' Nummer.

Ihm brauchte er gar nichts zu sagen. »Ich hab es eben gehört. Ich bin schon unterwegs.«

Erst jetzt lenkte Wagner seine Schritte zu dem Platz, an dem das Kind lag. Sein Mund war trocken, und er hätte gerne etwas zu trinken gehabt. Gleichzeitig wusste er, dass er alles getan hätte, bloß um den Augenblick, da er die Leiche sehen musste, noch aufzuschieben. So wie man als Kind nicht schlafen gehen will und deswegen noch dringend aufs Klo muss und dann noch um ein Glas Wasser bittet. Alles nur, um das Unvermeidliche hinauszuzögern.

Er malte sich vor seinem inneren Auge aus, was ihn erwartete. Vielleicht wäre es dann leichter auszuhalten. Der Weg zu dem Kollegen, der noch immer mit ausgestreckten Armen dastand, kam ihm endlos vor, seinen Blick hatte er auf die Schuhspitzen geheftet. Die anderen würden denken, er achte auf Spuren, während er in Wirklichkeit bloß darauf bedacht war, so spät wie möglich die Leiche zu entdecken. Doch nun hatte er keine Wahl. Er hatte die lebendige Absperrung erreicht. »Es trifft sich gut, dass Sie ausgerechnet in unserem Trupp sind«, meinte der Mann und ließ nun endlich den rechten Arm sinken, um Wagner zu signalisieren, dass er als Einziger durchgehen dürfe.

Wagner hob den Blick. »Tja, heute muss wohl mein

Glückstag sein«, antwortete er bitter, trat einen Schritt vor und blieb stehen. Er ließ den Kegel seiner Taschenlampe vor sich her wandern und leuchtete auf den Boden vor sich.

Das ganze Szenario sah surreal aus. Auf der Wiese lagen Lilienblüten verstreut, darauf war der kleine Körper gebettet. Wagner hätte erwartet, dass ihm übel werden würde, doch nichts dergleichen geschah. Das Bild, das sich ihm bot, hatte etwas derart Unwirkliches, dass seine gewohnte körperliche Reaktion ausblieb. Er konnte sich nicht helfen, aber sogar das Wissen, dass das Kind tot war, konnte das Gefühl, es handle sich bloß um ein Gemälde, nicht vertreiben.

Wagner richtete den Lichtstrahl auf das Baby. Es ist wie beim ersten, wie bei Kevin, dachte er. Das Taufkleid war ein anderes Modell. Schlichter. Kleiner. Das Opfer war jünger, das sah selbst er, obwohl er von Babys nun wirklich keine Ahnung hatte. Vielleicht lebt es noch, glomm ein letzter Funken Hoffnung in ihm auf. Mach dir nichts vor, es ist tot.

Die Lilien. Wieder diese Lilien. Der süße, schwere Duft stieg ihm in die Nase, und nun kam auch die Übelkeit. Mit einer Heftigkeit, die ihn selbst überraschte. Er wandte sich würgend ab und ging ein paar Schritte zurück, hin zu den wartenden Menschen. Ein Fremder legte die Hand auf Wagners Arm. »So arg?«

Er nickte. Was hätte er sagen können? Mord war immer schrecklich. Wagner atmete ein paarmal tief durch. Es war ihm, als würde er immer noch den Geruch der Lilien einatmen. Aber aus dieser Entfernung war es nicht mehr ganz so schlimm. Wenigstens bekam er wieder Luft.

Von Weitem sah er eine Gestalt auf sich zukommen. Er erkannte sie sofort an ihrem Gang und an dem Arztkoffer: Heinz. Gott sei Dank!

Bei ihm brauchte er keine Worte, um seine Empfindungen mitzuteilen. Heinz wusste auch so, wie es ihm ging. Und meist brachte der auf den Punkt, was Wagner spürte, auch wenn er es nicht auszudrücken vermochte.

Auch jetzt. Sein Freund sagte anstelle einer Begrüßung: »Wir haben uns auf die falschen Stellen konzentriert. Die ganze Zeit über.«

Wie so oft war es Heinz' Aussage, die Wagners Gehirnzellen in Bewegung brachte. Verdammt, Heinz hatte recht! Wien war zwar im Vergleich zu anderen europäischen Hauptstädten klein, aber immer noch eine Großstadt. Sie hatten ihre Suche naturgemäß dort begonnen, wo das Kind verschwunden war – und trotz der tadellosen Organisation hatten sie das Baby nur durch Zufall gefunden, denn normalerweise wären sie ohne die vielen Freiwilligen nie so weit vorgedrungen.

Oh, er machte sich keine Illusionen, sie hätten das Kind nicht mehr retten können, aber unter anderen Umständen wäre es wohl von Spaziergängern gefunden worden.

Wagners Magen hatte sich nun einigermaßen beruhigt. Er deutete hinter sich auf die Wiese. »Es sind wieder die verdammten Lilien. Und weißt du was? Ich hasse den Geruch.«

Heinz nickte. »Jetzt geht es nicht mehr um plötzlichen Kindstod. Kevin wurde ermordet. Ich wünschte bloß, ich hätte die Antwort selbst herausgefunden.«

Und dann sprach Heinz aus, worüber Wagner ebenfalls schon nachgedacht hatte: »Es wird nicht das letzte Opfer bleiben, nicht wahr? Wir müssen das beenden.«

Wagner senkte den Blick. Er konnte seinem Freund nicht in die Augen schauen, als er antwortete. »Ich fürchte, du hast den Nagel auf den Kopf getroffen. Verdammt, wo ist Laura? Sie müsste schon längst hier sein. Jede Minute, die wir vertrödeln, gibt dem Täter die Chance, sich noch ein Kind zu schnappen.«

Heinz antwortete nicht. Aber sein Gesichtsausdruck sagte

alles. Auch er konnte es nicht erwarten, dass Laura mit ihrem Team angerückt kam, um endlich mit der Arbeit zu beginnen. Wagner war sich ziemlich sicher, dass seinem Freund sein Job heute keinen Spaß bereitete.

Caroline hob ihre Hände an die Nase. Ganz zart rochen sie noch nach den Lilien. Und nach dem Baby. Sarah schlief wohl, auf jeden Fall hatte sie, seit sie wieder in der Wohnung angekommen waren, nichts mehr gesagt. Kein Wunder, sie war ja noch ein Kind. Und sie hatte heute Unglaubliches geleistet. Caroline spürte ihre Anwesenheit, die ihr Trost und Sicherheit gab.

Sie hatte Hunger, und ihr fiel ein, dass sie eigentlich Einkaufen gehen wollte, doch ein Blick auf die Uhr zeigte ihr, dass es bereits zu spät war und der Supermarkt geschlossen hatte. Eigenartig, wie schnell die Zeit verging. Es kam ihr vor, als wäre es erst früher Abend. Dabei zeigte die Uhr schon kurz vor elf. Noch vor ein paar Tagen hatte sie sich um diese Zeit bereits längst im Bett verkrochen, einerseits, weil sie ohnehin permanent übermüdet gewesen war, andererseits, weil sie sowieso nicht gewusst hatte, was sie abends tun sollte.

Jetzt fühlte sie sich aber munter und ausgeruht, euphorisch, regelrecht aufgekratzt. Seit Sarah so unvermittelt wieder in ihr Leben getreten war, hatte Caroline ungeahnte Kräfte entwickelt. Sie fühlte sich fast wie früher, bevor ihre Welt zusammengebrochen war – das erste Mal vor zwei Jahren, als sie diese Fehlgeburt gehabt hatte.

Tränen schossen Caroline in die Augen, als sie sich daran erinnerte, wie ihre Verwirrung über das Blut, das sie in der Klomuschel gesehen hatte, zur Gewissheit wurde, dass mit ihrem Baby etwas nicht stimmte.

Ihre Panik, als sie den Notruf wählte, die beschwichtigenden Stimmen der Sanitäter, die sie noch mehr in Angst versetzten, weil sie ahnte, dass ihr »Es kommt alles in Ordnung« bloß dazu diente, sie nicht aufzuregen.

Aber es kam nichts in Ordnung. Bereits eine halbe Stunde nachdem sie stationär aufgenommen worden war, lag sie narkotisiert im Operationssaal.

Die Ärzte sagten später, sie hätten das Kind nicht mehr retten können. Und: »Sie sind noch jung, Sie werden noch weitere Kinder haben. So etwas geschieht in den ersten drei Monaten häufig.«

Als hätte das Caroline Trost sein können! Sie kam sich plötzlich so leer vor. Als wäre sie ein Behälter ohne bestimmte Funktion, ihr Körper eine Hülle ohne Leben.

»Ich hätte gerne eine ältere Schwester gehabt«, riss Sarah sie aus ihren Gedanken. Caroline blinzelte die Tränen weg. Ich muss dankbar sein. Wenigstens hab ich sie.

»Und wenn es ein Junge gewesen wäre? Wärst du auch mit einem älteren Bruder zufrieden gewesen?«, fragte sie schmunzelnd. Auch sie hatte ihrer Mutter ewig in den Ohren gelegen, sie hätte gerne einen älteren Bruder. Das war natürlich unmöglich, aber aus kindlicher Sicht schien dieses Anliegen nicht aussichtslos. Sie hatte es lange Zeit nicht verstanden, warum ihr dieser Wunsch nicht erfüllt worden war. Erst später, als sie ein wenig älter war, begriff sie, dass es Dinge gab, die man, so innig man sie sich auch herbeisehnte, einfach nicht bekam.

Sie hatte sich nach dieser Fehlgeburt ein Kind gewünscht. So bald wie möglich. Ihr Freund hatte das nicht verstehen können. Er meinte, sie sei besessen, sie hätte sich verändert. Und er war gegangen. Aber Caroline hatte lediglich ihre wahre Bestimmung erkannt: einem Kind das Leben zu schenken. Als ihr Freund nicht mehr als Erzeuger zur Verfügung stand, hatte sie durch zahlreiche flüchtige Affären einen Samenspender für Sarah gefunden. Mehr waren diese Männer nicht. Sie wusste nicht einmal mehr, wie Sarahs Vater aussah oder wie er hieß. Das war auch nicht von Belang. Nicht für sie. Für sie zählte einzig das Ergebnis. Und das war die Schwangerschaft mit Sarah.

Sie hatte auf sich aufgepasst, hatte Schwangerschaftsgymnastik gemacht, war zu jeder Untersuchung gegangen, hatte sich gesund ernährt – alles, damit sie dieses zweite Kind nicht auch noch verlor. Und dann war der Tag von Sarahs Geburt gekommen. Für Caroline war es der aufregendste und schönste Tag ihres bisherigen Lebens gewesen. Endlich, endlich würde sie ihr Kind in den Armen halten dürfen. Doch dann kam alles anders. Die Wehen dauerten schon viel zu lange. Die Ärzte diskutierten, ob sie nicht einen Kaiserschnitt machen sollten. Bevor sie noch zu einer Entscheidung gelangten, was das Beste wäre, bekam Caroline Presswehen. Sie hatte das Gefühl, sie würde zerrissen, als schließlich das Kind aus ihrem Leib rutschte. Hektik brach um sie aus. Es atmete nicht. Caroline war so benommen, dass sie nicht protestierte, als die Ärzte das Baby an sich nahmen. Wenig später brachte eine Schwester es ihr wieder, eingewickelt in eine Decke, und drückte ihr Sarah in die Arme. »Es tut mir leid, wir haben alles getan, was wir konnten, aber sie ist schon tot auf die Welt gekommen.«

Caroline nahm die Krankenschwester kaum wahr. Sie hatte nur Augen für ihre Tochter. »Sie ist so unglaublich schön«, flüsterte sie und begann Sarah hin und her zu wiegen, ihr vorzusummen.

»Mama, denk nicht mehr daran«, riss Sarahs strenge Stimme sie aus ihren düsteren Gedanken. »Ich bin da.«

Caroline schüttelte irritiert den Kopf. Dann lächelte sie. »Wo hast du nur die ganze Zeit über gesteckt? Ich war dem Wahnsinn nahe. Ich dachte, ich hätte dich verloren.«

Sarah antwortete: »Ich musste mich vor dem Bösen verstecken. Die Ärzte, die Schwestern – alles Abgesandte Satans. Der einzige Weg, ihnen zu entkommen, war, ein Engel zu werden. Es hat geklappt. Ich bin zu dir zurückgekommen, so schnell ich konnte.«

Caroline wünschte sich, sie hätte ihre Tochter umarmen können, aber das ging wohl nicht.

»Gott wird dich belohnen, Mama. Tu, was er von dir verlangt. Tu, was ich sage.«

In ihrem Kopf hallten Sarahs Worte nach. »Gott wird dich belohnen.« Auch wenn Sarah nicht ausgesprochen hatte, worin diese Belohnung bestand, wusste es Caroline. Sie würde Sarah nicht nur hören, sondern auch sehen und berühren können. Sie würde mit ihrer Tochter wieder zusammen sein, eine richtige Familie werden. Dafür war sie bereit, alles zu tun. Alles, was Gott von ihr verlangte. Sie würde Ihm noch weitere Engel schenken, wenn sie dafür ihre Tochter wiederbekam.

KAPITEL SIEBZEHN

Es war bereits weit nach Mitternacht, als die Leiche des Kindes abtransportiert werden konnte. Heinz hatte den kleinen Körper untersucht und war dabei so sachte vorgegangen, wie die Umstände es ermöglichten. Er hatte die Temperatur gemessen und war zum Schluss gekommen, dass der Tod wahrscheinlich zehn bis zwölf Stunden zurücklag. Außerdem war das Kind nach dem Tod bewegt worden. Auch diesmal gab es keine sichtbaren Verletzungen, es sah aus, als schliefe es. Wenn wir nur rechtzeitig gekommen wären! Aber er wusste, dass niemand diesen Mord hätte verhindern können. Er war bald nach der Entführung passiert. Wahrscheinlich noch bevor die Suchtrupps losgeschickt worden waren. Ihm war zum Heulen zumute, und gleichzeitig verspürte er den Impuls, mit den Fäusten gegen irgendetwas zu schlagen. Stattdessen fuhr er sich durch sein schütteres Haar und vergrub beide Hände in den Jackentaschen, um nicht in Versuchung zu geraten, etwas Unüberlegtes zu tun.

Laura arbeitete mit verschlossener Miene neben ihm. Die Anspannung war ihr anzumerken, und Heinz dachte, dass es bei diesem Mord wohl allen so ging. Er kam ihm so sinnlos vor. Herrgott, warum mussten es unschuldige Kinder sein? Ein Gedanke kam ihm, vage, ungenau, dennoch etwas Wichtiges, aber dann hatte er sich schon wieder verflüchtigt. Sosehr er sich auch mühte, ihn zu fassen, es gelang ihm einfach nicht. Kein Wunder, er war übermüdet, frustriert und wütend.

Ein Blick auf Wagners eingefallene, von Bartstoppeln

überzogene Wangen zeigte ihm, dass es seinem Freund auch nicht besser erging.

Nachdem das kleine Bündel in den Leichenwagen verfrachtet worden war, kam sein Freund zu ihm herüber.

»Der spielt mit uns, verdammt.« Wagners Stimme war brüchig und heiser.

Laura trat hinzu, und Heinz hätte wetten können, dass sie bloß mit Mühe und Not die Tränen zurückhielt.

Ihr Haar hatte sie immer noch unter der Kapuze des Schutzanzugs, doch nun zog sie ihn aus, nahm das Gummiband aus ihrem Haar und entwirrte mit gespreizten Fingern ihre Locken.

»Machst du die Autopsie gleich?«, wandte sie sich an Heinz.

»Ich wollte eigentlich schon, aber ich schaffe es nicht mehr. Ich muss ein paar Stunden schlafen, bevor ich mich an die Arbeit mache. Ich möchte klar im Kopf sein.«

Laura nickte zustimmend. »Gut, dann werd ich auch nach Hause fahren.« Sie war schon ein paar Schritte vorgegangen, als sie noch einmal zurücklief. »Ich hab noch was vergessen: Martha Groß war heute bei mir und hat mir das Taufkleid gebracht. Wir müssen es erst noch untersuchen, aber ich denke nicht, dass sie etwas mit den Morden zu tun hat.«

Wagner runzelte die Stirn. »Danke, Laura«, sagte er. »Dann schau, dass du so schnell wie möglich die Ergebnisse bekommst. Ich … verdammt, ich komme mir so hilflos vor. Gibt es denn nichts, das ich tun kann, außer abzuwarten, dass der nächste Mord passiert?«

Heinz schüttelte den Kopf und klopfte seinem Freund auf die Schulter. »Ich weiß, du bist ungeduldig und diesmal versteh ich es sogar. Aber es bringt nichts. Ich bin seit über zwanzig Stunden auf den Beinen. Wenn ich keine Pause mache, überseh ich womöglich was. Das wäre schlimmer, als ein paar Stunden länger auf die Ergebnisse zu warten. Das

Gleiche gilt für Laura und auch für dich. Geh ins Bett. Du brauchst ein wenig Ruhe.«

»Ich weiß.«

»Ich verspreche dir, ich mach's gleich als Erstes. Sieben Uhr im Institut.«

Von Wagner kam kein Protest. Er sagte nur: »Ich werde da sein.«

Allein an der Bereitwilligkeit, bei der Autopsie dabei zu sein, konnte Heinz erkennen, wie sehr Wagner dieser Mord mitnahm. Sein Freund hatte schließlich dieses Problem mit Leichen. Schon deren Anblick rief Übelkeit in ihm hervor. Heinz erinnerte sich an etliche Male, als Wagner im Seziersaal immer ganz nah bei der Tür gestanden hatte, damit er schnell verschwinden konnte, wenn es ihm zu viel wurde.

Aber dieses »Ich werde da sein« Wagners ließ ihn in Heinz' Achtung noch mehr steigen.

»Wir fassen den Mörder«, sagte Heinz.

Laura war sich der Nähe Wagners allzu bewusst. Sie hatte ihm angeboten, ihn nach Hause zu fahren. Es war nur ein kleiner Umweg, und Wagner hatte immer noch kein Auto. Er hätte extra über Funk einen Wagen anfordern müssen.

Sie sprachen lange kein einziges Wort miteinander. Die Stille ließ ihr Zeit, ihren Gedanken nachzuhängen. Sie stellte sich vor, was sie tun würde, wenn es Veronikas Baby wäre. Schrecklich.

Unvermittelt brach sie das Schweigen. »Es macht alles noch unerträglicher, wenn man selbst ein Kind in der Familie hat. Zumindest bald. Wenn es nun Veronikas Baby wäre ...«

Wagner blickte sie von der Seite an. Am liebsten hätte sie die Hand ausgestreckt und ihm über seine Wange gestreichelt. Da bemühte er sich immer, so stark zu wirken, aber jetzt, in diesem Augenblick, sah er so hilflos aus, dass es Laura im Herzen wehtat.

»Hast du dir denn nie Kinder gewünscht?«, fragte er.

Ja, doch. Es war noch gar nicht so lange her, als sie darüber nachgedacht hatte, wie es wäre, Mutter zu sein. Das einzige Problem war bloß, dass sie sich nur Wagner als Vater ihres Kindes vorstellen konnte – und der war zu diesem Zeitpunkt verlobt gewesen.

Jetzt ist er es aber nicht mehr, schoss es ihr durch den Kopf.

Um diesen frevelhaften Gedanken zu verscheuchen, schüttelte sie den Kopf. »Nein. Ich mein, natürlich hab ich mir das überlegt, aber ich glaube, ich wäre keine gute Mutter. Ich vernachlässige ja schon meinen Kater. Wie wäre es da wohl mit einem Kind?«

»Ich denke, dass es in unserem Job besser ist, wenn man keine Familie hat«, meinte Wagner.

»Ja, wahrscheinlich.«

Erneut legte sich das Schweigen über sie. Laura wünschte, sie hätte vorhin nichts gesagt. Nun wirkte die Ruhe zwischen ihnen gekünstelt und war kaum zu ertragen.

»Laura, damals, als …«

In diesem Moment trat Laura das Bremspedal durch. Sie wurden beide nach vorn geschleudert, und nur die Gurte und die Tatsache, dass Laura nicht besonders schnell gefahren war, verhinderten ernsthafte Verletzungen.

»Gott, was war das?« Laura atmete heftig und massierte mit einer Hand ihre Schulter, dort, wo der Sicherheitsgurt sie eingeschnitten hatte.

»Wahrscheinlich eine Katze. Vielleicht auch eine Ratte. Wer weiß? Ich hab nichts erkennen können.«

Laura sah Wagner an. »Alles in Ordnung?«

»Ja, keine Sorge. Mir geht's gut.«

»Was wolltest du eben sagen?«, fragte Laura, als sie wieder anfuhr. Ihr Herz pochte immer noch viel zu schnell. Wenigstens war nichts passiert.

Wagner winkte ab. »Ach, nichts. War nicht wichtig.«

Laura konnte sich des Gefühls nicht erwehren, dass es doch etwas Wichtiges gewesen war, aber sie drang nicht weiter in ihn.

Zehn Minuten später hielt sie vor Wagners Wohnhaus, und er stieg aus. Den Rest der Fahrt bis zu ihrer Wohnung dachte sie ununterbrochen darüber nach, was er ihr sagen wollte, bevor er so plötzlich unterbrochen wurde. »Damals, als …« konnte alles Mögliche sein. Laura verfluchte das blöde Tier, das ihr vor den Wagen gelaufen war. Jetzt würde sie es wohl nie mehr erfahren.

Heinz Martin fühlte sich wie ferngesteuert, als er nach Hause fuhr. Bitte, lass mich einen Parkplatz finden, murmelte er, als er in seine Gasse einbog. Er hatte Glück. Nur wenige Meter von seinem Hauseingang fand er eine Parklücke. Mit schmerzendem Kopf stieg er die Treppe hinauf, stürzte noch ein Glas kaltes Wasser hinunter, überlegte, ob er eine Tablette gegen sein Kopfweh nehmen sollte, entschied sich aber dagegen. Ein paar Stunden Schlaf würden helfen. Sogar das Auskleiden bereitete ihm Mühe. Gleich darauf sank er auf sein Bett. Mit dem Bild der beiden toten Kinder vor Augen fiel er in einen seichten Schlummer. Wie unschuldige kleine Engel hatten sie ausgesehen. Unschuldige Engel. Engel.

Heinz sah ihre Gesichter. Auf ihren Köpfen saßen Heiligenscheine. Ihr liebliches Lächeln nahm allen Kummer von ihm. Sie schienen sich wohlzufühlen. Gaben ihm das Gefühl, dass alles seine Richtigkeit hatte. Sie nickten ihm zu und schwebten davon. Er bemerkte ihre Flügel, die Spitzen schimmerten golden – und er sah ihre Kleidchen. Einst waren sie weiß gewesen, doch nun troffen sie vor Blut. Auf ihrem Weg hinterließen sie rote Tropfen, die aussahen, als würden sie ein Muster bilden.

Die Blutstropfen zerrannen auf dem Boden und flossen ineinander. Als Heinz genauer hinsah, meinte er Buchstaben zu erkennen. »Hilf uns!«, stand da. Dann waren die Engel verschwunden, und er blieb allein zurück. Allein mit seiner Trauer und seiner Hilflosigkeit. Er setzte sich hin, berührte mit den Fingerspitzen die blutrote Nachricht und weinte.

Wagner überlegte, ob er sich noch ein Bier aufmachen sollte, bevor er ins Bett ging. Er fühlte sich erschöpft, wusste aber, dass er nicht sofort würde einschlafen können. Zu sehr beschäftigte ihn dieser neue Mord. Der zweite. Ihm graute bei dem Gedanken, dass die Presse eine Erklärung von ihm verlangen würde. Dass er sein Versagen eingestehen musste. Eine kleine Galgenfrist blieb ihm noch, aber spätestens mittags würde das Telefon nicht mehr stillstehen, und er würde sich seinem Albtraum stellen müssen.

Er wünschte sich, weit fort zu sein, irgendwo, wo es keine Verbrechen gab, wo er sich ausschließlich den angenehmen Dingen des Lebens widmen konnte. Sonne, Strand und Palmen. Am besten eine einsame Insel. Gleichzeitig wusste er, dass ihm spätestens nach dem ersten Tag langweilig werden würde. So war es bisher in all seinen Urlauben gewesen, das war der Grund, warum er nicht gerne wegfuhr. Na ja. Mit Sonja hatte Reisen Spaß gemacht, das musste er zugeben. Aber er wollte jetzt nicht sentimental werden. Sonja gab es in seinem Leben nicht mehr. Als Wagner merkte, wie Selbstmitleid ihn überkam, entschied er sich gegen das Bier. Alkohol würde es nur schlimmer machen.

Er stellte sich den Wecker auf sechs Uhr, zog sich aus, schaltete den Fernseher ein und legte sich auf die Couch. Die Stimmen aus dem Apparat gaben ihm die Illusion, nicht allein zu sein. Jäh überkam ihn ein verzweifeltes Verlangen nach Laura. Laura, nicht Sonja, machte er sich bewusst.

Einen schönen Schlamassel hast du dir da eingebrockt.

Um ein Haar hättest du ihr von deinen Gefühlen erzählt. Davon, wie es ihm ergangen war, nachdem sie nach jener Nacht Hals über Kopf seine Wohnung verlassen hatte.

Vielleicht fand er irgendwann den Mut, sich bei ihr zu entschuldigen, dass er ihre Trauer ausgenutzt hatte, anstatt wie ein Freund einfach da zu sein, als sie ihn am nötigsten brauchte.

Entschuldigen war gut. Mach es bald, dachte er, bevor ihn die fremden Stimmen aus dem Fernsehapparat in den Schlaf davontrugen.

Sarah quengelte. »Steh auf! Steh endlich auf!«

Caroline Mitterhofer schlug die Augen auf und stellte fest, dass sie erstaunlich ausgeschlafen war. Sie war kein einziges Mal in der Nacht aufgewacht, hatte kein Weinen gehört, hatte nicht schlecht geträumt. Kein Wunder, dass sie sich wohlfühlte. Es war die richtige Entscheidung gewesen, Dr. Siegfrieds Schlafmittel abzusetzen.

Noch im Nachthemd ging sie in die Küche und drehte den Wasserhahn auf, um den Wasserkocher zu füllen.

Entsetzt schrie sie auf. Der Wasserkocher entglitt ihren Händen und fiel in die Spüle.

Aus dem Wasserhahn strömte es silbern. Mit offenem Mund starrte Caroline auf die winzigen Lebewesen, die in jedem Tropfen saßen, sich im Waschbecken festsetzten, an den Wänden des Beckens klebten. Die meisten verschwanden im Abfluss, aber Caroline wusste, dass sie nicht wirklich weg waren. Bei nächster Gelegenheit würden sie heraufkriechen oder sich den Weg durch die Kanalisation suchen, bis sie durch die Toilette zurückfanden, zu ihr. In ihre Wohnung. Ein Zittern durchlief ihren Körper, ihre Zähne schlugen wie im Fieberkrampf aufeinander.

»Dreh den Hahn zu«, kommandierte Sarah. Caroline starrte auf den Wasserstrahl und konnte sich nicht rühren.

Sarahs Stimme wurde laut und hart. »Mach schon, los! Dreh das Wasser ab.«

Da endlich hob sie die Hand und folgte mechanisch Sarahs Befehl.

Ebenso, als ihre Tochter ihr auftrug, das Ammoniak zu holen, das sie normalerweise zum Putzen verwendete, und ihr sagte, sie solle den Inhalt der ganzen Flasche in die Spüle leeren. Caroline fragte nicht, wozu. Der beißende Geruch der Chemikalie drang in ihre Nase. Triumphierend beobachtete sie, wie die Tierchen, die damit in Berührung kamen, sich wanden, als hätten sie Schmerzen, dann immer heller wurden, bis sie sich schließlich auflösten. Gut, nun waren sie tot.

Als kein einziges dieser Tiere mehr zu sehen war, wankte sie zum Tisch, setzte sich und begann zu weinen. Ihr ganzes Elend wurde ihr plötzlich bewusst. Was sollte sie tun? Wie sollte sie leben? Immer und überall tauchten Satans Abgesandte auf, waren in der Überzahl. Nie würde sie die Chance haben, ihnen zu entkommen.

Verdammt, sie konnte nicht einmal ein Glas Wasser trinken oder sich eine Tasse Tee machen.

»Hör auf!«, hallte Sarahs Stimme in ihrem Kopf. Caroline schluchzte nur noch lauter.

»Hör auf!« Nun war es ein Brüllen. Es war, als hätte Caroline eine Ohrfeige bekommen, aber es half.

»Niemand hat gesagt, dass es leicht sein würde«, sprach Sarah nun ruhig.

»Ja, aber du hast mir auch nicht gesagt, dass es so schwierig wird.« Ein Schluckauf begleitete Carolines Worte.

»Du bist stark. So viel hast du schon durchgestanden – ich lass es nicht zu, dass du jetzt aufgibst. So kurz vor dem Ziel.«

»Was ist das Ziel?«, fragte Caroline, obwohl sie die Antwort eigentlich kannte. Sie wollte, dass Sarah sie aussprach, denn erst dann besaß sie Gültigkeit.

»Du weißt es.« Sarah ließ sich nichts vormachen.

»Ich will es aber von dir hören. Bitte. Ich möchte wissen, dass es nicht umsonst ist, was ich tue.«

»Es ist nie umsonst, Gottes Willen zu erfüllen. Das ist der Weg, der dich zum Ziel führen wird.«

»Aber was ist das Ziel?«, fragte Caroline noch einmal.

»Wir werden wieder zusammen sein. Du und ich. Mutter und Tochter. Für ewig vereint, an einem Ort, an dem uns niemand etwas zuleide tun kann.«

Also stimmte es. Carolines Herz begann wild zu pochen, und sie fühlte eine Kraft in sich, ein Hochgefühl, wie sie es noch nie erlebt hatte – nicht einmal an dem Tag, an dem sie erfahren hatte, dass sie schwanger war. Während sie sich dieselben Sachen anzog, die sie gestern schon angehabt hatte, füllte Sarahs Geplapper ihren Kopf. Es sei alles nicht so schlimm. Sie solle erst mal einkaufen gehen. Vor allem Mineralwasser. Zu essen brauche sie auch etwas, und bitte Grießbrei für Sarah.

Zum Schluss ermahnte ihre Tochter sie, gut aufzupassen, man wisse nie, wo sich Satans Helfer herumtrieben, auch die nette Frau an der Supermarktkasse könnte eine von ihnen sein oder der Obdachlose, der immer vor dem Eingang des Geschäfts stand und vorgab, Zeitschriften zu verkaufen. Jeder, der noch so harmlos tat, konnte eine Gefahr für sie darstellen.

Caroline beherzigte Sarahs Ratschläge. Sie hielt Augen und Ohren offen. Die Kassiererin im Supermarkt war tatsächlich nur eine Kassiererin. Aber der Obdachlose griff mit Klauen nach ihr, als sie mit zwei Einkaufstüten beladen aus dem Laden kam. Sein höhnisches Grinsen verfolgte sie noch zwei Straßen weiter. Immer wieder blickte sie sich um, doch offenbar hatte er sich damit begnügt, ihr einen Schrecken einzujagen. War ihm auch gelungen, dem Bastard.

Dennoch konnte die Begegnung mit diesem Teufelshelfer ihre Stimmung nicht trüben. Als sie ihren Einkauf ausräumte, summte sie fröhlich vor sich hin. Sie wartete gespannt darauf, welche Aufgabe sie als Nächstes übernehmen sollte. So schwierig sie auch war, jede Anweisung, die sie erfüllte, würde sie Sarah näherbringen.

Darum protestierte sie auch nicht, als Sarah sich meldete und sie damit beauftragte, auf einen Spielplatz zu gehen.

Noch vor wenigen Tagen wäre es ihr unmöglich erschienen, sich an einen Ort zu begeben, wo viele Menschen, vor allem Kinder, waren, die sie an ihren Verlust erinnerten. Doch jetzt fühlte sie sich gewappnet. Wenn sie ehrlich war, musste sie zugeben, dass sie mehr Aufregung als Angst verspürte, ein Kribbeln, das sie sich lebendig fühlen ließ. Es gab kein Zurück. Der von Sarah gewählte Weg war eine Einbahnstraße ohne Wiederkehr. Und das war gut so. Caroline wollte nicht mehr zurück. Sie wollte nur noch nach vorne schauen.

Pünktlich um sieben öffnete Wagner die Tür zum Obduktionssaal. Sein grimmiger Gesichtsausdruck strahlte Entschlossenheit aus. Heinz nickte ihm zum Gruß zu. Der kleine Körper sah auf dem Stahltisch noch winziger aus. Verloren und fehl am Platz.

Dieses Baby sollte in seinem Bettchen liegen, in den Armen seiner Mutter, und nicht hier, nicht in diesem Raum, auf diesem kalten Tisch.

»Wir haben schon etwas vorgearbeitet, Kramer und ich«, sagte Heinz.

Kramer, Heinz' langjähriger Assistent, war grobschlächtig und wortkarg, aber eine Seele von einem Menschen.

Wagner bewunderte das stille Einvernehmen der beiden Männer. Kramer wusste schon immer im voraus, was Heinz brauchte, ohne dass der es aussprechen musste. Eine Art Gedankenübertragung, die nur funktionierte, wenn man eng zusammenarbeitete und sich blind aufeinander verlassen konnte. Wagner fragte sich zum ersten Mal, ob Kramer verheiratet war, ob er Kinder hatte. Noch nie hatte er sich darüber Gedanken gemacht. Kramer war einfach da, gehörte in Heinz' Autopsieraum wie das Inventar.

Trotz der großen Hände hantierte Kramer erstaunlich fürsorglich mit dem kleinen Körper, drehte ihn, als wäre noch Leben in ihm.

Wagners Magen machte einen Satz, als Heinz zum Skalpell griff und, wie es schien, gänzlich emotionslos den Brustkorb des Kindes öffnete. Auch seiner Stimme war keine Regung anzumerken, sie klang distanziert und sachlich. Doch Wagner wusste, dass dies nur Fassade war. Tief in Heinz brodelte es. Er kannte seinen Freund gut genug. Immer wenn Heinz etwas besonders naheging, wirkte er abweisend. Reiner Selbstschutz. Einmal hatte er Heinz gefragt, wie er es aushielt, diese Arbeit zu tun. Leichen aufzuschneiden, sie auszuweiden wie Schlachtvieh. Doch Heinz hatte ihn angesehen und gemeint, er empfinde es nicht so. Er leiste einen wichtigen Dienst an den Toten. Sie wollten ihm ihre Geheimnisse anvertrauen, ihm erzählen, was mit ihnen passiert war. Viele Morde würden ohne ihn nicht gelöst werden oder gar unentdeckt bleiben. Und niemals vergaß er, dass es Menschen waren, die er untersuchte.

Früher einmal hatte Heinz als Arzt in der Notaufnahme gearbeitet. Dort war es seiner Meinung nach unmenschlich zugegangen, wie am Fließband. Zu wenig Zeit und zu viele Patienten.

Bei dem, was er jetzt tat – als Gerichtsmediziner –, nahm er sich für jeden Einzelnen seiner »Patienten« so viel Zeit, wie der brauchte.

Wagner hatte Heinz zugehört und dessen Beweggründe besser verstanden. Nichtsdestotrotz war es eine Arbeit, die bei ihm Ekel und Übelkeit hervorrief. Um kein Geld der Welt hätte er mit seinem Freund tauschen wollen.

Derart in Gedanken versunken, schreckte Wagner hoch, als Heinz ihn ansprach. »Hallo! Träumst du?«

Ein wenig verlegen murmelte Wagner: »Nicht wirklich, ich hab grad über etwas nachgedacht.«

»Ich habe gesagt, dass sich auch hier Fasern in den Atemwegen befinden. Ob es die gleichen sind wie bei Kevin, wird sich unter dem Mikroskop zeigen, aber sie sehen sich verdammt ähnlich. Wäre ja auch ein zu großer Zufall.«

Nicht, dass Wagner etwas anderes erwartet hätte. Die Ähnlichkeiten zwischen den beiden Fällen waren frappierend – beide Opfer waren Säuglinge, beide wurden an entlegenen, menschenleeren Orten gefunden, und dann waren da die Lilien und jetzt noch diese Fasern. Welche kranke Seele war dafür verantwortlich?

Heinz hielt das winzige Herz in der Hand und legte es auf die Waage. Ebenso verfuhr er mit den anderen Organen. Wagners Magen spielte verrückt, Brechreiz überkam ihn, und er flüchtete aus dem Saal, nicht ohne vorher Heinz' spöttischen Blick zu bemerken.

Wagner ging den Flur entlang, schaute bei Heinz' Sekretärin vorbei, um sie zu begrüßen und ihr zu sagen, dass er bloß draußen warten wolle, bis Heinz mit der Obduktion fertig war.

»Sie sehen ja ganz grün im Gesicht aus«, meinte die Frau mitleidig.

»Ich muss wohl etwas Falsches gegessen haben«, antwortete Wagner. Genau genommen hatte er noch gar nichts gegessen, und wie es aussah, würde er auch die nächsten Stunden lieber nichts zu sich nehmen.

Vor dem Institut lehnte er sich an die Mauer und atmete ein paarmal tief durch. Die kühle Morgenluft tat ihm gut.

Noch stand die Sonne nicht hoch am Himmel, aber es versprach ein schöner Tag zu werden. Wie zum Hohn, dachte Wagner. Es müsste düster sein, bewölkt. Es müsste blitzen und donnern. Regnen. Wie konnte an einem Tag wie diesem die Sonne scheinen und ganz Wien vorgaukeln, die Welt sei in Ordnung? Nichts war in Ordnung, solange dieser Mörder frei herumlief und weiterhin Babys entführte und tötete.

Heinz schloss seine Untersuchungen ab und wusch sich anschließend gründlich die Hände. Routine. Trotz aller Sorgfalt fühlte er sich nicht sauber. So war es ihm noch selten ergangen. Wagner hatte wieder einmal nicht durchgehalten, aber der gute Wille zählte, und er nahm sich vor, auf seine üblichen Spitzen zu verzichten. Ihm war ohnehin nicht nach Scherzen zumute.

Jetzt konnte er nur abwarten, bis die ersten Laborwerte vorlagen. Er machte sich auf die Suche nach Wagner, der, wie er von seiner Sekretärin erfuhr, draußen wartete.

Ein wenig frische Luft würde auch ihm guttun, und einen Kaffee konnte er jetzt ebenfalls brauchen.

Gleich ums Eck gab es ein gemütliches Kaffeehaus. Dorthin ging er öfter, um zu frühstücken, wenn er wieder einmal kaum etwas Essbares im Kühlschrank fand oder, wie so oft, bis in die frühen Morgenstunden gearbeitet hatte.

Als er aus dem Gebäude trat, blickte er sich nach seinem Freund um. Der stand an die Wand gelehnt neben dem Eingang.

»Ich brauche jetzt einen Espresso. Kommst du mit?«

Wagner nickte. »Ich leiste dir Gesellschaft, aber trinken will ich keinen. Den vertrag ich jetzt nicht.«

»Warst du die ganze Zeit hier draußen?«, fragte Heinz.

Wieder nickte Wagner. Dann meinte er unvermittelt: »Das Wetter ist beschissen.«

Heinz schaute in den Himmel und hob fragend seine Brauen. »Wieso? Keine Wolken zu sehen, die Sonne scheint. Es soll zwanzig Grad werden.«

Wagner stieß sich von der Mauer ab. »Genau das mein ich.«

Laura wurde erst munter, als Kasimir mit seinen Pfoten unter die Decke fuhr und mit ihren Zehen spielte. Ein Fluch entfuhr ihr, der gleichermaßen ihrem Kater als auch dem Wecker galt. Mit einem Satz war sie auf den Beinen. Sie hatte verschlafen. Einfach den Wecker nicht gehört. Wie konnte das passieren? Reg dich ab, du hast den Schlaf eben gebraucht, beruhigte sich Laura selber. Die Welt würde nicht untergehen, wenn sie einmal eine Stunde später in die Arbeit kam.

Eine Stunde? Sie würde sich gleich um mehr als zwei Stunden verspäten, rechnete sie hoch. Und das ausgerechnet heute, wo es bestimmt nach dem neuen Mordfall jede Menge zu tun gab. Nichts, womit deine Leute nicht fertig werden würden, sagte sie sich. Es stimmte. Auf ihre Mitarbeiter war Verlass. Jeder Einzelne war eine Koryphäe auf seinem Gebiet.

Dennoch beeilte sich Laura mit dem Duschen und Ankleiden. Aufs Frühstück würde sie ebenfalls verzichten, Hunger hatte sie ohnehin nicht, und ihren Kaffee konnte sie auch in der Arbeit trinken.

Sie stellte Kasimir seinen Fressnapf hin und gab ihm frisches Wasser und Trockenfutter, was er mit einem unzufriedenen Schnuppern zur Kenntnis nahm.

Laura war schon im Flur und zog sich ihre Schuhe an, als das Telefon läutete. Pfeif drauf. Wer es auch war, er würde warten müssen. Sie war ohnehin viel zu spät dran. Und wenn es dringend war – ihre Handynummer kannten alle ihre Mitarbeiter, Bekannten, Freunde und Verwandten.

Laura schnappte sich ihre Autoschlüssel vom Schuhschrank, zog die Wohnungstür hinter sich zu und sperrte ab.

Minuten später saß sie in ihrem Auto, dankte still der Hausverwaltung für die Parkgarage im Keller, ein Luxus, der nicht selbstverständlich, aber für Laura mittlerweile unverzichtbar war.

Einen Vorteil hatte ihr Verschlafen doch: Der morgendliche Stoßverkehr und die damit verbundenen Staus hatten sich bereits aufgelöst. Ich sollte immer um diese Zeit in die Arbeit fahren, das ist wesentlich nervenschonender, dachte Laura, wusste aber gleichzeitig, dass es bloß ein frommer Wunsch bleiben würde. Sie fing normalerweise um halb acht an, eher schon früher. Meist war sie die Erste, die das Labor betrat, und auch die Letzte, die es verließ. Kein Wunder, dass Gerüchte kursierten, denen zufolge sie sogar im Labor schlief, was natürlich Unsinn war.

Laura hielt auf dem Parkplatz des Kommissariats, stieg aus und eilte ins Gebäude.

Im Gehen raffte sie ihre Haare zusammen. Sie hatte sich schon ein paarmal überlegt, ob sie sie schneiden lassen sollte, konnte sich aber nicht dazu durchringen. Auch wenn langes Haar in ihrem Job unpraktisch war und sie es meist zusammengebunden trug oder unter der Kapuze ihres Schutzoveralls versteckte.

Der Augenblick, in dem Laura durch die massive Glastür trat, die ihren Arbeitsbereich von den Büroräumen abtrennte, war normalerweise immer mit einem Lächeln verbunden. Doch heute blieb das Glücksgefühl aus, denn Laura musste sofort an das Baby denken. Heinz war mit der Obduktion wahrscheinlich schon fertig. Ihre Leute würden bereits an den Untersuchungen der ersten Proben arbeiten.

Auf dem Weg zu ihrem Schreibtisch nickten die Kollegen Laura knapp zu. Das war keine Geste der Unhöflichkeit, zu mehr fehlte die Zeit in ihrem hektischen Alltag.

Laura ging zu ihrem Schreibtisch und sah die Notizen durch. Heinz hatte angerufen. Außerdem eine Firma, die

Laborzubehör herstellte, und ein Herr Jakobson. Auf dem Zettel standen bloß der Name und eine Telefonnummer, nicht aber der Grund seines Anrufes.

Egal, zuerst würde sie sich auf den neuesten Stand bringen lassen. Danach war immer noch Zeit genug, ihre Telefonate zu erledigen.

Laura nahm ihren Arbeitskittel vom Kleiderständer und zog ihn über. Er war mindestens um drei Nummern zu groß und reichte Laura bis übers Knie. Es ging ihr nicht darum, sich zu verstecken – aber Laura hasste nichts mehr als einengende Berufskleidung. Während sie privat auch mal körperbetonte Shirts und enge Röcke und Hosen trug, mochte sie bei der Arbeit die Bewegungsfreiheit, die ihr die übergroßen Mäntel sicherten.

Wie gewöhnlich ging Laura von Platz zu Platz, wechselte mit ihren Mitarbeitern ein paar Worte. So hörte sie nicht nur die neuesten Erkenntnisse über den Lilienmörder, wie die Leute den Täter nun nannten, sondern auch das eine oder andere private Ereignis.

Tatsächlich waren die Fasern, die beim ersten Leichnam gefunden worden waren, mit denen des zweiten Mordes identisch, wie sie von einer Kollegin erfuhr.

Auch die Lilienart vom neuen Tatort war die gleiche wie zuvor. Madonnenlilie. Wenn Wagner doch nur ihrem Vorschlag, die Lilien in der Presse zu erwähnen, zugestimmt hätte! Vielleicht wüssten sie dann bereits, in welcher Blumenhandlung der Mörder die Blumen gekauft hatte.

Auch das hätte die Tat nicht verhindert. Du bist bloß immer noch sauer, weil Wagner dich angeschnauzt hat.

Laura schüttelte den Kopf, um die Stimme in ihr zum Verstummen zu bringen. Ich bin kein nachtragender Mensch, sagte sie sich. War sie auch nicht! Höchstens ein kleines bisschen.

Um sich zu beweisen, dass sie ihre persönlichen Gefühle

ihrer professionellen Arbeitshaltung unterordnen konnte, griff sie zum Telefon und rief Wagner an.

Im Büro hob niemand ab. Wahrscheinlich war er bei Heinz hängen geblieben – oder er hatte außerhalb zu tun.

Sie wählte seine Handynummer aus dem Kopf. Als er sich meldete, hörte sie im Hintergrund leises Gemurmel.

»Bist du in einem Café? Klingt fast so.«

»Hallo, Laura. Hast du bloß geraten, beruht dein Wissen auf deiner berühmten weiblichen Intuition, oder hast du Ermittlungsarbeit geleistet?«, fragte Wagner.

Sie musste lächeln. »Keine Ahnung, vermutlich eine Kombination aus allem. Ist Heinz auch da?«

»Ja, er sitzt mir gegenüber und trinkt seinen redlich verdienten Kaffee, während ich mich mit Wasser begnüge und darüber nachdenke, was ich den Pressefritzen zu Mittag erzählen soll.«

»Vielleicht helfen dir ein paar neue Fakten: Die Fasern von beiden Opfern stimmen überein. Wir haben es also mit demselben Täter zu tun. Und die Lilien sind wieder Madonnenlilien. Die gleiche Art.« Laura ließ ihre Worte wirken. Sie wusste, dass Wagner genau verstand, was sie damit sagen wollte. Zwei Leichen, beide mit demselben Gegenstand erstickt, beide auf Lilien gebettet. Sogar die Fundorte waren ähnlich. Das dritte Opfer war nur mehr eine Frage der Zeit. Ihr krampfte sich der Magen zusammen, wenn sie nur daran dachte: Sie hatten es mit einem verdammten Serienmörder zu tun. Schon wieder. Der zweite innerhalb von ein paar Wochen.

KAPITEL ACHTZEHN

»Patrick! Komm sofort her!«, rief der Mann.

Caroline saß auf der Parkbank und beobachtete das Treiben vor sich: Mütter hockten am Rand der Sandkiste und gruben Löcher oder füllten Sand in Förmchen. Andere schubsten in regelmäßigen Abständen die Schaukeln an. Caroline seufzte. Wie gern wäre sie mit Sarah hierhergegangen, hätte sich mit anderen Müttern getroffen, hätte mit ihnen geplaudert, während die Kinder herumtobten. Sie hätte mit Sarah Kuchen aus Sand geformt, hätte ihre Tochter aufgefangen, wenn sie die Rutsche hinuntergesaust wäre.

Der Mann, der vorhin Patrick gerufen hatte, stand nun auf, weil sein Sohn offenbar nicht hören wollte.

Welches der Kinder der Junge wohl wahr? Vielleicht der mit der Latzhose? Oder drüben der Kleine, der mit einem Stecken in der Wiese grub?

Caroline hatte sich in beiden Fällen geirrt. Nur wenige Augenblicke später kam der Mann mit einem etwa Zweijährigen zurück. Brutal schleifte er den Buben an der Hand hinterher, Patrick weinte schrill.

»Hör auf mit dem Theater!«, schrie der Vater. Und als sein Spross nicht reagierte, sondern nur noch erbärmlicher heulte, schlug der Mann den Kleinen ein paarmal kräftig auf den Hintern.

Das Heulen wurde zu einem Schniefen, das stoßweise von Schluchzern begleitet wurde. »Ich hab dir gesagt, du sollst nicht nach hinten laufen. Du weißt, was passiert, wenn du nicht spurst.«

Patrick fuhr mit einer Hand über seine Wangen und wischte sich die Tränen und den Rotz in den Ärmel. Die andere Hand hielt der Vater immer noch wie in einem Schraubstock fest.

Caroline tat das Herz weh, als sie den Jungen so sah: erbarmungswürdig, das Gesicht verschmiert. Sein Blick traf ihren, und ihr Magen machte einen Satz. Unendliches Mitleid durchflutete sie bis in die Haarspitzen.

Als der Vater mit ihm an Caroline vorbeiging, drehte sich Patrick noch einmal nach ihr um. In seinen Augen stand ein Hilferuf. Caroline sah den beiden nach. Und da erkannte sie die Zeichen. Mit jedem Schritt, den Vater und Sohn sich von ihr entfernten, sah sie klarer. Die Hand, die Patricks umklammerte, wurde zu einer Klaue, der Arm glich einem Tentakel. Auch die Gestalt des Mannes verwandelte sich. Sie wurde größer und dunkler, bis sie einem schwarzen Ungeheuer glich. Patrick trippelte neben dem Monster her. Sein Körper war von einem Lichtschein umgeben.

Caroline dachte nicht lange nach. Sie stand auf und folgte den beiden.

Wie war das möglich? Der Mann hatte doch vorhin noch ganz normal gewirkt. Alles eine Täuschung.

»Siehst du nun, was ich damit meinte, als ich sagte, Satans Helfer seien überall?«

»Ja«, hauchte Caroline. Patrick war gerade um eine Ecke gebogen – oder besser gezerrt worden. Hoffentlich verliere ich ihn nicht, dachte Caroline und beschleunigte ihre Schritte. Die Sorge war unbegründet. Die beiden Gestalten liefen in einiger Entfernung, aber dennoch gut sichtbar den Gehweg entlang. Wenigstens musste Caroline sich keine Sorgen machen, von ihnen entdeckt zu werden. Patrick hatte in dem Augenblick, da er sie anflehte, ihm zu helfen, ein untrennbares Band zwischen ihnen geknüpft. Er würde spüren, dass sie in der Nähe war. Dass sie ihn nicht alleine ließ. Aber der Vater durfte nicht mal ahnen, dass sie ihnen auf der Spur war.

»Ist er denn nicht zu alt?«, fragte Caroline im stummen Zwiegespräch Sarah.

»Du hast doch gesehen, dass Gott ihn auserwählt hat. Er hat seine Unschuld bewahren können, trotz der widrigen Umstände. Er hat einfach etwas Besseres verdient als das, was ihm bevorsteht.«

»Das hier wird schwierig. Noch mehr als die anderen zuvor«, wandte Caroline ein.

Sarah kicherte. »Ich vertraue ganz auf deine Fähigkeiten. Du schaffst das schon.« Dann war sie still.

Während Caroline sich bemühte, weiterhin Vater und Sohn, Monster und Engel zu folgen, zermarterte sie sich ihr Gehirn darüber, wie sie Patrick aus den Klauen seines Peinigers befreien konnte.

»Wir müssen die Eltern aufsuchen, mit ihnen reden«, sagte Wagner mit brüchiger Stimme zu Heinz.

»Ja, das wird dir nicht erspart bleiben.«

»Kommst du mit? Ich könnte Unterstützung brauchen.«

»In diesem Fall wäre eine Frau als Begleitung besser geeignet als ich. Ich meine, die Mutter hat doch gerade ihr Baby verloren. Vielleicht hat sie das Gefühl, von einer Frau besser verstanden zu werden.« Heinz würde Wagner bestimmt nicht auf die Nase binden, dass er mit »einer Frau« eigentlich Laura meinte. Auf die Idee würde Wagner unweigerlich von selber kommen. Laura war die naheliegendste Wahl. Er wusste, dass er in seinem Bestreben, Laura und seinen Freund einander wieder etwas näherzubringen, nicht zu offensichtlich vorgehen durfte. Wenn sie Lunte rochen, würde er nicht nur im Kreuzfeuer stehen, sondern wahrscheinlich auch mehr zerstören als Gutes bewirken.

Immerhin dachte Wagner darüber nach. Dann nickte er.

»Ja, das hatte ich nicht bedacht. Ich frag Laura, ob sie Zeit hat.«

Heinz lächelte. Genau das hatte er erreichen wollen.

»Was grinst du so? Ist es die Schadenfreude, dass ich mich mit den Eltern herumschlagen muss, während du in deinem Büro sitzen und Däumchen drehen kannst?«, grummelte Wagner.

»Ich und schadenfroh? Das passt doch überhaupt nicht zu mir.«

»Und wenn mir bei einer Autopsie wieder mal übel wird, da sind deine spöttischen Bemerkungen auch ein Zeichen deiner Zuneigung und keine Boshaftigkeit, nehm ich an.«

Heinz klopfte seinem Freund auf die Schulter. »Genauso ist es, mein Lieber, genauso ist es.«

Noch auf dem Weg ins Büro rief Wagner Laura an. Am Handy meldete sie sich nicht. Es läutete nicht mal, und er vermutete, dass sie es entweder ausgemacht hatte, was ihm unwahrscheinlich vorkam, oder dass der Akku leer war.

Also probierte er es im Labor. Kurz angebunden und reichlich gehetzt meldete sie sich.

»Laura, ich bin's. Ich wollte fragen, ob du dich losreißen kannst. Ich würde dich gern bei einer Befragung dabeihaben.«

»Eigentlich hab ich alle Hände voll zu tun«, meinte Laura, aber Wagner hörte Interesse und Bedauern in ihrer Stimme.

»Ich würde dich nicht darum bitten, wenn es nicht wichtig wäre. Es geht um die Eltern des toten Babys. Du als Frau bekommst vielleicht eher Zugang zur Mutter.«

Laura seufzte, und Wagner wusste, dass er sie überzeugt hatte.

»Gut, wann?«

»Ich bin jetzt unterwegs ins Präsidium. Kannst du in etwa einer Stunde fertig sein?«

Er sah Laura vor sich, wie sie, den Telefonhörer zwischen Schulter und Kopf geklemmt, auf die Uhr sah, auf ihre Unterlippe biss und schnell nachrechnete.

»In einer Stunde also«, kam kurz darauf ihre Antwort. Er wäre, ehrlich gesagt, überrascht gewesen, wenn sie abgelehnt hätte. Er kannte sie. Dieser Fall war ihr zu wichtig, als dass sie nicht hätte mitmischen wollen.

Jetzt blieben ihm zwei Möglichkeiten, entweder er nahm die U-Bahn und die Straßenbahn zum Kommissariat, oder er leistete sich ein Taxi. Er entschied sich für Letzteres. Wieder einmal kam ihm schmerzlich ins Bewusstsein, was es für ihn bedeutete, ohne Auto zurechtkommen zu müssen. Wenn dieser Fall abgeschlossen ist!, nahm er sich vor. Ein Auto stand ganz oben auf der Freizeitprioritätenliste. Gleich an erster Stelle, denn er wusste aus Erfahrung, dass Punkte, die nach zwei und drei auf dieser Liste kamen, aus Zeitmangel nie erledigt wurden, so wie Fensterputzen oder die Wohnung neu streichen.

Wagner seufzte. Ob ein Menschenleben je ausreichen würde, all die Dinge zu tun, die man sich vornahm? Jetzt sei nicht melodramatisch. Du willst ja keinen Berg versetzen, dachte er, als er ins Taxi stieg.

Warum kommt es mir dann so vor?, konterte er seiner inneren Stimme. Darauf kam keine Antwort.

In Lauras Magen machte sich ein freudiges Kribbeln breit. Es liegt nur an Wagners Angebot, mitzufahren, beruhigte sie sich. Aber gleichzeitig wusste sie, dass es eben nicht nur daran lag. Es wäre eine Lüge gewesen, zu leugnen, dass sie sich auf das Zusammensein mit Wagner freute. Benimm dich nicht wie ein Teenager, der gerade eine Einladung zu einem Date bekommen hat. Doch genauso fühlte sie sich. Du bist eindeutig durchgeknallt, von einer Verabredung ist dieses Treffen mit Wagner weit entfernt. Ist ja nicht so, dass du übers Wochenende mit ihm in ein lauschiges Hotel fährst. Er braucht dich für eine Zeugenbefragung. Wobei sie sich eingestehen musste, dass der Gedanke, ein Wochenende mit Wagner zu verbringen, fernab der Arbeit, durchaus seinen Reiz hatte. Träum weiter, meine Liebe. Er will nichts von dir. Schon gar nicht, nachdem du dich ihm an den Hals geschmissen hast.

Dennoch hielt ihr Hochgefühl an, und ihr Blick schweifte zur großen Wanduhr, die schon länger in ihrem Büro hing, als sie selbst hier arbeitete.

Immer wieder versuchte sie, ihre Gedanken zu sammeln und auf das Taufkleid vor sich zu richten.

Sie setzte sich an den Computer und gab den Herstellernamen ein. Auf der Homepage der Firma fand sie eine Telefonnummer.

Sie wurde einige Male hin und her verbunden, bis sie endlich jemand in der Leitung hatte, der ihr weiterhelfen konnte.

Als sie auflegte, wusste sie, aus welcher Bekleidungskette das Taufkleid stammte. Schön, bloß gab es allein neunzehn Filialen in Wien und der näheren Umgebung. Ob sie jemals herausfinden würden, in welcher Niederlassung das Kleid gekauft worden war, bezweifelte sie. Dass sich eine der Verkäuferinnen dann noch an den Kunden erinnerte, würde wohl schon an ein Wunder grenzen. Und an Wunder glaubte sie nicht.

Die Tür zu ihrem Büro ging auf, und Lauras Herz machte einen Satz, als Wagner im Türrahmen stand und sie erstaunt musterte. »Ich dachte, du machst dich fertig.«

»Oh, ich habe gar nicht auf die Zeit geachtet. Aber ich weiß jetzt, woher das Taufkleid stammt.«

»Gut, erzähl es mir unterwegs«, sagte Wagner.

Laura legte ihren Arbeitskittel ab und nahm sich das obligatorische Gummiband aus dem Haar.

Wie hätte es anders sein können? Wieder einmal ließ Wagner ihr den Vortritt. Er würde wohl nie aus seiner Haut können. Jetzt war aber auch nicht der richtige Zeitpunkt, mit ihm darüber zu streiten.

»Übrigens: Hast du dein Handy ausgeschaltet?«

Laura drehte sich zu ihm um. »Nein, ich habe vergessen, es aufzuladen. Nun, du hast mich ja erreicht, und alle anderen werden warten müssen, bis ich wieder daheim bin.«

Sie dachte kurz an das Klingeln des Telefons in der Früh, schob aber ihr aufflackerndes schlechtes Gewissen beiseite. Sie musste nicht rund um die Uhr erreichbar sein. Für niemanden.

»Diesmal nehmen wir meinen Wagen«, sagte Laura bestimmt. Wagner zuckte mit den Schultern.

»Soll mir recht sein. Du wirst mit dem Ding noch so lange fahren, bis es unter deinem Hintern auseinanderfällt.«

Laura lachte. »Das ist gut möglich. Ich bin eben eine treue Seele. Wenn ich etwas liebgewonnen habe, dann ist es für ewig.« Im gleichen Augenblick dämmerte ihr, dass sie nicht bloß ihr Auto damit meinte. Gott sei Dank hatte Wagner den tieferen Sinn ihrer Worte nicht mitbekommen. Verflixt, vielleicht wäre es besser, nichts mehr zu sagen.

»Du bist so ruhig«, meinte Wagner, nachdem sie zehn Minuten schweigend nebeneinandergesessen hatten.

»Mir gehen diese Lilien nicht aus dem Kopf. Und ich denke darüber nach, was uns gleich erwartet«, antwortete Laura. Das war nicht einmal gelogen, sie fühlte sich tatsächlich ein wenig angespannt.

»Es ist schwer, ein Kind zu verlieren.«

Laura sah Wagner kurz an, bevor sie sich wieder auf den Verkehr vor ihr konzentrierte. Sein ernster Gesichtsausdruck war ihr nicht entgangen. Als ob er genau wüsste, wovon er sprach.

Verluste schmerzten immer. Manche mehr, manche weniger. Verlust bedeutete Abschied von etwas Gewohntem, Liebgewonnenem. Der Tod war ein endgültiger, nicht umkehrbarer Abschied. Verlust hieß Schmerz, Wut und Trauer. Laura konnte das sehr gut nachvollziehen. Sie hatte das erst am eigenen Leib erlebt. Aber Wagner? Wann hatte er dieses Gefühl der Leere verspüren müssen? Ihres Wissens lebten seine Eltern noch. Gut, seine Frau hatte ihn verlassen. Sie selbst hatte die Beziehung zu ihm beendet, was ihr damals richtig und notwendig erschienen war, und vor Kurzem war seine Verlobung gescheitert. Aber das waren Dinge, die jeder im Laufe seines Lebens erfuhr. Die zählten nicht zur gleichen Kategorie Verluste wie der Tod eines geliebten Menschen.

Weil Laura nicht wusste, was sie auf Wagners Äußerung antworten sollte, sagte sie nichts.

»Da vorne. Das muss es sein.« Wagner deutete auf einen grauen Betonklotz. Die schmale Grünfläche auf der anderen Straßenseite machte die Gegend auch nicht freundlicher.

Laura stellte sich ins Parkverbot.

»Du hast Nerven. Hast du keine Angst, dass du abgeschleppt wirst?«, fragte Wagner.

»Ich vertraue auf mein Glück. Und wenn es mich im Stich lässt, hast du wenigstens keinen Grund mehr, dich über mein Auto zu beschweren.«

»Wer wird die Hand beißen, die einen füttert? Schließlich will ich nicht zu Fuß zum Präsidium zurücklaufen«, meinte Wagner und zwinkerte Laura zu.

Sie straffte ihre Schultern, atmete durch und sagte: »Na, dann komm. Wir machen es kurz, dann besteht die Gefahr gar nicht, dass jemand mein kleines Vergehen bemerkt.«

Sie steuerte den Hauseingang an und läutete. Der Türöffner summte, Wagner drückte mit der Schulter die Eingangstür auf und ließ Laura vorgehen.

Das Wohnhaus war bestimmt einmal modern gewesen, doch nun sah es abgewohnt und trist aus. Weggeworfene Zeitungen und der schmutzige Boden zeugten von einer wenig pflichtbewussten Hausmeisterin oder einer personell unterbesetzten Reinigungsfirma, die den längst fälligen Putztermin nicht wahrgenommen hatte.

Während Laura noch darüber nachdachte, wie dankbar sie war, dass in ihrem Wohnhaus Wert auf Ordnung gelegt wurde, hatte Wagner schon die Tür erreicht und auf den Klingelknopf gedrückt. Laura bemerkte einen Kinderwagen vor der Eingangstür. Ein Schaudern überkam sie, als ihr bewusst wurde, dass dieser Kinderwagen in Zukunft leer bleiben würde.

Die Tür wurde geöffnet, und ein Mann in einer ausgebeulten Jogginghose und einem Unterhemd stand im Türrahmen. Seine Haare standen wirr in alle Richtungen ab, und er hatte sich nicht rasiert. Obwohl er in seinem Aufzug alles andere als attraktiv auf Laura wirkte, machte ihn gerade sein nachlässiger Eindruck sympathisch. Als ob ihn der Verlust seines Kindes so getroffen hatte, dass er unfähig war, sich um solche alltäglichen Dinge wie Kleidung und Rasur Gedanken zu machen.

Lauras Eindruck wurde noch durch seine gebrochene Stimme, die sie und Wagner zum Eintreten aufforderte, verstärkt. Er litt wirklich.

Laura wusste nicht einmal mehr, ob das tote Baby ein Junge oder ein Mädchen gewesen war, dabei hatten Heinz und auch Wagner es ihr gegenüber mit Sicherheiterwähnt. War sie herzlos? Nicht empathisch genug? Sie hatte sich so sehr auf die Auswertungen der Proben gestürzt, dass sie verdrängt hatte, dass das Opfer ein kleines Menschenleben gewesen war. Ein Baby, das geatmet und gelacht hatte, falls vier Monate alte Babys schon lachen konnten. Wie wenig sie doch über Kinder wusste!

Der Mann führte sie in die Küche. Rauchschwaden erschwerten das Atmen. Lauras Blick fiel auf den übervollen Aschenbecher und dann auf die Frau, die mit gebeugtem Rücken, das Gesicht in beide Hände geborgen, auf einem Stuhl saß. Vor ihr stand ein Wasserglas, das mit einer hellbraunen Flüssigkeit gefüllt war.

»Guten Tag, Frau Schellinger, ich habe vorhin angerufen. Wir sind von der Kripo«, sprach Wagner sie an.

Sie hob nicht einmal den Blick.

»Sie müssen entschuldigen, sie ist schon so, seit Laura entführt worden ist«, versuchte Herr Schellinger zu erklären.

Ein schmerzvoller Stich durchzuckte Laura, als sie den Namen des toten Kindes hörte. Laura. Ein Mädchen. Noch dazu eines, das den gleichen Namen trug wie sie. Sie sah vorwurfsvoll zu Wagner. Der zuckte nur die Schultern.

War ihm nicht bewusst gewesen, was seine Bitte, hierherzukommen, in ihr auslösen würde? Oder vielleicht war es ihm nur allzu gut klar gewesen, und er hatte sie gerade deshalb dazugebeten.

Laura stieß die aufgestaute Luft aus und musste sich zusammenreißen, beim Einatmen nicht zu husten. »Frau Schellinger, Sie müssen uns helfen. Wir wollen alles in unserer Macht Stehende tun, um Lauras Mörder zu fassen. Und das wollen Sie bestimmt auch. Doch dazu müssen Sie uns ein paar Fragen beantworten. Ich heiße übrigens auch Laura.«

Nun endlich schaute Frau Schellinger auf. Ihre Augen waren rot und geschwollen, vom Alkohol, vom Weinen oder von beidem. Ihr Blick hastete von Laura zu Wagner und wieder zurück, wie der eines verängstigten Tieres, das in der Falle saß.

»Frau Schellinger, ich weiß, wie Ihnen zumute sein muss. Aber wenn Sie für Laura noch etwas tun wollen, dann müssen Sie uns unsere Fragen beantworten«, versuchte nun Wagner, zu ihr durchzudringen.

Mit zitternden Fingern nahm die Frau das Glas. Sie konnte es nicht ruhig halten und nahm die zweite Hand zu Hilfe. Trotzdem schwappte etwas von der Flüssigkeit auf den Tisch. Nachdem sie es geschafft hatte, einen Schluck zu trinken, stellte sie das Glas wieder ab. Dann begann ihr Oberkörper zu zucken. Ihre Schultern bebten, und ein langgezogener Schrei entrang sich ihren Lippen.

Laura starrte hilflos zu Wagner, der wiederum bedeutete Herrn Schellinger, seiner Frau zu helfen. Unbeholfen legte der die Arme um seine Frau.

Dann endlich begann sie zu reden. Kaum verständlich, aber dennoch konnte Laura den Sinn ihrer Worte verstehen. »Ich hab sie nur kurz aus den Augen gelassen.« Sie schniefte.

»Es war nicht Ihre Schuld«, sagte Laura. »Erzählen Sie uns, was passiert ist.«

Die Frau wurde etwas ruhiger. Sie steckte sich eine Zigarette an, inhalierte tief und hielt sie so fest umklammert, als würde ihr Leben von dieser einen Zigarette abhängen. Wie wenig Halt musste sie von ihrem Ehemann erfahren, wenn sie auf solch einen Ersatz angewiesen war.

Laura trat zu der Frau, ignorierte den Rauch, der in ihrem Hals unangenehm kratzte, und setzte sich auf den Stuhl neben sie. Dann legte sie eine Hand auf Frau Schellingers Oberarm. »Erzählen Sie uns von Laura«, bat sie.

Die Frau machte erneut einen tiefen Zug und nahm einen Schluck aus dem Glas. »Ich war mit den Kindern auf dem Spielplatz. Janine wollte, dass ich ihr auf der Schaukel Schwung gebe. Laura schlief in ihrem Wagen, also ließ ich sie unter einem Baum stehen. Dann hat sich Melvin auf dem Klettergerüst aufgeschürft – die Geräte sind in einem erbärmlichen Zustand, aber auf unsere Anrufe bei der Stadtverwaltung hat niemand reagiert. Ist halt für nichts Geld da und für Kinder schon gar nicht.«

»Gut, Sie haben also zuerst Ihre Tochter auf der Schaukel angeschubst und sich danach um die Verletzung Ihres Sohnes gekümmert. Und was passierte dann?« Laura versuchte all ihr Mitgefühl in ihre Frage zu legen. Ein Blick zu Wagner bescherte ihr ein aufmunterndes Nicken. Es war gut, dass sie mitgekommen war.

»Auf dem anderen Ende des Spielplatzes ist eine Wasserleitung, dort bin ich mit Melvin hin, um die Verletzung sauber zu machen. Und als ich dann wieder zurückkam, war der Kinderwagen leer.« Frau Schellinger wurde von einem Zittern erfasst, aber sie riss sich zusammen.

Den Rest ihres Berichtes erzählte sie mit so leiser Stimme, dass Laura Schwierigkeiten hatte, sie zu verstehen.

»Ich habe geglaubt, ich träume. Das konnte doch nicht wahr sein. Zuerst dachte ich, Janine hätte Laura aus dem Wagen genommen, um sie herumzutragen. Sie machte das öfter, obwohl ich es ihr verboten habe. Sie ist noch zu klein, und Laura ist ja schon ordentlich schwer …«

»Aber Janine hatte sie nicht, oder?«

Ein Schluchzer begleitete Frau Schellingers Worte. »Nein, Janine hatte sie nicht. Sie spielte mit zwei anderen Kindern in der Sandkiste.«

»Und dann?«

»Dann bin ich wie aufgescheucht auf dem ganzen Spielplatz herumgelaufen und habe nach Laura gesucht. Aber sie war einfach fort. Keine der anderen Mütter hat sie gesehen. Niemand sieht überhaupt etwas. Jeder ist mit sich selbst beschäftigt, mit den eigenen Kindern. Ich habe meinen Mann angerufen, der ist mit Jonas nachgekommen.«

»Sie haben vier Kinder?«, fragte Laura nach. Wenngleich diese Frau verhärmt aussah, schätzte Laura sie jünger als dreißig.

Sie nickte. »Jonas ist nicht meiner. Er ist der Sohn meines Mannes. Aus erster Ehe. Aber er lebt bei uns.«

»Das muss ziemlich schwierig für Sie sein, mit vier Kindern klarzukommen.«

Jetzt ergriff Herr Schellinger das Wort. Es war das erste Mal, dass er seit der Entschuldigung für das Verhalten seiner Frau etwas sagte. »Ja, es ist nicht immer leicht. Ich versuche Christa zu helfen, wo ich nur kann, aber meistens ist sie allein mit den vieren.«

»Ja, mit dem Ergebnis, dass Laura vom Wickeltisch gefallen ist. Das war dann tatsächlich eine große Hilfe.« Frau Schellinger wirkte plötzlich wieder lebendig. All ihre Hilflosigkeit und Trauer entluden sich in diesem Moment. »Er hat nicht aufgepasst, dabei hab ich ihm gesagt, dass sie sich schon umdrehen kann.«

»Ich hab nur einen frischen Body aus dem Schrank geholt«, verteidigte sich ihr Mann.

»Wann war das genau?«, ergriff nun Wagner das Wort. Als ob das eine Rolle gespielt hätte.

»Vor drei, vier Wochen. Wir waren deswegen im Krankenhaus. Sie haben die Kleine ein paar Tage zur Beobachtung dabehalten. Die Ärzte haben uns wie Verbrecher behandelt.« In Herrn Schellingers Stimme klang nun so viel Empörung mit, dass sie Laura unglaubwürdig vorkam.

»In welchem Krankenhaus waren Sie mit Ihrer Tochter?«, fragte sie.

»Im 2. Bezirk. Die haben dort eine Kinderambulanz«, erklärte Herr Schellinger.

Wagner machte sich Notizen, wie Laura aus dem Augenwinkel feststellte, während er ihr den Rest der Befragung überließ.

»Wo sind eigentlich Ihre anderen Kinder?«, wollte Laura wissen. Nicht, weil es für den Fall relevant gewesen wäre, sondern weil es sie interessierte.

»Bei einer Nachbarin. Ich habe im Moment nicht die Kraft, mich um sie zu kümmern.«

Und da spürte Laura, dass die Wahrheit hinter der Fassade der Trauer anders aussah, als ihr die beiden Schellingers weiszumachen versuchten. Dass Christa Schellinger sehr oft keine Kraft hatte. Dass sie nicht nur heute ihren Kummer in Alkohol ertränkte und dass der Aschenbecher nicht nur deshalb so voll war, weil sie den Tod ihrer Tochter nicht verkraftete.

Dass die kleine Laura womöglich gar nicht vom Wickeltisch gefallen war, sondern vielleicht aus den Händen der betrunkenen Mutter gerutscht – oder aus den Armen ihrer überfürsorglichen Schwester gefallen war, die meinte, ein Baby sei ein netter Puppenersatz.

Oder dass Herr Schellinger die Nerven verloren und seine kleine Tochter geschüttelt oder geschlagen hatte, weil sie weinte. Dass die Jogginghose und das Unterhemd kein Zeichen für sein Entsetzen über das Schicksal seiner Tochter war, sondern dass er immer so herumlief. Dass seine Unbeholfenheit, seine Frau zu trösten, nicht darin begründet war, dass er sich selbst hilflos fühlte, sondern ein Zeichen dafür war, wie wenig er Zuneigung ausdrücken konnte.

Abrupt stand sie auf. Sie hatte das Gefühl, es keinen Augenblick länger in diesem Raum auszuhalten.

»Danke, ich weiß jetzt mehr als genug.« Sowohl die Schellingers als auch Wagner blickten sie überrascht an. Sie hatten ihren Stimmungswechsel bemerkt. Kein Wunder. Selbst in ihren Ohren klang sie hart und unnachgiebig. Weit mehr, als es für die Situation angemessen war. Sie hatte schließlich keine Beweise für ihr Gefühl.

Und dann sprudelte es aus ihr heraus, ohne dass sie weiter darüber nachgedacht hätte: »Ihre Tochter ist nicht vom Wickeltisch gefallen, oder? Vielleicht hat einer von Ihnen einfach einmal zu oft zugeschlagen. Wer von Ihnen beiden war es?«

»Laura, hör auf damit.« Wagner war an sie herangetreten und legte ihr beschwichtigend den Arm auf die Schulter.

Sie schüttelte ihn ab. Nun war sie richtig in Rage. »Die Ärzte hätten Ihnen Laura niemals wieder zurückgeben dürfen. Was sind Sie bloß für Eltern?«

Wagner hatte sie am Ellbogen gepackt. Diesmal konnte sie sich aus seinem festen Griff nicht herauswinden.

»Komm, wir gehen!« Sein Ton duldete keinen Widerspruch. Herr und Frau Schellinger sagten kein Wort zu ihren Anschuldigungen, aber etwas in ihren Gesichtern zeigte Laura, dass sie, wenn sie die Wahrheit schon nicht getroffen hatte, ihr zumindest ziemlich nahe gekommen war.

Sie wollte noch etwas sagen, doch Wagner drängte sie aus der Küche, in den Flur und dann aus der Wohnung.

Er führte sie immer noch, selbst als sie schon auf der Straße angekommen waren.

Laura spürte, dass sich sein Griff nun etwas gelockert hatte, und wand ihren Arm aus seiner Umklammerung.

»Sag mal, spinnst du? Was ist da bloß in dich gefahren? Dafür hab ich dich nicht mitgenommen.«

Laura fühlte keinen Funken Bedauern. »Hast du nicht gemerkt, dass die lügen? Weißt du, wie oft behauptet wird, ein Kind sei beim Wickeln runtergefallen, und dabei sind es die Eltern, die es misshandeln? Hast du seine Pranken nicht gesehen? Das waren keine fürsorglichen Hände. Der schlägt seine Kinder. Und sie säuft.«

Wagners Blick war grimmig und sein Ton kalt, als er sagte: »Egal, was passiert ist. Es steht dir nicht zu, die Ermittlungen auf diese Weise zu sabotieren.«

Laura schnappte nach Luft. »Was heißt hier sabotieren? Ich …« Doch Wagner strahlte so eine Unnahbarkeit aus, dass Laura wusste, egal, welche Argumente sie vorbrachte, er würde sie nicht verstehen.

Als sie Lauras Auto erreichten, setzte er sich wortlos auf

den Beifahrersitz. Er schnallte sich an und verschränkte die Arme vor der Brust. Verschanzte sich hinter einer starren Maske.

»Gut, ich habe vielleicht überreagiert. Aber wenn ich mir vorstelle, dass die immer noch drei Kinder haben, wird mir schlecht.« Den letzten Satz spie sie aus und mit ihm all ihre Empörung.

Wagner hielt seine Augen gerade nach vorne gerichtet. Na gut, dann nicht. Sie hatte eingelenkt, zugestanden, dass ihre Reaktion überzogen gewesen war. Wenn er das nicht gelten lassen wollte, dann sollte er sie doch gern haben. Sie war schließlich nicht auf ihn angewiesen. Sie konnte ihre Arbeit ganz gut auch ohne ihn machen. Umgekehrt sah es schon anders aus. Er war sehr wohl abhängig von dem, was sie herausfand.

Den Rückweg brachten sie schweigend hinter sich. Doch diesmal war es anders als auf der Hinfahrt. Diesmal war die Sprachlosigkeit schwer und belastend. Für Laura kaum auszuhalten. Doch sie hatte ihren Stolz. Eher hätte sie sich die Zunge abgebissen, als der Erste zu sein, der die Stille durchbrach. Verflucht sollte Wagner sein. Verflucht ihre Gewohnheit, zu reden, bevor sie nachdachte. Und verflucht sollten ihre Gefühle für den Mann an ihrer Seite sein, die es noch schwerer machten, dieses Schweigen auszuhalten, als es ohnehin schon war.

»Sie hat was?« Heinz schüttelte ungläubig seinen Kopf, obwohl er wusste, dass Wagner ihn durch das Telefon nicht sehen konnte. Da war sein Plan gründlich gescheitert. Wagner empörte sich gerade über Lauras Verhalten bei den Schellingers. Gut, er kannte Lauras Temperament, und er hatte schon oft genug selbst erfahren, dass sie – gelinde gesagt – zu unorthodoxen Reaktionen neigte, aber es ging wirklich zu weit, die Eltern eines eben getöteten Babys zu beschimpfen.

»Ich muss dir zustimmen, so hätte das nicht laufen dürfen«, antwortete er Wagner, der sich immer noch nicht beruhigt hatte. »Aber wenn es stimmt, dass die Eltern das Kind misshandelt haben, dann verstehe ich sie. Ein bisschen.«

Sein Freund ließ wieder einen Schwall Flüche los.

Nun hielt Heinz es für angebracht, Wagner an sein Verhalten bei der Befragung Yvonne Krugers zu erinnern. Schließlich hatte er damals ebenfalls nicht viel Takt bewiesen – von Feingefühl ganz zu schweigen.

»Das war was anderes.«

»Ach, wirklich? Du solltest nicht mit Steinen werfen, wenn du im Glashaus sitzt. Und überhaupt: Wieso hackst du ständig auf Laura rum? Immerhin hast du sie gebeten, mit dir mitzugehen. Es wäre gar nicht ihre Aufgabe gewesen. Sie hat freiwillig zugestimmt, dich zu unterstützen.«

Wagner brummte etwas Unverständliches ins Telefon.

Heinz atmete aus. »Außerdem hat die Befragung etwas gebracht, auch wenn sie für dich ein Fiasko war.«

»Und was, bitte schön? Dass Laura die Eltern vor den Kopf gestoßen hat? Ich seh schon die Schlagzeilen: Unschuldige Eltern von Polizei bedrängt.«

»Jetzt hör aber auf! Es wäre nicht das erste Mal, dass solche sensationsgeilen Meldungen in der Presse erscheinen. Sonst gibst du ja auch nicht viel drauf. Nein, was ich meinte, ist, dass die Eltern erzählt haben, ihr Kind sei im 2. Bezirk im Krankenhaus gewesen. Siehst du nicht, dass die Fälle einen gemeinsamen Hintergrund haben?«

»Nein, ich sehe außer toten Kleinkindern und Lilien gar nichts. Aber ich lass mich gern von dir überzeugen«, meinte Wagner. Er klang frustriert.

Heinz hingegen hatte das Gefühl, endlich einen Anhaltspunkt gefunden zu haben. Vor seinem letzten Satz war es ihm noch gar nicht richtig bewusst gewesen. Doch es schien, als hätte er einen Puzzlestein an die richtige Stelle gerückt.

Jetzt hieß es, seine Theorie noch mal zu überdenken und sie dann mit Wagner zu besprechen.

»Ich komme am Nachmittag zu dir ins Büro. Im Moment ist es nur eine Vermutung, und ich muss ein paar Dinge überprüfen. Aber wenn meine Annahme stimmt, dann sind wir einen großen Schritt weiter.«

Und nicht nur das. Dann würden sie wissen, auf welche Bezirke sie ihre Ermittlungen konzentrieren mussten. Es waren diese winzigen Schritte, die sie dichter an den Mörder heranbrachten. Heinz hoffte nur, dass sie ihm schnell nahe genug kamen, um den nächsten Mord zu verhindern.

Wagner hatte die Pressekonferenz ohne größere Schwierigkeiten hinter sich gebracht. Es schien, als wären die ach so abgebrühten Reporter doch menschliche Wesen, die der Tod der kleinen Laura Schellinger nicht unberührt ließ. Die Stimmung im Konferenzsaal war schwermütig gewesen.

Nur ein einziges Mal hatte Wagner gestockt: als einer der Journalisten fragte, ob man denn von einem Serienmörder ausgehen könne und ob man damit rechnen müsse, dass der Täter erneut zuschlagen würde.

Wider besseren Wissens hatte Wagner die Serienmördertheorie verneint, mit dem Argument, dass man nach der allgemeingültigen Definition erst nach dem dritten Opfer von einer Serie ausgehen dürfe. Dabei hätte er sein gesamtes Hab und Gut darauf verwettet, dass es nur eine Frage der Zeit war, bis es ein drittes Opfer geben würde.

Aber er wollte keine Panik verursachen. Mit Schaudern hatte er daran gedacht, wie viele Anrufe eingehen würden, wenn erst mal publik wurde, dass Babys im Zuge einer Serie entführt und getötet wurden. Tausende würden die Telefonleitungen blockieren, weil plötzlich niemand mehr den besorgten Eltern rechtschaffen schien. Wem sollten sie ihre Kinder wohl anvertrauen dürfen?

Überrascht hatte Wagner festgestellt, dass der Journalist sich mit seiner Erklärung zufriedengab und nicht weiter nachbohrte. Vielleicht hatte sein grimmiger Gesichtsausdruck auch weitere Reporterfragen abgeschreckt.

Er hatte die Konferenz mit den Worten beendet: »Wir arbeiten rund um die Uhr daran, denjenigen ausfindig zu machen, der diese abscheuliche Tat begangen hat. Und wir werden ihn finden.«

Seine letzten Worte waren von Applaus begleitet worden. Und beim Verlassen des Presseraumes war Wagner fast geneigt, seine Meinung über die aasfressende Zeitungsmeute zu revidieren.

Nun saß er an seinem Schreibtisch, auf dem er die Fallakten ausgebreitet hatte, und notierte alle Gemeinsamkeiten, die ihm auffielen, so abwegig sie ihm im Moment auch vorkamen. Wenn Heinz Übereinstimmungen gefunden hatte, dann wollte er sich ebenfalls gründlich vorbereiten.

Er hatte schon eine ganze Liste zusammengestellt. Zuallererst das Offensichtliche: die Lilien. Dann das Alter der Kinder. Eines sechs, das andere vier Monate alt, wobei Kevin aufgrund seiner Vernachlässigung auch nicht älter als vier Monate wirkte.

Beide waren erstickt worden, mit derselben Tatwaffe, was denselben Täter nahelegte – aber einen Mittäter nicht ausschloss. Das durfte er nicht außer Acht lassen.

Beide Kinder waren zuvor entführt, ihre Leichen an abgelegenen Orten gefunden worden.

Wagner machte sich eine Notiz. Er fand die Fundorte bedeutsam, denn sie ähnelten sich. Nicht nur aufgrund ihrer Abgeschiedenheit, sondern auch weil beide auf Bergkuppen lagen. Na ja, mit den Tiroler Bergen waren die hier natürlich kein Vergleich, aber für einen Wiener waren es Berge.

Das Blatt vor ihm füllte sich langsam mit seinen Gedanken. Er überlegte, ob er zu der Nachmittagsbesprechung

Laura einladen sollte. Nein. Er wollte Laura jetzt nicht sehen. Noch immer ärgerte er sich über ihr Verhalten am Vormittag. Ärgern war gar nicht der richtige Ausdruck. Er verstand sie nicht. Und er war wütend auf sie, weil sie ihn in eine unmögliche Situation gebracht hatte. Etwas, wovon er nicht wusste, wie er darauf reagieren, was er glauben sollte.

In diesem Moment wurde ihm bewusst, dass sein Ärger gar nicht ihr allein galt, die ja im Grunde nur ausgesprochen hatte, was er nicht sagen durfte. Die Eltern waren in der Tat mehr als zwielichtig, und die kleine Laura war wohl kein behütetes Kind gewesen. Noch eine Übereinstimmung. Vernachlässigung, Misshandlung.

Sein Zorn richtete sich nun gegen die Eltern. Komischerweise nicht auf den Mörder. Dieses Gefühl vermerkte er ebenfalls auf seinem Notizblatt. Es schien ihm aus irgendeinem Grund bedeutsam zu sein.

Wagner wählte nun doch Lauras Nummer, teils, um ihr zu zeigen, dass er nicht nachtragend war, teils, weil sie ein unersetzliches Mitglied seines Teams darstellte und sie oft Dinge intuitiv erfasste, welche die Ermittlungen voranbrachten. Und natürlich weil sie ihm wichtig war. Trotz aller Spannungen und Missverständnisse, die es zwischen ihnen immer wieder, aber in letzter Zeit sehr häufig gab.

Ihr Handy war immer noch ausgeschaltet. Als er ihre Nummer im Labor wählte, klingelte es einige Male, bevor einer ihrer Mitarbeiter abhob.

»Sie ist schon weg. Irgendeine Familiensache«, bekam er zu hören.

Nachdenklich legte er auf. Natürlich konnte Laura früher gehen, wenn sie wollte. Sie hatte, wie auch er, so viele Überstunden angehäuft, dass sie wohl drei Monate am Stück zu Hause bleiben könnte.

Bloß war er sich sicher, dass sie nicht ausgerechnet jetzt, nicht bei diesem Fall, kürzertreten würde. Dafür waren ihr die Babymorde zu nahegegangen. Es sei denn, sie wollte ihm eine Lektion erteilen.

Ja, man weiß erst etwas zu schätzen, wenn man es verloren hat, fiel ihm ein bekanntes Zitat ein. Bloß von wem es stammte, hatte er vergessen. Egal. Es stimmte.

Noch hast du sie nicht verloren, sagte er sich. Sie ist aufgebracht und verletzt. Gib ihr ein, zwei Tage, dann ist sie wieder die Alte.

Nur dass sie, wie die Dinge wohl lagen, keine ein, zwei Tage mehr hatten.

Laura Campelli kehrte nach ihrem Ausflug mit Wagner mit dem festen Vorsatz ins Labor zurück, mit ihm nie wieder ein Wort zu wechseln, das über das Berufliche hinausging.

Wer war er denn eigentlich, dass er meinte, sie so anfahren zu können? Nicht das erste Mal, wohlgemerkt.

Ihr Arm tat immer noch weh, dort, wo er sie festgehalten hatte. Wahrscheinlich würde sie sogar einen blauen Fleck bekommen.

Jetzt, mit ein wenig Abstand, merkte sie natürlich selbst, dass sie viel zu emotional reagiert hatte. Sie hatte unprofessionell gehandelt, und im Nachhinein tat es ihr leid, sich nicht am Riemen gerissen zu haben. Aber nichts, absolut nichts rechtfertigte Wagners Verhalten ihr gegenüber. Schließlich tat er immer so verständnisvoll und ließ sogar Neulinge wichtige Aufgaben übernehmen. Sein Credo lautete: Fehler gehören dazu. Wer keine Fehler macht, lernt nichts.

Und nur weil sie sich einmal unklug verhielt, brach gleich die Welt für ihn zusammen?

Sie zog ihren Kittel an, doch bevor sie sich in die Arbeit stürzen konnte, um sich von dem Desaster der Zeugenbefragung abzulenken, reichte ihr ein Mitarbeiter einen Zettel, den sie in die Tasche ihres Labormantels steckte, nachdem sie einen Blick darauf geworfen hatte.

»Du sollst dringend deine Mutter anrufen«, sagte er.

Laura sah ihn fragend an.

»Keine Ahnung, warum. Hat sie mir nicht gesagt. Aber dein Bruder und sie haben halbstündlich angerufen, nachdem du fort warst. Und sie meinten, auf deinem Handy meldest du dich nicht. Scheint was Wichtiges zu sein.«

»Danke«, sagte Laura und ging zum Telefon. Was war passiert? Ihre Mutter telefonierte nicht gern. Laura überkam ein flaues Gefühl. Das letzte Mal hatte sie angerufen, als Lauras Vater gestorben war.

Laura wählte. Es klingelte zweimal, bevor abgehoben wurde.

»Hallo, Mama. Ich bin's.«

»Wozu habt ihr jungen Leute alle Handys, wenn ihr nicht erreichbar seid, wenn man euch braucht?«

»Mama, der Akku war leer. Was ist passiert?«

»Es ist wegen Veronika.«

Sofort verkrampfte sich Lauras Magen. »Es geht ihr doch gut, oder? Ist etwas mit dem Baby?«

Irgendetwas stimmte nicht. Ihre Mutter redete um den heißen Brei herum, das war untypisch für sie.

»Veronika geht es gut.«

»Verdammt, dann sag doch endlich, was los ist.«

»Wir haben dich in der Früh versucht anzurufen. Aber da warst du schon weg.«

»Mama!«

»Ja, ist gut. Also, Veronika hat frühzeitige Wehen bekommen. Wahrscheinlich der Stress mit dem Umzug oder die neue Umgebung, ich weiß nicht.«

»Das ist ja furchtbar. Es ist noch viel zu früh.«

»Die Ärzte haben ihr wehenhemmende Medikamente gegeben, aber es hat nichts geholfen. Du bist jetzt Tante.«

Laura ließ sich auf ihren Stuhl plumpsen. Sie spürte Tränen in den Augen aufsteigen. In ihrem Inneren tobte ein

Sturm der Gefühle, die sie auf Anhieb nicht einordnen konnte. Stolz, obwohl sie ja gar nichts dazu beigetragen hatte. Rührung, aber auch Angst um Veronika und das Baby.

»Ist es nun ein Mädchen oder ein Bub? Egal. Ist es gesund? Ist es doch?« An eine andere Möglichkeit verbot sie sich auch nur zu denken.

»Es ist ein Mädchen, Felicitas. Ja, sie ist gesund, nur halt etwas schwach, und sie muss im Brutkasten liegen, aber sonst geht es der Kleinen den Umständen entsprechend gut. Sie ist jetzt schon eine Kämpferin.«

»Ich komme. Natürlich komme ich.«

»Dann hol mich ab. Ich habe ja zu Hause auf deinen Anruf gewartet, während Daniel die ganze Zeit über bei Veronika geblieben ist und mich zwischendurch mit Neuigkeiten versorgt hat.«

Laura versprach, in einer halben Stunde da zu sein. Sie sprang auf und nahm sich nicht einmal die Zeit, ihren Kittel auf den Garderobenständer zu hängen, sondern warf ihn über den Stuhl.

Dem Kollegen sagte sie, sie müsse in einer Familienangelegenheit sofort weg und würde heute gar nicht mehr zurückkommen. Der nickte und rief ihr nach, was denn nun mit diesem Jakobson sei. Jakobson? Was immer der wollte, es war nicht wichtig. Veronika und das Baby – Felicitas, welch schöner Name – kamen zuerst.

Wagners Bürotür stand offen, wie meistens. Unter dem Arm hatte Heinz eine Tüte mit Wurstsemmeln eingeklemmt, die er auf dem Weg zum Kommissariat besorgt hatte. In den Händen hielt er zwei Styroporbecher mit dampfendem Kaffee.

Heinz ging zu Wagner, der am Schreibtisch saß, und ließ die Tüte einfach auf den Tisch fallen. Dann drückte er einen der Becher seinem Freund in die Hand.

»Du hast eine Sauwirtschaft auf deinem Schreibtisch. Nicht mal für den Kaffee ist Platz.«

»Dir auch einen schönen Nachmittag«, sagte Wagner, nahm aber einige Papiere und legte sie auf einen Stapel übereinander. »Zufrieden? Ich habe eben alle Unterlagen noch einmal durchgesehen.«

Heinz winkte ab. »Passt schon. Ich wollte dich nicht nerven. Der Kaffee war so heiß, dass mir die Finger wehgetan haben.« Mit dem Kopf deutete er auf die Papiertüte. »Ich habe Wurstsemmeln mitgebracht.«

Wagner riss die Tüte auf. »Danke. Ich habe eh noch nicht Mittag gegessen.«

Heinz nippte an seinem heißen Kaffee und sah zu, wie sein Freund eine der Wurstsemmeln in Rekordzeit hinunterschlang.

»Du solltest zwischendurch mal kauen.« Er griff nach der verbliebenen Semmel, doch Wagner war schneller und nahm sie sich.

»He, eine für dich, eine für mich«, protestierte er.

»Du kannst dir auf dem Rückweg noch eine kaufen, während ich hier wahrscheinlich bis Mitternacht festsitzen werde. Hungernd und einsam. Mit Arbeit eingedeckt.«

Heinz lachte. »Wenn ich dir bei den letzten beiden Punkten nicht helfen kann, dann wenigstens beim ersten. Behalt die verdammte Semmel, ich geh nachher ins ›Traviata‹ zum Abendessen.«

Er zog einen Stuhl an den Schreibtisch und setzte sich. Während Wagner die zweite Semmel auspackte und aß, fasste Heinz seine Überlegungen zusammen. »Also, ich denke, wir sollten uns auf den 20. Bezirk konzentrieren.«

Wagner bedeutete ihm mit einem Nicken fortzufahren.

»Kevin Kruger hat dort gewohnt, und auch Laura Schellinger ist aus demselben Bezirk verschwunden.«

Wagner war mit der Semmel fertig und nahm einen

Schluck von seinem Kaffee, bevor er sagte: »Aber die Schellingers wohnen im 21. Und es war purer Zufall, dass Christa Schellinger den Wallensteinpark ausgewählt hat. Sie hätte genauso gut auf einen anderen Spielplatz gehen können.«

Zweifelsohne stimmte das. Und Heinz überlegte, ob wirklich nur dieser Zufall die Ursache dafür war, dass Laura Schellinger sterben musste. War es wirklich so, dass eine Entscheidung, die man traf, zum Beispiel ob man zu Fuß oder mit dem Bus in die Arbeit fuhr oder ob man Schinken oder Salami auf sein Brot tat, solche gewaltigen Auswirkungen auf das weitere Leben haben konnten? Was wäre passiert, wenn Christa Schellinger beschlossen hätte, einen Spaziergang zu machen, anstatt ihre Kinder schaukeln und klettern zu lassen? Hätte sich der Täter ein anderes Kind ausgesucht?

»Und was ist mit den Fundorten? Der Leopoldsberg und der Wilhelminenberg sind ja nun nicht gerade ums Eck, wenn du mich fragst. Was spräche dagegen, die Leichen irgendwo in der Nähe zu entsorgen?«, unterbrach Wagner Heinz' Gedanken.

»Na, Weltreisen sind es aber auch nicht gerade – und sicher hätte der Täter die Leichen auch irgendwo ablegen können. Dass er es nicht getan hat, mag eine tiefere Bedeutung haben. Ich habe ja von Anfang an gesagt, dass diese Kinder dem Mörder wichtig sind. Als wollte er ihnen was Gutes tun. Der würde sich sonst nicht die Mühe mit den Lilien machen.«

»Ha! Etwas Gutes tun? Ich hab das Gefühl, im Moment nur von kranken Menschen umgeben zu sein. Misshandlung, Vernachlässigung – und alle meinen, es sei normal. Und jetzt soll einer Babys töten, weil er glaubt, er täte ihnen was Gutes damit? Wo führt uns das hin? Verlieren wir unsere Werte? Gut und Böse – gibt es das nicht mehr? Hat plötzlich Richtig und Falsch die Bedeutung verloren, oder bin ich einfach altmodisch?«

Heinz seufzte. Er konnte Wagner nur allzu gut verstehen. Der war frustriert, weil es bei diesem Fall nicht weiterzugehen schien. Er stand unter Druck, denn es war nur eine Frage der Zeit, bis es ein nächstes Opfer geben würde. Und dann sollte einer, der unschuldige Kinder tötete, gar nicht in böser Absicht handeln – klar, dass Wagner verunsichert war.

»Nein, du bist nicht altmodisch. Und wenn, dann bin ich es auch – und wohl Hunderttausende andere Menschen. Aber was, wenn es genau darum geht? Um dieses Missverhältnis in der gesellschaftlichen Ordnung. Wenn unser Täter diese Kinder vor Misshandlung und Vernachlässigung retten will. Wenn er ein edles Motiv hat?«

Wagner blinzelte. »Ein Robin Hood? Entschuldige, aber das ist pervers. Es ist schon verwerflich genug, jemand – in diesem Fall Babys – umzubringen. Aber dann noch zu glauben, man beschütze sie damit? Wer kommt auf solch eine verkorkste Idee?«

Heinz blickte Wagner einen Augenblick wortlos an, bevor er antwortete: »Einer, der überzeugt davon ist, das Richtige zu tun. Ein Fanatiker – und das macht die Sache nicht gerade einfacher.«

Wagner verschränkte die Arme vor der Brust und lehnte sich in seinem Sessel zurück.

»Wenn das stimmt, müssen wir mit allem rechnen. Dieser Mensch hat keine Scheu, das eigene Leben aufs Spiel zu setzen, wenn es seiner Sache dient.«

Heinz gab darauf keine Antwort. Wagner hatte ausgesprochen, was ihn die letzten Stunden beschäftigte. Sie hatten gemeinsam schon einige Verbrecher überführt, einige davon mit psychischen Erkrankungen. Der Serienmörder ihres letzten Falles hatte die Augen von Frauen aus ihren Höhlen geschält, um sie seiner Schwester einzusetzen; der war eindeutig geisteskrank gewesen. Aber dennoch: Der Selbsterhaltungstrieb, das Überlebenwollen hatten auch bei ihm im Vordergrund gestanden. Bei all den Grausamkeiten, die er diesen Frauen, und beinahe auch Emilia, Heinz' Schwester, angetan hatte, ging es ihm am Schluss doch nur darum zu leben. Noch heute sah Heinz die vor Überraschung geweiteten Augen vor sich, als Emilia ihm das Messer in den Rücken gerammt hatte.

Bei diesem Fall hingegen hatte er das Gefühl, die Motivation für diese Tat sei stärker als alles, was er bisher erlebt hatte, und alle, die mit den Babymorden befasst waren, befänden sich auf einem Drahtseil. Ein falscher Schritt, und sie würden in einen Abgrund stürzen. Nein, hier gab es keine Guten und keine Bösen. Keinen Sieg und keine Niederlage. Wie er es auch drehte und wendete, am Ende würden sie alle Verlierer bleiben.

KAPITEL NEUNZEHN

Sie wusste nun, wo Patrick zu Hause war. Der kleine, liebe Patrick, der sich in den Klauen seines Monstervaters befand und den sie so schnell wie möglich befreien musste. Nur wie? Sarah hatte sie vor eine unlösbare Aufgabe gestellt. Wie sollte sie das bewerkstelligen?

Caroline war sich bewusst, dass sie bestimmt nicht noch einmal so viel Glück haben würde wie bei dem Mädchen. Das hatte unbeaufsichtigt im Kinderwagen gelegen, und obwohl ihr Herz immer noch zu rasen begann, wenn sie an ihre Tollkühnheit und Unerschrockenheit dachte, war alles gut gegangen. Niemand hatte etwas bemerkt.

Doch bei Patrick konnte sie nicht darauf hoffen, ihn in einem unbeobachteten Moment erwischen zu können. Oder etwa doch? Schließlich war er auf dem Spielplatz ebenfalls eine Zeit lang alleine gewesen. Wenn sie ihn in solch einem Augenblick zu sich locken könnte … Sie war sicher, dass er gerne mit ihr mitgehen würde.

Patrick presste in diesem Moment seine Nase von innen gegen die Fensterscheibe. Er hatte zu weinen aufgehört, und als er sie entdeckte, winkte er ihr zu. Er war schon ein goldiges Kerlchen, musste Caroline zugeben.

Sie lächelte ihn an und winkte zurück. Plötzlich wurde er von seinem Vater vom Fenster weggerissen. Durch das gekippte Fenster hörte Caroline eine Schimpftirade und dann wieder Patricks Brüllen. Ja, sie hatte keinen Zweifel, dass der Kleine sie dem schrecklichen Vater vorziehen würde.

»Morgen bin ich wieder da«, sagte sie leise. Es war ein

Versprechen. Patrick hatte es zwar nicht gehört, aber er würde es auch so wissen. Morgen. Ein paar Stunden bloß. Halte durch!, sandte sie im Geiste ihrem nächsten Engel. Halte durch. In wenigen Stunden bist du erlöst.

Caroline wäre am liebsten vor dem Haus stehen geblieben, doch Sarah drängte sie weiter. »Du darfst hier nicht gesehen werden.«

Seufzend wandte sich Caroline ab und ging den gleichen Weg zurück, den sie gekommen war. Der Spielplatz zog sie magisch an. Sie senkte den Kopf, um an einer Gruppe Jugendlicher vorbeizugehen. Einer spuckte vor ihr aus, die anderen grölten, als sie dem Übeltäter einen empörten Blick zuwarf und einen Schritt zur Seite machte, um nicht auf den Speichel zu treten.

Ein grauer Nebel umgab die Halbwüchsigen. Wie gut, dass ich wenigstens ein paar der Kinder vor diesem Schicksal bewahren kann, dachte Caroline. Hätte sie noch irgendwelche Bedenken gehabt, spätestens jetzt wären sie verflogen.

Ganz genau prägte sie sich alle Einzelheiten auf dem Spielplatz ein, merkte sich Versteckmöglichkeiten, überlegte, welche Pfade am schnellsten wegführten und sie und den kleinen Patrick in Sicherheit bringen würden.

Erst als sie sicher war, alles durchdacht zu haben, schlug sie den Weg zu ihrer Wohnung ein.

Sarah summte vor sich hin und schien zufrieden. Caroline wunderte sich schon längst nicht mehr über die grauen Schwaden, die die Menschen umwaberten, denen sie begegnete. Manche waren fast schwarz, manche nur leicht gräulich gefärbt.

Doch es gab auch bunte. Rote und giftgrüne, andere ins Bläuliche gehend.

»Was bedeuten die Farben?«, wollte sie von Sarah wissen, obwohl sie durchaus eine Ahnung hatte. Sie vermisste Sarahs Stimme. Seit Patricks Haus hatte ihre Tochter noch kein

Wort zu ihr gesagt. Sie war doch nicht etwa eingeschlafen? Oder böse? Sie hatte nichts getan, das Sarahs Unmut hätte heraufbeschwören können.

»Rot bedeutet Wut«, meinte Sarah schließlich. Caroline atmete erleichtert aus. Alles war in Ordnung, Sarah war nicht ungehalten.

»Ich dachte, Rot sei die Farbe der Liebe.«

»Das ist ein Irrglaube. Und der Grüne, siehst du den?«

Caroline nickte. »Ja, er sieht aus, als wäre er in einen Topf voller Neonfarbe gefallen.«

»Der wird von Neid zerfressen«, erklärte Sarah.

In der Tat, der Mann hatte die Lippen zusammengekniffen, und Caroline meinte, in seinem Gesicht Unzufriedenheit zu entdecken.

»Und die beiden Blauen?«, fragte sie weiter.

»Blau ist die Kälte. Sie haben Herzen aus Eis. Unnachgiebig und hart.«

Caroline dachte über Sarahs Worte nach. »Ist die Welt wirklich so schlecht geworden?«

»Das war sie immer schon, bloß hast du es vorher nicht bemerkt.«

Caroline schluckte. Sicherlich gab es überall Menschen, die voller Zorn, deren Herzen mit Missgunst gefüllt waren, oder solche, die keine Gefühle zu haben schienen. Aber doch nicht alle! Sie fröstelte. Sarah fühlte ihre Unsicherheit und wartete erst gar nicht darauf, dass sie ihre nächste Frage aussprach.

»Das ist die wahre Welt. Du hast die Gabe, hinter die Scheinheiligkeit der Menschen zu sehen. Niemand ist gut. Niemand von denen.«

»Aber dort. Dort drüben ist eine, die hat eine weiße Aura. Was ist mit der?«

»Schau sie dir genau an.«

Caroline folgte Sarahs Rat, und dann verstand sie. Diese

Frau mit der weißen Aura betrachtete die Welt mit Kinderaugen. Geistig weit hinter den anderen zurück, näher dem Kind als einem Erwachsenen, darüber konnte auch ihr ausgewachsener Körper nicht hinwegtäuschen. Die anderen konnten es nicht sehen. Sie würden in dieser Frau nur eine geistig Behinderte, eine Irre erblicken. Bisher war Caroline von ihrer Gabe, hinter die Dinge und Menschen sehen zu können, nicht ganz überzeugt gewesen, doch jetzt war sie dankbar, die Wahrheit zu erkennen. Wenigstens sie, die den Wert eines Menschen nicht an seinem Äußeren maß. Nicht an seiner Schulbildung oder an seinem Reichtum. Ob es noch welche wie sie gab?

»Nur Babys sind in Gottes Augen frei von Schuld. Je älter sie werden, desto weniger bleibt von ihrer Reinheit.«

»Patrick ist aber kein Baby mehr. Warum hat Gott ihn dann ausgewählt? Ist er nicht schon zu lange unter dem Einfluss Satans?«

»Patrick gleicht dieser Frau. Er wird nie so sein wie andere in seinem Alter. Hast du es denn nicht gemerkt?«

Nein, hatte sie nicht. Sie war so verzaubert von seinem Gesicht gewesen, so berührt von seinem Leid, dass sie nicht darauf geachtet hatte. Aber Sarahs Erklärung leuchtete ihr ein.

Der Heimweg kostete Caroline viel Kraft. Mit all den Farben kamen ihr die Menschen bedrohlich vor. Sie wünschte sich nun doch die Zeit der Unwissenheit zurück, als sie unbedarft durch die Straßen gegangen war. Gleichzeitig schämte sie sich. Wie konnte sie sich eine Welt herbeisehnen, in der Sarah keine Rolle gespielt hatte?

Das war der Preis, den sie zahlen musste. Wissen bedeutete Macht, und Macht zog Verantwortung mit sich.

Wie sollte sie diese schwere Last alleine schleppen?

»Du bist nicht allein. Ich bin bei dir. Nicht jede wäre in der Lage, die von Gott auferlegte Bürde tragen zu können, doch Er hat dich aus gutem Grund auserwählt. Er weiß, dass du in der Lage bist, Seine Aufgaben zu erfüllen. Mit meiner Hilfe.«

Wie ein schützender Mantel legten sich Sarahs Worte um Caroline, hüllten sie ein, wärmten sie.

Als sie bei ihrer Wohnung angekommen war, hatte sie jeden Selbstzweifel überwunden. Alles würde sich zum Guten wenden. Sie musste nur das tun, wozu sie von Gott berufen worden war.

Kapitel zwanzig

Laura stand vor der Glasfront und bewunderte das winzige Bündel in Daniels Arm. Neben ihr hatte sich ihre Mutter postiert, die ihre Enkeltochter mit entzückten Lauten bestaunte.

Sie wünschte, sie hätte das Baby halten dürfen, doch die Säuglingsschwester hatte sie vertröstet und gemeint, das müsse warten. Die Neugeborenen in den Inkubatoren sollten noch nicht so vielen Reizen ausgesetzt sein, und man dürfe die Infektionsgefahr nicht außer Acht lassen.

Aber auch so war die kleine Felicitas eine Schönheit. Laura blinzelte. Verstohlen wischte sie sich über die Augen, als sie merkte, dass sich eine Träne gelöst hatte, und schaute zu ihrer Mutter. Doch die achtete ohnehin nur auf das Baby und bemerkte den Aufruhr in Laura nicht.

Daniel, mit einem bunt bedruckten Kittel bekleidet, hielt die Kleine wie einen kostbaren Schatz. Er schien von einem Tag auf den anderen ein neuer Mensch geworden zu sein. In seinem Gesicht spiegelten sich Stolz und unheimlich viel Glück wider. Er streichelte sachte über die kleinen Finger seiner Tochter, die seinen Daumen fest umklammert hielten.

Sein Blick traf sich mit Lauras, und er trat an die Scheibe, damit sie ihre Nichte wenigstens aus der Nähe betrachten konnte.

Sie legte ihre Hand auf das Glas, als könne sie die Stimmung dahinter aufnehmen. Sie musste ein paarmal schlucken, um ihre Gefühle in den Griff zu bekommen. Wenn sie länger hier stand und ihre Nichte bewunderte, würde sie noch unweigerlich in Tränen ausbrechen. Deshalb war es besser, sie ging, um nach der jungen Mutter zu sehen.

»Ich schau mal nach Veronika«, formte sie die Worte mit ihren Lippen, damit ihr Bruder sie hinter dem Fenster auch verstand. Daniel nickte und widmete sich sofort wieder Felicitas.

Lauras Bruder schien ganz in eine eigene Welt eingetaucht, und sie beneidete ihn um diese Erfahrung. Ihr Herz zog sich schmerzlich zusammen. In diesem Moment wünschte sie sich, an seiner Stelle zu sein. All ihre Bemühungen, sich selbst einzureden, sie wäre keine gute Mutter, sie würde kein Kind wollen, und ihre Arbeit würde immer an erster Stelle stehen, waren durch Felicitas' Anblick gescheitert. War das der Grund, warum so viele Frauen wider besseren Wissens Kinder bekamen, auch wenn sie ungewollt schwanger wurden? Eine rationale Erklärung für ihre Empfindungen gab es nicht. Wie konnte so ein kleines Wesen sämtliche Überzeugungen über den Haufen werfen?

Mit einem letzten sehnsüchtigen Blick riss sie sich los. Ihre Mutter sah nicht einmal auf. Sie fragte auch nicht, wohin Laura ging, so sehr war sie in die Betrachtung ihrer Enkelin vertieft.

Laura wünschte, sie hätte Blumen für Veronika besorgt, wenn sie schon kein Geschenk für Felicitas dabeihatte. Aber das würde sie nachholen. Selbst wenn sie dafür wieder in diese sündteure Boutique gehen müsste.

Ihre Schwägerin sah in dem Krankenhausbett verletzlich aus, aber sie strahlte, als sie Laura erkannte.

»Wie schön, dass du gekommen bist.«

»Es tut mir leid, dass ich erst jetzt da bin. Mein Akku war leer, und ich war unterwegs.«

»Schon gut. Daniel war bei mir. Er ist keine Sekunde von meiner Seite gewichen. Erst nachdem Felicitas auf der Welt war. Es scheint, als hätte ich Konkurrenz bekommen.« Veronika lachte.

»Sie ist aber auch süß. Wie habt ihr die Geburt überstanden? Alles wirklich in Ordnung?«

»Wir haben uns ziemliche Sorgen um die Kleine gemacht, aber sie hat sich schnell wieder gefangen. Ich würde sie am liebsten bei mir haben, aber das geht wohl nicht. In ein paar Tagen, hat der Arzt gesagt. Aber ich darf sie jederzeit besuchen und so viel Zeit mit ihr verbringen, wie ich möchte. Nur jetzt fühl ich mich noch ein wenig wackelig.«

Laura setzte sich auf das Bett und nahm Veronika in den Arm. »Ich bin froh, dass alles gut gegangen ist.«

Schon wieder brannte es verräterisch in ihren Augen. Sie wollte sich gar nicht ausmalen, was alles hätte passieren können.

»Du musst dich ein wenig ausruhen. Lass Daniel nur die Arbeit tun, er macht das ausgezeichnet«, sagte sie, nachdem sie sich von Veronika gelöst hatte. »Und jetzt musst du mir alles genau erzählen.«

Als Laura nach Hause kam, war sie von ihrem Besuch im Krankenhaus noch immer ganz aufgekratzt. Sie ärgerte sich, dass sie nicht einmal ein Foto hatte machen können, weil der Akku ihres Handys leer war.

Auf ihrem Anrufbeantworter blinkte das rote Lämpchen. Als sie auf den Abspielknopf drückte, folgten fünf Nachrichten von ihrer Mutter und ihrem Bruder. Sonst nichts.

Kasimir strich ihr um die Beine und forderte sein Fressen. Der Schlingel hatte das Trockenfutter nicht mal angerührt.

Ergeben seufzte sie und öffnete ein Schälchen für ihn.

Laura war es nicht gewohnt, um diese Zeit schon zu Hause zu sein, und überlegte, ob sie ins Fitnessstudio gehen sollte. Das hatte sie sich schon lange vorgenommen, aber es widerstrebte ihr, die Wohnung noch einmal zu verlassen.

Sie setzte sich auf die Couch. Kasimir, der mit dem Fressen fertig war, sprang auf ihren Schoß, drehte sich ein paarmal und legte sich dann schnurrend hin.

»Na gut, somit hast du mir die Entscheidung abgenommen, aber lass mich wenigstens eine Pizza bestellen, sonst verhungere ich.«

Kasimir stellte sich taub, nur sein Ohr zuckte ein wenig.

Laura schob den Kater neben sich, was er mit einem empörten Maunzen quittierte.

»Ich komm ja gleich wieder.«

Laura bestellte sich eine Pizza, von der sie wusste, dass sie nie an die ihrer Mutter herankommen würde, aber sie hatte solch einen Hunger, dass sie sogar eines von Kasimirs Futterschälchen verschlungen hätte. Was anderes hatte sie nämlich nicht im Haus. Die Verpflegung, die sie normalerweise bei jedem ihrer Besuche von ihrer Mutter mitbekam und mit der sie ihre Tiefkühltruhe zu füllen pflegte, war schon verbraucht.

Um die Wartezeit zu überbrücken, beschloss Laura, unter die Dusche zu gehen. Mit der Pizza und dem Buch, das sie schon lange lesen wollte, würde sie es sich auf der Couch gemütlich machen, Kasimir seine Streicheleinheiten geben, auf die er so oft verzichten musste, und es einfach genießen, dass sie einen Abend für sich hatte.

Ihr Plan funktionierte bis Seite 128 des Romans. Dann war sie mit ihrem Kater im Arm eingeschlafen.

Heinz fühlte sich wie erschlagen, als er nach Hause kam. Er zog sich die Schuhe aus und verstaute sie im Schuhschrank. Den Plan, im »Traviata« zu Abend zu essen, verwarf er wieder. Er wollte nur seine Ruhe.

Aus dem Kühlschrank holte er sich ein Bier, machte sich zwei Wurstbrote und ging mit dem Teller und der Bierflasche ins Wohnzimmer.

Er blätterte die Programmzeitschrift durch, aber er fand keine Sendung, die ihn interessiert hätte. In einer Stunde gab es die Nachrichten. Doch auch die wollte er sich nicht anschauen. Er hatte genug von Mord- und Totschlag, von Terrorismus und Börsenkursen. Dann würde er eben Musik hören.

Heinz war ein genügsamer Mensch, und es gab in seiner Wohnung kaum Einrichtungsgegenstände, die über die Zweckmäßigkeit hinausgingen. Sein Fernseher war mindestens sechs Jahre alt, das Sofa noch älter. Der einzige Luxus, den er sich gönnte, waren seine Stereoanlage und seine CD-Sammlung. Er hörte gern Jazz, hatte etliche Hörbücher, und er liebte klassische Musik. Er holte Puccinis »La Bohème« aus dem Regal, überlegte und entschied sich dann doch für »Tosca«. Ja, »Tosca« entsprach genau seiner Stimmung.

Mit der Fernbedienung in der einen und der Bierflasche in der anderen Hand setzte er sich in seinen Ohrensessel, schloss die Augen und lauschte den Klängen, die ihn weit fort in eine andere Welt trugen.

Während er in Gedanken mitsummte, kam ihm urplötzlich eine Idee, doch bevor er sie fassen konnte, war sie auch schon wieder verflogen. Ganz so, als läge ihm ein Wort auf der Zunge, das er nicht zu packen bekam. Verärgert öffnete er seine Augen. Der Zauber der Musik Puccinis war verflogen. Er wusste, dass er sich nicht wieder auf sie würde konzentrieren können. Heinz stand auf, regelte die Lautstärke hinunter und beschloss, zuerst duschen und dann ins Bett zu gehen. Die Nacht zuvor hatte er nur wenige Stunden Schlaf bekommen. Den würde er jetzt nachholen. Und in der Früh, wenn er wieder einen klaren Kopf hätte, würde er vielleicht einen Zugang finden zu dem, was in seinem Unterbewusstsein herumspukte und doch so wenig greifbar war wie ein flüchtiger Schatten.

Wagner ging wieder und wieder seine Notizen durch. Schön langsam kam auch der Hunger zurück, denn die Wurstsemmeln, die ihm Heinz gebracht hatte, waren nicht sehr ergiebig gewesen. Nur noch eine Stunde, nahm er sich vor, dann würde er nach Hause gehen und unterwegs noch etwas essen. Aber vorher brauchte er irgendetwas, das ihm zeigte, dass er auf dem richtigen Weg war. Heinz hatte gemeint, alle Fäden würden zusammenführen. Die Lösung läge im 20. Bezirk. War es wirklich so einfach? Da kam ihm eine Idee. In seinem Schrank hatte er eine Sammlung verschiedener Karten und Stadtpläne. Er nahm einen Wienplan heraus, aber für den Zweck, für den er ihn benötigte, war er zu klein. Ob man ihn mit dem Kopierer vergrößern konnte? Einen Versuch war es allemal wert.

Er stand auf und ging aus seinem Zimmer, den Gang hinunter, zum Kopiergerät. Nach ein paar Fehlversuchen hatte er es endlich geschafft. Die Qualität ließ zu wünschen übrig, aber es würde seinen Ansprüchen genügen.

Mit dem Ausdruck in der Hand begab sich Wagner in den großen Besprechungsraum, wo ein Clipboard stand. An dem befestigte er die Vergrößerung des 20. und 21. Wiener Gemeindebezirks. Mit Rotstift markierte er den Wohnort des ersten Opfers, dann den des zweiten.

Den Wallensteinpark, in dem Laura Schellinger verschwunden war, kringelte er blau ein.

Dann trat er zwei Schritte zurück und betrachtete sein Werk. Das waren noch zu wenige Anhaltspunkte. Außerdem fehlten die Bezirke, in denen die Leichen gefunden worden waren. Also noch einmal zum Kopiergerät. Wenigstens wusste er jetzt, wie das mit dem Vergrößern funktionierte. Er holte sich aus einer Abstellkammer ein weiteres Board und aus seinem Büro die Notizen, die er gemacht hatte. Nun ging er Punkt für Punkt durch. Alle Orte, die erwähnt worden waren, zeichnete er auf der Karte ein. Ihm fiel auf, dass

Heinz' Bemerkung durchaus nicht einfach abgetan werden konnte. Doch es war nicht der 20. Bezirk und auch nicht der 21., sondern der 2. Bezirk, der an den 20. grenzt, bei dem es Überschneidungen gab. Das Spital, in dem Kevin geboren und die kleine Laura behandelt worden war. Wagner strich sich mit der Hand übers Kinn und fühlte die Stoppeln auf seinem Gesicht. Er hätte sich in der Früh rasieren sollen, doch angesichts der kurzen Nacht hatte er sich nicht mit dieser Nebensächlichkeit aufhalten wollen. Er blickte auf die Uhr, und sofort meldete sich sein Magen wieder. Eine Stunde hatte er eingeplant, zwei waren es geworden.

Nun gut. Über das Ergebnis seiner grafischen Darstellung musste er sich noch den Kopf zerbrechen, aber das konnte er auch morgen tun. Vorzugsweise mit Heinz und Laura gemeinsam. Für heute langte es.

In einem Schnellimbiss nahe seiner Wohnung kaufte er sich ein Menü zum Mitnehmen, setzte sich vor den Fernseher, verschlang heißhungrig sein Essen, das weder schmackhaft noch nahrhaft war, und beneidete Heinz um sein Abendessen im »Traviata«.

Laura fiel ihm ein. Sie war sauer auf ihn gewesen. Er auf sie aber auch. War das der Grund dafür, dass sie früher nach Hause gegangen war? Ob er sie anrufen sollte? Da besann er sich darauf, dass er und sie außerberuflich nichts miteinander zu schaffen hatten. Nicht mehr. Warum eigentlich nicht? Immer noch konnte er sich an den Duft ihres Haares erinnern und daran, wie weich sich die Haut an ihrem Hals anfühlte. Der Geschmack ihrer Lippen, ihre Locken zwischen seinen Fingern, all das war ihm nur allzu gegenwärtig.

Wagner schüttelte seine Gedanken ab. Es brachte nichts, über vergossene Milch nachzudenken. Und sie hatte sich verändert. Nein, er würde sie nicht anrufen und zu Hause stören. Morgen wäre es noch früh genug.

Das Fernsehprogramm ließ zu wünschen übrig, sodass

Wagner schließlich nur noch die Nachrichten abwartete. Doch auch da gab es nichts, das seine Aufmerksamkeit gefesselt hätte, erst recht keine guten Neuigkeiten.

Als der Sprecher beim Sportteil angekommen war, griff Wagner genervt zur Fernbedienung und schaltete den Fernsehapparat aus. Er wusste, wenn er jetzt nicht ins Bett ging, würde er wieder vor laufendem Bildschirm auf dem Sofa einschlafen und mit Nacken- und Rückenschmerzen in der Früh aufwachen.

Als er schließlich im Bett lag, ließ der Tag ihn nicht zur Ruhe kommen. Sobald er die Augen schloss, sah er die Markierungen auf der Karte vor sich. Die Lösung des Falles lag zwar noch weit entfernt, aber zumindest zeigten sie ihm eine Richtung, waren Wegweiser. Kalt oder warm. Wie bei den Suchspielen, die er als Kind gespielt hatte.

KAPITEL EINUNDZWANZIG

Caroline war früh auf den Beinen. In dieser Nacht hatte sie wieder geschlafen wie ein Murmeltier. Verblüffend, wie Sarahs Anwesenheit alles verändert hatte. Ihre ganze Welt war aus den Fugen geraten, all ihr Denken, Fühlen und Streben hatte einen anderen Sinn bekommen, seit Sarah wieder in ihr Leben getreten war.

Noch einmal zog sie die Kleidung an, die sie schon seit zwei Tagen trug. Sie würde sich noch heute nach etwas anderem umschauen müssen, auch wenn das ihre Ersparnisse schrumpfen ließ. Doch sie wagte es nicht, etwas aus ihrem Schrank herauszuholen. Zu lebhaft hatte sie die silbernen Tierchen vor Augen, die sich über ihre Kleidung hergemacht hatten, wie eine Meute hungriger Wölfe über ihre Beute.

Sie horchte in ihr Inneres hinein, doch es blieb alles still. Wahrscheinlich schlief die Kleine noch.

Das Wasser in der Küche ließ sie heute nicht laufen. Stattdessen füllte sie Wasser aus der Flasche in den Wasserkocher und schaltete ihn ein. Sie freute sich auf ihr Frühstück. Nicht nur die durchgeschlafenen Nächte, auch ihr gesunder Appetit verwunderten sie.

Das Lämpchen des Wasserkochers ging aus, und Caroline schenkte sprudelnd heißes Wasser in eine Tasse mit ihrem Lieblingstee: Himbeer-Zitrone. Während er zog, nahm sie einen Teller aus dem Küchenschrank, holte aus der Brotdose eine Scheibe des vorgeschnittenen Schwarzbrots. Sie überlegte, ob sie sich noch ein weiches Ei dazu kochen sollte. Sie hatte schon seit Ewigkeiten keines mehr gegessen. Exakt viereinhalb Minuten, dann hatte es genau die richtige Konsistenz. Nicht zu weich und nicht zu hart. Ja, warum eigentlich nicht?

Caroline ging zum Kühlschrank. An der Tür hingen Ultraschallbilder von Sarah. Einen Moment verharrte sie und betrachtete die Fotos. Doch anders als sonst kam keine Wehmut auf. Was wollte sie doch gleich? Ach ja, ein Ei.

Mit Schwung öffnete Caroline die Kühlschranktür, und ein gellender Schrei verließ ihre Kehle.

Sie taumelte nach hinten, stieß die Teetasse um, und die heiße Flüssigkeit ergoss sich über ihre Hand und auf den Boden. Die Lache sah aus wie Blut. Je länger Caroline sie anstarrte, desto dunkler und zähflüssiger wurde die Pfütze.

Sie schüttelte den Kopf. Wie war das möglich? Vielleicht träumte sie. Nein, die Angst, der Ekel waren echt. Vor ihren Augen hatte sich der Tee in Blut verwandelt. Gänsehaut überzog ihre Arme und kroch das Rückgrat hinauf. Selbst ihre Kopfhaut blieb davon nicht verschont. Sarah! Wo war sie? Caroline brüllte den Namen ihrer Tochter, und als sie keine Antwort bekam, zwängte sie sich in eine Ecke, kauerte sich zusammen und schluchzte vor sich hin. Sarah! Ich brauche Sarah!

Noch immer blieb ihre Tochter stumm und ließ sie mit ihrer Furcht alleine.

Wie lange sie so gesessen hatte, wusste sie nicht. Es kam ihr wie Stunden vor. Ihre Verzweiflung ebbte ab und machte einer ihr unbekannten Wut Platz. »Sarah! Verdammt noch mal, wach auf!« Sie hätte ihre Tochter am liebsten geschüttelt, wenn das möglich gewesen wäre. So legte sie alle Autorität in die Stimme. Sicher, sie verdankte Sarah viel und liebte ihre Tochter abgöttisch. Keinen Wunsch hatte sie ihr bisher abgeschlagen. Doch sie war die Mutter, Sarah das Kind. Und nun war der Punkt erreicht, an dem sie diese Tatsache auszuspielen gedachte.

Und tatsächlich, Sarah meldete sich mit zaghafter Stimme. Sie klang so, als hätte sie geschlafen und wäre erst durch Carolines Rufen geweckt worden. Die Wut in ihr schwand.

»Was ist denn los? Warum schreist du mich an?«

»Ich werd hier verrückt vor Angst, und du schläfst seelenruhig.« Caroline stand nun vom Boden auf, wagte sich aber nicht in die Nähe des Kühlschranks.

»Die Kühlschranktür steht offen«, stellte Sarah pragmatisch fest.

Fast hätte Caroline laut aufgelacht. Oh, wie aufmerksam. »Ja, sie steht offen, weil ich sie aufgemacht habe. Ich hätte fast einen Herzinfarkt bekommen.«

»Was ist passiert?«, fragte Sarah. Sie wirkte merklich munterer als gerade eben, aber auch genervt.

Caroline atmete tief ein, warf noch einen Blick auf die Fliesen, auf denen wirklich ein großer dunkler Fleck feucht schimmerte, und dann auf den geöffneten Kühlschrank. Dicke weißlichgelbe Würmer krochen heraus. Maden. Zumindest sahen diese Viecher so aus, nur dass Caroline derart große noch nie zuvor in ihrem Leben gesehen hatte. Sie wollte sich nicht einmal vorstellen, in welche Tiere die sich eines Tages verwandeln würden. In Fliegen so groß wie Spatzen? Oder in handtellergroße Falter?

Ihr Körper schüttelte sich vor Ekel. »Sag du es mir. Sag mir, was passiert ist, denn ich weiß es nicht.«

Sarah schwieg einige Augenblicke, und Caroline befürchtete, sie wäre vielleicht wieder eingeschlafen oder gegangen, weil sie vorhin so geschrien hatte. Doch Sarah hatte nur nachgedacht.

»Sie versuchen alles, um dich von deinem Weg abzubringen. Du musst stark sein.«

»Und was soll ich nun mit diesen Dingern machen? Ich fass sie nicht an.«

»Das musst du auch nicht. Sie sind eine Warnung, mehr

nicht. Wenn du jetzt aufgeben würdest, hätten sie ihren Zweck erfüllt. Sie sollen dich verunsichern, dich zum Wahnsinn treiben, aber das haben sie nicht geschafft, nicht wahr?«

Caroline strich sich das Haar aus dem Gesicht, merkte, dass es unangenehm auf der Stirn klebte. Sie hätte sich gern ausgiebig geduscht, doch der Gedanke an das verseuchte Wasser mit den silbernen Tierchen darin hielt sie davon ab. Irgendwann, wenn es vorbei wäre. Dann würde sie auch dafür Zeit haben. Jetzt allerdings sollte sie so schnell wie möglich die Wohnung verlassen, sich neue Kleidung zulegen und auf den Spielplatz gehen, wo Patrick bestimmt schon auf sie wartete. Vor allem musste sie von hier weg. Weg von diesen ekelerregenden Maden, die sich am Boden wanden und die aussahen, als hätten sie Augen, mit denen sie jede ihrer Bewegungen verfolgten.

Die neue Hose und das einfache Hemd waren eher zweckmäßig als schick, aber sie gaben Caroline das Gefühl der Sauberkeit zurück. Das allein war es wert gewesen, auch wenn sie das Geld lieber für Kinderkleidung ausgegeben hätte. Ihr war klar, dass ihr Erspartes auf diese Weise nicht lange reichen würde. Schließlich bekam sie nur noch Krankengeld, und das wohl auch nicht mehr lange.

Ihre alten Sachen hatte sie in einer Plastiktüte. Doch kaum hatte sie das Geschäft verlassen, stopfte sie den Beutel in den nächsten Mülleimer. Mittlerweile hatte sie sich an den Anblick der meist grau wabernden Nebelwolken um die Menschen gewöhnt. Nur ab und zu, wenn einer durch eine auffällige Färbung hervorstach, sah sie sich denjenigen genauer an. Auch Satans Helfer mit ihren Klauen, Tentakeln und Reißzähnen brachten sie lange nicht mehr so aus der Fassung wie noch vor ein paar Tagen. Es schien, als hätte einzig sie die Gabe, diese zu entlarven und deren wahres Ich zu erkennen, umgekehrt war das nicht der Fall. Caroline lachte in sich hinein. Wie dumm und selbstherrlich die alle waren. So von sich überzeugt. Das machte es ihr leichter. Solange sie sich mit sich selbst beschäftigten, erregten Sarah und sie kaum deren Aufmerksamkeit.

Caroline ließ sich von Sarah zum Spielplatz führen. Fast konnte sie ihre kleine Hand in ihrer spüren. Ihre Tochter plapperte unentwegt vor sich hin. Auch das entlockte ihr ein Lächeln. Wie sehr hatte sie sich genau das gewünscht. Sich während ihrer Schwangerschaft die Zukunft so ausgemalt, wie sie sie jetzt erlebte.

Caroline setzte sich auf eine Bank, fühlte Sarah neben sich und wusste, dass es nur noch eine Frage der Zeit war, bis sie tatsächlich neben ihr sitzen würde. Sie ermunterte ihre Tochter, ein wenig spielen zu gehen, doch Sarah wollte lieber bei ihr bleiben.

Caroline saß auf einer Bank. Minuten? Stunden? Zeit war nicht wichtig. Zeit wurde bloß von den Menschen auf die oberste Stufe eines Podestes gehoben, völlig überbewertet. War es denn nicht egal, ob man eine halbe Stunde oder zwei Stunden auf etwas warten musste? Oder ein paar Tage, ein Leben lang? Die Hauptsache war doch, dass man nicht umsonst wartete. Wozu musste alles zerstückelt werden? Das Jahr in Wochen, die Wochen in Tage, die Tage in Stunden? War es nicht viel einfacher, alles als Einheit zu sehen? Ja, auch sie hatte das erst lernen müssen. Hatte erfahren müssen, dass nicht die Uhr bestimmen durfte, wann sie essen sollte, sondern der Hunger. Dass sie nicht schlafen gehen musste, weil die Zeit es einem vorschrieb, sondern weil sie müde war. Dass das Aufstehen in der Früh viel leichter fiel, wenn man nicht von einem Wecker dazu getrieben wurde, sondern einfach aufwachte, weil man sich ausgeschlafen fühlte.

Die Sonne schien Caroline ins Gesicht. Sie schloss die Augen und genoss die Wärme wie ein Streicheln. Jetzt, genau hier in diesem Augenblick, war sie eins mit sich selbst.

Stimmengewirr riss sie aus ihrer Zufriedenheit. Noch war es zu weit entfernt, als dass sie ausmachen konnte, zu wem es gehörte, doch das musste sie auch nicht. Mit der gottgegebenen Gewissheit, dass es sich nur um Patrick handeln konnte, starrte sie in die Richtung, aus der die Stimmen kamen, und wartete auf die ihr bereits vertraute kleine Gestalt.

Es war angenehm, morgens mit dem Gefühl aufzuwachen, ausgeschlafen zu sein. Heinz wusste es zu schätzen. Umso mehr, weil er mit seinen unregelmäßigen Arbeitszeiten häufig viel zu wenig Schlaf bekam. Es wäre ihm nie eingefallen, sich darüber zu beschweren. Der Tod hielt sich nicht an die üblichen Geschäftszeiten. Nacht- und Bereitschaftsdienste gehörten für ihn dazu wie das Amen zum Gebet. Dennoch musste er sich widerwillig eingestehen, dass es ihm vor ein paar Jahren leichter gefallen war, ohne oder nur mit wenig Schlaf auszukommen. Wurde er etwa alt?

Im Badezimmerspiegel betrachtete er sich, bevor er damit begann, den dunklen Schatten auf Wangen und Kinn mit einem Rasierer zu bearbeiten. Heute hatte er frei. Er würde in Ruhe frühstücken, ein wenig Hausarbeit erledigen, einkaufen und sich mittags mit Emilia treffen. Seine Schwester hatte ihn angerufen und ihm ein gemeinsames Essen vorgeschlagen. Vor ein paar Monaten war sein Verhältnis zu Emma, wie er sie nannte, noch sehr gespannt gewesen, und eine Einladung von ihrer Seite hatte meist nichts Gutes verheißen. Entweder war sie pleite gewesen oder hatte irgendetwas von Heinz gebraucht. Doch seit sie fast vom »Augenschneider« getötet worden war, hatten sie sich einander angenähert. Immer noch gab es vieles, was Heinz störte: Emilias Zigarettenkonsum zum Beispiel. Oder dass sie viel zu oft Alkohol trank. Aber er sah in ihr nicht mehr das kleine Mädchen, sondern die erwachsene Frau, die ihre Entscheidungen selber traf, auch wenn er mit ihnen nicht immer konform ging. Seit er das akzeptieren konnte, war ihre Beziehung wesentlich entspannter. Heinz freute sich sogar auf das Treffen und darauf, zu erfahren, mit welchen Neuigkeiten Emilia aufwarten würde. Ihr zuliebe hatte er sich zu einem Sushirestaurant überreden lassen, auch wenn er diese rohen Fischrollen hasste und der klebrige Reis nach nichts schmeckte. Überhaupt waren diese Häppchen ein Betrug. Sie sahen viel appetitlicher aus, als sie tatsächlich schmeckten. Aber Emilia liebte dieses Zeug, und er würde sich halt etwas anderes bestellen. Irgendetwas, das gekocht oder gebraten wurde, bevor es auf den Teller kam.

Um elf hatte er Staub gesaugt, seine Wäsche in die Waschmaschine gestopft und drei Hemden gebügelt. Nun wurde es Zeit, dass er sich um den Einkauf kümmerte, andererseits konnte er den auch noch nach seinem Treffen mit Emilia erledigen. Am Nachmittag hatte er ohnehin noch nichts vor. Er könnte Wagner anrufen und ihn fragen, ob sie am Abend ins »Traviata« gingen. Dort würde er wenigstens etwas Vernünftiges zum Essen bekommen.

Laura betrat so früh wie immer das Labor. Diesmal war es ihr schwergefallen, zur Arbeit zu fahren. Vielmehr zog es sie ins Krankenhaus, wo Veronika und das Baby lagen. Gerne hätte sie die beiden auch heute besucht, doch sie tröstete sich mit dem Gedanken, dass sie am Nachmittag vorbeischauen würde. Zuerst die Arbeit, dann das Vergnügen. Meist hielt sie sich dran. Genau genommen gönnte sie sich ohnehin kaum Vergnügungen, und ehrlich gesagt war sie auch nicht viel anders als ihr Bruder, dem sie vorwarf, er sei ein Workaholic. Der einzige Unterschied lag darin, dass auf sie niemand wartete. Sie stieß niemand vor den Kopf, wenn sie länger arbeitete. Er hingegen hatte nun eine Familie. Laura hoffte, dass er sich auch noch in ein paar Wochen auf Veronika und Felicitas besinnen würde, wenn der Reiz des Neuen verflogen und das Entzücken und die Freude, sein eigen Fleisch und Blut in Händen zu halten, von schlaflosen Nächten und vollen Windeln verdrängt worden war.

Kaum hatte sie ihren Arbeitskittel übergezogen, war jeder Zweifel vergessen. Das war es, was sie liebte. Gerade jetzt in der Früh, wenn nur die wenigen Mitarbeiter von der Nachtschicht anwesend waren, fühlte sich Laura am wohlsten. Oft kam sie den ganzen Tag nicht dazu, einen klaren Gedanken zu fassen, es ging einfach immer hektisch zu. Doch in diesen eineinhalb Stunden, bevor der Rest ihrer Mannschaft auftauchte, kamen ihr oft die besten Ideen. Sie konnte in Ruhe nachdenken. Nebenbei checkte sie ihre Mails, beantwortete sie oder schrieb sich eine Aufgabenliste für ihren Arbeitstag.

Damit wollte sie nun auch anfangen. Auf ihrem Schreibtisch fand sie wieder einmal keinen Kugelschreiber. Wie kam es, dass immer, wenn man einen brauchte, keiner zur Hand war?

Sie kramte in den Taschen ihres Kittels. Einen Stift fand sie dort nicht, aber ihre Finger ertasteten einen Zettel.

Sie holte ihn heraus. Ach ja. Dieser Herr Jakobson. Wer war er, und was konnte er von ihr wollen? Sie griff zum Telefon. War es nicht noch ein bisschen früh für einen Rückruf? Andererseits hatte er gestern mehrmals versucht, sie zu erreichen, also war es vielleicht wichtig. Noch immer unentschlossen, ob sie Herrn Jakobson um Viertel vor sieben stören sollte, fuhr sie zusammen, als ihr Telefonapparat zu klingeln begann.

»Laura Campelli«, meldete sie sich.

»Guten Morgen. Ich war mir nicht sicher, ob ich Sie um diese Uhrzeit erreiche, aber nachdem ich es gestern einige Male ohne Erfolg versucht habe, dachte ich mir, ich versuche es einfach. Wolfgang Jakobson mein Name.«

Die sonore Stimme erinnerte Laura sofort an ihren Vater. Er hatte einen unbestimmten, kaum erkennbaren Akzent.

Sie musste unwillkürlich lächeln. »Wie schön, Herr Jakobson. Ich wollte Sie eben anrufen. Sie sind mir zuvorgekommen.«

Ohne es zu wollen, sah sie eine Gestalt vor ihrem inneren Auge. Gleichzeitig dachte sie, wie dumm es doch war, bloß von einer sympathischen Stimme auf ein ansprechendes Äußeres zu schließen. Wahrscheinlich entsprach er genau dem Gegenteil von dem, was sie sich vorstellte, und war in Wirklichkeit ein Zwerg mit karottenroten Haaren, trug dicke Brillengläser und hatte einen beträchtlichen Bierbauch.

Als sie den Grund für seinen Anruf hörte, war sie versucht, gleich aufzulegen. Sie sprach nicht mit Reportern. Nicht persönlich und schon gar nicht am Telefon, und so nett Jakobson auch klang, Reporter blieb Reporter. Diese Berufsspezies hatte nur eines im Sinn: eine gute Story. Sie hatte nicht vor, sich in die Nesseln zu setzen.

»Herr Jakobson, wirklich, ich habe nichts gegen Sie. Ich habe auch grundsätzlich nichts gegen Ihren Berufszweig, aber ich kann Ihnen nichts sagen. Warum wenden Sie sich nicht an die Pressestelle der Polizei?«

»Weil die mich für blöd verkaufen wollen. Von denen erfährt man nichts über die richtige Polizeiarbeit.«

Laura konnte gegen den Sarkasmus in ihrer Stimme nichts tun: »Ach, Sie wollen mir einreden, es läge Ihnen nicht daran, Schlagzeilen zu machen, sondern über Hintergründe zu schreiben? Das wäre ja mal etwas ganz Neues.«

Ein übertriebenes Seufzen drang an ihr Ohr. »Frau Campelli, ob Sie es glauben oder nicht: Ich möchte eine fundierte, gut recherchierte Reportage bringen. Darüber, wie die Polizei an ihre Fälle herangeht.«

»Warum rufen Sie dann mich an? Ich bin Leiterin der Forensik. Die Ermittlungen leitet Helmut Wagner. Mit dem sollten Sie sprechen.«

»Das weiß ich. Aber ich finde Ihren Beitrag zur Verbrechensaufklärung viel spannender.«

Der Mann hatte in der Tat etwas Entwaffnendes. Und mit keinem Wort hatte er die aktuellen Morde an den Babys erwähnt. Zugegeben, es schmeichelte ihr, dass sich jemand für ihre Arbeit interessierte. Dass jemand sich die Mühe machen wollte, die vom Fernsehen geprägten Meinungen der Leute ins richtige Licht zu rücken. Sie konnte zwar diesen Krimiserien nichts abgewinnen, wusste aber, dass die meisten gar nicht mal so realitätsfern waren. Im Großen und Ganzen. Doch natürlich ging es vor allem darum, Zuschauer zu gewinnen, und daher galt es, einen Fall in einer Stunde zu lösen. Logisch, dass ihre Kollegen vom Film nicht so lange warten konnten, wie Tests nun mal in Wirklichkeit brauchten. Dass alles in einer Art Zeitraffer vorangetrieben wurde. Und doch musste sie sich immer wieder damit herumschlagen, weil alle meinten, sie könne ebensolche Wunder bewirken, wie die im Fernsehen es taten.

»Ich sehe, Sie denken wenigstens darüber nach«, unterbrach Jakobsons Stimme ihre Überlegungen. »Mehr will ich ja gar nicht. Nur dass Sie nicht gleich nein sagen.«

Nun war es an Laura, einen Seufzer auszustoßen. »Also gut. Ich sage nicht nein, aber auch nicht ja. Ich denke darüber nach. Einverstanden?«

»Danke. Das macht mir Hoffnung.«

Laura musste lachen. »Dann machen Sie sich bloß keine falschen Hoffnungen. Ich hasse es, jemand zu enttäuschen.«

»Ich bin mir sicher, dass ich keinesfalls von Ihnen enttäuscht wäre. Es würde auf einen Versuch ankommen.«

»Ich ruf Sie an«, sagte Laura immer noch lächelnd und legte auf.

Einen Moment blieb sie noch sitzen und dachte über das Gespräch nach. Hatte sie eben mit einem wildfremden Mann geflirtet? Nein, eher er mit ihr, was aber keinen

Unterschied machte. Egal, die wenigen Minuten am Telefon hatten ihre Laune gesteigert und sie auf den Menschen, der hinter dieser Stimme steckte, neugierig gemacht. Vielleicht käme es wirklich auf einen Versuch an. Was wäre schon dabei, sich mit ihm auf einen Kaffee zu treffen?

Blöde Gans, schalt sie sich umgehend. Und wenn er wirklich rote Haare und krumme Beine hat? Wenn er an Mundgeruch und fettigen Haaren leidet? Dann mach ich die Augen zu und höre einfach auf seine Stimme. Die ist nämlich wirklich sexy.

Nach und nach trudelten ihre Kollegen ein. Spätestens um neun herrschte hier ein Treiben wie in einem Bienenstock. Laura begann nun endlich, ihren Tagesablauf zu strukturieren, holte sich von einem anderen Schreibtisch einen Kugelschreiber, der ihr vage bekannt vorkam. Wieder klingelte das Telefon, und ein bisschen hoffte sie, dass der Anrufer Wolfgang Jakobson mit der tollen Stimme war. Doch nicht er, sondern Wagner meldete sich.

»Laura, ich möchte am Nachmittag eine Besprechung abhalten. Nur du, Heinz und ich. Wir haben uns ein paar Gedanken gemacht und sollten alle Fakten noch einmal durchgehen.«

Ihre Stimmung sank gegen den Gefrierpunkt. »So? Ich dachte nicht, dass du auf meine Meinung überhaupt noch Wert legst.«

»Du hast einen Fehler gemacht. Das weißt du so gut wie ich, und das kannst du auch nicht leugnen, wenn du ehrlich zu dir bist. Aber das heißt doch nicht gleich, dass du nur Blödsinn verzapfst. Ich schätze deinen Scharfsinn und deine Gabe, Zusammenhänge zu erkennen. Und genau darum geht es bei unserem Treffen. Um fünfzehn Uhr?«

Laura gab sich einen Ruck. »Nun, ich werde sehen, was sich machen lässt. Du weißt, wir haben hier jede Menge zu tun.«

Sie knallte den Hörer auf die Gabel und schnaufte. So, so. Er schätzte ihren Scharfsinn? Warum weigerte er sich dann hartnäckig, ihre Vorschläge umzusetzen?

Dabei hatte sie heute früher Schluss machen wollen, um Veronika zu besuchen. Einen kurzen Moment dachte sie daran, die Besprechung einfach sausen zu lassen. Sie war Wagner nichts schuldig. Und so, wie er in letzter Zeit mit ihr umging, hatte sie überhaupt keine Lust, ihn zu sehen. Gleichzeitig wusste sie, dass ihre Weigerung eine reine Trotzreaktion wäre. Außerdem war sie neugierig darauf, was Wagner und Heinz herausgefunden hatten. Aber nicht nur das. Auch sie wollte diesen Mörder fassen. Mehr als alles andere. Mehr als sonst. Denn dieser Fall berührte sie tiefer, als sie es normalerweise zuließ.

Warum mussten Frauen eigentlich so kompliziert sein? So nachtragend?, überlegte Wagner. Gut, Heinz war manchmal auch schwierig und eigen. Aber wenn es mit ihm mal eine Meinungsverschiedenheit gab, dann stritten sie, jeder legte seinen Standpunkt dar, haute mal auf den Tisch, später gingen sie zusammen ein Bier trinken, und die Sache war vergessen. Ob er Laura auch mal zu einem Bier einladen sollte? Vielleicht doch keine gute Idee. Schließlich war zu viel Bier schuld an dem, was zwischen ihnen an jenem Abend passiert war.

Als sie beide vor einigen Jahren ein Paar gewesen waren, hatte sie ihm ziemlich eindeutig erklärt, dass sie sich keine längere Beziehung wünschte. Sie hatte beteuert, dass es nicht an ihm, sondern daran lag, dass sie Kollegen waren. Er hatte ihre Entscheidung akzeptieren müssen, auch wenn es ihm schwergefallen war. Diese eine Nacht vor ein paar Wochen betrachtete er als Ausrutscher. Und das Schlimmste daran war, dass er diese Nacht nicht einfach vergessen konnte. Als Fehler abhaken und so tun, als wäre sie nie passiert. In dieser

Nacht wurde ihm klar, dass Laura in seinem Denken und Handeln immer allgegenwärtig sein würde, egal, was er tat. Vielleicht war seine Bereitschaft, mit Sonja nach Innsbruck zu ziehen, eine Art Flucht gewesen. Lieber den Spatz in der Hand als die Taube auf dem Dach, erinnerte er sich an das Lieblingssprichwort seiner Mutter. Doch der Spatz in seiner Hand war ihm im Vergleich zur Taube einfach unbedeutend klein vorgekommen, und sein Entschluss, wieder ganz nach Wien zurückzukehren, lag nicht nur an Sonjas Abtreibung, sondern auch an Laura. Er hatte tatsächlich gehofft, sie würden wieder zusammenfinden. Doch bisher deutete nichts darauf hin, dass seine Hoffnungen sich bewahrheiten könnten. Im Gegenteil. Laura benahm sich komisch, ja fast sogar abweisend.

Wagner schüttelte sämtliche sentimentalen Gedanken ab. Sie halfen ihm nicht weiter. Jetzt hatte einzig dieser Fall oberste Priorität. Oder die Fälle. Suchten sie tatsächlich nur nach einem Mörder, oder waren es vielleicht doch zwei verschiedene? Möglich, räumte er ein. Er hatte schon von Morden gehört, die von mehreren Tätern verübt worden waren, die eine Art »Gemeinschaft« gegründet hatten. Die Polizei war lange Zeit von einem Serientäter ausgegangen, bis ein gewiefter Forensiker kleine, aber doch entscheidende Unterschiede in den Vorgehensweisen fand.

Ein an und für sich genialer Plan der Täter. Sie hatten es geschafft, die Polizei an der Nase herumzuführen. Den Kick bekamen sie dadurch, dass sie ihre Taten aufzeichneten und sich die Videos per Mail schickten.

Doch eines hatten sie nicht berücksichtigt: Bei mehreren Mittätern stieg die Wahrscheinlichkeit, dass einer einen Fehler beging. Und Fehler machten sie alle – früher oder später. Gegen die Theorie, es könnte mehr als ein Täter sein, sprach die Übereinstimmung der Fasern, die in den Atemwegen beider Kinder gefunden worden waren. Laura hatte festgestellt, dass sie identisch waren, von ein und demselben Material. Also doch nur ein Täter? Vielleicht gab es einen Mittäter, der die Opfer entführte, und einen zweiten, der sie tötete.

Das Drama war, dass er bloß warten konnte. Und hoffen, dass beim nächsten Mord ein Fehler passieren würde. Ekel vor sich selbst stieg in ihm auf. Wie konnte er bloß auf den nächsten Mord hoffen? War er herzlos und bereits so abgebrüht? Wagner schüttelte heftig den Kopf. Du kannst ihn ohnehin nicht verhindern. Nicht mit dem, was du zurzeit in der Hand hast. Nicht mit deinem jetzigen Wissensstand, redete er sich ein. Dieser Augenblick wäre genau der richtige, alles hinzuschmeißen und sich Urlaub zu nehmen. Doch er ließ den Moment verstreichen, verbot sich weitere selbst geißelnde Gedanken und begann, seine umfangreichen Notizen des Vortages zu vervollständigen. Es fielen ihm Dinge ein, die er gestern aufgrund seiner Müdigkeit nicht bedacht hatte. Wenn er so weitermachte, würden sie Stunden brauchen, um die Liste abzuarbeiten. Aber das war egal. Oft schon waren sie durch Brainstorming, dadurch, dass sie auch unwahrscheinliche Dinge durchgesprochen, sie ernst genommen hatten, Mördern einen wichtigen Schritt näher gekommen. Und um nichts anderes ging es. Seine Arbeit war ein stetiger Wettlauf mit dem Verbrechen. Leider war es immer ein ungleiches Rennen, denn die Täter hatten in der Regel einen beträchtlichen Vorsprung. Dass er es immer wieder schaffte, sie einzuholen, ja, sogar zu überrunden, hatte er seinen Kollegen zu verdanken. Heinz, Laura und allen anderen, die Ideen zusammentrugen, versuchten, die nächsten Schritte des Täters zu erahnen, und manchmal auch Abkürzungen ersannen, die ihn ein Stück weit nach vorne brachten.

Deshalb lag ihm auch daran, Laura nicht zu verprellen. Wenn sie schon nicht füreinander geschaffen waren, so hatten sie doch als Team Erfolg, und Wiens Verbrecher hätten es sehr viel leichter, ungeschoren davonzukommen, wenn es sie nicht gäbe.

KAPITEL ZWEIUNDZWANZIG

Ein Kinderüberraschungsei, von dem Caroline wusste, dass kaum ein Kind diesem Geschenk widerstehen konnte, diente ihr als Köder. Patrick war, wie erwartet, sofort davongestürmt, als er und sein Vater am Spielplatz angekommen waren.

Zuerst kletterte er die Leiter zur Rutsche hinauf. Der Vater setzte sich auf eine Bank und behielt ihn im Auge. Caroline harrte hinter einem Baum aus und hielt sich versteckt. Der Spielplatz war spärlich besucht, ein weiteres Zeichen, dass Gott sie in ihrem Plan unterstützte.

Patrick hatte genug von der Rutsche und setzte sich auf das Karussell. Caroline hätte Sarah dieses Gerät niemals alleine benutzen lassen, sie fand es gefährlich, aber offensichtlich hatte Patricks Vater keinerlei Bedenken, seinem Sohn könne etwas passieren. Oder es war ihm schlichtweg egal.

Caroline fixierte den Kleinen mit ihrem Blick, lockte ihn in Gedanken. Vielleicht flüsterte sie auch unbewusst seinen Namen, denn er hob sein Gesicht und starrte zu ihr hinüber. Dann schaute er zu seinem Vater, der inzwischen in ein Gespräch mit einer Frau verwickelt war. Schämen sollte er sich. Ihr solche Avancen zu machen! Schließlich hatte sie ein Kind, das im Kinderwagen saß und kaum erwarten konnte, endlich von den Gurten befreit zu werden, um spielen zu gehen. Einen kurzen Moment überlegte Caroline, alle beiden Kinder mitzunehmen. Doch Sarah protestierte dagegen. Eines nach dem anderen, sagte sie. Alles andere vergrößere die Gefahr, entdeckt zu werden, zu sehr.

Patrick konnte sich offenbar an seine gestrige Strafe erinnern, denn er zögerte, den vom Vater verbotenen Weg einzuschlagen. Caroline hielt ihm, immer noch hinter dem Baum verborgen, ihre Hand mit dem Überraschungsei entgegen. »Komm, mein Süßer«, flüsterte sie.

Patrick schaute erneut zu seinem Vater hinüber, der es immer noch vorzog, mit der unbekannten Frau zu flirten, als sich um seinen Sohn zu kümmern.

Endlich setzte er sich in ihre Richtung in Bewegung. Kurz bevor er sie erreichte, vergewisserte er sich noch einmal, dass sein Vater ihn nicht beobachtete. Dann trat er zu ihr hinter den Baum.

Caroline hockte sich nieder und streichelte dem Jungen übers Haar. Ihr Herz setzte einen Takt aus, als sie ihn berührte. Er war so niedlich, auf der Nase und auf den Wangen hatte er ein paar Sommersprossen. Und einen roten Fleck, den Caroline unschwer als Händeabdruck identifizieren konnte. Hatte dieser Mistkerl den Jungen etwa erneut geschlagen? Ja. Eindeutig.

Sie reichte Patrick das Schokoladenei. Er strahlte sie vertrauensvoll an, und Wärme durchflutete ihren Körper. »Patrick, ich habe eine Überraschung für dich«, sagte sie leise. Er legte den Kopf schief, als denke er nach. Sie streckte ihm ihre Hand entgegen, und sein kleines Patschhändchen schmiegte sich in ihre. Sie hätte laut jubeln können, so glücklich fühlte sie sich angesichts des grenzenlosen Vertrauens, das ihr der Junge schenkte.

»Da drüben«, sagte sie und deutete mit der freien Hand auf den Ausgang. Gemeinsam passierten sie das Tor und waren auf der Straße.

Caroline blickte sich um. Jetzt hieß es schnell zu verschwinden. Es würde höchstens Minuten dauern, bis Patricks Vater auffiel, dass sein Sohn nicht mehr da war, vielleicht noch einmal fünf Minuten zusätzlich, in denen er alles absuchte, nach ihm rief. Spätestens dann, wenn er ihn nirgendwo fand, würde er die Polizei verständigen. Wieder war ihr das Schicksal gnädig. Gott schickte genau in diesem Augenblick einen Autobus. »Komm, wir fahren mit dem Bus!«, rief sie und zog Patrick mit sich. Außer dem Fahrer saß niemand drinnen, und Caroline stieg ganz hinten ein. Als sich die Türen schlossen, schaute sie zurück, ob Patricks Verschwinden wohl schon bemerkt worden war, aber nichts deutete darauf hin. Drei Stationen später stieg sie mit dem Jungen aus. Und prompt war es mit ihrer Glückssträhne vorbei.

Warum Patrick plötzlich zu schreien begann und sich zu Boden warf, konnte sie nur raten. Vielleicht fürchtete er sich, weil ihm die Umgebung nicht bekannt vorkam, vielleicht dämmerte ihm, dass er etwas Falsches getan hatte, indem er mit einer Fremden mitgegangen war. Caroline hob ihn hoch und trug ihn die paar Meter bis zum U-Bahn-Eingang. Er war schwer, zumal er sich wand und mit den Füßen nach ihr trat.

Der Zug kam drei Minuten später. Caroline schien es wie eine Ewigkeit. Wenn er nicht mit dem Brüllen aufhörte, würde sie sich etwas einfallen lassen müssen.

Doch kaum hatten sich die Türen mit einem Zischen geschlossen, beruhigte er sich. Wie es aussah, genoss er die Fahrt mit der U-Bahn. Caroline hielt den Zeitpunkt für günstig, ihm das Überraschungsei aufzumachen. Damit war er zufrieden und griff nach der Schokolade, die sie ihm hinhielt.

»Wir steigen jetzt aus und fahren noch mit einer anderen U-Bahn«, meinte sie, als sie den Westbahnhof erreichten. Das war eine belebte Station und bot gleichermaßen das Risiko, dass sie irgendjemand auffielen, und die Chance, in der Menschenmenge unterzutauchen. Schließlich beschloss sie, sich auf Gott zu verlassen. Er hatte noch immer dafür gesorgt, dass ihre Pläne sich gut umsetzen ließen. Eine Frau mit einem Kleinkind war wahrlich nichts Besonderes. Nicht einmal, wenn das Kind weinte und brüllte. Sie selbst hatte ja schon Hunderte Male beobachtet, wie sich Mütter mit ihren Kindern abmühten, weil die sich in schönster Trotzaltermanier kreischend auf den Boden warfen, wenn sie das Gewünschte nicht bekamen. Sie würde höchstens ein bisschen Mitleid erwecken, so wie sie selbst an der Situation der geplagten Mütter Anteil nahm.

Doch Patrick verhielt sich mustergültig. Mit ihm an der Hand fuhr sie die Rolltreppe hinauf und wieder hinunter, wartete auf die nächste U-Bahn, die Gott sei Dank gleich einfuhr. In einer Bäckerei kaufte sie dem Kleinen ein Hörnchen, in der Hoffnung, das würde ihn noch ein wenig länger ruhigstellen. Wie sie erwartet hatte, biss er gleich hinein und war vorerst mit Essen beschäftigt.

Sie trug den Jungen zur Straßenbahn, redete mit ihm und versuchte, ihm ein Wort zu entlocken oder irgendetwas, ein Lächeln, eine Regung, doch Patrick war offenbar durch die furchtbare Behandlung seines Vaters so eingeschüchtert, dass er nicht nur das Sprechen, sondern auch sein Lachen verlernt hatte.

Einmal mehr war sich Caroline der Richtigkeit ihres Tuns bewusst. Kein Kind sollte in solch einer Umgebung aufwachsen, die von Angst und Gewalt geprägt war. Als sie die richtige Station erreicht hatten, hob sie den Jungen wieder auf ihre Arme und ging zu ihrem Wohnhaus.

Patrick hatte sein Kipferl nun gegessen und wand sich. Er stemmte sich mit all seiner Kraft gegen ihren Brustkorb. Lange würde sie ihn nicht mehr halten können.

Mit Müh und Not gelang es ihr, die Tür zu öffnen. Kaum war sie im Haus, setzte sie ihn ab und ergriff seine Hand.

»Ich habe dir doch eine Überraschung versprochen. Die ist dort oben.« Caroline deutete mit dem Finger hinauf.

Patrick schüttelte den Kopf. Einen Moment war Caroline unschlüssig, was sie mit ihm tun sollte. Wenn er nun wieder zu brüllen anfing?

Sarah kam ihr zu Hilfe. »Vielleicht hat er Durst. Er hat lange nichts getrunken. Ihr seid ja schon bald eine Stunde unterwegs, und er hat Schokolade und dann noch das Kipferl gegessen.«

Was für ein Glück, dass Sarah mitdachte. »Willst du was trinken? Komm, Patrick.«

So, wie sie ihn am Spielplatz gelockt hatte, so tat sie es jetzt auch. Stufe um Stufe stiegen sie hinauf, bis sie die Wohnung erreicht hatten. »Da drinnen!«

Patrick blickte sie an. »Drinnen?«, fragte er.

Caroline hätte vor Stolz und Glück springen können. Er hatte tatsächlich mit ihr gesprochen. Eifrig nickte sie. »Ja, da drinnen bekommst du etwas zu trinken.«

Sie schob den Jungen in ihre Wohnung und schloss die Tür hinter sich. Erleichtert atmete sie auf. Erst jetzt merkte sie, unter welcher Anspannung sie gestanden hatte. Während sie in die Küche vorging, um dem Kleinen ein Glas Wasser zu holen, versuchte sie, das mittlerweile eingetrocknete Blut und die Maden zu ignorieren, doch es gelang ihr nicht. Wie magnetisch wurde ihr Blick davon angezogen. Im Stillen hatte sie gehofft, dass Sarah während ihrer Abwesenheit eine Möglichkeit finden würde, beides verschwinden zu lassen.

»Immerhin sind sie jetzt tot. Sieh mal, sie bewegen sich nicht mehr.«

Sarah hatte recht. Der Blutfleck war zwar noch da, sah aber nicht mehr so bedrohlich aus wie am Morgen. Und die Maden lagen regungslos auf dem Boden verstreut.

Sie nahm ein Glas aus der Vitrine und schenkte Patrick ein wenig Mineralwasser ein.

Er war ihr nachgekommen, nahm ihr das Glas aus der Hand und trank es in einem Zug aus.

»Und wir zwei Hübschen, was machen wir jetzt?«, fragte sie ihn. Er antwortete nicht. Caroline nahm seine Hand und führte ihn in Sarahs Zimmer. Dort gab es zwar nur ein paar Babyspielsachen und einige Stofftiere, aber Patricks Augen begannen zu leuchten, als er sie bemerkte.

Während Caroline am Türrahmen gelehnt zusah, wie er ein Spielzeug nach dem anderen ausprobierte, meldete sich Sarah wieder: »Vergiss nicht, warum er hier ist. Er gehört nicht zu dir. Er gehört Gott.«

»Aber sieh ihn dir doch an! Er ist so süß. So umkompliziert. Und guck, er räumt die Sachen wieder ein. Ich versteh überhaupt nicht, warum sein Vater so bösartig ihm gegenüber reagiert.«

»Er gehört dir nicht!«, wiederholte Sarah mit Nachdruck. Caroline meinte Verärgerung in ihrer Stimme zu hören.

Sie spürte, wie Tränen in ihr aufstiegen. Ich kann nicht, ich kann das einfach nicht, schrie sie stumm.

»Du musst. Es bleibt dir keine andere Wahl. Es dauert nicht mehr lange, ich versprech es dir. Stell dir mal vor, wenn jemand ihn bei dir findet. Oder wenn man dich draußen mit ihm sieht. Die Polizei fahndet mittlerweile nach ihm. Sein Bild ist in allen Nachrichten, du musst tun, was Gott dir aufgetragen hat.«

Caroline wischte sich die Tränen aus den Augen, straffte ihre Schultern. Sie war einen kurzen Moment schwach geworden, das konnte jedem passieren. Aber nun galt es, diese Schwäche zu bezwingen. Sie würde tun, was notwendig war. Und sie würde es bald tun, denn je länger der Junge hier blieb, desto schwerer würde es ihr fallen. Ihr Herz sehnte sich nach Leben in Sarahs Zimmer. Aber genau das war der springende Punkt. Es war Sarahs Zimmer und würde auch immer ihres bleiben. Kein anderes Kind konnte ihren Platz einnehmen. Niemand konnte sie ersetzen. Wenn sie ihre Tochter jemals wieder in die Arme schließen wollte, wenn sie sie in diesem Zimmer spielen und schlafen sehen wollte, würde sie ihre Aufgabe erfüllen müssen. Und wenn das bedeutete, dass es ihr dabei das Herz zerriss, dass sie innerlich tausend Tode starb. All das war es wert, wenn Sarah dafür lebte.

Wagner musste sich zusammenreißen, nicht vor Erleichterung laut auszuatmen, als die Tür zum Besprechungsraum aufging und Laura eintrat. Obwohl er wusste, wie pflichtbewusst sie war, hatte er schon befürchtet, sie käme nicht. Anstelle einer Begrüßung nickte sie ihm nur knapp zu und setzte sich wortlos auf einen Stuhl. Sie hatte ihren weißen Arbeitskittel angelassen. Entweder hatte sie sich wirklich von der Arbeit loseisen müssen, oder sie wollte ihm signalisieren, dass sie vielbeschäftigt war und er über ihr Erscheinen froh und dankbar sein musste.

Sie verschränkte die Arme vor der Brust und starrte auf Wagners grafische Darstellung auf dem Clipboard.

»Ähm, Heinz müsste gleich kommen«, sagte Wagner, um die Stille zwischen ihnen zu unterbrechen.

»Gut.«

Meine Güte, sie war immer noch wütend auf ihn. Er deutete auf die beiden Tafeln. »Ich hab mal alle Orte markiert, die bei den beiden Fällen eine Rolle spielen«, erklärte er. Laura antwortete nicht, aber sie erhob sich und ging zu der Darstellung hinüber, um sie zu betrachten. Sie kaute auf ihren Lippen. Ein Zeichen dafür, dass sie konzentriert nachdachte. Diese Eigenheit war Wagner schon bei ihrem allerersten gemeinsamen Fall aufgefallen. Laura hatte gerade erst als Forensikerin angefangen. In ihrem weißen Overall hatte sie wie eine Außerirdische ausgesehen. Wagner hatte sie eine Zeit lang bei der Arbeit beobachtet und war sich sicher gewesen, dass Laura Campelli ein Gewinn für die Kripo darstellte. Er hatte sich nicht geirrt. Ihre Gründlichkeit bei der Spurensuche und der anschließenden Auswertung, die sichere Art, wie sie an ihre Untersuchungen ranging, erfüllten ihn nach wie vor mit Bewunderung.

Sie ließ sich nicht unter Druck setzen, im Gegenteil, sie konnte richtig biestig werden, wenn man sie drängte, schneller zu arbeiten. Sie sagte immer: »Hetz mich nicht. Ich kann mir keine Fehler erlauben.«

Er war ein ungeduldiger Mensch. Das wusste er nur allzu gut. Doch mit der Zeit hatte er gelernt, ihre Einstellung zu akzeptieren, denn der Erfolg sprach für sie. Seit Laura in der Forensik arbeitete, war ihr noch kein einziger Fehler unterlaufen. Etwas, das ihrem Vorgänger mehrmals passiert war. Einmal musste sogar ein Fall neu aufgerollt werden, weil die DNA-Proben verwechselt worden waren. Ein herber Schlag für die Justiz und schlechte Publicity für die Polizei.

Laura hingegen war penibel. Seit sie die Leitung der forensischen Abteilung innehatte, hielt sie ihre Mitarbeiter an, lieber einmal mehr zu prüfen als einmal zu wenig, auch wenn es Zeit kostete. Auch wenn Wagner in den Startlöchern scharrte und ungehalten war, weil alles wieder einmal viel zu lange dauerte.

Wagners Überlegungen wurden vom Öffnen der Tür unterbrochen. Heinz kam herein. »Schönen Nachmittag euch beiden.«

Laura war immer noch in Wagners Grafik vertieft und hatte Heinz' Ankunft nicht bemerkt. Erst als er sprach, drehte sie sich zu ihm um und schenkte ihm ein Lächeln. Ein Stich durchfuhr Wagner, obwohl ihm die Vernunft sagte, dass er keinen Grund zur Eifersucht hatte. Noch nie hatte Heinz Interesse an Laura gezeigt, das über Freundschaft und Kollegialität hinausging. Und auch umgekehrt. Trotzdem schmerzte es, dass ihr Lächeln nicht ihm galt.

»Ich seh schon, du warst gestern fleißig«, sagte Heinz und deutete auf die Karte.

»Ja, es hat mir keine Ruhe gelassen.« Wagner stellte sich neben Laura, so nah, dass sie sich fast berührten. Immerhin rückte sie nicht von ihm ab. Einen kurzen Moment verlor er sich in dem Duft ihrer Haare.

Doch Heinz fasste ihn am Arm. »Was hat dich nicht in Ruhe gelassen? Das sieht aus, als hätte ein kleines Kind versucht, eine Autobahn zu malen.«

»Im Zeichnen war ich schon immer schwach, aber egal. Lasst uns zum Wesentlichen kommen.«

Detailliert erklärte er, welche Farbe wofür stand und was er sich bei den Markierungen gedacht hatte. »Als du mir am Telefon gesagt hast, alle Fäden würden zusammenführen, wollte ich das vor mir sehen. Und du hattest recht. Bloß führen die Fäden aus meiner Sicht bei diesem Krankenhaus zusammen.«

»Meine Schwägerin liegt in genau diesem Krankenhaus.« Lauras Flüstern war kaum zu verstehen. Sie blickte auf. »Sie hat gestern ein kleines Mädchen bekommen. Ein Frühchen.«

Wagner konnte nicht anders. Er legte seine Hand auf Lauras Arm. »Geht es den beiden gut?«

Laura nickte. »Ja, Gott sei Dank. Ich wollte heute eigentlich zu ihr fahren.«

»Tut mir leid, ich halte dich davon ab. Du musst natürlich nicht bleiben«, sagte Wagner zu ihr.

»Nein, nein. Es ist schon in Ordnung. Ich kann nachher noch hin. Ich möchte diesen Mörder genauso gern fassen wie ihr.« Ihre Stimme klang entschlossen.

»Gut.« Heinz klatschte in die Hände. »Dann wollen wir keine Zeit verlieren.«

Sein Freund steuerte seinen Lieblingsplatz an. Wagner nahm den Stuhl gegenüber, Laura setzte sich neben Heinz, wo sie die Tafel mit der Karte gut im Blick hatte.

Wagner zog seine Notizen unter einem Stapel anderer

Zettel heraus. »Ich hab einige Gedanken aufgeschrieben. Fakten, aber auch Dinge, die mir einfach so durch den Kopf gegangen sind. Vielleicht kommen euch ja noch Ideen dazu.«

»Mich überrascht, dass sich die Linien im 2. Bezirk kreuzen«, meinte Heinz.

Laura rückte auf ihrem Stuhl nervös hin und her. Sie schien sich nicht wohl in ihrer Haut zu fühlen. Bestimmt machte sie sich Sorgen um ihre Schwägerin und um die Kleine.

Heinz überlegte weiter: »Vielleicht ist der Mörder ein Patient gewesen, der zur gleichen Zeit stationär aufgenommen war wie das Schellinger-Baby.«

Laura widersprach ihm. »Nein, das ist unwahrscheinlich. Wie passt dann Kevin Kruger ins Bild? Sein Aufenthalt liegt ja schon viel länger zurück. Nein, es müsste schon jemand sein, der die ganze Zeit über dort ist. Seit über einem halben Jahr. Jemand, der Zugang zu den Patientenakten hat. Eine Krankenschwester, ein Arzt.«

Wagner nickte zu Lauras Ausführungen. Sie erschienen ihm plausibel. »Ich werd mich drum kümmern, dass das Personal überprüft wird, die Frage ist nur, wonach wir suchen. In diesem Krankenhaus arbeiten Hunderte Menschen.«

Erst vor fünf Jahren war das Krankenhaus fertig gestellt worden und zählte zu den größten und modernsten Einrichtungen seiner Art in ganz Wien.

»Das wird schwierig, aber nicht unmöglich. Alle, die noch kein halbes Jahr beschäftigt sind, können wir ausschließen. Und warum reden wir eigentlich immer von einem Täter? Es könnte doch genauso gut eine Frau sein. Ist sogar wahrscheinlich, wenn man sich den Tathergang anschaut«, warf Heinz ein.

»Wie meinst du das?« Heinz war kein Psychologe, und Wagner selbst war weit entfernt davon, ein Profiler zu sein, auch wenn ihn dieser Zweig der Kriminalistik durchaus interessierte. Er hatte schon ein paarmal mit solchen Fachleuten zusammengearbeitet und war von deren Gespür und Wissen gleichermaßen fasziniert wie verblüfft von der Richtigkeit ihrer Täterprofile. So jemand hätte er jetzt auch benötigt, aber die zusätzlichen Kosten würden nie bewilligt werden. Nicht, solange es zwei Babys aus sozial schwachen Verhältnissen betraf, dachte er verbittert. Als wären deren Leben weniger wert. Dieser Gedankengang brachte ihn wieder in die Wirklichkeit zurück. Das war nämlich der nächste Punkt auf seiner Liste.

Aber vorher wollte er Heinz' Meinung hören, warum die Taten wahrscheinlicher von einer Frau begangen worden waren als von einem Mann.

»Da ist erst mal die Mordmethode: Ein Mann würde wahrscheinlich zuschlagen oder das Kind schütteln. Ich habe auch schon erlebt, dass Väter ihre Kinder erschossen oder in einen Fluss geworfen haben. Die zwei Babys wurden aber erstickt. Das passt für mich nicht.«

Laura unterbrach ihn. »Das heißt aber nicht, dass es nicht doch ein Mann sein könnte.«

»Natürlich. Irgendwann passiert alles zum ersten Mal, und ich möchte es auch gar nicht ausschließen.«

Wagner verfolgte gebannt die Diskussion zwischen den beiden. »Ich behalt deine Meinung im Hinterkopf, aber wenn wir Männer nicht mit Sicherheit ausschließen können, nützt mir das auch nichts. Gibt es sonst noch etwas, das den Täterkreis einengt?«

Heinz ergriff wieder das Wort. »Wir haben ja schon überlegt, dass es sich möglicherweise um eine kranke Person handelt. Eine, die den Wahn hat, die Kinder vor Misshandlung oder Verwahrlosung zu retten.«

»Oder das Gegenteil«, sprach nun Wagner seine Gedanken von vorhin aus.

Auf Lauras und Heinz' fragenden Blick erklärte er, was ihm eben eingefallen war. »Was, wenn es gar nicht darum geht, die Kinder zu retten? Vielleicht liegt das Motiv gerade im Gegenteil. Beide Kinder stammen aus sozial schwachen Verhältnissen. Möglich, dass der Grund für die Morde darin liegt, dass der Täter die Welt von diesen Kindern befreien will. Sozusagen das Übel an der Wurzel packen.«

Er sprach das nicht gern aus. Dieses Motiv erschien ihm noch schlimmer als die Theorie, Kevin und die kleine Laura mussten sterben, weil sie gerettet werden sollten. Doch bei der Suche nach der Wahrheit musste er seine persönlichen Ansichten und Werte über Bord werfen. Es ging nicht um sein Verständnis der Dinge. Es ging darum, zu begreifen, wie der Täter – oder die Täterin – tickte. Und das würde er nur schaffen, wenn er sich ganz auf seine oder ihre Sichtweise einließ, auch wenn es ihn schmerzte, er sich davor ekelte und sich alles in ihm dagegen sträubte.

Wagner hatte einen nicht unwesentlichen Punkt angesprochen, dachte Heinz. Aber er glaubte nicht, dass sein Freund recht hatte.

»Wenn deine Annahme richtig wäre, hätte der Mörder die Leichen nicht so arrangiert. Die Lilien, die Taufkleider. Die Kinder waren ihm aus einem bestimmten Grund wichtig.«

»Wo wir wieder bei den Lilien angelangt sind«, warf Laura ein. Heinz war sich nicht sicher, ob sie damit Wagner nicht einfach nur provozieren wollte. Auf die Erwähnung der Lilien hatte er bisher immer unsachlich und emotional reagiert. Und es würde Laura ähnlich sehen, ihn mit ihrer Bemerkung aus der Reserve locken zu wollen, nur um ihm zu zeigen, dass man mal die Beherrschung verlieren konnte, so wie sie es am Vortag getan hatte.

Doch seltsamerweise blieb Wagner diesmal ruhig. »Die

Lilien haben wir doch schon abgehandelt. Es gibt keinerlei Hinweise auf deren Herkunft. Sie helfen uns nicht weiter.«

»Ja, im Nachhinein nicht. Aber wenn du das an die Presse weitergegeben hättest, wenn du einen Aufruf an die Blumenhändler im Fernsehen gestartet hättest, vielleicht hätte sich dann jemand gemeldet, der sich an den Kunden erinnert.«

Heinz hielt die Luft an, denn gerade eben hatte Laura Wagner vorgeworfen, Schuld am zweiten Mord zu sein. Nicht direkt, aber wenn man zwischen den Zeilen las, dann war das wohl ihre Aussage.

Wagner schien es ebenso zu sehen wie er. Er wurde bleich. Gefährlich ruhig sprach er: »Laura, ich will über diese Lilien nichts mehr hören. Außer uns und dem Täter weiß niemand von ihnen – und diese Tatsache wird für uns möglicherweise noch wichtig sein.«

Spätestens jetzt hätte Laura den Mund halten sollen, aber sie war keine Person, die mit ihrer Meinung hinter dem Berg hielt. »Deine Absichten in Ehren, doch das Zurückhalten von wichtigen Informationen ist nicht gerechtfertigt, wenn man durch ihre Kundmachung einen Mord verhindern kann.«

Lauras Augen blitzten vor Zorn. Wagners Augen waren zu Schlitzen verengt. »Du meinst also, der zweite Mord hätte durch die Tatsache verhindert werden können, dass die Bevölkerung von den Lilien gewusst hätte?«

Heinz schaute von einem zum anderen und hätte gerne irgendetwas gesagt, um die Situation zu entschärfen, doch ihm wollte einfach nichts Vernünftiges einfallen.

»Vielleicht nicht. Aber möglicherweise doch. Wir werden es nie erfahren. Machen wir uns doch nichts vor. Die Angst, dass der Täter«, nach einem Blick auf Heinz fügte sie hinzu, »oder die Täterin noch einmal zuschlagen könnte, ist berechtigt. Es wäre immer noch nicht zu spät. Für Laura Schellinger schon, nicht aber für das nächste Opfer.«

Wagner ließ ein paar Sekunden verstreichen, bevor er sein »Nein« herauspresste.

Laura sprang auf. »Und du? Nun sag doch auch mal was!«, wandte sie sich an Heinz.

Er zuckte nur mit den Schultern. Was hätte er sagen sollen? Wie schon so oft saß er zwischen zwei Stühlen. Er hätte sich nicht entscheiden können, was besser war – und Gott sei Dank musste er das auch nicht. Den Teufel würde er tun und sich auf eine Seite schlagen.

Als Laura merkte, dass sie von ihm keine Unterstützung bekam, rauschte sie zur Tür, drehte sich noch einmal um, bevor sie hinaustrat, und sagte: »Ihr seid alle beide verbohrt und ignorant.«

Dann schlug sie die Tür hinter sich zu, dass es knallte.

Wagner starrte ihr nach. Heinz konnte nur raten, wie sein Freund sich gerade fühlte. Sie drei hatten schon so viel gemeinsam durchgemacht, nie hätte er sich gedacht, dass eine Meinungsverschiedenheit die Fronten so verhärten würde. Hoffentlich renkte sich das wieder ein.

»Ich will ja nicht behaupten, sie hätte recht, aber unrecht hat sie auch nicht«, sprach er in die entstandene Stille.

»Fängst du jetzt auch noch an?« Wagner fuhr sich durchs Haar.

Heinz hob beschwichtigend die Hände. »Ich möchte nur zu bedenken geben, dass ich ihre Argumente nachvollziehen kann«. Und als er Wagners Blick auffing, in dem eine Mischung aus Empörung, Zweifel und Trotz zu sehen war, beeilte er sich hinzuzufügen: »Aber deine Beweggründe versteh ich ebenso. Ach verdammt, ich weiß ja auch nicht.«

Leise murmelte Wagner: »Glaubst du, ich hätte bewusst den Tod eines zweiten Babys in Kauf genommen?«

»Natürlich nicht.«

Wagner sprach weiter, als hätte er Heinz nicht gehört: »Sonja hat unser Baby getötet.« Er barg sein Gesicht in beiden Händen und war nun kaum mehr zu verstehen. Heinz kam zu ihm hinüber und setzte sich neben ihn.

Wagner erzählte weiter: »Sie war schwanger und hat mir nichts davon erzählt. Damals, als ich wegen Emilia nach Wien gekommen bin.«

In Heinz wirbelten Wagners Worte durcheinander. Er hatte ihn nach Wien zurückgeholt, weil er den damaligen Ermittlungsleiter und Wagners Stellvertreter Moser für unfähig gehalten hatte. Wagner war seinem Hilferuf gefolgt. Seither hatte Heinz sich Vorwürfe gemacht, weil er Wagner von Sonja fortgeholt hatte. Wäre sein Freund in Innsbruck geblieben, würden die beiden noch immer zusammen sein, hatte er bisher immer gedacht. Wagner hatte ihm erzählt, Heinz träfe keine Schuld, Sonja habe ihm nicht genug vertraut. Er hatte diese Aussage nicht weiter hinterfragt. Sie half ihm, sein schlechtes Gewissen zu unterdrücken. Nun war der Zeitpunkt gekommen, um Fragen zu stellen. »Was ist passiert?«

Wagner hob sein Gesicht und blickte ihn offen an. Heinz erkannte all den Schmerz, den Wagner wochenlang unterdrückt haben musste. Er hatte sich nicht anmerken lassen, wie es in ihm aussah.

»Nach dieser Nacht mit Laura flog ich mit der nächsten Maschine nach Innsbruck zurück, um mit Sonja zu reden. Sie war schon vorher am Telefon etwas komisch gewesen, aber das schob ich auf ihren Ärger über meine Abwesenheit. Sie war nicht da. Im Badezimmer fand ich einen positiven Schwangerschaftstest. Im Mülleimer, verstehst du? Die letzte Nummer, die sie gewählt hatte, war die der gynäkologischen Abteilung im Krankenhaus. Man muss kein großartiger Ermittler sein, um eins und eins zusammenzuzählen. Ich bin sofort hingefahren, aber es war zu spät.«

»Das tut mir leid«, sagte Heinz. Es klang abgedroschen und sagte wenig darüber aus, was er ausdrücken wollte.

Wagner sprach weiter, als wäre er froh, sich endlich jemandem mitteilen zu können. »Weißt du, ich hätte ihr verzeihen können. Sie hätte mir nur mit einem Wort signalisieren müssen, dass ich bleiben soll – ich wäre geblieben. Ich hätte mich über ein Kind gefreut, aber offensichtlich war Sonja noch nicht dazu bereit, Mutter zu werden. Doch dass sie mit mir weder über die Schwangerschaft noch über ihren Entschluss gesprochen hat, bedeutete das Aus.«

Heinz schoss durch den Kopf, dass Sonja vielleicht deshalb nichts gesagt hatte, weil sie ahnte, dass Wagner in Innsbruck nicht glücklich werden würde und sie ihm so die Entscheidung, sie zu verlassen, leicht machen wollte. Sonja wäre das durchaus zuzutrauen. Sie dachte stets an ihre Mitmenschen, egal, wie schlecht es ihr selbst ging. Sie hatte gewusst, dass Wagner sie niemals verlassen würde – mit einem Kind schon gar nicht. Doch all das sprach er nicht aus. Vielleicht später einmal, wenn Wagner es besser verkraften würde.

»Ich habe niemals angenommen, dass du leichtfertig ein Menschenleben aufs Spiel setzt. Dir ist jedes Leben wichtig, egal, ob Kind oder Erwachsener. Weißt du noch, als Emilia damals den ›Augenschneider‹ niedergestochen hat? Ich hätte diesen Abschaum, diesen Mörder, verbluten lassen. Doch du, obwohl du verletzt warst, hast dich die Treppe hochgequält, um ihn zu retten.«

Wagner lächelte ein wenig. »Ja, ich erinnere mich. Ist noch nicht lange her. Ich habe gewusst, dass du mir folgen würdest. Als mein Freund hättest du mich davor bewahrt, mit meiner Kopfverletzung auch noch Erste Hilfe leisten zu müssen.«

»Als dein Freund ja, aber als Bruder von Emilia hätte ich ihn sterben lassen.«

Wagner wurde nun wieder ernst: »Nein, hättest du nicht. Du hast als Arzt einen Eid geschworen, Menschenleben zu retten. Den hättest du niemals gebrochen.«

Heinz legte seine Hand auf Wagners Arm. »Und jetzt kommt Laura daher und wirft dir vor, unverantwortlich zu handeln. Hast du ihr denn nichts von Sonja erzählt?«

»Nein, und das werde ich auch nicht.« Wagner klang so endgültig, dass Heinz sämtliche Erwiderungen hinunterschluckte.

Wagner straffte seine Schultern. »Genug Trübsal geblasen. Wir sind mit meiner Liste noch nicht durch, und die Zeit drängt.«

Heinz kam der abrupte Themenwechsel sehr gelegen.

»Ich habe mir überlegt, dass wir es unter Umständen mit mehr als einem Täter zu tun haben«, merkte Wagner an.

»Ein Nachahmungstäter kommt aber definitiv nicht infrage. Die Fasern in den Atemwegen der beiden Opfer stimmen überein, und dann natürlich die Lilien. Das sind keine zufälligen Gemeinsamkeiten. Ich würde vorerst von einer einzelnen Person ausgehen.« Noch etwas fiel Heinz ein. »Wenn der Täter tatsächlich krank ist, ist er möglicherweise in Behandlung oder war es und hat sie abgebrochen.«

Wagner notierte sich Heinz' Bemerkung auf ein Stück Papier. »Guter Gedanke. Aber wir können nicht die Patienten von allen Psychologen und Psychiatern in ganz Wien überprüfen. Abgesehen davon, dass uns das kein Richter erlauben würde, wäre das die Suche nach der berühmten Nadel im Heuhaufen. Wir müssen im Krankenhaus anfangen. Darum kümmere ich mich als Nächstes. Die Personalakten. Ich hoffe, dass uns der Richter die Befugnis dazu erteilt«, erwiderte er.

Es war immer eine Gratwanderung, die nötigen Erlaubnisse zu bekommen. Natürlich gab es gesetzliche Bestimmungen, aber es hing immer zu einem Teil vom Wohlwollen des jeweiligen Richters ab. Einige waren penibel darauf bedacht, nur ja nichts zu tun, was vielleicht einen Berg an Rechtfertigungen nach sich zog, andere nutzten den Spielraum, den das Gesetz ihnen verschaffte, und waren geneigt, die Vorschriften großzügig auszulegen, wenn es der Auflösung eines Falles dienlich war. Heinz kannte sich mit dieser Prozedur nur vom Hörensagen aus, aber selbst ihm war klar, dass sie auf einen Richter der zweiten Kategorie hoffen mussten, damit sie die Personalakten der Spitalsangestellten einsehen durften. Was ihnen fehlte, war ein konkreter Hinweis auf das Krankenhaus. Ob er seine privaten Kontakte anzapfen sollte? Ein ehemaliger Studienkollege war in diesem Spital als Oberarzt angestellt. Zumindest hatte er noch dort gearbeitet, als sie das letzte Mal miteinander telefoniert hatten. Vielleicht sollte er ihn einfach wieder mal anrufen, man wusste schließlich nie, wozu es gut war, jemanden zu kennen, der jemand kannte …

»Gut«, unterbrach Wagner seine Gedankengänge. »Ich glaube, wir sind erst mal fertig, ich ruf jetzt die Staatsanwältin an.«

»Und ich werd nach Hause fahren, damit ich von meinem freien Tag noch etwas hab. Wir könnten uns zum Abendessen im ›Traviata‹ treffen.«

»Kann ich noch nicht versprechen, ich melde mich bei dir.« Wagner war bereits aufgestanden und ging Richtung Tür. Sein Blick blieb auf seiner grafischen Darstellung hängen. »Es ist noch zu wenig«, sagte er leise.

Heinz verstand. Die Erkenntnisse aus zwei Morden reichten noch nicht aus, um auf den Täter – oder die Täterin – Rückschlüsse ziehen zu können. Doch weitere Indizien würden weitere Opfer bedeuten. Eine Alternative, die ihm noch unerträglicher war.

KAPITEL DREIUNDZWANZIG

Patrick war ein Wonneproppen. Caroline verstand nicht, warum sein Vater so grausam zu ihm gewesen war.

»Weil der Mann ein Monster ist«, erinnerte Sarah sie. Caroline überkam ein Schaudern, wenn sie an den Mann dachte. Wie er mit seinen Klauenhänden den Kleinen festgehalten und an ihm gezerrt hatte.

Patrick begann zu quengeln. Wahrscheinlich war er müde oder hungrig. Sie würde zuerst versuchen, ihn schlafen zu legen.

»Das ist eine gute Idee«, stimmte Sarah zu, »du kennst deine Aufgabe.«

Caroline hatte sie verdrängt. Sie wollte dem Jungen einfach eine Zeit lang beim Spielen zusehen, ohne daran zu denken, was als Nächstes folgen musste. Sich wenigstens für eine kurze Zeitspanne wie eine normale Mutter fühlen. Sarah hatte sie wieder in die Realität zurückgeholt.

»Ja, ich weiß.« Caroline seufzte. Es fiel ihr nicht leicht, Patrick zu rufen, denn es war gleichzeitig ein Abschiednehmen von diesem Kind, dem warmen Körper, den strahlenden Augen. Doch Sarah ließ ihr keine Wahl.

In dem Gitterbett schien er sich nicht wohlzufühlen, er stand immer wieder auf und weinte. Caroline ging in die Küche und holte aus ihrem Vorratsschrank zwei Müsliriegel. Im Kühlschrank hatte sie noch etwas Aufschnitt, aber nach ihrem letzten Erlebnis traute sie sich nicht einmal mehr in die Nähe des Gerätes. Sogar die Tür stand immer noch offen. Es war ihr egal, ob die Lebensmittel darin verdarben.

Auch um den Fleck auf dem Boden machte sie einen großen Bogen. Irgendwann würde sie ihn wegwischen müssen. Aber jetzt fühlte sie sich nicht in der Verfassung dazu. Außerdem musste sie sich zuerst um Patrick kümmern, der immer noch weinte, leise, aber eindringlich. Wenigstens würde ihn niemand hören. »Und wenn er zu brüllen anfängt?«, mischte sich Sarah wieder in ihre Überlegungen und trieb sie zur Eile an. Die Gefahr bestand durchaus, aber vielleicht beruhigten ihn die Riegel. Und wenn er erst mal gegessen hatte, würde er auch schlafen. Bestimmt.

Patrick griff nach dem Müsliriegel, den sie für ihn aus der Verpackung genommen hatte. Er lächelte sie an und biss ab. Zaghaft, als kenne er so etwas nicht und müsse zuerst kosten. Der zweite Bissen fiel schon deutlich größer aus. In kürzester Zeit hatte Patrick den Riegel aufgegessen und deutete auf den anderen in Carolines Hand.

»Willst du noch einen?«, fragte sie, obwohl seine Geste eindeutig gewesen war. Viel mehr ging es ihr darum, ihn zum Sprechen zu bewegen. Der Junge zeigte mit dem Finger auf den Müsliriegel, blieb aber stumm.

»Noch einen?«

»Noch einen«, wiederholte der Kleine schließlich, und Caroline konnte sich vor Stolz kaum halten. Sie wäre so eine gute Mutter geworden.

»Du bist eine gute Mutter«, klang nun auch Sarahs Stimme an ihr Ohr.

Ja, das war sie tatsächlich. Würde sie sonst alles auf sich nehmen, um mit ihrer Tochter wieder vereint zu sein? Würde sie all diese Gefahren und Ängste ertragen? Nur eine Mutter war dazu fähig, sich über alles hinwegzusetzen, um bei ihrem Kind zu sein. Wahrscheinlich nicht einmal jede Mutter. Bloß sie. Sie war eine gute Mutter. Die beste.

Patrick hatte den zweiten Müsliriegel nun auch verputzt. Er schaute sie fragend mit schief gehaltenem Kopf an. Er sah dabei so putzig aus, dass sie gerne zu ihm hinübergegangen wäre, ihn aus dem Bett genommen und ihn an sich gedrückt hätte. Doch Sarah ließ es nicht zu. »Leg ihn hin. Er muss jetzt schlafen«, raunte sie bestimmt, als fühle sie Carolines Schwanken. Also trat sie an das Gitterbett und legte Patrick auf das Kissen. Er strahlte sie an, wartete, bis sie einige Schritte weggegangen war, und stand wieder auf.

Caroline trat wieder zu ihm, legte ihn erneut hin. »Du musst jetzt schlafen«, wiederholte sie Sarahs Worte.

Wieder blieb er nur genauso lange liegen, bis sich Caroline vom Bett Richtung Tür entfernt hatte, und stand dann auf, als wäre es ein lustiges Spiel.

Caroline drehte sich zu ihm um und versuchte es noch einmal. Mit aller Strenge, die sie aufbieten konnte, sagte sie: »Schlaf jetzt!«

Dann verließ sie das Zimmer, ließ die Tür offen und versteckte sich neben dem Türstock, um zu beobachten, wie er nun reagieren würde. Er stand im Bett und rüttelte an dem Gitter. Als sie nicht reagierte, begann er zu raunzen, dass es ihr heftig ins Herz schnitt und sie doch wieder zu ihm hineinging. Beruhigend sprach sie auf ihn ein, doch auch das schien nicht zu helfen. Wie sollte sie ihn bloß dazu bringen einzuschlafen?

Patricks Augen waren schon ganz klein. Trotzdem hielt er sich an den Gitterstäben des Bettchens fest, wehrte sich standhaft gegen die Entspannung des Schlafes und nötigte Caroline Bewunderung für seine Beharrlichkeit ab. Dennoch hatte sie eine Aufgabe zu erledigen. Sarah wurde schon ganz unruhig und fragte ständig, wann es endlich so weit wäre.

»Sei ruhig!«, herrschte Caroline ihre Tochter an. »Ich kann nicht nachdenken, wenn du mich unter Druck setzt.«

»Die Zeit läuft. Du kannst nicht darauf warten, bis er irgendwann von selber einschläft. Wann willst du ihn dann zu Gott bringen? Du musst dafür sorgen, dass er schläft. Egal wie.«

Sarah hatte gut reden. Es war leichter gesagt als getan. Caroline ging in ihr Schlafzimmer, um wenigstens für ein paar Minuten Patricks Gejammer zu entfliehen. Sie setzte sich aufs Bett und hätte sich am liebsten zurückgelehnt, ihren Kopf in das Kissen vergraben und die Augen geschlossen. Ihr Blick fiel auf den Nachttisch. Und plötzlich wusste sie, was sie tun konnte.

Heinz war gegangen, und Wagner hatte bereits zweimal versucht, die Staatsanwältin zu erreichen. Beide Male hatte er die Auskunft bekommen, sie sei nicht in ihrem Zimmer, er solle es später noch einmal versuchen.

Das Telefon läutete. In der Annahme, es sei die Staatsanwältin, die ihn zurückrief, hob er ab und meldete sich.

»Radinger hier, Sie waren vor zwei Tagen bei dem Suchtrupp dabei, als wir die kleine Schellinger gefunden haben. Jetzt bräuchte ich wieder Ihre Hilfe.«

Wagner schluckte und brachte kein Wort heraus. Nein, es konnte doch nicht schon wieder passiert sein. Nicht jetzt schon, der letzte Mord lag erst so kurz zurück.

»Herr Wagner?«

»Ähm, ja, ich bin dran. Was ist denn passiert?«, antwortete er. Bitte, lass es nicht wieder ein Kind sein! Noch eine Babyleiche würde er nicht aushalten. Er hatte sich vom Anblick der letzten noch nicht erholt. Und wenn er ganz ehrlich war, wusste er nicht, ob er die Bilder von den beiden Kindern, die auf Lilien gebettet dalagen, als ob sie schliefen, je wieder vergessen würde.

»Ein kleiner Junge wird vermisst. Er ist noch nicht ganz drei Jahre alt und ist von einem Spielplatz an der Floridsdorfer Straße verschwunden.«

Wagner fiel ein Stein vom Herzen und schämte sich gleich

wieder für die Erleichterung, die er empfand. Natürlich war es ein Drama, dass ein Kind verloren gegangen war, aber dieses passte nicht in das Opferschema, das der Mörder bevorzugte. Ihm ging es gegen den Strich, von einer Mörderin zu reden, auch wenn Heinz meinte, es handelte sich wahrscheinlich um eine Frau. Welche Frau würde ein Kind ermorden?

Du hast es schon erlebt: Mütter, die ihre Kinder gleich nach der Geburt oder wenige Wochen später umgebracht und verscharrt hatten. Oder die Frau, die vor einem Jahr in allen Nachrichten gewesen war, weil sie ihre fünfjährige Tochter aus dem Fenster geworfen hatte, oder jene Mörderin, die als »Knusperhexe« in die Polizeigeschichte eingegangen war, weil sie ein Geschwisterpaar zerstückelt und versucht hatte, die Leichen in ihrem Ofen zu verbrennen.

Sonja, die sein ungeborenes Kind getötet hatte, fügte er hinzu. Ja, es war durchaus nicht abwegig, sich eine Frau als Täterin zu denken.

»Der Vater gibt an, er habe Patrick auf dem Weg zum Spielplatz eine Ohrfeige gegeben, weil er sich von seiner Hand gerissen hatte und fast auf die Straße gelaufen wäre. Zuerst glaubte er, der Kleine habe sich einfach versteckt, oder er wäre nach Hause oder fortgelaufen. Deshalb hat es so lange gedauert, bis wir verständigt worden sind. Er, also der Vater, hat erst auf eigene Faust versucht, den Jungen zu finden.«

»Hören Sie, ich muss zuerst dringend mit der Staatsanwältin reden, aber nachher stoße ich gern zum Trupp dazu«, erwiderte Wagner. Er fühlte sich ausgelaugt und müde. Er hätte eine weitere ruhige Nacht gebraucht, aber er konnte auch nicht gut Nein sagen. Die Leute benötigten jede Hilfe, die sie bekommen konnten. Wer weiß, bis ich die Staatsanwältin gesprochen habe, ist der Junge wahrscheinlich schon wieder aufgetaucht.

Radinger gab ihm seine Handynummer, damit Wagner ihn später anrufen und sich durchgeben lassen konnte, wo der Suchtrupp sich gerade befand.

Dann rief Wagner Heinz an. Der war kurz angebunden. »Ja?«

»Es ist wieder ein Kind verschwunden. Der Leiter des Suchtrupps hat mich gerade angerufen.«

»Verdammt!«, entfuhr es Heinz. »Ich dreh gleich wieder um.«

»Das musst du nicht. Wie es aussieht, hat der Kleine nichts mit unseren Fällen zu tun. Er ist schon fast drei und ist wahrscheinlich davongelaufen, weil sein Vater ihn geohrfeigt hat. Es würde mich nicht wundern, wenn er irgendwo in der Nähe seines Wohnhauses herumirrt.«

»Na, hoffentlich hast du recht«, meinte Heinz, und die Skepsis in seiner Stimme war deutlich zu hören.

»Glaubst du denn, dieses verschwundene Kind könnte etwas mit den Babymorden zu tun haben?«

»Findest du nicht, dass noch ein verschwundenes Kind zu viel des Zufalls ist? Es ist zu früh, um von nur zwei Opfern ein Schema abzuleiten. Wenn bereits fünf Kinder auf die gleiche Weise getötet worden und die Opfer alle unter einem Jahr alt wären, könnten wir davon ausgehen, dass dein Dreijähriger nicht ins Raster passt. Aber so?«

»Jetzt mal den Teufel nicht an die Wand. Der Mörder hat ein System, und da passt dieser Junge nicht hinein.«

Heinz stieß einen Seufzer aus. »Also gut. Was soll ich jetzt tun? Bei der Suche mithelfen?«

»Wenn du willst und nichts Besseres zu tun hast. Ich werde mich ebenfalls anschließen, sobald ich mit der Staatsanwältin gesprochen habe. Ich wollte dir einfach Bescheid geben, dass es mit dem Abendessen nichts wird.«

Noch während sich Wagner von Heinz verabschiedete, rief jemand auf der zweiten Leitung an. Diesmal war es tatsächlich der Rückruf von der Staatsanwältin, die sich anhörte, was Wagner vorzubringen hatte.

»Ich werde mein Möglichstes tun, um den Richter von der Notwendigkeit, die Personalakten des Krankenhauses einzusehen, zu überzeugen. Mehr kann und will ich nicht versprechen.«

»Das reicht mir schon. Ich weiß, dass Sie sich immer für uns einsetzen.« Er überlegte kurz. Sollte er sie fragen, was sie davon hielt, mit den Lilien an die Öffentlichkeit zu gehen? Er hätte gern eine Bestätigung dafür, richtig gehandelt zu haben. Bisher hatte er sie nur sehr selten um ihre Meinung gefragt. Ihre Aufgabenteilung war klar umrissen: Er mischte sich nicht in ihre Angelegenheiten, sie sich nicht in seine. Auf diese Weise waren sie bisher immer gut gefahren. Dort, wo sich die Aufgabenbereiche überschnitten, hatte sie meist alles ihm und seiner Erfahrung überlassen, weil sie noch nicht lange ihr Amt innehatte und von sich selbst sagte, sie lerne noch. An und für sich ein gutes Arrangement. Dann gab er sich einen Ruck. »Frau Römer, ich hätte gern Ihre persönliche Meinung zu einer Sache.«

Er schilderte ihr seine Motive, die Lilien in der Presse nicht zu erwähnen, und auch Lauras Argumente, warum es besser wäre, mit den Blumen an die Öffentlichkeit zu gehen, allerdings ohne ihren Namen zu nennen.

Staatsanwältin Römer war eine gute Zuhörerin und unterbrach ihn kein einziges Mal. Erst als er mit seiner Schilderung fertig war, meinte sie: »Ich weiß, dass es nun keine Hilfe für Sie ist, aber ich meine, die Entscheidung, was in diesem Fall richtig oder falsch ist, liegt in der Betrachtungsweise des Einzelnen. Sie haben die Leitung, und somit liegt es ganz in Ihrem Ermessen, die Lilien vor der Presse zurückzuhalten oder eben nicht. Und glauben Sie mir eines. Das hab ich in dem Jahr, seit ich bei der Staatsanwaltschaft bin, gelernt: Egal, wie man sich in solch einem Fall entscheidet, man steigt irgendjemandem auf die Zehen. Irgendwer ist immer unzufrieden und hätte es anders – besser – gemacht. Sie sind ein erfahrener Kriminalist, und Sie haben eine beachtliche Aufklärungsquote, also können Sie mit Ihrem Gefühl nicht oft falsch liegen. Hören Sie darauf.«

Wagner bedankte sich und legte den Hörer auf die Gabel. Jetzt war er um nichts schlauer als zuvor. Die Verantwortung lag bei ihm. Die Staatsanwältin wollte sich nicht festlegen. Wie es aussah, hatte sie in nur einem Jahr doch mehr gelernt, als sie zugab, und wenn sie es weiterhin so hielt und ihre Aussagen in alle Richtungen gezogen werden konnten wie ein Strudelteig, war ihre politische Laufbahn gesichert.

Sie hatte gesagt, er solle auf sein Gefühl hören. Das tat er schon die ganze Zeit. Deswegen hatte er sich mit Laura zerstritten. Wegen eines Gefühls. Er horchte in sich hinein, ging noch einmal ihre Argumente durch, doch anstelle der Empfindung, das Richtige getan zu haben, hörte er bloß die eindringlichen Worte Radingers, der ihn bat, bei der Suche nach einem Kind mitzuhelfen, und dem er versprochen hatte, er würde kommen.

Er schob entschlossen seine Erschöpfung beiseite. Dem inneren Schweinehund, der ihn mit einem warmen Bett lockte, gebot er zu schweigen. Er suchte sich im Fuhrpark ein Zivilfahrzeug aus und rief von unterwegs Radinger an, um abzuklären, wo sie einander treffen wollten.

Beim zweiten McDonald's, an dem er vorbeifuhr, dachte er noch daran, dass er etwas essen sollte. Wer wusste schon, wie lange die Nacht dauern würde? Er kam aber an keinem weiteren Fast-Food-Restaurant vorbei, also hakte er sein Abendessen ab und tröstete sich damit, dass es möglicherweise ohnehin besser war, wenn sein Magen leer blieb. Schließlich wusste er nicht, was ihn erwartete.

Laura war, nachdem sie wütend die Besprechung verlassen hatte, nicht mehr ins Labor zurückgekehrt. Stattdessen fuhr sie auf die Mariahilfer Straße, stellte ihr Auto in eine Parkgarage und bummelte von Geschäft zu Geschäft, auf der Suche nach einem passenden Geschenk für Felicitas. In einem der großen Kaufhäuser wurde sie schließlich fündig. Sie kaufte viel mehr, als sie eigentlich vorgehabt hatte, aber im Vergleich zu dem Geschäft im 1. Bezirk kam ihr alles unglaublich günstig vor. Und im Gegensatz zu den Sachen in dem Secondhandladen war es ein wahres Vergnügen, die kleinen Strampelhosen, Kleidchen und Hemdchen in die Hand zu nehmen und sich ihre Nichte darin vorzustellen.

Zum Schluss erstand sie noch einen Plüschhasen, in den eine Rassel eingebaut war, sodass er bei jeder Bewegung Geräusche von sich gab. Für Veronika gestaltete sich die Suche schon etwas schwieriger. Was sollte man einer Frau mitbringen, die gerade eben das kostbarste Geschenk der Welt erhalten hatte? Dann stellte sie sich vor, wie anstrengend die ersten Wochen mit einem Baby sein mussten. Ihre Schwägerin hatte schlaflose Nächte vor sich und würde bestimmt keine Zeit haben, sich einen Kosmetiker- oder Friseurbesuch zu gönnen. Also begab sie sich in die Parfümerieabteilung des Kaufhauses und legte Kapseln für ein Entspannungsbad, ein teures Parfum, von dem sie annahm, es würde zu Veronika passen, sowie eine Gesichtsmaske in ihren Einkaufskorb.

So ausgerüstet fuhr sie dann in das Krankenhaus. Als sie auf dem Parkplatz eine Lücke ergatterte, dachte sie flüchtig an das Gespräch mit Heinz und Wagner. In diesem Spital war Kevin auf die Welt gekommen, hier war Laura Schellinger in Behandlung gewesen. Sie schüttelte alle unnötigen Sorgen ab. Was sollte Veronika und Felicitas schon passieren? Auf jeder Station gab es jede Menge Ärzte und Krankenschwestern. Außerdem waren sowohl Kevin als auch Laura nicht aus dem Krankenhaus entführt worden. So viele Spitäler, die noch dazu eine Säuglingsstation und eine Kinderambulanz hatten, gab es in Wien gar nicht. Darum überraschte es sie nicht, dass beide Kinder ausgerechnet in diesem Krankenhaus Patienten gewesen waren. Schließlich wohnten sie in der Nähe. Ein Zufall, der keine Bedeutung hatte. Veronika und das Baby waren bestimmt nicht in Gefahr.

Heinz hatte sich dazu entschlossen, bei der Suche mitzuhelfen. Er hätte es als falsch empfunden, zu Hause zu bleiben und Däumchen zu drehen. Oder Musik zu hören oder auch nur den Rest seiner Wäsche zu bügeln.

Als sie den Spielplatz durchkämmten, sah er auf den ersten Blick, dass dieser Ort für eine Entführung ideal war. Uneinsichtige Ecken, ein zweiter Eingang, der durch Büsche nahezu verdeckt war. Er konnte sich lebhaft vorstellen, welche Szene sich hier abgespielt hatte, während er gleichzeitig wünschte, er würde sich irren, und die Bilder, die er vor sich sah, wären Ausgeburten seiner Phantasie.

Er hatte Patricks Vater kennengelernt, ein grober Kerl, der weniger besorgt als wütend über das Verschwinden seines Sohnes war. Für einen Moment spürte Heinz den Impuls, den Mann am Kragen zu nehmen und zu schütteln. Heinz überragte Patricks Vater zwar um fast einen Kopf, aber dieser war um gut zwanzig Kilo schwerer. Außerdem neigte Heinz nicht zu körperlichen Auseinandersetzungen, schon als Kind war er nie ein Raufer gewesen und hatte stets versucht, Streitigkeiten durch seine intellektuelle Überlegenheit für sich zu gewinnen. Er hatte auf Drängen seiner Eltern zwar Judo gelernt und war sogar einigermaßen erfolgreich gewesen, doch das meiste hatte er längst wieder vergessen. Hin und wieder ging er ins Schwimmbad, um sich selbst einreden zu können, er tue etwas für seine Gesundheit. Aber wirklich trainiert war er nicht, auch wenn er sich selbst als guten Schwimmer bezeichnet hätte. Im Gegensatz zu Wagner musste er seiner Klientel nicht nachlaufen. So fehlte ihm auch die nötige Kondition, die Patricks Vater sehr wohl mitzubringen schien. Auf jeden Fall wirkte der fit und gleichzeitig kräftig, ob das nun von seiner Arbeit kam – er war bei der städtischen Müllabfuhr, wie er stolz erzählte – oder von regelmäßigem Krafttraining, war unerheblich.

Radinger hatte sich einige Male bei Heinz bedankt, weil er sich bereit erklärt hatte, zu helfen.

»Ich weiß das zu schätzen, es ist nicht selbstverständlich. Die meisten Menschen setzen sich lieber vor den Fernseher.«

»Na ja, ich kann dem Programm ohnehin nur wenig abgewinnen«, hatte Heinz gewitzelt.

Nachdem der Spielplatz gründlich abgesucht worden war, teilte Radinger den Suchtrupp auf. Gerade in dem Moment tauchte Wagner auf.

Radinger begrüßte ihn mit einem Handschlag wie einen guten Bekannten. Dabei waren sie sich bestimmt nur ein paarmal begegnet, doch Erlebnisse wie diese schweißten Menschen zusammen. Es entstand eine Verbundenheit, die sonst nur durch eine jahrelange Bekanntschaft bewirkt wurde.

Auch er begrüßte Wagner. »Was hat die Staatsanwältin gesagt?«

»Sie tut ihr Möglichstes.«

»Hast du dich hier umgesehen?«, flüsterte Heinz. Er wollte durch sein Gespräch mit Wagner die anderen Helfer nicht von den Instruktionen ablenken, die Radinger gerade erteilte. Viele hatten noch nie bei solch einer Suche mitgewirkt, und es war unerlässlich, dass sich alle genau an die Anordnungen hielten. Er und Wagner kannten all die Vorschriften und Regeln auswendig.

»Ja«, gab Wagner ebenso mit gedämpfter Stimme zurück. »Dieser Ort ist geradezu perfekt für eine Entführung.«

»Genau das meine ich. Glaubst du immer noch, dass es bloß Zufall ist?«

Wagner schüttelte den Kopf. »Keine Ahnung. Ich bin weiterhin der Meinung, dieser Junge passt nicht zu den anderen Opfern.«

Gemeinsam mit einem Dutzend Freiwilliger setzten sie sich in Bewegung. Es ging los.

Kapitel Vierundzwanzig

Es war einfacher, als sie erwartet hatte. In der Schublade ihres Nachttischchens bewahrte Caroline das Schlafmittel auf, das sie sich bei ihrem letzten Besuch im Krankenhaus von Dr. Siegfried hatte verschreiben lassen. Schon nach der Geburt Sarahs hatte sie dieses Medikament bekommen und sich mit dessen Hilfe immer wieder über die schmerzliche Zeit hinwegbetäubt. Dr. Siegfried hatte sehr viel Verständnis für ihre Angstzustände und für ihre Schlaflosigkeit gehabt. Er war auch derjenige gewesen, der ihr den Arzt empfohlen hatte, zu dem sie eine Zeit lang gegangen war, unnötigerweise, denn geholfen hatte der ihr auch nicht. Nur Dr. Siegfrieds Medikament. Bis sie es abgesetzt hatte, weil sie merkte, dass der Schmerz in ihrem Herzen davon nicht wegging, sondern bloß verdrängt wurde. Und sie wollte den Schmerz um Sarahs Verlust spüren. Er zeigte ihr, dass sie noch lebte. Eine halbe Packung hatte sie noch, dennoch erschien es ihr plausibler, ihren Besuch im Krankenhaus damit zu erklären, dass sie eine neue Schachtel brauchte, als bloß mit Gerlinde Kaffee trinken zu wollen. Und es hatte ja funktioniert. Weder ihre Arbeitskollegin noch Dr. Siegfried waren stutzig geworden. Der Arzt hatte ihr ein Rezept ausgestellt, sie gefragt, wie es ihr ging, und sie hatte ihm wahrheitsgemäß »Schon viel besser« geantwortet. Der Doktor wurde zu einem Patienten gerufen, aber bevor er aufbrach, meinte er, sie könne sich jederzeit wieder an ihn wenden, wenn sie etwas brauche.

Doch sie besaß alles, was sie benötigte. Von Sarah hatte sie

Dr. Siegfried nichts erzählt, sie wollte ihre Tochter mit niemandem teilen.

Caroline holte aus der Küche ein Glas mit Wasser und gab eines der geleeartigen Plättchen hinein. Das Mittel löste sich sofort darin auf.

Patrick griff gierig nach dem Getränk, und sie bekam ein schlechtes Gewissen, weil er womöglich nur durstig gewesen war und deshalb nicht schlafen wollte.

Innerhalb von zehn Minuten wirkte das Medikament. Caroline wartete noch eine Weile und griff dann zu dem Kissen, doch das brauchte sie gar nicht mehr. Sie horchte auf Patricks Atem. Der Brustkorb hob und senkte sich nicht. Kein Puls war zu fühlen. Die Dosierung war zu hoch gewesen, schoss es ihr durch den Kopf. Aber Sarah meinte: »Sei doch froh. Auf diese Weise ging es ja viel leichter. Nicht das ›Wie‹ ist wichtig, nur der Effekt.«

Caroline fühlte sich in der Tat befreit. Sie wusste nicht, ob sie es fertiggebracht hätte, wirklich Hand an ihn zu legen. Dazu war zu viel Nähe entstanden. Wenn sie vor der Wahl gestanden wäre, hätte sie womöglich gekniffen. Und das wiederum wäre unverzeihlich gewesen. Sarah hätte dafür kein Verständnis gehabt.

Patrick passte in kein Taufkleid mehr, musste sie bei ihrem anschließenden Einkaufsbummel feststellen. Also beschloss sie, ihm einen Anzug zu kaufen. In Weiß gab es keinen, also entschied sie sich für einen klassischen schwarzen, das würde einen schönen Kontrast zu den Lilien abgeben. Er würde entzückend darin aussehen, und sie freute sich schon darauf, den Kleinen anzukleiden. In einer großen Blumenhandlung besorgte sie die Blumen, diesmal gleich die doppelte Menge, sodass sie beim Heimfahren kaum mehr sah, wohin sie trat, weil der Strauß ihr Blickfeld verdeckte. Das hatte allerdings den Vorteil, ebenfalls von niemandem gesehen zu werden. Sie wusste, alle warteten da draußen auf sie, wollten ihre

Seele. Hinter den Blumen fühlte sie sich sicher, als wären sie ein Schutzschild, das sie und Sarah vom Rest der Welt abschirmte.

»Das tun sie auch. Nicht umsonst habe ich Lilien ausgesucht«, sagte Sarah.

Caroline wartete, bis es dunkel wurde, bevor sie sich auf den Weg machten. Patricks Körper wog schwer, und es hatte sie mehr Mühe gekostet, ihn anzukleiden als die beiden Engel zuvor.

Den Ort, den sie für ihn ausgesucht hatte, kannte sie noch aus ihrer Kindheit. Der Mondweg führte sie hinauf Richtung Wolfersberg. Im Winter war sie dort Rodeln gewesen, im Herbst hatten sie Drachen steigen lassen. Sie war überzeugt, dass Patrick seine letzte Ruhestätte gefallen würde. Sie war genau das, was sich kleine Jungs wünschten.

Dieser Platz war nicht so abgeschieden wie die anderen, doch das Risiko, um diese Uhrzeit entdeckt zu werden, war gering. Sarah hatte keine Einwände gegen diesen Ort gehabt, genoss die Wanderung den Berg hinauf und wollte unbedingt wiederkommen, wenn Schnee lag. Schneeengel machen, lachte sie und hüpfte ausgelassen neben dem Kinderwagen her. Wie gut, dass man ihn zum Buggy umbauen kann, dachte Caroline. Patrick hätte sonst nicht hineingepasst. Qualität zahlte sich nun mal aus.

Als sie oben angekommen waren, fixierte sie die Räder, damit der Wagen nicht davonrollte, schaute sich um, ob jemand zu sehen war. Wie sie erwartet hatte, war weit und breit alles menschenleer. Sie bereitete aus den Blüten ein Bett und legte Patrick darauf. Einige Sekunden ließ sie das Bild auf sich wirken. Warum fiel es ihr bei diesem Kind schwerer als bei den anderen? Sie wusste, dass es ihm nun viel besser ergehen würde als bei seinem Vater. Gott würde sich seiner annehmen, er durfte endlich glücklich sein. Warum also empfand sie keine Freude?

»Sieh doch!«, rief Sarah aufgeregt. Caroline drehte sich um und sah einen Lichtkegel. Ein Auto. Seufzend warf sie noch einen letzten Blick auf den leblosen kleinen Körper. Dann ging sie schweren Herzens den Weg hinunter. Doch mit jedem Schritt löste sich ihre Schwermut, und als sie und Sarah schließlich bei der Autobushaltestelle angekommen waren, blieben sie nicht stehen, um auf den Bus zu warten, sondern beschlossen weiterzugehen. Nach einer Stunde Fußmarsch hatten sie schließlich die U-Bahn-Station erreicht. Über die Treppe gelangten sie zum Bahnsteig hinunter. Laut der Anzeigetafel mussten sie dreizehn Minuten auf den nächsten Zug warten. Doch plötzlich wandelte sich die Schrift. »666« stand dort anstelle der Zeitanzeige.

Hitze schoss Caroline in alle Glieder. Am anderen Ende des Bahnsteigs warteten eine Frau und ein Mann, beide hatten gebogene Hörner auf ihren Köpfen und grinsten sie höhnisch an.

Ein weiterer Fahrgast kam die Rolltreppe herunter. Auf den ersten Blick hätte man meinen können, er sei ein einfacher Geschäftsmann, wären da nicht seine Fangzähne gewesen, die er bedrohlich zur Schau stellte. Er steuerte geradewegs auf sie und Sarah zu. O Gott, hilf! Caroline blickte sich gehetzt in alle Richtungen um. Wohin? Sarah, wohin?

»Lauf!«, schrie die, und Caroline setzte sich augenblicklich mit ihrer Tochter in Bewegung. Links, entlang des Bahnsteigs, gefährlich nahe dem Abgrund, bloß weg von dem Monster, das seine Klauen nach ihr ausstreckte und nach ihr fasste. Sie festhalten wollte. Die Zähne blitzten in dem künstlichen Licht. Caroline hetzte die Rolltreppe hinauf und rannte. Sie lief um ihr Leben. Ihr Herz hämmerte gegen ihren Brustkorb, ihre Lungen stachen, weil sie kaum Luft bekam, aber sie musste weiter. Nur nicht stehen bleiben, sie holen uns.

Endlich, nach unzähligen Ecken und Gassen, kam sie an eine Kirche. Die Pforte war zwar verschlossen, aber ein

Scheinwerfer beleuchtete den Platz davor. Hier würde ihnen nichts geschehen, nicht vor einem Haus Gottes. Sie kauerte sich neben die Tür, dort, wo das Licht hinschien. Erst jetzt wagte sie sich umzusehen.

»Das war knapp!«, japste Sarah. Auch sie war außer Atem, doch bei Weitem nicht so verängstigt wie Caroline.

»Verdammt!«, brach es aus ihr heraus, und dann kamen die Tränen. Zuerst merkte sie nicht einmal, dass sie weinte, doch als ihr Kragen feucht wurde und sie Salz auf ihren Lippen schmeckte, wusste sie, dass es Tränen der Erleichterung waren, die sie vergoss. Und der Wut, weil ihr und Sarah dies alles zugemutet wurde. Was war das für ein Gott, der ihr zuerst die Tochter nahm und sie dann solchen Gefahren aussetzte?

»Hadere nicht. Es ist vollbracht«, drang Sarahs Stimme an ihr Ohr. Sie konnte die Hand ihrer Tochter auf ihrer Wange spüren, die ihr die Tränen abwischte. Warm und zart. Liebevoll. Ein Schluchzer entrang sich Carolines Lippen. »Wann? Wann kann ich dich endlich in die Arme schließen?«

»Jetzt gehen wir erst mal nach Hause. Du musst dich ausruhen. Schlafen«, sagte Sarah. Ihre Stimme klang näher als je zuvor.

Caroline stemmte sich hoch. Alle Kraft schien aus ihren Beinen gewichen. Sie fühlten sich an wie aus Gummi. Auch ihr Kopf war heiß, als brenne Feuer in ihm. »Ich habe den Kinderwagen in der U-Bahn-Station vergessen«, murmelte sie.

»Egal, du wirst ihn nicht mehr brauchen«, sagte Sarah tröstend.

»Aber du. Du brauchst ihn doch noch.«

»Nein. Er wäre nur hinderlich.«

Dann schleppte sich Caroline mit ihrer Tochter über den Platz, durch die Gassen, wohin, wusste sie nicht. Sie hatte jede Orientierung verloren.

Als sie eine Straßenbahnhaltestelle sahen, warteten sie und stiegen ein, ohne darauf zu achten, wohin die Straßenbahn fuhr. Bei einer Station, die Caroline bekannt vorkam, verließen sie den Wagen und wechselten in einen Bus, der sie wiederum zu einer Schnellbahnstation brachte. Caroline erlebte alles wie in Trance, ließ sich von Sarah leiten, die ihr sagte, wann sie aussteigen und in welche Richtung sie gehen sollte. Es war, als seien ihre Rollen vertauscht und sie wäre das Kind, nicht Sarah. Endlich, endlich hatten sie ihr Wohnhaus erreicht, Sarah lenkte ihre Hand, als Caroline die Tür aufschloss, hob ihre Füße, um die Treppe hinaufzusteigen, drehte den Schlüssel, um in die Wohnung hineinzugelangen.

Ohne sich auszuziehen, stolperte Caroline in ihr Schlafzimmer, zog die Decke über ihre Beine. Endlich durfte sie schlafen.

Je länger Wagners Gruppe, zu der auch Heinz gehörte, durch die Gegend streifte und jeden Stein umdrehte, desto mehr schmolz Wagners Zuversicht. Wenn Heinz mit seiner Vermutung doch richtig lag? Wenn derselbe Mörder, der schon Kevin und Laura Schellinger umgebracht hatte, sich nun auch Patrick geschnappt hatte? Mitten in seine unerfreu lichen Gedanken läutete sein Handy. Einen kurzen Moment zögerte er, bevor er auf die Annahmetaste drückte. Es hatte doch keinen Sinn, die Augen zu verschließen. Wenn der Junge tot war, würde er auch davon nicht wieder lebendig werden, dass er den Anruf nicht entgegennahm.

»Man hat ihn gefunden«, sagte Radinger knapp am anderen Ende der Leitung.

»Wo?« Wagner versuchte, das Schlimmste anzunehmen. Die Realität würde dann bestimmt etwas weniger düster sein. Das war immer so. Das Schlimmste wäre ein neuer Leichnam.

Seine Strategie schien aufzugehen, denn Radinger fuhr

fort: »Im 14. Bezirk, am Wolfersberg. Ein Autofahrer hat ihn entdeckt. Sein Hund musste mal. Der Junge lebt.«

Wagner stieß Heinz an. »Sie haben ihn. Er lebt.« Er hörte, wie atemlos er klang.

Heinz starrte ihn mit großen Augen an. »Gott sei Dank.«

»Wir fahren hin«, sagte Wagner zu seinem Freund.

»Wozu? Du arbeitest fürs Morddezernat, schon vergessen?«

»Gerade deshalb ist es aufbauend, wenn man es mal mit jemandem zu tun hat, der nicht tot ist.«

Warum es ihn tatsächlich zur Fundstelle hinzog, konnte Wagner nicht beantworten. Vielleicht wollte er sich mit eigenen Augen davon überzeugen, dass das Kind noch lebte. Und eines war klar: Patrick war nicht allein dorthin gekommen. Dafür war er noch zu klein. Jemand hatte ihn dorthingebracht.

Heinz wollte selber fahren, um nachher sein Auto zur Verfügung zu haben.

Wagner fuhr so schnell es eben vertretbar war, wenn er nicht sich oder andere Verkehrsteilnehmer gefährden wollte.

Sie mussten quer durch die ganze Stadt, doch um diese Zeit herrschte nicht viel Verkehr, und die roten Ampeln ignorierte er weitgehend. In etwas mehr als einer halben Stunde hatte er den Wolfersberg erreicht. Heinz hatte sich an sein Heck geheftet und stieg fast gleichzeitig mit ihm aus.

Rotierendes Blaulicht zeigte ihm den genauen Fundort an. Im Gehen zückte er seinen Ausweis. Der Polizeibeamte, der vor dem Absperrband Wache stand, warf einen kurzen Blick darauf und nickte ihm dann zu. »Wenden Sie sich an den Kollegen mit dem Hut. Er ist der zuständige Ermittler.«

Der Mann mit dem Hut war Kerbl, ein Bekannter Wagners. »Was machst du denn hier?«, fragte dieser.

»Ich wollte mir ansehen, wo der Junge gefunden wurde«, sagte Wagner. »Ich war beim Suchtrupp dabei.«

»Verstehe. Über der Donau gibt es wohl zu wenig Personal, wenn die schon Mitarbeiter der Mordkommission zum Suchen einspannen.«

Wagner ging auf Kerbls Spitze nicht ein. Die harmlosen Sticheleien kannte er schon. »Wo ist der Kleine jetzt?«

»Im Krankenhaus. Fast hättest du wirklich was zu tun gehabt. Er war dem Tod näher als dem Leben. Hat kaum geatmet. Wenn der Hund dieses Autofahrers ihn nicht gefunden hätte … bis morgen früh hätte er es nicht überlebt.«

»In welches Krankenhaus haben sie ihn gebracht?«

»Soweit ich weiß, ins AKH.«

»Gut. Das ist gut«, murmelte Wagner.

Heinz kam auf ihn zu. Sein Gesicht war starr, die Stimme brüchig, als er sagte: »Du solltest dir mal die Fundstelle genauer ansehen.«

Wagner blickte in die Richtung, aus der Heinz gekommen war, doch ein Erdhaufen versperrte ihm die Sicht. Erst als er einige Schritte hinüberging, sah auch er, was Heinz so aus der Bahn geworfen hatte: Auf der Wiese lagen unzählige Lilienblüten. In der Mitte bildeten sie eine Mulde. Dort musste Patrick gelegen haben.

Er sah zu Heinz, der seinen Blick erwiderte. »Scheiße« war alles, was er herausbrachte.

»Ja, das kann man wohl sagen.«

Wagner hatte eine besondere Gabe, wie manche es nannten. Wie oder was er genau machte, hätte er nicht beschreiben können, für ihn war es Intuition, etwas, das er tat, ohne sich dessen bewusst zu sein. Wenn er an einem Tatort war, fühlte er sich dem Täter oft ganz nah. Er konnte sich in ihn besser hineinversetzen, als wenn er lediglich Fotos betrachtete oder Berichte las. Solch ein Erlebnis war belastend für ihn, aber auch notwendig, denn auf diese Weise hatte er bereits mehrfach Dinge über einen Mörder erfahren, die geholfen hatten, diesen zu überführen. So stand er auch jetzt hinter der Absperrung, weil er keine Spuren verwischen wollte, bevor Laura alles begutachtet und fotografiert hatte, und versuchte, zu erfassen, was hier vor wenigen Stunden geschehen war.

Laura hatte bereits geschlafen, wie er unschwer an ihrer Stimme hatte erkennen können, als er sie anrief, auch wenn sie es leugnete. Wie bei der Mordkommission und in der Gerichtsmedizin, gab es auch in der forensischen Abteilung einen Bereitschaftsdienst. Trotzdem hatte Laura keinen Augenblick gezögert und ihr Kommen zugesagt, was er ihr hoch anrechnete.

Wagner stellte sich vor, wie der Täter mit dem Kind auf dem Arm den Weg hinaufging. Er musste kein besonders kräftiger Erwachsener sein, obwohl sich mit der Zeit auch das Gewicht eines kleinen Kindes verdoppelte. Er hatte die Blumen dabei, was noch erschwerend hinzukam, vielleicht war er also mit dem Auto gekommen. Reifenspuren konnte er vergessen. Die Einsatzfahrzeuge hatten alle zunichte gemacht. Laura und ihr Team würden dennoch versuchen, etwas zu finden.

Der Kleinbus der Spurensicherung bog um die letzte Kurve, Menschen mit müden Gesichtern stiegen aus, holten ihre Schutzkleidungen aus dem Auto und zogen sie über. Nur wenig später erkannte er auch Lauras Fahrzeug.

Sie stellte es neben dem Bus ab und begrüßte ihre Kollegen, stellte wahrscheinlich ein paar Fragen, die ihr keiner beantworten konnte. Beide Hände in die Hosentaschen vergraben, steuerte sie auf Wagner zu. Erst aus der Nähe bemerkte er ihren zusammengekniffenen Mund. Ihre Augen blitzten vor Zorn.

»So, bist du jetzt zufrieden?«

»Was meinst du damit?« Wagner wusste es wirklich nicht.

»Noch ein Verbrechen, das du hättest verhindern können.«

Seltsamerweise hatte er gar nicht das Bedürfnis, ihr wegen

ihrer Aussage an die Gurgel zu springen. Alles, was er fühlte, war Resignation. Dann war er eben der Buhmann für sie, ein Blitzableiter. Er kehrte ihr den Rücken zu und deutete auf die Fundstelle. »Hier haben sie den Kleinen gefunden. Er war mehr tot als lebendig. Ich habe mir überlegt, ob der Täter zu Fuß oder mit dem Auto gekommen ist. Aber vielleicht findet ihr einen Anhaltspunkt. Außer ihm waren noch andere Leute am Fundort. Der Hundebesitzer, der Patrick gefunden hat, und dann natürlich die Rettungskräfte.«

Wenn Laura überrascht war, dass er ihren Einwand bezüglich der Lilien und ihre Vorwürfe überging, zeigte sie es nicht. Ihre Stimme klang professionell, vor allem aber distanziert, als sie sagte: »Gut. Wir brauchen also Wangenabstriche vom Finder und von den Rettungsmännern, um ihre DNA ausschließen zu können.«

Sie stand einige Sekunden vor dem Absperrband und starrte auf den Fundort. »Ich zieh mir jetzt meinen Anzug über«, sagte sie schließlich seufzend.

Wagner folgte ihr mit Blicken. Seine Augen brannten. Zu wenig Schlaf. Früher hatte ihm das nicht so zugesetzt.

»Ich weiß ja nicht, was du jetzt vorhast, aber ich fahre ins AKH«, erklang Heinz' Stimme neben ihm.

Wagner nickte. »Gut, mach das. Ruf mich an, wenn du was erfährst.«

Heinz hatte in seiner Funktion als Gerichtsmediziner nicht immer zwangsläufig mit Toten zu tun. Auch Spuren an lebenden Opfern fielen in seinen Aufgabenbereich. Den behandelnden Ärzten ging es in erster Linie darum, das Leben des Kindes zu retten. Klar, dass da alles andere zurückstehen musste. Sie würden dem Kleinen Blut abnehmen, um herauszufinden, wie sie ihm helfen konnten. Auch Misshandlungsspuren oder offensichtliche Verletzungen würden ihnen auffallen, doch alles andere – DNA des Täters, Fasern, Blutspuren oder Hautzellen unter den Fingernägeln des Opfers – waren Dinge, auf die im Krankenhaus nicht geachtet wurde, ja gar nicht geachtet werden konnte. Dafür war Heinz zuständig.

Wagner hätte sich seinem Freund anschließen können. Er musste ohnehin mit den Eltern des Kindes reden, wenn möglich auch mit Patrick. Aber so wie es im Moment aussah, würde er beides nicht tun können. Patrick wurde, falls er nicht ohnehin noch bewusstlos war, bestimmt von den Ärzten abgeschirmt und durfte nicht befragt werden. Die Eltern hatten jetzt sicherlich andere Sorgen, als mit ihm zu sprechen.

Also blieb er und schaute Laura und den anderen bei der Arbeit zu. Jemand hatte Scheinwerfer aufgestellt und damit den Platz rund um die Lilien erleuchtet. Er würde zeit seines Lebens diese Blumen hassen, schwor er sich. Jemand winkte ihn heran. Er schlüpfte unter dem Absperrband durch. Laura, durch ihren Gang und ihre Figur unverkennbar, kam auf ihn zu und deutete auf den Boden.

Ihre Stimme klang durch den Mundschutz gedämpft. Dennoch erkannte er ihre Aufregung, als sie sagte: »Hier, da sind Reifenspuren in der Wiese. Ich schätze, sie gehören zu einem Fahrrad oder einem Kinderwagen.«

Jetzt sah Wagner sie auch. Wieder versuchte er, ein Bild heraufzubeschwören. Und diesmal gelang es ihm mühelos. Er stellte sich den Täter mit einem Fahrrad vor. Das bewusstlose Kind auf das Rad gebunden oder geschnallt – egal, aber dann musste es irgendwelche Fesselungs- oder Abschürfungsspuren am Körper des Kindes geben. Er würde Heinz anrufen und ihn bitten, gezielt darauf zu achten. Die Blumen hatte er wo? Auf dem Lenker? Wie würde sich das Fahrrad dann steuern lassen?

Ein neuer Versuch, diesmal mit dem Kinderwagen. Darin liegt ein bewusstloser Knabe, die Lilien auf dem Verdeck oder in dem Einkaufsnetz unter der Liegefläche. Der Aufstieg auf den Berg ist nicht einfach, man muss kräftig schieben. Ein Mann mit einem Kinderwagen würde trotz aller Emanzipation immer noch auffallen, eine Frau viel weniger. Er hatte am Nachmittag diese These nicht ausgeschlossen, aber nun war er fast davon überzeugt, dass er eine Mörderin jagte, wie Heinz es schon vermutet hatte.

Eine Frau! Er schloss die Augen und beschwor das Bild des Kinderwagens herauf. Sein Blick wanderte entlang des Gefährts bis zum Griff. Wagner zwang sich, die Person erscheinen zu lassen, die den Wagen schob. Doch das Einzige, das er vor sich sah, waren Hände, die sich um den Bügel des Kinderwagens geschlossen hatten, zarte Hände. Frauenhände. Hände, die zwei Kinder getötet hatten. Und eines beinahe.

Laura arbeitete verbissen. Gut, dieses Kind hatte überlebt, aber Wagners Verdienst war das nicht. Es hatte einfach Glück gehabt. Der Täter musste es für tot gehalten haben. Für sie stellte es eine grobe Fahrlässigkeit dar, dass Wagner sich mit den Lilien nicht an die Öffentlichkeit gewandt hatte. Ja, wahrscheinlich immer noch nicht bereit war, es zu tun. Anfangs hatte sie versucht, sich einzureden, er wüsste, was er tat, bei seiner Erfahrung und den Erfolgen, die er vorweisen konnte. Dennoch war die boshafte kleine Stimme in ihr nicht verstummt, die sagte, es sei moralisch nicht vertretbar – und dass noch mehr Kinder sterben müssten, wenn er seine Meinung nicht änderte. Sie hatte alles versucht, ihm zugeredet, argumentiert, ihn mit Verachtung gestraft. Nichts davon war überzeugend genug gewesen. Und nun war aus der leisen Stimme in ihrem Inneren eine laute geworden, die ihr zuschrie, doch endlich Taten folgen zu lassen und dafür zu sorgen, dass kein weiteres Verbrechen geschah. Wie sollte sie diese Stimme ignorieren können?

Der Reifenabdruck war ein Anhaltspunkt, und sie hoffte,

dass es nicht nur eine zufällige Spur von einem Spaziergänger war. Das war nun der dritte Tatort, den sie untersuchte, und bisher war kaum etwas zutage gekommen, was helfen konnte, den Täter zu fassen. Sie hatten DNA gefunden. Die hinterließ jeder an allen Gegenständen, die er berührte. An jedem Ort, an dem er sich aufhielt. Dennoch nützte die nichts, wenn man sie keiner Person zuordnen konnte. Die Proben vom zweiten Tatort wurden immer noch ausgewertet. Es würde noch Tage dauern, bis die Ergebnisse vorlagen, und doch wusste sie jetzt schon, dass sie mit der DNA vom ersten Tatort und mit der, die sie hier finden würden, identisch war. Für diese Erkenntnis hätte sie keinen Test gebraucht. Die Lilien zeugten bereits davon, dass auch für diese Tat derselbe Täter verantwortlich war. Ein Verbrecher, drei Opfer. Zwei davon tot, das dritte im Krankenhaus. Ein Ende war nicht in Sicht.

Sie konzentrierte sich wieder auf die Arbeit, die vor ihr lag. Selbst wenn man meinte, es gäbe nichts zu entdecken, fand man bei näherem Hinsehen einige aufschlussreiche Indizien. Wieder und wieder tastete sie mit Blicken den Boden vor sich ab. Jemand hatte mal gesagt, wenn sie an einem Tatort nichts mehr fände, dann gäbe es da auch nichts mehr. Sie wollte sich bestimmt nicht auf die Schulter klopfen, aber tatsächlich legte sie Wert auf gründliche Arbeit und Genauigkeit. Es war ihr egal, wie lange ihr Team dafür brauchte, das Wichtigste war, dass es nichts übersah. Mochten die Ermittler auch scharren und stöhnen, ihr war das egal. Sie tat ihren Job. Wenn Wagner seinen ebenso gewissenhaft erledigen würde, läge sie jetzt in ihrem Bett, anstatt an einem verlassenen Ort, mitten in der Nacht, die Spuren eines Verbrechens einzusammeln.

Heinz war kein Unbekannter im AKH. Manche der Ärzte begrüßten ihn, als wäre er ein alter Freund, manche nickten ihm zu, respektvoll, aber distanziert, als würde die Tatsache, dass er sich meist mit Toten beschäftigte, ansteckend sein. Er wechselte ein paar Belanglosigkeiten mit denen, die keine Berührungsängste hatten oder sie sich nicht anmerken ließen, bevor er sich zur Kinderintensivstation aufmachte.

Die diensthabende Krankenschwester war gerade nicht auf ihrem Platz, also wartete er, wanderte den Flur entlang und schaute durch die eine oder andere Glastür. Er kam sich fehl am Platz vor, zwischen all den Schläuchen und Apparaten, die dazu dienten, Leben zu erhalten. In seinem Job brauchten die Patienten dies alles nicht mehr.

»Zu wem wollen Sie?«, ließ ihn eine Stimme herumfahren. Er fühlte sich, als wäre er bei etwas Verbotenem ertappt worden. Heinz stellte sich vor und bat die Krankenschwester, die ihn angesprochen hatte, den behandelnden Arzt zu holen.

»Der Kleine liegt da drüben.« Sie deutete mit dem Kopf auf die dritte Tür rechts neben ihrem Platz, der mit Überwachungsmonitoren ausgestattet war. »Wir sind dabei, seinen Kreislauf zu stabilisieren. Schlimm, die ganze Sache. Ich hoffe, er schafft es. Aber er ist ein Kämpfer.«

Heinz fragte sich, ob der kleine Patrick auch gegen seinen Mörder gekämpft, sich gewehrt hatte? Wie hätte er das bewerkstelligen sollen, ein Dreijähriger gegen einen Erwachsenen? Hatte er gebissen, gekratzt oder sich in sein Schicksal gefügt, weil er erkannte, dass Gegenwehr alles nur schlimmer machte? Er würde Patricks Nägel nach Spuren untersuchen.

Sein Handy klingelte. Das brachte ihm einen missbilligenden Blick der Krankenschwester ein. »Sie müssen das abschalten«, sagte sie stirnrunzelnd.

Heinz blickte auf die Nummer auf dem Display. »Ja, gleich. Das ist wichtig.« Wagner rief bestimmt nicht an, um sich nach seinem Befinden zu erkundigen. Sie hatten etwas entdeckt.

»Laura hat Reifenspuren gefunden«, tönte es an sein Ohr. »Schmale, wie von einem Fahrrad oder Kinderwagen. Wenn du das Kind untersuchst, dann achte bitte auf Fesselspuren oder Ähnliches. Wenn der Täter ihn auf einem Rad transportiert hat, muss er ihn mit irgendwas fixiert haben. Schließlich war der Kleine bewusstlos.«

»Alles klar. Das ist ja schon immerhin etwas. Zumindest mehr, als wir bisher hatten.« Er zögerte kurz. Irgendwie schien es ihm umständlich, ein bewusstloses Kind und die Blumen gleichzeitig mit dem Fahrrad fortzubewegen. Als er seine Bedenken Wagner erzählte, meinte der: »Das hab ich mir auch schon überlegt, darum kommt mir die Kinderwagenvariante auch glaubhafter vor. Aber sicher ist sicher. Such einfach nach Spuren.«

Wagner trennte die Verbindung. Heinz schaltete jetzt sein Handy aus und lächelte der Krankenschwester entschuldigend zu. »Das war der leitende Ermittlungsbeamte. Sie haben eine Spur, der ich nachgehen soll.« Er konnte sehen, wie die Neugier seiner Gesprächspartnerin deren Ärger verdrängte.

Schließlich schenkte sie ihm ein kleines Lächeln und sagte: »Der Doktor kommt gleich, aber Sie können schon reingehen.«

Das ließ sich Heinz nicht zweimal sagen. Er wollte ohnehin möglichst ungestört mit dem Vater reden. Hier ging es um mehr als um die Verletzung der Aufsichtspflicht oder um eine Ohrfeige – und das konnte er dem Vater unter vier Augen schneller näherbringen als im Beisein des behandelnden Arztes, der womöglich Anzeige erstatten musste, wenn ein Verdacht auf Misshandlung bestand.

Einen kurzen Moment verharrte er vor der Glastür und betrachtete den Mann, der an Patricks Bett saß. Trotz seiner muskulösen Statur wirkte er klein und schwach. Lag das an seinem Kummer und seiner Sorge um das Kind oder daran, dass Krankenhäuser bei den meisten Menschen solch einen Effekt bewirkten? Auf jeden Fall sah er aus, als würde er mit seinem Sohn mitleiden. Egal, was passiert war, diesem Mann war das Schicksal seines Kindes nicht egal.

Er klopfte an die Tür, bevor er eintrat. Patricks Vater sah nicht einmal auf, sondern hielt die kleine Hand seines Sohnes in seiner.

»Es tut mir leid, bitte wach auf«, murmelte er vor sich hin. Heinz räusperte sich. Erst jetzt drehte sich der Vater nach ihm um, wandte sich aber gleich wieder Patrick zu.

»Erinnern Sie sich an mich? Heinz Martin. Wir kennen uns vom Suchtrupp. Ich bin hier, um zu helfen, denjenigen, der Patrick das angetan hat, zu finden.« Es schien ihm besser, nicht zu erwähnen, dass er Gerichtsmediziner war.

Der Mann wischte sich mit einer Hand übers Gesicht. Jetzt sah Heinz, dass er geweint hatte. Mit erstickter Stimme antwortete Patricks Vater: »Er ist noch so klein. Und so vertrauensvoll. Wissen Sie, er ist nicht so wie andere Kinder in seinem Alter. Patrick ist geistig behindert. Das macht vieles schwierig.«

Heinz schaute sich nach einer Sitzgelegenheit um. Bei dem kleinen Tisch stand ein Stuhl, den er sich zum Bett heranzog. »Ich kann mir vorstellen, dass es nicht immer einfach ist. Auch mit normalen Kindern in dem Alter.« Er riet zwar nur, denn in seinem Umfeld hatte niemand Kinder, aber das schienen ihm die richtigen Worte zu sein, um ein Gespräch anzufangen.

»Wissen Sie, ich bin alleinerziehend. Meine Frau wollte nichts mit einem behinderten Kind zu tun haben und hat uns verlassen. Und dann so was.«

»Sie haben der Polizei gegenüber erwähnt, Sie hätten Patrick eine Ohrfeige gegeben, darum glaubten Sie, er wäre davongelaufen.«

»Ich bin nicht stolz darauf. Wirklich nicht. Vielleicht wäre das alles erst gar nicht passiert. Ist ja nicht so, dass ich ihn ständig prügeln würde. Nur dieses eine Mal, wissen Sie, da ist mir der Geduldsfaden gerissen.«

Das konnte man glauben oder nicht. Eine nähere Untersuchung des Kindes würde vielleicht Misshandlungsspuren ans Tageslicht bringen, aber vorerst war Heinz geneigt, dem Mann zu glauben. Eine Ohrfeige war bestimmt nicht das ultimative Erziehungsmittel, andererseits wollte er ihn deshalb auch nicht gleich verurteilen. Er sah hier keinen Grobian vor sich, revidierte er seine anfängliche Meinung, sondern einen Vater, der sich ernsthafte Sorgen um sein Kind machte. Konnte der sich so verstellen?

»Wissen Sie, ich habe ihm schon gestern …«, begann Patricks Vater stockend, »… oder war es vorgestern? … versucht klarzumachen, dass er nicht einfach davonlaufen darf. Und dann hat er es wieder gemacht. Mitten auf der Straße. Fast hätte ihn ein Auto überfahren. Ich hab ihm eine geschmiert. Es ist einfach passiert. Wissen Sie, ich hatte einfach Angst. Da tut man schon mal Dinge, die man nicht tun soll.«

»Und dann sind Sie mit Patrick auf den Spielplatz gegangen. Wie spät war es da?«, fragte Heinz.

»Er wollte sich wieder losreißen, aber ich hab ihn festgehalten, bis wir auf dem Spielplatz waren. Es muss gegen elf gewesen sein, jedenfalls kurz vor dem Mittagessen.«

»Ich muss Ihren Sohn untersuchen. Nicht weil ich Ihnen keinen Glauben schenke, sondern …«

Der Mann nickte und rückte ein Stück Richtung Fußende des Bettes, um Heinz Platz zu machen. Er hatte verstanden, was Heinz gemeint hatte. Vielleicht fand er an Patrick Hinweise auf das Verbrechen, das ihm zugestoßen war. Auch sein sofortiges Einverständnis sprach dafür, dass der Mann die Wahrheit sprach. Heinz schlug die Decke zurück. Keine Spuren von Gewalteinwirkung auf dem Oberkörper oder den Extremitäten. Sachte drehte er das Kind ein Stück zur Seite, um den Rücken zu betrachten. Auch hier gab es keine blauen Flecken. Nichts, was darauf schließen ließ, dass der Junge misshandelt worden war, weder vom Vater noch vom Täter. Außerdem gab es keine Abschürfungen oder Striemen an den Handgelenken, die darauf hingewiesen hätten, dass Patrick gefesselt oder festgebunden worden war. Auch um den Mund fand er nichts Verdächtiges. Er hätte gern eine Probe des Mageninhalts gehabt, aber das war nicht möglich. Bei diesem Fall konnte er nicht arbeiten, wie er es sonst gewohnt war, denn dieser Junge lebte. Dafür verzichtete er gern auf ein paar Tests. Aber die Fingernägel konnte er untersuchen. Mit einem Nagelputzer holte er den Dreck unter Patricks Nägeln hervor und schlug ihn in die dafür vorgesehenen Papiertütchen ein. Es schien ihm typischer Kleinkinderschmutz zu sein. Sand, Erde.

»Ist Ihnen noch irgendwas aufgefallen? Ich mein, am Spielplatz. War etwas anders als sonst?«

Der Mann schüttelte den Kopf. »Wissen Sie, ich habe geglaubt, er wäre dort sicher.« Seine Worte gingen in ein Schluchzen über.

Heinz überlegte, was er dem Vater Tröstliches sagen konnte, als die Tür aufging und ein junger Arzt hereinkam. Er sah aus, als wäre er frisch von der Uni, doch Heinz wusste, dass der andere womöglich bloß so jung wirkte, weil er selbst sich gerade wie hundert fühlte.

»Dr. Martin? Schwester Clarissa sagte, Sie wollen mit mir sprechen.«

»Ja, aber bitte draußen. Ich möchte hier nicht stören.«

Der junge Doktor nickte, trat zu Patricks Bett, überprüfte noch einmal alle Zugänge, strich dem Kleinen über den Kopf und legte dem Vater aufmunternd die Hand auf den Rücken. »Es sieht gut aus. Sie haben einen tapferen Jungen, er wird durchkommen.«

Dann öffnete er die Tür und ließ Heinz den Vortritt.

»Ums Eck ist eine Kaffeemaschine, ich weiß nicht, wie es Ihnen geht, aber ich könnte einen brauchen«, sagte er zu Heinz.

»Gute Idee!« Gemeinsam gingen sie Kaffee holen und setzten sich dann in die Sofaecke im Aufenthaltstraum. »Ich finde Ihren Beruf spannend«, sagte der junge Arzt.

»Meist ist er das«, antwortete Heinz. Dass sein Job enorm an die Substanz ging, einem Puzzle mit hunderttausend Teilen glich, Tote oft grauenhaft stanken und manchmal noch schlimmer aussahen, als sie rochen, verschwieg er. Stattdessen fragte er: »Können Sie mir sagen, was mit Patrick passiert ist? Wir brauchen ein paar Anhaltspunkte.«

Der junge Arzt drehte den Plastikbecher mit dem Kaffee in seiner Hand hin und her.

»Wir haben einen Schnelltest gemacht. Eine detaillierte Auswertung braucht Zeit, und ich werde veranlassen, dass einige Blutproben an Sie ins Institut geschickt werden. Aber soweit wir sagen können, hat er eine hohe Dosis Beruhigungsmittel mit dem Wirkstoff Lorazepam bekommen. Vielleicht hilft Ihnen das weiter.«

Lorazepam. Es war krampflösend und wurde bei Angstzuständen eingesetzt. Außerdem hatte es eine stark entspannende Wirkung und wurde daher bei Epileptikern bei Anfällen verwendet. Selten fand es auch als Schlafmittel Gebrauch, weil es für diesen Bedarf andere, wirkungsvollere Medikamente gab. In welcher Form konnte man einem Kleinkind dieses Mittel verabreichen? Ob Patrick ohne Weiteres eine Pille geschluckt hätte? Er würde den Vater fragen müssen.

Heinz dachte einen Augenblick nach, bevor er sagte: »Schicken Sie die Blutproben doch lieber gleich an die forensische Abteilung in der Sonnensteingasse 27. Das ist dort, wo das Hauptkommissariat ist. Gleiches Gebäude. Die haben die besseren Geräte. Was hatte Patrick eigentlich an?« Die anderen Opfer waren umgezogen worden, und er war davon überzeugt, dass es auch bei dem Jungen so war.

»Einen schwarzen Anzug. Den muss jemand von der Notaufnahme zur Seite gelegt haben. Wir wissen ja, dass es sich hier um ein Verbrechen handelt, da sind wir automatisch vorsichtiger. Schließlich könnten Spuren drauf sein.«

Heinz atmete auf. All die Fernsehkrimis hatten wohl doch einen Sinn. Und wenn nur den, dass die Schwester oder der Arzt in der Notaufnahme daran gedacht hatte, den Anzug so zu verwahren, dass die Forensiker damit noch etwas anfangen konnten. »Welchen Eindruck haben Sie vom Vater?«, fragte Heinz und blies in seinen Kaffeebecher.

»Nun, seine Sorge scheint mir aufrichtig. Er ist immer noch vollkommen aufgelöst, und er macht sich Vorwürfe.«

»Er hat mir erzählt, dass er den Jungen geohrfeigt hat. Ich frage mich, ob da noch mehr war.«

Der Arzt wog seine Antwort ab, dann sagte er: »Aufgefallen ist uns nichts. Keine Hämatome, keine Brüche, wie sie für Misshandlungen charakteristisch sind. Meiner Erfahrung nach versuchen Eltern, die ihre Kinder schlagen, dies zu vertuschen, und reden nicht davon.«

»Sie meinen also, er hat ihm tatsächlich nur diese Ohrfeige gegeben?«

»Nageln Sie mich nicht fest, aber er scheint mir ein liebevoller Vater zu sein. Vielleicht etwas überfordert. Kann sein, dass er manchmal laut geworden ist, vielleicht ist ihm auch die Hand ausgerutscht. Nicht, dass ich das gutheißen möchte, aber Kinder, die misshandelt werden, sehen anders aus. Und ich habe schon häufig welche gesehen.«

»Gut, Ihre Einschätzung ist mir wichtig.« Heinz dankte dem Arzt, gab ihm seine Telefonnummer und bat ihn, anzurufen, sobald er nähere Informationen hätte. Dann verabschiedete er sich.

Noch einmal begab er sich in das Krankenzimmer.

»In Patricks Blut hat man ein starkes Beruhigungsmittel gefunden. Musste Ihr Sohn Medikamente nehmen? War er es gewohnt, Tabletten zu schlucken?«

Der Vater schüttelte den Kopf. »Abgesehen von seiner Behinderung war er kerngesund. Tabletten hätte er nie runtergebracht. Nicht einmal kleine. Wissen Sie, wenn er wirklich krank ist, kann ich ihm alles nur in Saftform verabreichen. Und sogar den spuckt er manchmal aus, aber Zäpfchen mag er noch weniger, da gibt es ein Gebrüll zum Herzerweichen.«

Heinz bedankte sich noch einmal bei dem Mann und wünschte ihm viel Glück. Außerdem gab er ihm das Versprechen, er würde sich bei ihm melden, wenn es neue Entwicklungen gab. Viel hatte er nicht in Erfahrung bringen können. Immerhin würde er aber nicht mit leeren Händen kommen, vielleicht brachte der Anzug Hinweise auf den Täter. Schließlich hatte der ihn gekauft und dem Kind angezogen. Irgendwelche Spuren mussten demzufolge darauf zu finden sein.

Er fuhr mit dem Lift drei Stockwerke hinunter in die Notaufnahme. Es ging hektisch zu, ganz so, wie er es aus seiner Zeit als Arzt in Erinnerung hatte. Nach einigem Herumfragen drückte ihm eine Schwester eine Papiertüte mit dem kleinen Anzug in die Hand. Erst als er das Krankenhaus verließ, fiel ihm ein, dass er seinen Kaffee gar nicht ausgetrunken hatte.

KAPITEL FÜNFUNDZWANZIG

Caroline wälzte sich im Bett hin und her, und nicht einmal die grenzenlose Müdigkeit, die sie empfand, bescherte ihr den ersehnten Schlummer. Als ihre Kleidung durchgeschwitzt, ihr Laken zerwühlt war und die Falten unter ihr unangenehm in ihren Rücken drückten, beschloss sie, nun doch aufzustehen, um sich wenigstens einen Schluck Wasser zu holen. Vielleicht würde sie danach einschlafen können.

Sie knipste die Nachttischlampe an und setzte ihre Füße auf den Boden. Es war, als würden sie in Feuer getaucht. Schnell riss sie die Beine wieder ins Bett. Erst jetzt blickte sie nach unten. Der Schrei, der auf ihren Lippen lag, erstarb. Ein unkontrollierbares Zittern erfasste ihren Körper, ihre Zähne schlugen aufeinander. Sie spürte, wie sich ihre Blase entleerte. Caroline kauerte sich hin, umfasste ihre Beine mit den Armen und machte sich so klein wie möglich. Ihre Blicke flogen durch das Zimmer, über den Boden, doch nirgendwo fand sie auch nur eine Stelle, die von dem Grauen ausgespart war. Kein guter Tag, kein guter Tag. Sie wiegte sich hin und her, summte ein Kinderlied, weil ihr das Trost gab.

Sie wünschte sich, Sarah wäre bei ihr, doch die schlief drüben, in dem anderen Zimmer, und bekam nichts mit von den Feuerkäfern, die so dicht den Schlafzimmerboden bedeckten, dass sie wie ein Teppich aus roten Flammen aussahen. Sie bewegten sich mit klackenden Geräuschen, ihre schwarzen Fühler sahen aus wie Scheren. Werkzeuge, mit denen sie Schmerzen zufügen konnten. Die sie mitten ins Herz schneiden würden, sobald sie ihr zu nahe kamen. Sie entzweiteilen würden, sobald sie sich auch nur einen Schritt von ihrem Bett wegbewegte. Sarah, Sarah, meine Kleine, wo bist du? In ihrem Bett. Natürlich. In dem anderen Zimmer, in ihrem Kinderzimmer. Gut. Dort bist du sicher.

Caroline unterdrückte ein Schluchzen. Vielleicht würden die Käfer einfach weggehen, wenn sie sich ruhig verhielt, wenn sie sich nicht bewegte und keinen Laut von sich gab. Wenn sie unsichtbar wurde, mit der Dunkelheit verschmolz. Das Licht hatte die Käfer aufgescheucht, wenn sie es nun wieder ausmachen und danach lange genug warten würde? Dann verschwänden sie bestimmt, ohne ihr wehzutun.

Langsam streckte sie ihren Arm Richtung Lichtschalter aus. Doch ihre Bewegung zog ein lautes Knacken nach sich, als sich alle Käfer in die Richtung ihres Armes drehten. Caroline biss sich auf die Lippen, schmeckte Blut, spürte Schmerz. Kein Vergleich zu dem, der sie erwartete, wenn die Käfer sie erwischten. Sie würden kurzen Prozess mit ihr machen. Nichts davon hatte Sarah erzählt, nichts. Sie hatte gesagt, es wäre vorbei. Sie hatte versprochen, Gott würde ihr helfen. Hatte sie nicht alles Ihm zu willen getan, alles, was Er ihr aufgetragen hatte? Mein Gott, warum hast du mich verlassen! Das hatte Jesus am Kreuz gerufen. War es eine Glaubensprobe? Ja, verdammt. Sie zweifelte. Sie hatte Angst. Wo war Gott nun? Wo war Sarah? In Sicherheit. Wenigstens war ihre kleine Tochter in Sicherheit. Dafür musste sie dankbar sein. Ja, Hauptsache Sarah stieß nichts zu. Was mit ihr passierte, war ihr egal. Nur Sarah musste leben, ihr durfte kein Leid geschehen. Ihrer Tochter. Wo war sie? In ihrem Zimmer, wo ihr niemand etwas tun konnte.

Caroline versuchte erneut die Lampe zu erreichen, diesmal noch vorsichtiger, doch das Zittern ließ sich nicht so einfach abstellen. Und wenn die Käfer nun in der Dunkelheit über sie herfallen würden? Sie mit ihren scherenartigen Fühlern aufschnitten, ihr Inneres auffraßen? Besser, es blieb hell. So konnte sie sie wenigstens sehen, konnte sich auf ihren Angriff vorbereiten. Doch wie? Wäre es nicht gnädiger, wenn diese ekelhaften Tiere sie im Schlaf überfielen und sie töteten? Ja, sie würden sie töten, ihre Seele aussaugen. Sie wäre dann wie all die anderen seelen- und gottlosen Monster. Nein, nie könnte sie das zulassen. Lieber würde sie sterben, von eigener Hand, bevor sie so endete.

Wenn sie das Licht anließ, blieb ihr der Anblick des Feuerteppichs nicht erspart, dann konnte sie sich nicht einreden, es sei nichts geschehen. Wie gut, dass Sarah nicht da war. Wo war sie überhaupt? In ihrem Bett. Sie ist in ihrem Bett und schläft.

Laura war mit dem Tatort fertig. Doch anstatt nach Hause zu fahren, folgte sie dem Kleinbus der Spurensicherung. Es war bereits zwei Uhr in der Früh, es lohnte sich gar nicht, ins Bett zu gehen. Schlafen würde sie ohnehin nicht mehr. Dafür war sie zu aufgewühlt, da konnte sie auch gleich etwas Produktives tun.

Nach ihrem Streit mit Wagner am Nachmittag war sie ins Krankenhaus zu Veronika gefahren. Dem Baby ging es schon richtig gut, fast konnte man zusehen, wie es an Gewicht zulegte. Zuerst hatte sie überlegt, Veronika oder wenigstens ihrem Bruder zu erzählen, dass sie zwei Morde bearbeitete, die irgendetwas mit diesem Krankenhaus zu tun hatten, entschied sich aber dann dagegen. Veronika und Daniel strahlten so viel Glück aus, dass es Laura unmöglich schien, es zu trüben, nur weil sie schwarzmalte. Außerdem waren die Opfer vernachlässigt und misshandelt worden, etwas, das mit Felicitas nie geschehen würde.

Veronika freute sich über die Strampelanzüge und den Plüschhasen mehr als über ihre eigenen Geschenke.

Ob alle Frauen so selbstlos wurden, wenn sie Kinder bekamen? Sie würde es wohl nie am eigenen Leib erfahren. Wenigstens hatte sie ihren Kater. Der vermisste sie auch, wenn sie nicht da war. Eigentlich gar kein schlechtes Leben, dachte Laura, als sie nun auf den Parkplatz des Präsidiums einbog und ihr Auto abstellte.

In der forensischen Abteilung ging es zwar nicht ganz so rege zu wie tagsüber, dennoch herrschte auch zu dieser Nachtstunde Betriebsamkeit. Einer ihrer Mitarbeiter kam gähnend auf sie zu. »Was machst du denn hier? Du solltest wenigstens ein paar Stunden schlafen, nachdem du draußen warst.«

»Schlaf ist jetzt das Letzte, woran ich denke«, antwortete sie. Das brachte ihr ein Kopfschütteln ein.

»Keine Ahnung, wie du das machst. Ich bin froh, wenn die Nacht vorüber ist. Übrigens hat Heinz Martin was für dich abgegeben. Es ist dringend, hat er gesagt.«

Laura erblickte auf ihrem Schreibtisch eine braune Papiertüte. Ihre erste Reaktion war, sie zu ignorieren, schließlich hatte Heinz sie schmählich im Stich gelassen. Warum sollte sie sich für ihn ein Bein ausreißen? Ein Post-it-Zettel mit einer Notiz klebte auf der Tüte. Die Handschrift identifizierte sie eindeutig als Heinz' Klaue. Mit Müh und Not konnte sie entziffern, was er ihr aufgeschrieben hatte. »Den Anzug hatte Patrick an, als er ins Krankenhaus eingeliefert wurde. AKH liefert Blutproben, Schmutz unter den Nägeln liegt bei.« Mehr stand da nicht, aber auch so wusste Laura, was er von ihr erwartete. Warum zum Teufel schaffte sie es nicht, konsequent beleidigt zu sein? Weil dieser Fall sie mehr als andere berührte. Die Opfer waren kleine Kinder. Selbst wenn sie nicht Tante geworden wäre, hätte sie alles daran gesetzt, mitzuhelfen, den Mörder zu finden. Ja, und dann war da noch ihr ausgeprägtes Pflichtbewusstsein. Ihr verstorbener Vater hatte sie das gelehrt. Sowohl Daniel als auch sie waren nur allzu gelehrige Schüler gewesen. Arbeit geht vor, Pflicht steht über allem, hatte ihr Vater nicht nur gepredigt, sondern auch gelebt. Dennoch hatte sie nie das Gefühl gehabt, sie und ihr Bruder wären zu kurz gekommen.

Außerdem war sie neugierig. Immer schon. Als Kind hatte sie stets versucht, den Dingen auf den Grund zu gehen. So kam es, dass ihre Puppen und Teddys nicht lange hielten, weil sie sie aufschnitt, um herauszufinden, was in ihrem Inneren war. Später ging sie ihren Lehrern mit ihrem ständigen »Warum« auf die Nerven.

All diese Gründe verdrängten ihren Ärger. Sie spähte in die Tüte; bevor sie jedoch den Anzug herausnahm, streifte sie sich Handschuhe über und band ihr Haar zusammen.

Dann ging sie zu einem der Arbeitstische und leerte den Inhalt des Beutels aus. Neben einem schwarzen Anzug Größe 104 waren noch ein weißes Hemd und eine Krawatte darin. Mit einem Klebeband nahm sie sich Zentimeter für Zentimeter des Anzugs vor. Interessant, was sie alles fand. Etliche Haare, lange wie kurze. Natürlich würden auch welche von Patrick dabei sein und die des Mörders. Nur welche gehörten wem? Wie viele Menschen hatten diesen Anzug in Händen gehalten? Verkäuferinnen, Kundinnen. Sie wünschte sich aus ganzem Herzen, endlich irgendetwas zu finden, das einfacher zuzuordnen war als die Spuren, die sie bisher sichergestellt hatte.

Sie arbeitete weiter, war bald so vertieft, dass sie rund um sich nichts mehr wahrnahm. Weder, dass die Sonne ihren rötlichen Schein durchs Fenster hineinschickte, noch etwas später, dass ein Labormitarbeiter nach dem anderen zum Dienst erschien und der Raum sich langsam füllte.

Erst als jemand sie ansprach, blickte sie auf. »Hast du die Nacht hier verbracht?« Wagner stand neben ihr, als wäre es das Natürlichste auf der Welt.

»Nicht ganz«, sagte sie und reckte sich, um ihre verspannte

Rückenmuskulatur zu dehnen. Wagner machte einen Schritt auf sie zu und sah so aus, als sei er kurz davor, seine Hände auf ihre Schultern zu legen, um sie zu massieren. Bevor er wirklich auf solch eine Idee kommen konnte, sprang Laura auf. »Ich brauch jetzt eine Pause. Du kannst nachher wiederkommen, ich bin noch nicht fertig.«

Einen Moment hoffte sie, dass er noch etwas sagen würde. Doch der Augenblick verstrich, er drehte sich ohne ein weiteres Wort um und verließ das Labor. Laura starrte ihm nach. Das Schließen der Glastür hatte etwas Endgültiges.

Wagner hatte gehofft, dass Laura sich etwas zugänglicher zeigen würde, doch er wurde enttäuscht. Sie hätte ihm sicherlich schon ein paar Vermutungen mitteilen können. Aber anscheinend war sie immer noch böse auf ihn. Daran konnte er nichts ändern. Hauptsache, dieser Fall würde unter ihrer Verbohrtheit nicht leiden. Heinz hatte ihn in der Nacht angerufen und ihm mitgeteilt, was er herausgefunden hatte. War eine Ohrfeige schon eine Misshandlung? Ja, und irgendwie auch nein. Er selbst hatte die eine oder andere abbekommen, und doch wäre er nie auf die Idee gekommen, es als Misshandlung zu bezeichnen. Die erste hatte er kassiert, als er einen ganzen Tag verschwunden war. Er hatte mit seiner Mutter gestritten, daraufhin war er zum Schuppen des Nachbarn gelaufen und hatte sich dort versteckt. Nicht einmal als seine Mutter nach ihm suchte und schließlich die halbe Dorfgemeinschaft nach ihm rief, war er hervorgekommen. Am Abend trieb der Hunger ihn nach Hause. Da stand er dann, mit Stroh in den Haaren, in der Küchentür. Seine Mutter ließ einen Schrei los, knallte ihm eine und riss ihn gleich darauf in ihre Arme. »Mach das nie wieder!«, murmelte sie unentwegt in sein Haar, und er konnte sich noch gut daran erinnern, dass er geglaubt hatte, sie würde ihn erdrücken. Mehr als die Ohrfeige hatte ihn ihre Angst berührt.

Das zweite Mal hatte er als Zwölfjähriger seinem Vater eine freche Antwort gegeben. Es musste etwas Schlimmes gewesen sein, denn der Vater war sonst die Ruhe in Person, und wenn er zu solch einem Ausbruch fähig war, musste er ihn schon ordentlich provoziert haben.

Und die dritte Ohrfeige hatte er als Erwachsener bekommen. Von Laura. Kurz nachdem sie mit ihm Schluss gemacht hatte, war er ihr zufällig in der Stadt begegnet. Sie hatte einen Typen im Schlepptau, mit dem sie heftig stritt. Wagner schritt ein. Was hätte er sonst auch tun sollen? Schließlich schrie sie den Mann, der bei ihr war, an, er solle sie gefälligst in Ruhe lassen. Wagner eilte ihr zur Hilfe, und es wäre fast zu einer Rauferei gekommen. Laura ging dazwischen, verpasste ihm eine schallende Ohrfeige und unterstellte ihm, sie zu verfolgen. Erst nachher erfuhr er, dass der Mann an ihrer Seite nicht ihr neuer Liebhaber, sondern ihr Bruder gewesen war. Und dass Laura wirklich geglaubt hatte, er würde ihr folgen. Er nahm es ihr bis zum heutigen Tag nicht übel. Die Ohrfeige von damals nicht.

Ihren gestrigen Vorwurf, er würde verantwortungslos handeln, schon. Wie sollte er ihr begreiflich machen, dass er Angst hatte, dass die Telefonleitungen in der Notrufzentrale heißlaufen würden, wenn alle Lilienkäufer verdächtig wären? Dass er aus ermittlungstechnischen Gründen die Blumen nicht erwähnen wollte, damit er etwas hatte, mit dem sich der Täter verraten konnte?

All das schien keine Rolle für sie zu spielen. Er war noch nie verantwortungslos gewesen, niemand sollte das besser wissen als sie. Bis auf diese eine Nacht, aber die ging mindestens genauso auf ihre Kappe wie auf seine.

Er ging in sein Büro, dort konnte er wenigstens ungestört Trübsal blasen. Und die Presseerklärung für den heutigen Tag vorbereiten, was seine Laune noch verschlechterte. Kaum saß er an seinem Schreibtisch, begann sein Faxgerät zu rattern. Es war der heiß ersehnte Gerichtsbeschluss. Die Staatsanwältin hatte es also geschafft, einen Richter zu überzeugen, dass sie Einsicht in die Personalakten des Krankenhauses nehmen durften.

Die Presse konnte warten. Vielleicht hatte er bis zur Konferenz ein paar Neuigkeiten, die er den Reportern in den Rachen werfen konnte, damit sie eine Zeit lang Ruhe gaben.

Als sein Handy klingelte, war er schon fast beim Ausgang des Präsidiums. Es war Heinz. »Ich habe eine Ahnung, was mit Patrick passiert ist«, sagte sein Freund.

»Gut, ich habe gerade die Erlaubnis bekommen, in die Krankenhausakten Einsicht zu nehmen. Treffen wir uns dort?«

Heinz war einverstanden. Wagner entschied sich ausnahmsweise, mit den öffentlichen Verkehrsmitteln zu fahren. Heinz würde ihn nachher bestimmt zurückbringen, doch vorerst war er froh, frische Luft zu schnappen, um den Nebel, den die Müdigkeit in seinem Kopf hervorrief, zu vertreiben. Während er zur Bushaltestelle ging, begann er zu pfeifen. Irgendetwas war in Bewegung geraten.

Heinz wartete auf Wagner bereits seit einer halben Stunde im Eingangsbereich des Krankenhauses. Er hatte sich Gedanken um das Medikament gemacht, hatte im Internet gesurft und seine Bücher zu Rate gezogen. Es gab ein paar lorazepamhaltige Produkte auf dem Markt, doch bis auf ein Präparat waren alle nur in Tablettenform erhältlich. Der Täter hätte das Kind zwingen müssen, die Pillen zu schlucken, doch dafür gab es keine Anzeichen. Keine Abschürfungen, die darauf hindeuteten, dass ihm der Mund zugehalten wurde, keine sonstigen Hinweise auf Gewalteinwirkung. Möglich, dass er sich irrte, aber die lösliche Form schien ihm plausibel. Warum Patrick nicht wie die anderen erstickt worden war, konnte er sich nur damit erklären, dass der

Mörder geglaubt hatte, es sei nicht mehr notwendig. Durch das Medikament wurde Patricks Kreislauf gedämpft. Flache Atmung, der Herzschlag verlangsamt, kaum fühlbarer Puls. Für einen Laien musste es so ausgesehen haben, als sei er tot. Und fast wäre er es auch gewesen. Nur ein, zwei Stunden länger ohne medizinische Versorgung, und der Täter hätte sein Ziel erreicht.

Lorazepam war verschreibungspflichtig. Er musste bloß die Apotheken im 20. und vielleicht noch in den umliegenden Bezirken fragen, welche Ärzte für Medikamente mit diesem Wirkstoff Rezepte ausgestellt hatten. Sie kamen dem Täter näher, langsam, aber stetig. Wenn bloß Wagner endlich mit dem Gerichtsbeschluss käme! Es gab nichts Schrecklicheres, als tatenlos herumzustehen, während vielleicht ein weiteres Kind in Gefahr schwebte. Nicht auszudenken, wenn der Mörder davon erfuhr, dass Patrick überlebt hatte, dass seine Pläne gescheitert waren. Vielleicht sollte man den Kleinen unter Polizeischutz stellen?

Endlich öffnete sich die automatische Tür, und Wagner kam herein.

»Du siehst nicht gerade aus wie das blühende Leben«, begrüßte Heinz seinen Freund.

»Danke, ich habe auch nicht vor, bei einem Schönheitswettbewerb mitzumachen. Ich möchte einfach diesen Fall abschließen. Und das, bevor noch ein weiterer Mord passiert.«

»Wo ist denn dein Humor geblieben?«

»Wahrscheinlich hat Laura ihn vertrieben«, antwortete Wagner. Daher wehte also der Wind. Um ihn aufzumuntern, fasste Heinz seine Überlegungen zusammen, während sie auf den Lift warteten, der sie in das Stockwerk bringen sollte, in dem die Verwaltung des Krankenhauses lag.

»Ich habe das dumpfe Gefühl, es wird länger dauern«, meinte Heinz.

»Erwartet dich etwa jemand?«, gab Wagner zurück.

»Diejenigen, die auf mich warten, stört es nicht, wenn ich mich verspäte. Sie laufen mir nicht weg.«

»Gut. Und auf mich wartet bloß ein Rudel Hyänen.«

Heinz klopfte an die graue Tür mit der Aufschrift »Verwaltung Sekretariat«. Ein dumpfes »Herein« lud sie ein, die Tür zu öffnen.

Wagner zückte seinen Ausweis und legte den Gerichtsbeschluss auf den Tisch der Sekretärin. Er verdrehte seinen Kopf so, dass er das Namensschild der Frau lesen konnte, das auf ihrem Arbeitsplatz stand. »Frau Gerlinde Weiß? Kripo Wien. Wir haben die richterliche Befugnis, die Personalakten dieses Krankenhauses einzusehen.«

Der Mund der Frau klappte auf und dann wieder zu, ohne dass sie ein Wort gesagt hätte. Die Überraschung war Wagner gelungen.

»Also, ich … äh. Natürlich. Aber das sind eine ganze Menge.«

Wagner nahm auf dem freien Stuhl des gegenüberliegenden Schreibtisches Platz, als gehöre er hierher. »Keine Angst, Frau Weiß. Wir wollen Sie bestimmt nicht bei Ihrer Arbeit stören. Zeigen Sie uns einfach, wo wir die Akten finden, und wir bedienen uns selbst. Nicht wahr, Heinz?«

»Ja, und je eher wir anfangen, desto schneller sind wir auch fertig«, beeilte er sich, seinem Freund zuzustimmen.

Laura hatte den Anzug fertig untersucht. In manchen Dingen gab es keine Gewissheit. Erst wenn der Täter überführt war und er gestanden hatte, wusste man, dass die Vermutungen, die man angestellt hatte, richtig oder eben falsch gewesen waren. Mit zunehmender Erfahrung bekam man jedoch ein Gefühl dafür, welche Theorien wahrscheinlich zutrafen. So ging es auch Laura. Auf dem Anzug tauchte ein Haartyp öfter auf als andere. Noch wichtiger war, dass sich die halblangen, glatten, dunkelbraunen Haare über den anderen Fasern befanden. Einige dieser Haare waren von Blütenstaub bedeckt, was bedeutete, dass sie auf den Anzug gekommen waren, bevor Patrick mit den Lilien in Kontakt gekommen war, aber später als die anderen. Sie hatte zwei Haare mit ihren Wurzeln gefunden. Mit denen konnte sie einen DNA-Vergleich starten. Doch das würde Zeit brauchen. Zeit, die sie nicht hatte, um einen nächsten Mord zu verhindern. Dennoch war sie nun überzeugt, eine Frau zu suchen. Eine mit schulterlangem, braunem Haar. Sie überlegte, Wagner eine SMS mit ihrer Vermutung zu schicken, denn reden wollte sie mit ihm eigentlich nicht. Aber dann kam ihr das kindisch vor. Schließlich hatten sie beide, trotz unterschiedlicher Meinungen, ein gemeinsames Ziel. Also rief sie ihn an. »Jetzt bin ich mit dem Anzug durch. Meiner Meinung nach handelt es sich bei dem Täter um eine Frau. Ich habe ihre Haare gefunden.«

Einer ihrer Mitarbeiter sollte herausfinden, wo der Anzug gekauft worden war. Der saß schon seit zwei Stunden am Telefon und war der Lösung immer noch nicht näher gekommen.

Ein anderer war für die Proben zuständig, die Heinz unter Patricks Nägeln sichergestellt hatte.

Laura vergrub die Hände in ihren Taschen. Immer noch befand sich dieser Zettel darin. Die Telefonnummer von Jakobson, dem Mann mit der sexy Stimme.

Nein, sie würde nicht mal dran denken, ihn anzurufen! Er war Journalist. Die machten nur Ärger. Andererseits, wenn sie ihm gab, was er wollte, war er ihr nicht etwas schuldig? War es nicht so, dass eine Hand die andere wusch? Nein, nein, nein. Wie konnte sie es auch nur in Erwägung ziehen, woran sie gerade dachte? Ein kleiner Tipp, was die Lilien betraf. Niemand müsste ihren Namen erfahren. Du spinnst, sagte sie sich. Doch der Gedanke war einfach zu verlockend. Also gut, phantasieren durfte sie. Was wäre, wenn? Ein Lieblingsspiel von ihr und Daniel, das sie als Kinder an nasskalten Winternachmittagen gespielt hatten. Was wäre, wenn am nächsten Tag die Sonne nicht aufgehen würde? Oder was, wenn du morgen auf einer einsamen Insel aufwachst? Solche Fragen hatten sie sich gegenseitig gestellt. Was wäre, wenn du mit Jakobson redest? Wenn du ihm bei seiner Reportage hilfst? Wenn er im Gegenzug einen Artikel veröffentlichen würde, in dem alle Blumenhändler aufgerufen werden, sich zu melden, wenn jemand bei ihnen mehr als zehn Lilien kauft?

Er könnte ablehnen, doch kein Reporter würde das tun. Er würde sie nicht als Informantin nennen, wahrscheinlich nicht einmal, wenn Druck auf ihn ausgeübt würde. Reporter gaben ihre Informanten niemals preis. Allerdings würde Wagner auch so wissen, dass nur sie dahinterstecken konnte. Schließlich hatte sie sich vehement dafür eingesetzt, die Presse einzuschalten. Andererseits gab es genug Menschen, die von den Lilien wussten. Sie wunderte sich ohnehin, dass bis jetzt nichts an die Öffentlichkeit gesickert war. Trotzdem, Wagner wäre stinksauer, und das zu Recht. Sein Vertrauen in sie wäre für immer geschädigt, egal, was sie in Zukunft tun oder lassen würde. War es das alles wert?

Was wäre, wenn die Öffentlichkeit von den Lilien erfuhr? Klar, in der Telefonzentrale würden etliche Fehlalarme eingehen. Aber möglicherweise meldete sich jemand, der ihnen tatsächlich weiterhelfen konnte. Dann hätten sie eine Täterbeschreibung. Sie könnten die Bevölkerung mittels eines Phantomfotos in die Suche nach dem Mörder mit einbeziehen. Jemand würde ihn erkennen. Davon war Laura überzeugt. Was wäre, wenn?

Die Antwort war einfach. Rief sie Jakobson an, würde sie verhindern, dass ein weiteres Kind sterben musste. Dieses

Argument wog schwerer als alle Gegenargumente zusammen. Sie würde vielleicht ihren Job verlieren, Wagner würde für den Rest ihres Lebens kein Wort mehr mit ihr wechseln. Sie wäre für immer ein Außenseiter, eine undichte Stelle. Niemand würde ihr je mehr etwas anvertrauen. Felicitas' Bild schob sich vor ihre Augen, und plötzlich war es gar nicht mehr schwer, eine Entscheidung zu treffen. Entschlossen griff sie zum Telefon und tippte die Nummer ein, die auf dem Notizzettel stand.

Sie arbeiteten nach dem Alphabet. »Wonach suchen wir eigentlich noch mal?«, fragte Heinz mit einem Stapel Akten vor sich.

»Personen, die länger als ein halbes Jahr in diesem Krankenhaus arbeiten.«

Heinz stöhnte. »Ich wünschte, sie hätten den ganzen Mist schon computermäßig erfasst.«

»Beschwer dich nicht. Das hat was mit guter, solider Ermittlungsarbeit zu tun. Was glaubst du, wie die Polizei vor zwanzig Jahren ihre Fälle gelöst hat?«, sagte Wagner.

Frau Weiß hatte sich nach dem anfänglichen Schrecken entschlossen, die Situation zu genießen und das Ganze als Abenteuer zu sehen. »Wenn Sie mir sagen, was Sie brauchen, kann ich Ihnen helfen«, bot sie an.

Wagner lächelte ihr zu und antwortete: »Was wir jetzt wirklich bräuchten, Frau Weiß, wäre Kaffee. Wir hatten eine lange Nacht.«

Wie Wagner das machte?, fragte Heinz sich immer wieder, aber irgendwas an ihm gefiel den Frauen.

Frau Weiß strahlte ihn an. »Gar kein Problem. Ich besorge Ihnen welchen. Mit Milch und Zucker?«

»Ohne Milch und wenig Zucker. Sie sind ein Schatz.«

Niemand fragte Heinz, wie er seinen Kaffee trinken wollte. Er hoffte, er würde überhaupt einen bekommen.

»Du hast ja schnell Freundschaft mit der Weiß geschlossen«, bemerkte Heinz spitz, als die Sekretärin draußen war.

»Du bist nur eifersüchtig, weil sie dich nicht gefragt hat, wie du deinen Kaffee magst. Außerdem brauchen wir vielleicht tatsächlich noch ihre Hilfe.« Wagners Handy läutete, und er ging ran.

»Danke, Laura. Das hilft uns enorm«, sagte er, bevor er auflegte und sein Handy wieder in die Hosentasche zurücksteckte. »Wir haben Glück«, sagte er an Heinz gewandt, »wir können alle männlichen Mitarbeiter ausschließen.«

»Ach, hat Laura was gefunden?«

»Ja, glatte, dunkelbraune Haare, mittellang«, bestätigte Wagner.

Heinz grinste und wartete.

»Ist schon gut! Du hattest recht und ich nicht. Zufrieden?«

»Das wollte ich einfach mal gehört haben. Schade, dass in den Akten keine Fotos sind. Das würde es uns einfacher machen.«

»Wenn du nicht was zum Murren hättest! Wichtig ist, dass wir nun sicher sein können, es mit einer Täterin zu tun zu haben. Und dass wir Frau Weiß ausschließen können, weil sie blondiert ist.«

In diesem Moment ging die Tür auf, und Frau Weiß kam mit einem Tablett zurück. Es standen zwei dampfende Tassen, die ein unverkennbares Aroma ausströmten, sowie Milch und Zucker darauf.

»Ich wusste nicht, wie Sie ihn wollen«, entschuldigte sie sich bei Heinz.

Überrascht blickte er sie an. »Oh, keinen Zucker, nur Milch. Vielen Dank!«

Wagner zwinkerte ihm zu, was so viel bedeuten mochte wie: »Siehst du?«

»Sie sind ein Goldstück. Ich hoffe, Ihr Chef weiß, was er

an Ihnen hat«, sagte Heinz. Was Wagner konnte, konnte er schon lange.

Frau Weiß wurde ein wenig rot. »Na ja, ehrlich gesagt, nimmt er vieles als selbstverständlich hin, aber das ist schon in Ordnung.«

»Sagen Sie, kennen Sie alle Mitarbeiterinnen hier im Haus?«, fragte Heinz weiter.

»Na ja, alle natürlich nicht. Nicht näher. Aber man grüßt sich, wenn man sich sieht.«

»Aber zu den meisten haben Sie doch ein Gesicht, nicht wahr? Wenn ich Ihnen nun ein paar Namen vorlese, können Sie mir dann sagen, welche Haarfarbe diese Person hat?«

Frau Weiß nickte eifrig und rückte ihre Brille zurecht, die ein wenig verrutscht war.

»Gut, dann fangen wir an«, sagte Heinz.

Sie arbeiteten Hand in Hand. Wagner sortierte nach Geschlecht und Einstiegsdatum aus. Männer und jene Frauen, die kürzer als ein halbes Jahr hier arbeiteten, legte er auf einen Stapel, alle anderen auf einen anderen.

Von dort holte sich Heinz die Unterlagen und machte ebenfalls zwei Stöße. Auf den einen kamen die mit der falschen Haarfarbe, auf den zweiten diejenigen, die Frau Weiß nicht kannte oder auf die Lauras Beschreibung zutraf.

Nach zwei Stunden waren sie mit der Durchsicht fertig. »Wenn Sie noch die Güte hätten, uns die zu kopieren?«, fragte Wagner. »In der Zwischenzeit sortieren wir die anderen Akten wieder ein.«

»Ach, lassen Sie nur, ich mach das schon. Es ist mir eine Freude, der Polizei zu helfen«, winkte Frau Weiß ab. »Obwohl, eigentlich hätte ich mir Ihre Arbeit ein wenig aufregender vorgestellt.«

»Ja, das ist ein weitverbreiteter Irrglaube«, meinte Wagner.

»Jetzt hoffen wir, dass unsere Mörderin eine von denen ist«, sagte Heinz, als Frau Weiß den Raum verlassen hatte.

»Immerhin kann ich der Presse jetzt sagen, wir verfolgen eine heiße Spur.«

»Ich glaube, wir sind der Lösung ganz nahe. Ich klemme mich, sobald ich in meinem Büro bin, ans Telefon und ruf die Apotheken an. Vielleicht finde ich etwas über das Medikament heraus.«

»Ich hatte gehofft, du würdest mich wieder ins Präsidium bringen, du kannst ja von meinem Büro aus deine Telefonate führen.«

Heinz überlegte. Im gerichtsmedizinischen Institut gab es für ihn im Moment nichts zu tun. Seine Kollegin konnte die weniger spektakulären Fälle übernehmen. »Gut«, willigte er schließlich ein. »Aber wenn dieser Fall gelöst ist, kaufst du dir ein Auto. Ich bin Gerichtsmediziner, kein Chauffeur.«

»Versprochen«, sagte Wagner eine Spur zu schnell. Vielleicht hätte Heinz sich doch lieber auf eine Pizza einladen lassen sollen.

Kapitel Sechsundzwanzig

Wolfgang Jakobson war weder rothaarig noch ein Zwerg, wie Laura befürchtet hatte. Im Gegenteil, er sah genauso aus, wie seine Stimme klang.

Sie hatte sich mit ihm in einem Restaurant zum Mittagessen verabredet, und wenn ihn ihr Anruf überrascht hatte, so ließ er es sich nicht anmerken. Laura hatte Zeit und Ort bestimmt. Er war sofort einverstanden gewesen.

Ihr erster Gedanke, als er das Restaurant betrat, war: »Meine Güte, wo hat sich der Mann bis jetzt versteckt gehalten?« Der zweite, dass seine attraktive Erscheinung dieses Treffen auch nicht leichter für sie machte.

Er trat an ihren Tisch und fragte: »Laura Campelli?«

Sie nickte und bedeutete ihm, sich zu setzen.

Die Kellnerin brachte ihnen die Karte, die Laura dankbar entgegennahm, um die Gelegenheit zu nutzen, sich hinter ihr zu verstecken. Sie tat, als studiere sie die Speisen, während sie über den Rand der Speisekarte verstohlene Blicke auf den Mann ihr gegenüber warf.

»Nun, es freut mich, dass Sie sich dazu entschieden haben, mir eine Chance zu geben«, sagte er. In natura klang seine Stimme sogar noch besser als am Telefon.

Laura nahm die Karte herunter. Sie benahm sich wirklich ziemlich kindisch. Noch konnte sie zurück. Also kein Grund zur Panik. »Ich dachte mir, wir beschnuppern uns einmal, und dann sehe ich weiter«, antwortete Laura.

Er lächelte. »Beschnuppern klingt gut. Ich hoffe, Sie mögen mein Rasierwasser.«

Laura musste unwillkürlich lachen. »So hab ich das nicht gemeint, und das wissen Sie auch. Erzählen Sie mir etwas über sich, über die Reportage, die Sie schreiben wollen.«

Jakobson verdrehte theatralisch die Augen. »Also, normalerweise sollte es umgekehrt sein. Sie erzählen, ich stelle Zwischenfragen und mache Notizen.«

»Ich bewege mich häufig außerhalb der Norm«, konterte Laura.

»Und das gefällt mir«, gab Jakobson zu.

Sie bestellten ihr Essen, und er erzählte von sich. Laura hätte ihm den ganzen Tag zuhören können. Bisher hatte sie immer einen großen Bogen um Journalisten gemacht, aber das, was Jakobson von seiner Arbeit erzählte, klang spannend und aufregend. Die Wirklichkeit war bestimmt nicht immer so, das war ihr durchaus klar. Auch in ihrem Job gab es Dinge, die langweilig waren und trotzdem dazugehörten.

Jakobson war ein unterhaltsamer Gesprächspartner, und fast hätte Laura vergessen, dass sie ihn erst eben kennengelernt hatte.

Nachdem die Kellnerin die Reste des Mittagessens weggeräumt hatte, gab sie sich einen Ruck.

»Gut, Herr Jakobson. Ich bin bereit, Ihnen zu helfen. Ich werde Ihnen Ihre Fragen über meine Arbeit beantworten, sofern es mir möglich ist. Manche Dinge sind einfach nicht für die Öffentlichkeit bestimmt. Unter zwei Voraussetzungen.«

»Zwei gleich?«

Das war zweifelsohne als Spaß gedacht, aber Laura blieb ernst. »Ja, zwei. Erstens, ich möchte den Artikel über mich lesen, bevor er erscheint, und möchte gegebenenfalls mein Veto einlegen.«

Er nickte. »Das klingt fair. Übrigens hätte ich das ohnehin gemacht.«

Laura seufzte. Jetzt oder nie. Hatte sie die Worte erst ausgesprochen, würde es kein Zurück mehr geben. Jakobson blickte sie an und wartete. Ihr Mund war plötzlich trocken, und sie griff zu ihrem Mineralwasserglas und leerte es auf einen Zug.

»Und zweitens möchte ich, dass Sie einen Artikel schreiben, der spätestens morgen früh in der Zeitung steht.«

Laura erzählte ihm alles, was er wissen musste. Jakobson unterbrach sie kein einziges Mal. Es war unmöglich zu erraten, was er dachte, denn seine Miene blieb undurchdringlich. Erst als sie geendet hatte, ergriff er das Wort. »Wissen Sie, was Sie da von mir verlangen?«

»Ich kann mir vorstellen, dass es nicht einfach ist, das noch für die morgige Ausgabe fertig zu bekommen.«

»Das meine ich nicht. Mein Redakteur wird sich vor Freude in die Hose pinkeln. Das ist nicht das Problem.«

»Was dann?« Laura hatte erwartet, er würde Luftsprünge machen, wenn sie ihm Informationen lieferte, von denen sonst niemand wusste. Exklusiv. Die Auflagenhöhe würde in die Höhe schnellen, das war doch, wovon alle Journalisten träumten.

»So arbeite ich nicht. Ich nehme an, ich darf Sie nicht als Quelle angeben. Das hat mit Seriosität nichts mehr zu tun.«

Das durfte wohl nicht wahr sein! Da wollte sie einmal etwas absolut hirnverbrannt Idiotisches tun, und dann musste sie an einen aufrichtigen Reporter geraten, der Gewissensbisse hatte, die Informationen, die sie ihm eben zugespielt hatte, zu verwenden.

»Glauben Sie mir, zu meinem Alltag gehört es auch nicht, mich mit Journalisten zum Mittagessen zu treffen und ihnen Betriebsgeheimnisse zu verraten. Ich werde dafür wahrscheinlich geteert und gefedert werden. Möglicherweise verliere ich sogar meinen Job.«

»Das wäre allerdings schlecht für mich. Dann könnten Sie unseren Deal nicht mehr einhalten. Aber Spaß beiseite. Ich weiß, was Sie aufs Spiel setzen. Und ich weiß, warum Sie das tun. Sie tanzen wirklich aus der Norm.«

»Dann bringen Sie den Artikel morgen?« Laura biss sich auf die Lippen.

Jakobson lächelte sein umwerfendes Lächeln, nur seine Augen blieben ernst. »Ja, ich schreib ihn. Wie könnte ich einer schönen Frau eine Bitte abschlagen? Hab ich schon gesagt, dass Sie mir gefallen?«

»Und? Hast du sie erreicht?«, fragte Heinz. Wagner schüttelte den Kopf. »Sie ist auswärts essen. Ich habe ihr eine Nachricht hinterlassen. Hoffentlich bekommt sie die noch rechtzeitig.«

Nachdem Heinz und er mit den Kopien der Personalakten zurück in seinem Büro waren, hatte er beschlossen, am späten Nachmittag noch einmal eine Besprechung abzuhalten, um die Ermittlungsergebnisse miteinander abzugleichen, und Laura durfte dabei nicht fehlen.

Er würde vorerst mit den Akten beschäftigt sein, und zuvor musste er eine Presseerklärung schreiben.

Heinz scheuchte ihn von seinem Tisch, machte es sich auf dem Sessel gemütlich und nahm das Telefon in Beschlag. Hoffentlich hatte er Erfolg mit seinem Vorhaben.

Er selbst räumte bereitwillig das Feld. Die Unterlagen legte er auf den Tisch im Besprechungszimmer. Er würde sich später mit ihnen befassen, doch jetzt musste er diese Pressekonferenz über sich ergehen lassen.

Als er den Presseraum betrat, verstummte schlagartig jedes Gemurmel.

»Guten Tag, meine Herrschaften. Gleich vorweg: Sie bekommen Informationen zum neuesten Stand der Ermittlungen. Darüber hinaus werde ich nur solche Fragen beantworten, die dazu dienen, Unklarheiten zu beseitigen. Zu allen anderen gebe ich keinen Kommentar ab«, begann er. Unwilliges Raunen ging durch die Menge.

»Gestern Vormittag verschwand wieder ein Kind. Gott sei Dank wurde es in der Nacht von einem Spaziergänger gefunden. Es befindet sich in ärztlicher Behandlung und wird durchkommen. Die Vermutung, dass dieses Kind ein Opfer desselben Täters ist wie die anderen Babys, liegt nahe. Wir haben einige Anhaltspunkte und Spuren, denen wir zurzeit nachgehen. Die Ermittlungen laufen auf Hochtouren.«

Der Erste hob die Hand. Wagner nickte ihm zu.

»Letztens haben Sie gesagt, man könne noch nicht von einem Serienmord sprechen. Doch nun gibt es ein drittes Opfer.«

»Ich wäre trotzdem vorsichtig. Es gibt zwar einige Hinweise darauf, dass es sich um denselben Täter handelt, aber es gibt auch Unterschiede.«

Eine Frau fragte: »Welche zum Beispiel?«

»Dieses Kind hat immerhin überlebt, nicht wahr?«

Fünf Hände schossen in die Luft, und Wagner ahnte, dass diese Konferenz länger dauern würde, als er gehofft hatte.

»Ja?«, zeigte er auf einen jungen Journalisten. Konnten die ihren Beruf eigentlich schon gleich nach der Schule ergreifen? Der sah so aus, als wäre er gerade erst in die Pubertät gekommen.

»Sie reden immer von einem Kind. Ist es denn ein Junge oder Mädchen?«

»Kein Kommentar.«

Er zeigte auf einen anderen Reporter.

»Wir hören immer nur ›Mörder‹. Glauben Sie tatsächlich, dass es ein Mann ist?«

Wagner seufzte. »Nein, natürlich nicht. Wir schließen

Frauen beim Stand unserer Ermittlungen nicht aus. Im Gegenteil.«

Im selben Moment begriff er, dass er zu viel verraten hatte. Genau das war der Grund, warum er diese Konferenzen hasste. Jedes einzelne Wort musste man auf die Goldwaage legen. Alles, was er sagte, bekam immens viel Gewicht. So auch dieses »im Gegenteil«.

Wie erwartet, riefen nun alle durcheinander. »Heißt das, Sie jagen eine Mörderin?« »Eine Frau?«

Er hatte einen Fehler gemacht. Und es gab nur einen Weg, um den zu begrenzen.

Er hob seine Arme, und Ruhe kehrte im Saal ein. »Alles deutet im Moment auf eine Frau hin, mit Sicherheit werden wir es allerdings erst wissen, wenn alle Proben ausgewertet sind oder wenn wir den Täter vorher verhaften. Die Pressekonferenz ist hiermit beendet.«

Einige standen auf, protestierten. Die ihn bereits kannten und wussten, dass es keinen Zweck hatte, ihm noch weitere Fragen hinterherzurufen, rafften ihr Schreibzeug, ihre Diktiergeräte und Laptops zusammen.

Noch beim Hinausgehen prasselten die Fragen der Hartnäckigeren auf ihn ein, doch er ignorierte sie. Die Zeit rann ihm zwischen den Fingern davon. Unaufhaltsam, wie eine Sanduhr.

Als er endlich das Besprechungszimmer erreicht hatte, schloss er die Tür hinter sich, lehnte sich an sie und atmete ein paarmal ein und aus. Dann wischte er sich seine verschwitzten Hände an der Hose ab und ging zum Tisch, auf dem er die kopierten Unterlagen ausbreitete. Jede einzelne Akte schaute er sich an. »Bist du es?«, fragte er stumm. Wenn er Glück hatte, war hier irgendwo der Name der Täterin. Er musste ihn nur noch finden. Doch auf keinem der Schriftstücke stand in roten Großbuchstaben »Ich bin eine Mörderin«.

Vor Heinz lag das Branchenverzeichnis aufgeschlagen. Er wollte sich auf die Apotheken im 20., 21. und 22. Bezirk konzentrieren. Vorerst. Wenn er da keinen Erfolg hatte, würde er sich auch noch die in den anderen Bezirken vornehmen.

Aus Datenschutzgründen würde ihm niemand die Patientinnen nennen, denen Lorazepam verschrieben worden war, doch danach fragte er auch nicht. Er wollte lediglich wissen, welche Ärzte für das Medikament im letzten Jahr Rezepte ausgestellt hatten.

Es gab nun mehrere Möglichkeiten, offizielle und weniger offizielle. Er wusste jetzt schon, dass die erste Variante ausschied. Sie würde zu viele Erklärungen verlangen, zu lange dauern und vom Gutdünken eines Richters abhängig sein.

Die zweite Möglichkeit, die ihm blieb, bedurfte der Kreativität, Überzeugungskraft und einer Portion Charme. Doch von diesen Schwierigkeiten hatte er sich noch nie abhalten lassen. Er schrieb Wagner eine Nachricht. Bis zur Besprechung blieben ihm drei Stunden. Viel zu wenig, um alle Apotheken abzuklappern, aber den Anfang konnte er schon mal machen. Vielleicht hatte er Glück. Es wurde Zeit, dass Fortuna sie ein wenig unterstützte. Andere gewannen im Lotto, indem sie aus fünfundvierzig Zahlen sechs Richtige errieten. Er würde sich schon mit einem Fünfer zufriedengeben.

Laura fand Wagners Nachricht auf ihrem Schreibtisch, als sie vom Essen zurückkam. Unmöglich. Wie sollte sie ihm in die Augen sehen können? Sie würde zu dieser Besprechung nicht erscheinen. Entschuldigungsgründe fielen ihr auf Anhieb ein halbes Dutzend ein. Sie hatte schon seine Nummer gewählt, als sie noch einmal innehielt. Wenn sie nicht hinging, wäre es erst recht auffällig. Wenigstens bis morgen früh konnte sie die Illusion aufrechterhalten, es wäre alles in Ordnung.

Ja, sie hatte ihn hintergangen. Das würde er ihr übelnehmen, doch dagegen konnte sie nichts tun. Sie hatte das Richtige getan. Ich habe das Richtige getan, wiederholte sie mehrmals. Sie straffte die Schultern. Es gab keinen Grund, sich zu verkriechen. Manchmal musste man die falschen Dinge aus den richtigen Gründen tun. So oder so, hätte sie Jakobson die Informationen nicht gegeben, würde sie mit Sicherheit weniger ruhig schlafen können.

»Laura, es sind eben ein paar Proben abgegeben worden«, rief ihr eine Kollegin zu.

»Ich komme«, sagte sie.

Es handelte sich um das von Heinz angekündigte Blut Patricks. Es war auch ein Begleitschreiben des AKH mit deren Resultaten dabei. Da hatte jemand mitgedacht. Dennoch durfte sie sich nicht darauf verlassen. Sie bereitete alles für eine genaue Analyse vor.

Heinz besaß einen amtlichen Ausweis, der ihn als Gerichtsmediziner auswies. Seine Legitimation wirkte ziemlich imposant, zumal die meisten Menschen so etwas noch nie zuvor zu Gesicht bekommen hatten. Und das sollte auch so sein. Denn immer wenn er diesen Ausweis hervorholen musste, war etwas Schlimmes geschehen. Und die Leute, denen er ihn zeigte, würden diesen Tag wohl ihr ganzes Leben nicht wieder vergessen. Heute sollte dieser Ausweis allerdings einem anderen Zweck dienen als gewöhnlich. Heinz wusste, dass er sich mit seinem Vorhaben ziemlich weit aus dem Fenster lehnte. Doch wo kein Kläger ist, da ist auch kein Richter, sagte er sich. Es war unerheblich, woher er die Informationen bekäme, die er jetzt brauchte. Wenn er sie erst hatte, konnten sie ganz gesetzeskonform weiterermitteln.

Im 20. Bezirk gab es nur zwölf Apotheken, die Hälfte konnte er bis zur Besprechung schaffen. Im 21. sah es schon anders aus, denn hier waren es annähernd doppelt so viele.

Für die würde er deutlich länger brauchen, hinzu kamen dann noch einmal achtzehn im 22. Bezirk. In der Summe ganz schön viel Laufarbeit, die auf ihn zukam. Möglicherweise war es doch geschickter, sich offizielle Hilfe zu holen. Dann könnte Wagner ein paar seiner uniformierten Kollegen losschicken.

Heinz nahm sich vor, darüber nachzudenken, wenn er heute erfolglos blieb.

Als er die Tür zur Apotheke aufstieß, ertönte ein Klingelzeichen, wie er es nur noch aus alten Geschäftslokalen kannte. Auch sonst wirkte die Einrichtung ziemlich altmodisch. Das fing ja gut an! Er hatte darauf spekuliert, dass heutzutage alles in Computern gespeichert wurde. Und hier sah es nicht so aus, als gäbe es überhaupt einen.

Zwei Kunden waren vor ihm dran, und als er an die Reihe kam, zückte er seinen Ausweis und bat darum, mit der Geschäftsleitung unter vier Augen reden zu können, es ginge um einen pikanten Fall, den er untersuche.

Das junge Mädchen, wahrscheinlich eine Auszubildende, rief nach der Chefin. Er zeigte auch ihr seinen Ausweis und erzählte ihr seine Geschichte. Zum einen erkannte er Neugier in ihrer Miene, zum anderen eine Spur Furcht. Er beschloss, ihre Neugier auszunutzen, und sagte mit gedämpfter Stimme, als seien seine Worte nur für ihre Ohren bestimmt: »Offenbar sind falsche Rezepte ausgestellt worden. Sie wissen ja, was für Geschäfte da draußen mit Medikamenten gemacht werden. Wir versuchen herauszufinden, woher die gestohlenen Verordnungen stammen.« Seine Gesprächspartnerin sah nun plötzlich nicht mehr neugierig, sondern besorgt aus, und ihre Angespanntheit ließ die Falten auf Wange und Stirn deutlicher hervortreten.

»Wenn Sie mir bitte folgen würden«, sagte sie und führte ihn zwischen Regalreihen mit Medikamenten, allesamt alphabetisch geordnet, in eine Art Pausenraum. »Wir lösen die Rezepte nur ein«, sagte sie, als hätte er ihr etwas unterstellt.

»Keine Sorge. Ich habe auch gar nichts anderes angenommen. Natürlich haben Sie mit der Sache nichts zu tun. Auch die Ärzte nicht. Die wissen vielleicht nicht einmal, dass ihnen jemand einen Rezeptblock gestohlen hat. Genau dem will ich nachgehen, und dafür bräuchte ich Einsicht in Ihre Computerunterlagen. Sie haben doch einen Computer, oder?« Heinz wunderte sich, wie leicht ihm diese Lügen von den Lippen kamen. Kein Funken schlechtes Gewissen.

»Ja, natürlich. Wonach suchen Sie genau?« Die Apothekerin hatte nun ihre Angst, er wolle sie in Misskredit bringen, abgelegt und bekam vor Eifer rosige Wangen. Sie tat Heinz ein wenig leid. Auf ihn machte sie den Eindruck, als wäre sein Erscheinen für sie das interessanteste Ereignis seit der Mondlandung.

»Mich interessieren alle Rezepte, auf denen Medikamente mit dem Wirkstoff Lorazepam verschrieben wurden.«

»Oh. Na ja, das wird ein wenig schwierig.«

»Inwiefern? Die Verordnungen werden doch gespeichert, oder etwa nicht?« Er wollte lieber gar nicht daran denken, dass es anders sein könnte.

»Ja nun, doch. Das macht der Computer automatisch, aber … also …«

Heinz musste sich zusammennehmen, um sie nicht zu schütteln, damit sie endlich weitersprach anstatt herumzustammeln. Aber Ungeduld nützte ihm nichts, also atmete er tief durch, bevor er sagte: »Wenn das automatisch geschieht, dann dürfte es ja kein Problem sein.«

»Ja, nun … ehrlich gesagt, kenne ich mich mit diesem Kram nicht aus«, bekannte sie nun. Sie biss sich auf die Lippen, als hätte ihr dieses Zugeständnis einiges abverlangt.

»Dann zeigen Sie mir doch, wo der Rechner steht, und ich mache den Rest.«

Sie zögerte kurz und warf einen Blick in den Geschäftsraum, als überlege sie, ob es eine gute Idee sei, ihn allein zu lassen. »Hören Sie. Ich möchte Sie nicht aufhalten. Ich sehe ja, dass Sie in den Laden zurück müssen. Wenn Sie diese Nummer wählen, bekommen Sie den Leiter der Untersuchungskommission an den Apparat. Fragen Sie ihn nach mir. Er wird Ihnen bestätigen, dass alles seine Ordnung hat.« Heinz pokerte ein wenig. Die Nummer, die er ihr aufschrieb, gehörte Wagner, und er hoffte, der würde sich wie üblich, kurz und knapp, mit seinem Namen melden. Außerdem spekulierte er damit, dass Wagner keine Fragen stellen und mitspielen würde. Doch das war gar nicht notwendig.

»Nein, ich vertraue Ihnen. Aber bringen Sie nichts durcheinander, ja?« Sie führte Heinz nach nebenan in ein Büro. Jetzt, wo das Eis gebrochen war, redete sie ununterbrochen und erzählte von den Schwierigkeiten, die Menschen jenseits der fünfzig hatten, wenn sie mit all den technischen Neuerungen einfach nicht mehr zurechtkamen.

»Die Jungen, die wachsen ja mit dem Zeugs auf. Meine Generation hingegen hat noch gelernt, die unleserlichen Handschriften der Ärzte zu entziffern. Ich kann gerade das Notwendigste auf dem Computer. Normalerweise arbeitet mein Sohn im Geschäft mit. Der kennt sich aus. Nur diese Woche ist er auf einer Fortbildung, und Marita ist in vieler Hinsicht keine wirkliche Unterstützung. Ich habe manchmal das Gefühl, die Jugend …« Heinz hörte nicht mehr hin.

»Ich mach das schon, keine Sorge. Und ich verspreche, dass ich nichts in Unordnung bringe«, zwang er sich zu einem freundlichen Ton. Es würde nichts bringen, wenn er sie verärgerte. Nicht, wenn er dabei war, etwas ganz und gar Illegales zu tun.

Er setzte sich an den Rechner, der sofort zum Leben erwachte, als er die Maus berührte.

»Ich muss zurück in den Laden«, meinte die Apothekerin.

»Gehen Sie nur, ich find mich schon zurecht.« In Gedanken war er schon bei der Aufgabe, die ihn erwartete.

Die Software war gewöhnungsbedürftig, und er brauchte einige Zeit, bis er mit ihr zurechtkam, doch schließlich fand er, wonach er suchte.

Über sein Verhalten bei der Pressekonferenz ärgerte sich Wagner immer noch. Aber was passiert war, war nun mal passiert. Nun galt es nach vorne zu schauen und sich auf die wesentlichen Dinge zu konzentrieren: die Ermittlungen.

Ein paar Telefonate würden ihm helfen, weitere Personen auszuschließen. Meistens wurden die Informationen, die er brauchte, ohne viel Aufhebens weitergegeben. Nur in wenigen Ausnahmen fragten die Gesprächspartner kritisch nach, wofür er diese Auskünfte benötigte. Und in ganz seltenen Fällen bekam er zu hören, einer fremden Person am Telefon könne man keine solchen Fragen beantworten. Ihm, als Ermittler, kamen die Naivität und Gutgläubigkeit der meisten Menschen zugute. Sie machten ihm die Arbeit leichter.

Die Anrufe liefen genauso ab, wie er es sich vorgestellt hatte. Danach blieben acht Frauen übrig. Acht in einer Stadt mit annähernd 900 000 weiblichen Einwohnern, 600 000, wenn man die unter 20- und über 65-Jährigen abzog, die er ausschloss, weil sie zu jung oder zu alt waren, um als Täterin infrage zu kommen.

Acht Frauen, die plötzlich ins Visier einer Morduntersuchung geraten waren, weil ihre Haarfarbe passte und weil sie in einem bestimmten Krankenhaus arbeiteten. Etwas dürftig, wenn man es genau nahm. Was, wenn sich das Spital als falsche Fährte herausstellte? Wo sollten sie dann ansetzen? Einen kurzen Moment stieg eine Woge der Verzweiflung in ihm auf. Sie hatten so wenige Anhaltspunkte. Dann schüttelte er alle Zweifel ab und schaute entschlossen auf die Uhr. Wenn er sich beeilte, schaffte er es bis zur Besprechung, zwei oder drei Verdächtige aufzusuchen und sie nach ihren Alibis zu befragen. Er griff noch einmal zum Telefon und rief Frau Weiß an. Sie musste nur einen Blick in den Computer werfen, um ihm zu verraten, dass drei der acht Frauen am heutigen Tag Dienst hatten. Drei auf einen Streich, dachte er, als er das Besprechungszimmer verließ, um Heinz Bescheid zu sagen, wohin er fuhr.

In seinem Büro klebte auf dem Computermonitor eine Nachricht von seinem Freund, die Wagner mit ein wenig Phantasie und viel gutem Willen als »Bin unterwegs, komme rechtzeitig zurück. Heinz« entziffern konnte.

Um die Sache zu vereinfachen, schrieb Wagner in Druckbuchstaben »DITO, Wagner« darunter. Er war schon auf dem Flur, als das Klingeln seines Telefons ihn zurückrief. Einen Moment dachte er daran, es einfach läuten zu lassen, doch es konnte etwas Wichtiges sein.

Als er den Grund des Anrufes erfuhr, war er froh, ihn angenommen zu haben: In der U-Bahn-Station Hütteldorf war ein Kinderwagen gefunden worden. Still dankte er der Umsicht seiner Kollegen, die den leeren Wagen mit Patrick in Verbindung gebracht und ihn verständigt hatten. Er rief Laura an, um ihr zu sagen, dass sie sich darum kümmern sollte. Erfreut war sie nicht, aber sie sicherte ihm zu, jemand hinzuschicken.

Erst als das geklärt war, machte er sich auf den Weg, um ein paar Verdächtige nach ihren Alibis zu befragen.

KAPITEL SIEBENUNDZWANZIG

Caroline hatte die restliche Nacht wach in ihrem Bett verbracht. Erst als um die Mittagszeit nicht einmal die vorgezogenen Vorhänge verhindern konnten, dass Sonnenstrahlen ins Schlafzimmer schienen, verkrochen sich die Käfer unter dem Teppich, unter dem Bett, hinter dem Schrank. Sie musste sich waschen, dringend. Ihre Kleidung klebte auf ihrer Haut, durchtränkt von Angstschweiß und Urin. Caroline wünschte, sie hätte sich gestern bei aller Erschöpfung die Zeit genommen, ihr Nachthemd überzustreifen. Die neuen Sachen konnte sie nun nicht noch einmal anziehen.

Sie sollte lüften, doch wer wusste schon, was für Kreaturen durch das gekippte Fenster den Weg in ihre Wohnung fanden. Also ließ sie es bleiben.

»Sarah?« Es war ein zaghaftes Rufen. Ihre Tochter sollte zu ihr kommen. Alles wäre gut, wenn sie Sarah in ihren Armen halten könnte. Ihr Kind, die Quelle ihrer Kraft, ihr Halt, ihr Trost. Ihre Beine zitterten wie nach einer schweren Grippe, als sie aus dem Bett stieg. Halb befürchtete sie, dass die Feuerkäfer nur darauf gewartet hatten, sich auf sie zu stürzen. Sie bereitete sich darauf vor, sofort wieder aufs Bett zu flüchten, wenn sich nur ein einziges dieser Tiere zeigen sollte. Doch nichts dergleichen geschah.

Noch vier Schritte zur Tür. Noch drei, zwei, einer. Geschafft. Caroline spähte vorsichtig in den Flur, bevor sie hinausschlüpfte und die Tür hinter sich gleich wieder schloss. Konnte ja sein, dass die Käfer aus dem Schlafzimmer kriechen wollten, um den Rest ihrer Wohnung in Beschlag zu nehmen.

Das Badezimmer. Sie musste duschen. Dringend.

Bevor sie den Duschvorhang beiseite schob, durchsuchte sie das Bad nach verdächtigen Spuren. Gott sei Dank! Hier schien sie sicher zu sein. Keine Käfer, keine silbernen Tierchen, keine Maden. Probehalber drehte sie das Wasser auf. Nur Wasser. Sie wagte es kaum zu hoffen, aber konnte es sein, dass die Feuerkäfer in ihrem Schlafzimmer der Schlusspunkt waren, dass sie die Prüfungen alle bestanden hatte? Dass Satan aufgegeben hatte, weil er eingesehen hatte, dass sie sich von ihrer Mission nicht abbringen ließ?

Sie schälte sich aus der klammen, nach Urin riechenden Kleidung und warf alles auf den Boden vor die Tür. Sie würde sich nicht die Mühe machen, sie zu waschen, sondern sie gleich in den Mülleimer werfen. Caroline drehte das Wasser auf, regulierte die Temperatur. Heiß musste es sein, so heiß, wie sie es aushielt.

Ihre Haut brannte, glühte fast. Sie biss die Zähne zusammen und blieb unter dem Wasserschwall stehen. Hitze war gut. Sie reinigte, vertrieb alle bösen Geister, verscheuchte Satans Abgesandten und seine teuflischen Helfer.

Caroline blieb lange unter der Dusche. Als sie herauskam, fühlte sie sich mehr als nur sauber. Geläutert, ja, das war das richtige Wort. Das kleine Badezimmer glich einem Dampfbad. Nackt, tropfend blieb sie stehen. Sie brauchte ein Badetuch, doch das leere Fach im Schrank sagte ihr, dass alle schon gebraucht waren. Wann hatte sie das letzte Mal Wäsche gewaschen? Notdürftig rieb sie sich mit einem kleinen Gästehandtuch trocken und genoss das Brennen, das der raue Stoff auf ihrer geröteten Haut hinterließ. Der Dampf hatte sich ein wenig verzogen, und Carolines Blick fiel auf den Wäscheberg am Boden. Wahllos stopfte sie so viel in die Waschmaschine, wie sie hineinbekam. Neunzig Grad,

Kochwäsche. Falls da noch irgendetwas an der Kleidung haftete, die Hitze würde es zerstören.

Was sollte sie anziehen? Ihre Sachen hatte sie im Schlafzimmer, dahin wollte sie nicht wieder zurück. Sie überlegte und holte sich dann aus dem Flur den leichten Mantel. Er reichte ihr nur bis zu den Knien, aber das störte sie nicht. Den Wasserkocher füllte sie mit Wasser aus dem Badezimmer. Nur zu gut erinnerte sie sich an den Tee, der zu Blut geworden war. Das durfte nicht noch einmal passieren. Deshalb würde sie nur heißes Wasser trinken. Die Kühlschranktür stand immer noch offen, doch es regte sich nichts Verdächtiges darin, also traute sich Caroline in die Nähe. Auch eine genauere Inspektion zeigte, dass sich nur Dinge im Eisschrank befanden, die auch dorthin gehörten. Keine Maden. Vielleicht hatte sie es wirklich überstanden. Vielleicht wollte Satan sie aber bloß in Sicherheit wiegen und, sobald sie unvorsichtig wurde, zuschlagen. Den Gefallen würde sie ihm bestimmt nicht tun.

Wieder hatte sie nicht mehr viel zu essen im Haus. Eine Semmel wäre jetzt gut. Ihr Magen begann zu knurren. Warum nicht? Gleich unten ums Eck gab es einen Bäcker. Caroline kramte in ihrer Geldbörse. Sie hatte noch etwas über zwanzig Euro und ein wenig Kleingeld. Nicht viel, aber ausreichend. Sie steckte das Geld in ihre Manteltasche.

Was wollte sie doch gleich? Ach ja, die Semmel holen. Semmel mit Marillenmarmelade. Schon bei dem Gedanken daran zog sich ihr Magen schmerzhaft zusammen und erinnerte sie daran, dass es ziemlich lange her war, seit sie zuletzt gegessen hatte. Caroline band den Gürtel ihres Mantels enger um ihre Taille und verließ die Wohnung.

Keine gute Idee. Ihr kurzer Weg glich einem Spießrutenlauf. Alle Menschen starrten sie an, als hätte sie unter der Dusche ihren Schutzfilm abgewaschen, der sie bisher davor bewahrt hatte, erkannt zu werden. Eine Mutter nahm ihr

Kind fester an die Hand, als sie an Caroline vorbeigingen, als hätte sie Angst, das Mädchen würde mit Caroline mitgehen. Wenn doch nur Sarah bei ihr gewesen wäre, aber die war fort. Nein, nein. Sie liegt immer noch in ihrem Bett und schläft. Sie schläft schon lange! Ja, aber es war auch eine anstrengende und lange Nacht. Kein Wunder.

Sobald sie zurück in ihrer Wohnung war, würde sie nach Sarah schauen. Wo sollte sie sonst sein, wenn nicht in ihrem Bettchen?

Die Verkäuferin sah sie an, als wäre sie eine Außerirdische. Ihre Stimme klang freundlich, doch Caroline fiel nicht darauf herein. Dazu hatte sie schon zu viel erlebt, hatte gelernt, Fassaden zu durchschauen – und hinter der aufgesetzten Freundlichkeit dieser Frau lauerte etwas, das sie meisterhaft verbarg. Nicht einmal Caroline konnte erkennen, welches Monster sie in sich beherbergte, aber es war da. Caroline konnte es fühlen. Sie wollte schon den Laden verlassen, doch ihr Magen zog sich mittlerweile vor Hunger immer wieder krampfartig zusammen. Daher sagte sie: »Zwei Semmeln, bitte.«

Eine für sie, eine für Sarah. Sie legte einen Euro auf die Theke und verließ fluchtartig die Bäckerei, nahm nicht einmal das Restgeld mit. Draußen auf dem Gehsteig grinste sie ein Zeitungsverkäufer an. Ein diabolisches Lächeln. Er winkte mit der Zeitung, als wolle er sich lustig über sie machen. Einen kurzen Augenblick hielt sie verunsichert inne und las die Überschrift: »Entführungsopfer wohlauf«, doch der Sinn erschloss sich ihr nicht. Sie drehte sich um und hetzte weiter. Der Zeitungsmann rief ihr etwas hinterher, sie hörte ihm nicht zu. Sie durfte sich von einem Abgesandten Satans nicht beeinflussen lassen, er würde nur Lügen erzählen, würde versuchen, sie vom rechten Weg abzubringen.

Erst in ihrer Wohnung kam sie wieder zu Atem.

Sie füllte heißes Wasser in einen Becher, schnitt eine der Semmeln auf und verteilte Marmelade darauf. Erst beim zweiten Bissen bemerkte sie den Pelz auf ihrer Zunge. Ausspucken, spuck es aus! Sie spuckte den klebrigen Brei ins Waschbecken. Wasser, sie musste ihren Mund ausspülen, mit heißem Wasser. Sie nahm einen Mundvoll und behielt es im Mund, auch wenn es sie verbrannte. Die Hitze würde alles abtöten, egal, was gewesen war. In ihrem Magen rumorte es, diesmal nicht vor Hunger – der war ihr vergangen –, sondern vor Ekel. Sie schüttelte sich. Brechreiz überkam sie. Sie beugte sich über das Waschbecken, und da sah sie es: In den Speisebrei von vorhin schien Leben gekommen zu sein, kleine grüne, pelzige Mikroben. Sie bewegten sich, als schienen sie in der zerkauten Semmel Nahrung zu finden. Caroline wandte sich verzweifelt ab, wohin? Aufs Klo. Schnell. Beide Hände vor den Mund gepresst, rannte sie, um es noch rechtzeitig zu erreichen. Sie klappte den Deckel auf.

Vor Entsetzen weiteten sich ihre Augen, und für einen Moment vergaß sie ihren Magen. Der Schrei blieb ihr im Hals stecken, sie brachte nicht mal mehr ein leises Krächzen heraus. Der Klodeckel entglitt ihren Fingern und schloss sich mit einem lauten Knall. Doch das Bild hatte sich bereits in ihre Netzhaut eingebrannt. Jetzt erst überkam sie erneut Würgen, und sie erbrach sich. Ihr ganzer Körper verkrampfte sich, sie hatte das Gefühl, ihre Eingeweide würden ihr aus dem Leib gerissen, doch es kamen nur Galle und etwas Flüssigkeit, die sie mit dem Handtuch, das sie vorhin zum Abtrocknen verwendet hatte, abdeckte.

Kraftlos ließ sie sich neben der Kloschüssel niedersinken. Sarah, mein Liebling. Du bist nicht in deinem Bett, wo du hingehörst. Vielleicht spielt sie ja mit dir. Caroline klammerte sich an diese Hoffnung. Sie erhob sich. Schwerfällig, zittrig. Ja, das musste es sein, Kinder hatten manchmal solche

Einfälle, machten Unfug. Später würden sie darüber lachen. Irgendwann.

Sie öffnete den Klodeckel. Sie würde Sarah da rausholen, in der Toilette hatte sie nichts zu suchen. Ihr solch einen Schrecken einzujagen. Doch als sie nach Sarah griff, zerrann sie ihr unter den Fingern. Nein! Nein! Sarah, was machst du?

Sie hörte das Lachen ihrer Tochter. Doch diesmal war es weit entfernt, viel zu weit, und es klang nicht fröhlich, sondern bitter. »Sarah, du darfst mich nicht verlassen!«, schrie Caroline. »Du hast es mir versprochen. Du hast gesagt, du lässt mich nie mehr allein.«

»Du hast nicht auf mich gehört, hast Gott seinen Engel vorenthalten. Er ruft mich jetzt, ich muss gehen.« Sarahs Stimme wurde leiser, verhallte echogleich.

»Nein!« Caroline legte all ihre Verzweiflung in den Schrei, all ihre Ängste, ihren Schmerz. »Nein!« Wie sollte sie ohne Sarah weiterleben? »Sarah, verlass mich nicht!«, schluchzte sie.

»Bring Gott seinen Engel, dann lässt er mich vielleicht wieder gehen.« Dann war Sarah verschwunden. Nur der dunkle Schmerz in Carolines Brust zeugte davon, dass sie da gewesen war.

Den Rest des Tages lief sie durch die Wohnung, ohne Plan und ohne Ziel, sie hätte selbst nicht sagen können, was sie wollte, wonach sie suchte. Das Bettchen in Sarahs Zimmer war leer, wie ihr Herz. Sie fegte alle Kleidung aus den Kleiderschränken. Vielleicht war Sarah doch hier, irgendwo. Vielleicht hatte sie bloß Spaß gemacht, wollte sie bestrafen. Wofür? »Du hast Gott seinen Engel vorenthalten«, erinnerte sie sich an Sarahs Worte. Aber sie war doch gehorsam gewesen. Das höhnische Grinsen des Zeitungsverkäufers fiel ihr ein. Die Zeitung, die er ihr hingehalten hatte. Da war es ihr mit einem Mal klar. Patrick war nicht tot. Er war kein

Engel, hatte den Weg zu Gott nicht gefunden. Sie hatte versagt. Ein besseres Leben hatte sie ihm versprochen. Nun würde er weiterhin Leid und Schmerz erfahren müssen. Und Sarah? Ihre liebe, kleine Sarah? Die war fort, womöglich für immer. Caroline rollte sich auf dem Teppich im Kinderzimmer zusammen. Unendliche Traurigkeit erfüllte jede Faser ihres Seins. Ob man daran sterben konnte? Sie würde es versuchen. Wenn die Taubheit, die schon ihren ganzen Körper erfasst hatte, ihr Herz erreichte, würde es zu schlagen aufhören. Sie musste gar nichts dazu tun, nur hier liegen und warten.

Wagners Anruf kam denkbar ungünstig. Laura hatte alle Hände voll zu tun.

Sie wandte sich an Ferry, einen ihrer verlässlichsten Kollegen. »In Hütteldorf wartet ein Kinderwagen darauf, untersucht zu werden. Vermutlich der, in dem Patrick auf den Wolfersberg transportiert wurde. Ich kann nicht weg, darum musst du gehen. Pack das Ding ein und bring es her. Das volle Programm.«

Ferry nickte. Sie wusste, er würde sorgfältig arbeiten.

Drei Stunden später ging Laura im Besprechungszimmer auf und ab. Sie blickte immer wieder auf die Uhr. Es war fünf nach sechs, und weder Heinz noch Wagner tauchten auf.

Sie hatte gehofft, dies so schnell wie möglich hinter sich zu bringen, Wagner und Heinz zu informieren, was sie und ihr Team herausgefunden hatten, und dann heimzufahren. Sie hatte einen anstrengenden Tag hinter sich, der fehlende Schlaf machte sich nun bemerkbar, und sie wollte nur noch ins Bett.

Sie überlegte gerade, ob sie einen der beiden anrufen sollte, als Wagner hereinkam. Er nickte ihr zu, sagte aber nichts, weil er an einer Wurstsemmel kaute.

Bei seinem Anblick wallte sofort wieder ihr schlechtes Gewissen auf. Sie war eine schlechte Lügnerin. Immer schon gewesen. Und Wagner kannte sie ziemlich gut, bestimmt würde er merken, dass etwas nicht stimmte. Um ihm nicht in die Augen sehen zu müssen, ordnete sie ihre Unterlagen und fragte so beiläufig wie möglich. »Wo ist denn Heinz? Ich dachte, er würde auch kommen.«

Wagner hatte seinen Bissen heruntergeschluckt und sagte: »Er kommt gleich, er wollte noch was erledigen. Habt ihr den Kinderwagen untersucht?«

Ein unverfängliches Thema, Gott sei Dank. Laura hob ihren Blick und schaute Wagner an. »Ja, haben wir. Und es ist definitiv der Kinderwagen, der am Fundort war. Das Reifenprofil passt. Fingerabdrücke sind auch jede Menge drauf, auch Teilabdrücke von der Täterin.«

Die unangenehme Pause, die ihrem Bericht folgte, wurde von eiligen sich nähernden Schritten unterbrochen.

Wagner drehte sich zur Tür. »Das muss Heinz sein.«

»Entschuldigt die Verspätung, aber ich war noch fleißig«, sagte Heinz atemlos. Er nahm neben Laura Platz. »Also, ich war in einer Apotheke im 20. Bezirk und habe mit viel Charme und Überredungskunst Zugang zu deren Computer bekommen.«

Wagner lachte schallend. »So, so. Mit Charme und Überredungskunst? Da wäre ich gern dabei gewesen.«

Heinz warf ihm einen giftigen Blick zu. »Ja, ich kann durchaus überzeugend sein.«

Wagner verschränkte die Arme. »Okay. Belassen wir es einfach dabei. Was hast du in Erfahrung gebracht?«

»Ich hatte zuerst ein paar Probleme mit dem Programm, aber als ich herausgefunden habe, wie es funktioniert, bin ich auf eine wahre Goldgrube gestoßen.«

Nun hatte er vollends Wagners und auch Lauras Aufmerksamkeit.

»Wusstet ihr, dass es eine zentrale Datenbank gibt, in der abgespeichert wird, was wann ausgegeben wird? Eine Art tägliche Inventurliste?«

Zufrieden schaute er in die Runde, als erwarte er Lob.

»Ja, klopft mir nur auf die Schulter.«

Laura sah zu Wagner, der genauso ratlos aussah, wie sie sich fühlte. »Und, was heißt das nun?«, fragte sie schließlich.

Heinz seufzte. »Ich hab mir ja gleich gedacht, dass ihr die Tragweite meiner Entdeckung nicht zu schätzen wisst. Dabei war es eine ziemliche Spielerei. Aber sie hat sich ausgezahlt. Vor allem erspart es uns eine Menge Laufarbeit und damit Zeit.«

Nun erklärte Heinz endlich ganz genau sein Vorgehen. Und zwar so, dass Laura seinen Ausführungen folgen konnte. Wenn sie es richtig verstand, hatte Heinz anhand dieser Inventurlisten herausgefunden, wann die infrage kommenden Medikamente ausgegeben wurden. Schließlich hatte er durch das Datum in Erfahrung gebracht, welche Rezepte an den jeweiligen Tagen eingelöst worden waren. An die Patientendaten war er nicht rangekommen, leider. Nur die ausgegebenen Medikamente erschienen, zusammen mit einem Code, der die Rezepte bestimmten Ärzten zuordnete.

»Das heißt aber, ohne zu wissen, welcher Arzt welchen Code benutzt, fangen wir erst recht nichts mit all deinen Erkenntnissen an«, stellte Wagner pragmatisch fest. Doch Laura wusste, dass das noch nicht alles sein konnte. Heinz hätte weniger euphorisch und ausführlich erzählt, wenn bei seinen Recherchen nichts herausgekommen wäre.

»Tja, zufällig habe ich gute Kontakte zur Ärztekammer.« Er zwinkerte verschwörerisch. »Es war überhaupt nicht schwierig, eine Liste mit dieser Verschlüsselung zu bekommen.«

»Das ist ja großartig!«, rief Laura. Doch ihr Enthusiasmus verflog gleich wieder. »Wie viele Ärzte gibt es in Wien?«

»Tja, das ist das kleine Problem daran. Ich habe den Stapel Zettel, den ich ausgedruckt habe, im Auto gelassen. Ich wollte euch nicht demotivieren.«

»Wie viele Seiten sind es?«, fragte Wagner nach.

Heinz stockte. »Insgesamt achtundneunzig. Ziemlich klein beschrieben. Die Codeliste umfasst fünfzehn Seiten.«

»Mir erscheint das ziemlich sinnlos. Wer weiß, woher das Medikament überhaupt stammt. Im Internet kann man sich ja so ziemlich alles bestellen«, warf Laura ein.

»Das heißt aber nicht, dass man es unversucht lassen sollte«, beharrte Heinz.

»Was versprichst du dir überhaupt davon?«, wollte Wagner wissen.

Jetzt wurde Heinz ganz ernst. »Wir können von den fraglichen Ärzten eine Patientenliste verlangen.«

»Dafür brauchen wir einen richterlichen Beschluss.«

»Da wir vorerst nur die Namen benötigen, wird das kein Problem sein, denke ich. Schließlich wollen wir ja nicht die Krankengeschichten.«

»Und wenn wir Namen haben, können wir sie mit den Mitarbeiterinnen des Krankenhauses vergleichen!« Wagner klang aufgeregt. »Ich rufe heute noch Staatsanwältin Römer an«, versprach er. »Es sind nur mehr sechs übrig, die anderen zwei haben ein hieb- und stichfestes Alibi für wenigstens einen der Morde. Die Haare, die du gefunden hast, waren übrigens eine große Hilfe, um den Täterkreis zu verringern«, setzte er hinzu und lächelte Laura an.

Sie lächelte nicht zurück. »Wir wissen mittlerweile auch, welche Firma Patricks Anzug hergestellt hat, allerdings liefern sie an verschiedene Bekleidungsketten. Auch an die, von der das zweite Taufkleid stammt«, sagte Laura.

Heinz hatte ihrem Wortwechsel gespannt zugehört. Jetzt sagte er: »Eins versteh ich nicht. Das erste Taufkleid war nicht neu. Es wurde in diesem Secondhandladen gekauft, und es wurde eingelagert. Nicht von der ursprünglichen Besitzerin und nicht von Waltraud Prinz. Also muss es wohl von der Täterin aufgehoben worden sein. Wozu? Um es irgendwann verwenden zu können, falls sie einen Mord begeht?«

»Ich weiß nicht, worauf du hinauswillst.« Wagner runzelte die Stirn, aber Laura hob die Hand, um ihn zu unterbrechen und Heinz weiterreden zu lassen. Sie konnte sich im Gegensatz zu Wagner ungefähr ein Bild davon machen, was Heinz beschäftigte.

Er sprach weiter: »Das zweite Taufkleid und der Anzug hingegen waren beides aktuelle Modelle ...«

»Ja, nicht gewaschen und nicht gebraucht. Wir haben Hautzellen und Haare auf der Innenseite gefunden, die von der kleinen Laura und von Patrick stammen. Keine Reste von Waschpulver oder fremdem Genmaterial. Die Imprägnierung war ebenfalls noch vorhanden.«

»Habt ihr euch denn nicht gefragt, warum sie dieses eine Taufkleid aufbewahrt hat? Wenn sie tatsächlich schon so lange diese Morde vorbereitet hat, warum hat sie dann nicht gleich mehrere solcher Kleidungsstücke besorgt? Das wäre für sie doch viel sicherer gewesen«, fuhr Heinz fort.

»Gute Frage, die du da aufwirfst. Warum hebt sie sich ein Taufkleid auf?«, fragte Wagner.

Stille entstand, in der jeder für sich versuchte, Wagners Frage zu beantworten.

Laura hatte das Gefühl, ihr Hirn wolle streiken, nur schwerfällig nahm es seine Arbeit auf. Warum? Warum hob man sich solch ein Kleid auf? Die Antwort durchfuhr sie wie ein Blitzschlag. »Weil sie es gebraucht hat«, rief sie aufgeregt. Die verständnislosen Gesichter von Heinz und Wagner forderten eine nähere Erklärung. »Überlegt mal, der Kinderwagen, das Taufkleid. Sie muss selbst ein Kind haben.«

»Du hast recht!«, stimmte Heinz ihr zu. »Vielleicht hat sie es aber gar nicht mehr. Es kann sein, dass das Jugendamt ihr das Kind abgenommen hat. Schließlich ist sie krank. Ich glaube nicht, dass sie für ein Kind sorgen könnte.«

»Dafür muss es Unterlagen geben«, sagte Wagner. »Ich werd mich morgen dahinterklemmen.«

»Morgen ist Samstag. Ich fürchte, da wirst du auf dem Amt niemand erreichen«, erinnerte Heinz ihn.

»Oh, Mann! Tatsächlich. Dann muss das bis Montag warten. Ist mir aber gar nicht recht. Da sind wir mit dem Gerichtsbeschluss für die Patientennamen wohl schneller.« Wagner fuhr sich durchs Haar. Eine Geste, die Laura so vertraut war, dass es ihr einen Stich gab. Sie schaute schnell weg. Niemand musste merken, wie es in ihrem Inneren aussah und woran sie dachte. War ihr Gespräch mit Jakobson wirklich notwendig gewesen? Jetzt, wo die Ermittlungen in Gang kamen und Wagner nur mehr eine kleine Auswahl an möglichen Verdächtigen hatte, würden sie die Mörderin auch ohne Hilfe der Blumenhandlungen finden. Sobald sie hier fertig war, würde sie Jakobson anrufen und ihm sagen, dass er alles abblasen sollte.

Wagner hatte von Anfang an recht gehabt, und sie hatte ihm nicht glauben wollen. Verdammt! Das hatte sie nun von ihrer Bockigkeit.

»Hast du die Blutproben ausgewertet?«, rissen Heinz' Worte sie aus ihren Überlegungen. »Du wirkst so abwesend.«

Sie massierte mit Daumen und Zeigefinger ihren Nasenrücken. »Ich bin nur müde. Ich war, seit ihr mich in der Nacht angerufen habt, nicht mehr zu Hause. Ja. Natürlich. Das Labor im AKH hat gute Arbeit geleistet. Deren Befund stimmt. Außer Lorazepam konnten auch wir nichts anderes feststellen. Um das genaue Medikament herauszufinden, hätten wir eine Probe seines Mageninhalts gebraucht.«

»Ich weiß, aber es gibt nicht so viele Präparate, die infrage kommen. Es muss ein schnell lösliches sein. Wie sonst hätte sie es ihm einflößen können, ohne dass sie Gewalt anwenden musste. Es gibt keine Spuren, die darauf schließen lassen, dass sie unsanft mit ihm umgegangen ist.«

»Auf dem Kinderwagen haben wir übrigens Blütenstaub gefunden, den wir eindeutig den Madonnenlilien zuordnen konnten. In solch einer Menge und an verschiedenen Stellen, dass man davon ausgehen kann, dass sie den Kinderwagen jedes Mal verwendet hat.«

»Die geht also mit toten Kindern im Kinderwagen spazieren?« Wagner schüttelte ungläubig den Kopf. »Wie abgebrüht muss man dafür sein?«

»Ich glaube nicht, dass sie so ausgekocht ist. Sie hat bisher einfach Glück gehabt«, sagte Heinz.

»Es gibt ein Sprichwort: Die Blöden haben's Glück. Du meinst, sie verwischt ihre Spuren nicht absichtlich? Jeder Kriminelle könnte von ihr noch lernen. So wenig wie diesmal haben wir noch nie gehabt. Sie hat an den Fundorten nichts hinterlassen, das uns geholfen hätte, sie zu finden. Es gibt keine Zeugen, sie bezahlt immer bar, und niemand kann die gekaufte Ware bis zu ihr zurückverfolgen. So sorgfältig arbeiten nicht mal Auftragskiller«, zählte Wagner auf.

»Na ja, immerhin haben wir die Haare«, sagte Laura. »Und ich habe ebenfalls nicht den Eindruck, sie hätte absichtlich ihre Spuren verwischt. Wir haben ja genug davon. Unser Problem liegt viel mehr darin, dass wir mit dem Material, das wir sichergestellt haben, einfach nichts anfangen können, weil es keine Vergleichsmöglichkeiten gibt. Wenn ihre Fingerabdrücke irgendwo erfasst wären, hätten wir sie schon längst gefunden.«

»Wären, hätten! Das hilft uns nicht.«

»Wir haben Patrick«, fiel Laura ein. Gut, er war erst drei, aber irgendeine Reaktion musste er doch zeigen, wenn er auf seine Peinigerin traf. Angst, Entsetzen?

Heinz schüttelte den Kopf. »Von ihm werden wir nichts

erfahren. Selbst wenn er wieder wach ist. Er ist geistig behindert.«

»Vielleicht hat sie ihn deshalb am Leben gelassen«, spekulierte Wagner.

»Nein. Sie muss geglaubt haben, dass er tot ist. Das Medikament, das sie ihm verabreicht hat, hat ihn in Tiefschlaf versetzt, seinen Herzschlag verlangsamt. Für sie war er tot.«

»Warum ist sie diesmal von ihrem Vorgehen abgewichen?«, wollte Laura wissen.

Heinz schaute sie eindringlich an. »Das ist eine wichtige Frage, und ich kann nur raten. Sie entscheidet offenbar spontan. Die beiden anderen waren wesentlich jünger. Bei denen war es leichter. Sie haben sich kaum oder gar nicht gewehrt. Aber bei Patrick hätte sie mit Widerstand rechnen müssen. Natürlich wäre sie die Überlegene gewesen, aber ich habe den Eindruck, dass sie den Kindern nicht wehtun möchte.« Heinz schloss die Augen, als wolle er das Bild der Täterin heraufbeschwören. Leise sprach er weiter: »Schon die Art, wie sie die Kinder herrichtet und sie bettet, spricht dafür, dass sie nicht aus Hass handelt. Sie liebt ihre Opfer.«

»Ja, das nenn ich wahre Liebe!«, warf Wagner ein.

Heinz ließ sich von seinem Einwand nicht stören, sondern sprach weiter: »Sie ist psychisch krank. Depressiv? Vielleicht auch. Aber nicht ausschließlich. Dann hätte sie zu wenig Antrieb, um solche Taten auszuführen. Außerdem würde sich ihre Aggression eher gegen sich selbst richten. Und dann ist da dieses Medikament. Ein Arzt würde das bei Angstzuständen und Panikattacken verschreiben, bei Schlaflosigkeit. Angenommen, die Frau ist manisch oder schizophren. Dann wäre Lorazepam fatal. Es würde ihr Krankheitsbild noch verstärken.«

Laura starrte Heinz entsetzt an. Sie wusste nicht viel von Psychiatrie, aber das Bild, das er entwarf, ließ eine Gänsehaut auf ihren Armen erscheinen.

Heinz sprach weiter. »Ein guter Arzt würde das berücksichtigen und ihr etwas anderes geben. Aber wenn die Symptome erst aufgetaucht sind, nachdem er ihr das Lorazepam verschrieben hat oder wenn sie ihm nichts von ihren anderen Krankheitszeichen gesagt hat, ist es ein gerechtfertigtes Medikament.«

Wagner schüttelte den Kopf. »Würde das nicht zwangsläufig auffallen? Ihren Arbeitskollegen?«

»Da muss ich dich enttäuschen. Es kommt darauf an, welchen Job sie ausübt. Und viele dieser Erkrankungen fallen erst auf, wenn ein Betroffener zum Beispiel nackt den Verkehr regelt.«

»Oder Kinder umbringt«, ergänzte Wagner.

Laura hob den Kopf. Sie war ein wenig abwesend gewesen, was an ihrer Müdigkeit lag. Aber Heinz hatte etwas gesagt, das sie in die Wirklichkeit zurückbeförderte.

»Warum machen sie das? Ich meine, nackt den Verkehr regeln. Das ist jetzt nur ein Scherz, oder?«

Heinz grinste. »Ich wollte damit nur verdeutlichen, dass so eine Krankheit anderen erst auffällt, wenn etwas Gravierendes passiert. Aber nun zu deiner Frage nach dem Warum: Jemand befiehlt es ihnen. Ihr Handeln erscheint ihnen richtig. In ihrer eigenen Wahrnehmung ist alles real. Die Stimmen, die Bedrohung. Schizophrene fühlen sich meist verfolgt, beobachtet. Und man kann ihnen auch nicht einreden, dass es nicht stimmt, denn sie sehen einen als Teil der Verschwörung an.«

Laura lauschte Heinz' Worten. »Wie kommt es, dass du so viel davon verstehst? Ich meine, vor deiner Zeit als Gerichtsmediziner warst du in der Notfallmedizin. Das hat mit Psychiatrie ja nicht viel zu tun.«

Heinz schwieg einen Moment. Dann sagte er: »Weil meine Mutter an Schizophrenie leidet. Das war wohl auch der Grund, warum mein Vater sie verlassen hat.«

»O Gott. Das wusste ich nicht. Es tut mir leid.« Laura spürte, wie sie rot wurde.

Heinz winkte ab. »Wir hatten schwierige Zeiten. Ich habe meinem Vater lange Zeit nicht verzeihen können, dass er uns im Stich gelassen, uns gegen eine andere, gesunde Familie eingetauscht hat. Aber meine Mutter kommt gut klar. Mit den Medikamenten kann sie ein normales Leben führen.«

»Wodurch wird die Krankheit ausgelöst?«, wollte Laura wissen.

»Wenn man sie in sich trägt, können einschneidende Erlebnisse, wie die Trennung von einem Partner oder die Geburt eines Kindes, dazu führen, dass sie ausbricht. Bei meiner Mutter war es der Tod ihrer Schwester.«

»Und bei unserer Mörderin womöglich der Verlust ihres Kindes«, überlegte Laura laut.

Plötzlich empfand sie keinen Groll mehr gegen diese unbekannte Frau, der sie auf den Fersen waren. Keinen Hass, sondern nur tiefes Mitleid.

»Wir müssen sie finden«, sagte sie.

»Ja, das müssen wir. Denn ohne Behandlung wird es schlimmer werden. Das ist nicht wie bei einer Erkältung, die von alleine vergeht.«

Wagner hatte lange Zeit nichts gesagt. Nun blickte er von Heinz auf Laura. »Es tut mir leid, aber mein Mitgefühl gehört den Opfern beziehungsweise deren Angehörigen. Für mich ist diese Frau immer noch eine Mörderin, ob krank oder nicht. Schlussendlich wird die Justiz darüber entscheiden, ob sie zurechnungsfähig ist. Unsere Aufgabe ist es, sie zu finden, um weitere Verbrechen zu verhindern.«

»Dann wollen wir ja alle das Gleiche, wenn auch aus unterschiedlichen Beweggründen«, antwortete Laura. Sie lernte Wagner von einer Seite kennen, die ihr nicht gefiel. Was hatte ihn bloß so verbittert gemacht?

Laura gähnte herzhaft. Sie merkte, dass die Grenze ihrer

Aufnahmefähigkeit erreicht war. »Ich glaube, ich sollte jetzt wirklich nach Hause. Kasimir hat nur Trockenfutter, und ich kann die Augen kaum noch offen halten. Wenn es nichts Neues gibt, bin ich dann erst Montag wieder hier.«

Sie verließ den Raum, spürte noch Wagners Blicke in ihrem Rücken. Oder bildete sie sich nur ein, dass er ihr nachschaute? War es, weil sie plötzlich die Mörderin nicht als Monster, sondern als eine bemitleidenswerte Frau betrachtete? Oder hatte er etwa doch gemerkt, dass sie ihm etwas verheimlichte? Jakobson! Sie musste ihn unbedingt erreichen.

Sie setzte sich in ihr Auto. Bevor sie startete, holte sie ihr Handy aus der Tasche und drückte auf die eingespeicherte Nummer.

»Laura, wie schön. Sie sind mir was schuldig. Ich habe zwar das Gefühl, mit einem Teufelchen einen Pakt geschlossen zu haben, aber was tue ich nicht alles für Sie?«

»Sie müssen es aufhalten. Bitte!« In Lauras Augen brannte es, und das kam nicht allein von der Müdigkeit.

Jakobsons Stimme klang überrascht und ein wenig konsterniert, als er sagte: »Das geht nicht. Der Druck läuft schon.«

Aus und vorbei, dachte Laura, als sie das Handy auf den Beifahrersitz schmiss. Eine schlechte Nachricht wurde auch nicht besser, wenn eine sympathische Person sie überbrachte.

Am besten, sie verkroch sich das ganze Wochenende in ihrer Wohnung oder, noch besser, gleich die nächsten zehn Jahre. Einen kurzen Moment war sie versucht, Wagner anzurufen. Ihm zu beichten, was sie getan hatte, bevor er es aus der Zeitung erfuhr. Doch so unnachgiebig, wie seine Haltung zur Zeit war, hätte sie seine Reaktion auf ihre Beichte nicht ertragen. Heute schon gar nicht. Dafür musste sie stark sein, sich ihm gegenüber verteidigen, ihren Standpunkt erklären können. Argumentieren, warum sie es getan hatte. Dies alles schaffte sie heute nicht mehr. Und ja, sie war auch feige, wie sie sich selbst eingestand, denn es gab die winzige Möglichkeit, dass er sie mit dem Artikel gar nicht in Verbindung brachte. Dass sie ungeschoren aus der Sache herauskam.

Ihr Vertrauensbruch würde ewig zwischen ihnen stehen. Aber darauf kam es nun auch nicht mehr an. Zu viel war bereits geschehen, die Kluft wuchs und wuchs. Sie glaubte nicht, dass es noch möglich sein würde, Brücken zu bauen, um die Abgründe zwischen Wagner und ihr zu überwinden.

Laura drehte den Zündschlüssel um. Das vertraute Brummen des Motors ertönte. Seltsamerweise fühlte sie sich davon ein wenig getröstet.

Wagner schaute Laura nach. Selbst als ihre Schritte nicht mehr zu hören waren, starrte er zur Tür, durch die sie gegangen war. Sie hatte müde ausgesehen. Kein Wunder. Sie verlangte von sich selbst mehr als von anderen. Auch er fühlte sich erschöpft, und ein pochender Kopfschmerz erinnerte ihn daran, dass er ebenfalls zu wenig geschlafen hatte. Aber wenigstens hatte er ein paar Stunden Schlaf bekommen, im Gegensatz zu Laura, die gleich, nachdem sie am Fundort fertig gewesen war, im Labor weitergemacht hatte.

»Wir sollten ebenfalls für heute Schluss machen. Ich habe morgen Bereitschaft«, sagte Heinz.

Wagner nickte und sammelte die Unterlagen ein. »Ja. Und ich werde morgen noch die anderen Frauen wegen ihrer Alibis aufsuchen. Aber erst, nachdem ich ausgeschlafen habe und mich wieder wie ein Mensch fühle.«

Gemeinsam gingen sie schweigend nebeneinander den Flur entlang.

»Findest du meine Einstellung falsch?«, fragte er Heinz.

»Ja. Bei diesem Fall spielen deine persönlichen Gefühle mit. Du bist nicht objektiv. Denk mal drüber nach, in deinen Augen ist sogar Sonja eine Mörderin. Dabei hat sie sich für eine Abtreibung entschieden, keine Straftat begangen. Die Frau, die wir suchen, ist krank, Helmut! Sie kann vielleicht geheilt werden.«

»Aber sie wird nicht bestraft, weil sie nicht straffähig ist.«

»Glaub mir. Mit dem Wissen um ihre Taten zu leben ist eine härtere Strafe, als jedes Gesetz es sich ausdenken kann.«

Das war es, was Wagner an der Freundschaft zu Heinz schätzte. Er hielt sich mit seiner Meinung nicht zurück, auch wenn sie unangenehm war. Aber ehrlich gesagt, hätte es Wagner auch nicht gestört, wenn er nicht ganz so direkt gewesen wäre.

»Soll ich dich noch nach Hause bringen?«, fragte Heinz.

Wagner winkte ab. »Nein, lass nur. Ich nehme ein Dienstfahrzeug.«

Mit einem kumpelhaften Händedruck verabschiedeten sie sich voneinander. Wagner war schon einige Schritte weitergegangen, als er sich noch einmal umdrehte und Heinz nachrief: »Danke!«

Der hob nur die Hand, was wohl heißen sollte: »Keine Ursache, dafür sind Freunde ja da.«

Zu Hause sperrte Wagner seine Tür auf, als seine Nachbarin, Frau Huber, aus ihrer Wohnung schaute. Nicht jetzt, dachte er. Es war nicht so, dass er sie nicht mochte. Sie hatte schon den einen oder anderen guten Rat für ihn parat gehabt, und sie goss seine wenigen Pflanzen, wenn er längere Zeit fort war. Frau Huber stellte nicht viele Fragen und wusste doch über das meiste Bescheid. Sie mischte sich nur ganz selten in seine Angelegenheiten, was er ihr hoch anrechnete. Aber jetzt wollte er mit niemandem reden. Er wollte nur ins Bett.

»Ach, Herr Wagner. Gut, dass ich Sie erwische.« Das bedeutete, dass sie bereits auf ihn gewartet hatte.

»Es ist heute ein Päckchen für Sie gekommen.« Sie

wischte sich die Hände an ihrer Schürze ab. »Warten Sie einen Augenblick, ich hole es.«

Wer sollte ihm ein Paket schicken? Frau Huber drückte ihm eine braune Schachtel in die Hand. »Es ist von Ihrer Sonja.«

Frau Huber hatte Sonja immer gerne gemocht, trotzdem galt ihre uneingeschränkte Loyalität Wagner. »Ich hoffe, es ist etwas Angenehmes.«

Bestimmt hätte sie es begrüßt, wenn Wagner das Paket gleich an Ort und Stelle aufgemacht hätte, damit sie sehen konnte, was drinnen war. Weniger aus Neugier als vielmehr aus Sorge um seinen Gemütszustand, falls der Inhalt schmerzliche Erinnerungen hervorrufen sollte.

Doch Wagner dachte nicht daran, es jetzt zu öffnen. »Danke«, sagte er. »Ich mach es morgen auf. Es wird wohl nichts darin sein, was nicht warten kann.«

Er verabschiedete sich von Frau Huber. Sonjas Päckchen nahm er mit ins Wohnzimmer und legte es auf den Sofatisch. Die Stille in seiner Wohnung kam ihm plötzlich unerträglich vor, also schaltete er den Fernseher ein, setzte sich auf die Couch und legte die Füße auf den Tisch. Sonja hatte das immer gehasst. Er starrte auf den Bildschirm, ohne wirklich wahrzunehmen, was dort lief. Irgendeine Komödie, die er nicht einmal dann lustig gefunden hätte, wenn er in der richtigen Stimmung gewesen wäre.

Sein Blick wanderte zu dem Paket, dann wieder zum Fernseher und zurück. Ach, was soll's. Er konnte es genauso gut jetzt öffnen. Aus der Küche holte er sich ein Messer und schlitzte die Klebestreifen auf der Seite auf.

Ein schlichtes Holzkästchen kam zum Vorschein. Wagner hob es heraus und betrachtete es von allen Seiten. Warum sollte Sonja ihm so etwas schicken? Als er den Deckel hob, sah er eine Flasche mit seinem Lieblingsbier, gebettet auf Holzspänen, und eine Karte. »Alles Gute zum Geburtstag!«, stand in rundlichen Buchstaben geschrieben. Geburtstag? Ach ja. Am Sonntag. An den hatte er gar nicht gedacht! Aber wieso gratulierte Sonja ihm? Was sollte ihr plötzlicher Sinneswandel? Als sie ihm sein Handy geschickt hatte, fand sie es nicht einmal der Mühe wert, ihm eine Zeile der Entschuldigung oder des Bedauerns zu schreiben, und das war noch nicht allzu lange her.

Sein erster Impuls war, den Deckel zuzuklappen, der zweite, die Flasche in den Papierkorb zu befördern. Doch er überlegte es sich anders. Was sollte diese Geste? Wollte sie sich mit ihm versöhnen? Sie hatte diese Bierflasche nicht ums Eck im Supermarkt gekauft, die Sorte gab es nur in einem speziellen Geschäft in Innsbruck. Als sie die erste Nacht in ihrer gemeinsamen Wohnung verbracht hatten, überraschte sie ihn damit. Sie stießen auf ihre Zukunft an, teilten sich das Bier und malten sich in rosigen Farben ihr weiteres Leben aus. Und danach liebten sie sich auf der Matratze in ihrem Schlafzimmer, denn ein Bett hatten sie noch nicht.

Nachdenklich betrachtete Wagner die Flasche und stellte sie auf den Couchtisch. Fragen über Fragen. Doch jetzt war nicht der richtige Zeitpunkt, und er war nicht in der richtigen Verfassung, über sie nachzudenken. Zuerst würde er zu Bett gehen. Morgen war auch noch ein Tag. Sonja hätte von ihm erwartet, dass er das Bier am Sonntag zu seinem Geburtstag trank. Vielleicht würde er es auch aufheben. Für einen besonderen Anlass, zum Beispiel, wenn dieser Fall abgeschlossen war.

KAPITEL ACHTUNDZWANZIG

Wagner hatte gehofft, lange schlafen zu können, doch seine innere Uhr weckte ihn um halb sieben, und nachdem er sich ein paarmal hin und her gedreht und gemerkt hatte, dass er doch keine Ruhe mehr finden würde, stand er auf.

Die Dusche verhalf ihm zu einem einigermaßen klaren Kopf, und er beschloss, in seinem Stammcafé zu frühstücken. Seinen eigenen Kaffee wollte er sich heute Morgen nicht zumuten.

Er machte sich fertig und verließ die Wohnung. Das Café lag nur fünf Minuten entfernt, und die Kellnerin freute sich, ihn zu sehen, wie jedes Mal. Die Signale, die sie aussandte, waren so offensichtlich, dass er sicher war, sie würde ihm keinen Korb geben, sollte er sie einladen. Aber es war nicht nur der Ehering an ihrem Finger, der ihn davon abhielt, sich mit ihr zu verabreden. Mit ihren langen, grell lackierten Nägeln und ihrem stets in einem anderen Ton gefärbten Haar war ihm schon ihr Erscheinungsbild zu aufdringlich. Dennoch hielt ihn das nicht ab, mit ihr zu flirten. Sie wäre enttäuscht gewesen, hätte er es nicht getan.

»Ah! Mein Lieblingskommissar! Ich habe dich schon vermisst«, sagte sie mit ihrer unverkennbar rauchigen Stimme.

»Ich war leider zu beschäftigt. Aber du siehst, kaum habe ich frei, bin ich schon wieder hier. Ich hätte gern das Übliche und die heutige Zeitung.«

Er steuerte seinen Stammplatz an, ein kleiner Tisch weiter hinten im Café, wo er ungestört essen und lesen konnte.

Außer ihm waren nur zwei weitere Gäste hier. Spätestens

um neun Uhr würde es kaum noch freie Plätze geben. Aber jetzt musste er nur ein paar Minuten warten, bis die Kellnerin sein Frühstück brachte. Neben den Brotkorb mit einer Semmel und einem Hörnchen legte sie die Zeitung, den Kaffee stellte sie vor Wagner.

»Man liest so einiges«, deutete sie auf die Zeitung. »Deine Fälle?«

»Ja«, sagte Wagner und griff nach der Tasse. Er nahm einen vorsichtigen Schluck. Er war heiß und gut und weckte die Lebensgeister in ihm.

»Ich weiß, dass du mir nichts erzählen wirst. Ich hab schon aufgegeben, dir alles aus der Nase ziehen zu wollen. Aber heftig ist es doch, dass der Täter die Babys auf Lilien bettet.«

Wagner hätte sich fast am Kaffee verschluckt. Klirrend stellte er seine Tasse ab, und ein paar Tropfen spritzten auf den Unterteller.

Er schnappte sich die Zeitung und drehte sie um. In großen Buchstaben prangte auf dem Titelblatt »Der Lilienmörder« und kleiner darunter »Sind unsere Kleinkinder in Gefahr?«.

»Verflucht!«, entfuhr es ihm. Er schlug mit der Faust auf die Zeitung, die seinen Hieb ein wenig dämpfte. Trotzdem schepperte sein Teller, als das Messer in die Höhe sprang und wieder hinunterfiel.

»Stimmt was nicht?«, fragte die Kellnerin.

Der Hunger war ihm vergangen, grimmig antwortete er: »Es stimmt so gut wie gar nichts.«

Er stand auf, nahm die Zeitung an sich und deutete auf sein angefangenes Frühstück. »Sei so gut und schreib es an, ich muss weg.«

Ihre verblüffte Miene entging ihm nicht, aber darum konnte er sich im Moment nicht kümmern. Jetzt musste er erst einmal Schadensbegrenzung betreiben. Er konnte sich schon vorstellen, wer dafür verantwortlich war. Laura, dieses Miststück. Schon seit dem ersten Mord hatte sie ihm in den Ohren gelegen, er solle mit den Lilien an die Öffentlichkeit gehen, und er hatte aus guten Gründen darauf verzichtet.

Nie, niemals hätte er solch einen Vertrauensbruch von ihr erwartet. Ja, sie hatten ihre Differenzen. Überhaupt in letzter Zeit schien es, als würden sie nur noch miteinander streiten. Aber verdammt, sie konnte sich doch nicht einfach über seine Entscheidungen hinwegsetzen!

Noch im Gehen holte er sein Handy aus der Hosentasche und rief sie an, um seinem Ärger Luft zu machen und sie zur Rede zu stellen. Doch es schaltete sich nicht einmal die Mailbox ein. Er versuchte es unter ihrer Festnetznummer. Auch hier hatte er keinen Erfolg.

Dieses Biest! Was dachte sie sich eigentlich dabei, nicht erreichbar zu sein? Das würde ein Nachspiel haben, mit Sicherheit. Wenn er etwas nicht leiden konnte, dann war es, wenn ihm jemand auf der Nase herumtanzte. Sie hatte hiermit eindeutig ihre Kompetenzen überschritten.

Wagner musste überlegen, wo er das verdammte Auto abgestellt hatte. Als ihm einfiel, dass es zwei Straßen weiter stand, fluchte er so laut, dass ein entgegenkommender Passant ihn befremdet ansah. Wagner warf ihm einen giftigen Blick zu. Dann schob er seine Hände in die Hosentaschen und stapfte Richtung Wagen.

Immerhin half ihm die Morgenluft, seinen Kopf wieder freizubekommen. Und wenn sie es gar nicht gewesen war? Vielleicht tat er ihr Unrecht. Dass die Lilien bisher nicht in den Presseberichten aufgetaucht waren, sah er eigentlich als Glücksfall an. Es gab ja genug Menschen, die an den Fundorten gewesen waren. Möglicherweise hatte einer von ihnen dem Reporter den Tipp gegeben. Manche hätten für diese fünf Minuten zweifelhaften Ruhms ihre Großmutter verkauft, wenn sie damit in die Zeitung kämen. Die Redakteure waren nicht gerade wählerisch, wenn es darum ging, was die Titelseiten zieren sollte. Je reißerischer, desto besser.

Als er sein Dienstfahrzeug endlich erreicht hatte, fuhr er zum Präsidium, anstatt, wie ursprünglich geplant, die Alibis der restlichen Verdächtigen zu überprüfen. Genau das war der Grund, warum er sich immer gegen die Bekanntgabe der Lilien gesträubt hatte: Seine eigentliche Arbeit trat in den Hintergrund. Wieder fluchte er laut. Hier im Fahrzeug hörte ihn wenigstens niemand. Wahrscheinlich würden die Telefonleitungen im Präsidium heißlaufen, und nicht nur, weil die Blumenhandlungen jeden Lilienkauf meldeten. Die meisten Anrufer wären Leute, die sich wichtig machen wollten.

Während er nachdachte, wie er aus diesem Schlamassel herausfinden sollte, bog er schon auf den Parkplatz ein. Den Weg hätte er auch im Schlaf gefunden. Wie oft hatte er die Strecke von seiner Wohnung hierher zurückgelegt? Zu jeder Tages- und Nachtzeit. Oft sogar mehrmals an einem Tag.

Auch an Wochenenden, Sonn- und Feiertagen saß ein Portier unten am Empfang. Freundlich grüßte der Mann ihn, Wagner sagte knapp: »Guten Morgen.« Gleichzeitig fragte er sich, was an diesem Morgen gut sein sollte. Viel beschissener ging es gar nicht. Doch, korrigierte er sich. Ein neues Opfer wäre noch schlimmer. Und anstatt sich auf Mördersuche machen zu können, musste er sich mit unnötigen Dingen aufhalten. Wenn sie erneut zuschlägt, weil ich meine Zeit unnötig verplempere, werden Köpfe rollen, schwor er sich. Egal, wer der Presse die Informationen zugespielt hatte. Und wenn es doch Laura gewesen ist? Würdest du ihr wirklich schaden wollen? Würdest du in Kauf nehmen, dass sie ihren Job verliert?

Eine Frage, die nicht leicht zu beantworten war und über die er in Ruhe nachdenken musste.

In der Telefonzentrale saß eine Beamtin. Als er an den Türrahmen klopfte, wandte sie den Kopf nach ihm um. Sie sprach gerade beruhigend in den Apparat und hob ihre Hand, um ihm zu signalisieren, er solle warten.

Nach einigen Minuten legte sie auf und sah ihn erwartungsvoll an. Er hielt ihr die Zeitung hin. »Du kannst damit rechnen, dass hier in ein paar Stunden der Teufel los sein wird. Es tut mir leid, ich habe keine Ahnung, woher die Presse das weiß.«

»Aber es ist Wochenende. Ich bin allein«, sagte die junge Frau.

»Ich weiß. Ich werde sehen, wen ich dir zur Unterstützung schicken kann. Jetzt ist es nun mal passiert, und wir müssen das Beste draus machen.«

Er erklärte ihr ganz genau, worauf sie achten musste und welche Anrufer abgewimmelt werden konnten.

Nachdem dies erledigt war, ging er die Treppe in den ersten Stock hinauf in sein Büro. Als Erstes würde er den Reporter anrufen, der für den Artikel verantwortlich war – oder den Redakteur. Zumindest einen Bereitschaftsdienst musste es am Wochenende geben, auch wenn er nicht glaubte, den Namen des Informanten zu erfahren.

Als er die Telefonnummer wählte, merkte er, wie sehr er hoffte, zu hören, dass es nicht Laura Campelli gewesen war.

Das Telefonat war wenig ergiebig. Wolfgang Jakobson, der Reporter, der den Artikel geschrieben hatte, hüllte sich in Schweigen. Er meinte, er würde sich eher die Zunge abbeißen, als die Identitäten seiner Informanten preiszugeben, und faselte irgendwas von Ehrenkodex. Auch als Wagner laut wurde und mit der Hand auf den Schreibtisch schlug, blieb Jakobson ruhig, was Wagner noch mehr auf die Palme brachte.

»Haben Sie eine Ahnung, was Sie mit Ihrem Geschmiere angerichtet haben?«, schrie er ins Telefon.

Jakobson antwortete: »Ich hoffe, ich habe mit dem Artikel die Bevölkerung vorgewarnt, und die Menschen gehen nun mit offeneren Augen durch die Straßen. Das kann schlussendlich auch Ihnen nur dienlich sein.«

Wagner knallte den Hörer auf die Gabel. Gleich darauf schrillte sein Handy.

»Ja«, blaffte er. Er hatte Heinz' Nummer erkannt.

»Du hast eine Laune«, sagte der.

»Hast du schon die heutige Zeitung gelesen? Dann weißt du, warum.«

»Deswegen ruf ich ja an. Ich wollte es dir schonend beibringen, aber wie es aussieht, bin ich zu spät dran. Was wirst du nun tun?«

Wagner seufzte. »Ich muss schauen, wo ich ein paar Leute abziehen kann, um die Telefonleitungen zu besetzen. Mindestens noch zwei, drei wären gut.«

Er machte eine Pause. Dann fragte er: »Glaubst du, dass es Laura war?«

Heinz sagte eine ganze Weile nichts. Dann: »Ich weiß es nicht. Es waren zu viele Leute an den Fundorten. Von denen könnte es im Grunde jeder gewesen sein. Du kennst das ja: Einer erzählt's dem anderen unter dem Siegel der Verschwiegenheit. Und dann gelangt es an die Ohren eines Reporters, der zieht seine Schlüsse, und schon steht eine Halbwahrheit in der Zeitung. Wobei ich sagen muss, hier sind es keine Vermutungen, über die er schreibt, sondern es stimmt alles. Das spricht für ihn.«

»O nein. Das spricht nicht für ihn, sondern dafür, dass das Wissen von einem Insider kommen muss. Und da fällt mir nun mal ganz spontan Laura ein. Warum wohl?«

»Bevor du irgendetwas machst, das du ewig bereuen wirst, tu mir einen Gefallen: Ruf sie an und frag sie. Laura kneift nicht. Wenn sie es war, dann steht sie auch dazu. Sie hat noch nie gelogen.«

»Sie hat auch noch nie Informationen weitergegeben. Offenbar passiert alles irgendwann zum ersten Mal.«

»Du tust so, als wüsstest du mit Sicherheit, dass sie schuldig ist. Frag sie einfach.«

Wagner murmelte: »Das wollte ich, sie hebt nicht ab.«

Und das war etwas, das ihn mehr irritierte als alles andere. Denn es bestand die Möglichkeit, dass sie die Nacht gar nicht zu Hause verbracht hatte. Eifersucht. Das war es. Aber warum? Welchen Anspruch hatte er auf sie? Es gab durchaus noch andere schlüssige Gründe dafür, warum sie nicht ans Telefon ging. Vielleicht hatte sie es auf Stumm gestellt, um auszuschlafen. Auch wenn das unwahrscheinlich war, denn Laura gehörte zu einer Spezies Mensch, die mit wenig Schlaf auskam.

Natürlich bestand die Möglichkeit, dass sie einfach mit niemandem reden wollte. Oder bloß mit ihm nicht.

Er fühlte sich wie eine Katze, die um den heißen Brei herumschleicht. Bei der nächsten sich bietenden Gelegenheit würde er Laura zur Rede stellen. Er musste endlich wissen, woran er war. Das kam auf seiner Prioritätenliste noch vor dem Autokauf. Egal, wie es ausgehen würde.

Heinz saß in seinem Zimmer im gerichtsmedizinischen Institut und starrte das Telefon an. Er konnte sich gut vorstellen, wie es in seinem Freund aussah. Nicht nur, weil die Meldung in der Zeitung erschienen war, sondern weil es um einen gravierenden Vertrauensbruch ging. Schon wieder war Wagner enttäuscht worden. Er horchte in sich hinein, um eine Antwort auf die Frage zu finden, ob er Laura solch eine Aktion zutraute. Sie war aufbrausend und temperamentvoll, spontan und handelte oft intuitiv. Und doch würde sie niemals die Ermittlungen bewusst gefährden. Nie. Aber er kannte auch ihre Haltung in dieser Angelegenheit. In ihren Augen würde diese Meldung in der Zeitung die Ermittlungen vorantreiben, und unter diesem Gesichtspunkt war es durchaus denkbar, dass sie zu solch einem drastischen Mittel gegriffen hatte – weil sie es für notwendig gehalten hatte.

Ach, Laura, in welchen Dreck hast du den Karren gefahren? Ob das jemals wieder zu kitten war?

KAPITEL NEUNUNDZWANZIG

Caroline wartete auf den Tod. Doch er kam nicht. Der Schmerz, den sie empfand, war ein allzu deutliches Zeichen dafür, dass sie immer noch lebte. Außerdem war ihr kalt. Wie viel Zeit sie hier auf dem Boden in Sarahs Zimmer verbracht hatte, wusste sie nicht. Welcher Tag heute war, ob es überhaupt Tag oder Nacht war – keine Ahnung.

Dr. Siegfried fiel ihr ein. Er hatte ihr schon geholfen, als sie Sarah das erste Mal verloren hatte. Er hatte gesagt, sie solle sich an ihn wenden, wenn sie etwas brauche.

Ob er heute im Krankenhaus war? Könnte er etwas gegen ihr unsägliches Leid tun? Gab es dagegen eine Medizin, wie gegen ihre damalige Schlaflosigkeit, das Gefühl, keine Luft mehr zu bekommen, die Ängste und Panikattacken, die sie gequält hatten?

Schon sich vom Boden zu erheben bereitete ihr Mühe. Doch endlich kniete sie. Mit beiden Händen hielt sie sich an den Gitterstäben des Babybettchens fest und zog sich hoch, bis sie stand. Schwindel erfasste sie, und Caroline traute sich nicht, ihre Stütze loszulassen. Mit gebeugtem Oberkörper atmete sie ein paarmal ein und aus, bis der Taumel so weit nachgelassen hatte, dass sie sich ganz aufrichten konnte. Immer noch hielt sie sich an Sarahs Bett fest. Lange Zeit starrte sie auf die leere Matratze und das Kissen. Hier sollte ihre Tochter schlafen, hier sollte sie sein, an ihrem Platz, in ihrem Zimmer, in ihrem Bett. Hier, bei ihrer Mutter. Ich hole dich zurück, Sarah! Das verspreche ich. Ich hole dich zurück, wo immer du auch sein magst.

Aber zuerst musste sie wieder zu Kräften kommen. Dr. Siegfried. Im Krankenhaus. Er würde helfen.

Caroline zog den Gürtel des Mantels fester und wankte zur Tür.

Wie schon vorhin, als sie die Semmeln geholt hatte, starrten die Menschen sie an. Sie senkte den Blick. Sieh niemand in die Augen, murmelte sie unentwegt vor sich hin. Die Augen waren der Spiegel der Seele. Das hatte sie irgendwo einmal gehört. Das Böse konnte sich durch Blickkontakt ihres Geistes bemächtigen. Und was würde dann mit Sarah geschehen?

Hin und wieder traute sie sich aufzuschauen, gerade so lange, um sich zu orientieren, wo sie sich befand. Wo wollte sie noch mal hin? Ach ja, ins Krankenhaus. Zu Dr. Siegfried.

Sie trat durch die Drehtür in die Eingangshalle. Menschen kamen und gingen. Caroline drückte sich an eine Wand. Niemand sollte ihr zu nahe kommen, sie anfassen. Ihre Haut war so dünn, dass sie zerfließen würde, wie Sarah. Sich auflösen, sobald sie von jemand berührt wurde.

»Kann ich Ihnen helfen?«, fragte eine Stimme. Sie gehörte einer Frau. Caroline traute sich nicht, sie anzusehen. Auch wenn sie freundlich klang, konnte sie eine Abgesandte Satans sein.

»Nein. Ich gehe zu Dr. Siegfried«, sagte Caroline und hob abwehrend die Hände.

»Dritter Stock, links.«

Die Person, der die Stimme gehört hatte, entfernte sich wieder. Caroline stieß sich von der Wand ab. Dritter Stock, links. Dr. Siegfried.

Keine zehn Pferde hätten sie in den Aufzug gebracht. Auch wenn es deutlich anstrengender war, würde sie zu Fuß die Treppe hinaufsteigen. Eins, zwei, drei. Nach jeder dritten Stufe hielt sie inne, machte Pause. Sie hatte so wenig Kraft.

Eins, zwei, drei. Die nächsten Stufen. Japsend hielt sie sich am Geländer fest. Wo bin ich? Ach ja, im Krankenhaus. Dr. Siegfried. Zu dem muss ich. Eins, zwei, drei … eins, zwei, drei … Die Notausgangstür. Caroline sammelte ihre Kräfte und drückte sie auf. Das Krankenhaus. Es hatte sich nicht viel verändert, seit sie das letzte Mal hier gewesen war. Alles kam ihr vertraut vor. Dabei schien es ihr, als wäre es in einem anderen Leben gewesen. Der Geruch nach Desinfektionsmittel und Früchtetee war genauso penetrant wie damals. Sie ging über den Flur. Hier in diesem Zimmer hatte sie gelegen. Weitab von all den glücklichen Müttern, die ihre Babys behalten durften. Die Säuglings- und Geburtsstation war durch eine Tür von der gynäkologischen Abteilung getrennt. Eine simple Tür aus durchsichtigem, starkem Glas entschied über Glück und Unglück. Sie war auf der falschen Seite gelandet. Damals. Aber jetzt konnte sie auf die Glücksseite wechseln! Kaum hatte sie sich dazu entschieden, schwang die Tür automatisch auf, und sie betrat die Säuglingsstation. Auch hier lagen Zimmer an Zimmer nebeneinander. Aus manchen hörte sie Babyweinen. Sie ging weiter, den Flur entlang. Am anderen Ende des Ganges lag ein durch Glaswände abgetrennter Bereich. Von ganz allein fanden Carolines Füße dorthin. Hier lagen sie: Babys, manche noch winzig klein, die meisten in Wärmebettchen, manche von ihnen an Apparate angeschlossen.

»Bring Ihm einen Engel, Mama«, klang Sarahs Flehen in ihrem Kopf. So viele! Welches sollte sie nehmen? Welches hatte verdient, mit ihr den Weg zu Gott zu gehen?

Sie starrte durch die Scheiben ins Innere des Raumes. Suchte nach einem Zeichen, welches der Kinder auserwählt war. »Oh, sind sie nicht entzückend?«, sprach eine Stimme neben ihr.

Caroline nickte. »Ja. Ich liebe Kinder. Sie sind noch so unschuldig.«

»Da haben Sie recht. Haben Sie denn Kinder?«, fragte die Frau.

Nun traute sich Caroline ihre Gesprächspartnerin zu mustern. Sie war klein und zierlich, hatte eine schwarze Lockenmähne, und es ging keinerlei Bedrohung von ihr aus.

»O ja! Aber meine Tochter ist … fort … bei ihrem Vater. Ich komme nur zum Schauen. Ich könnte ihnen stundenlang zusehen. Und Sie? Ist eines von den Babys Ihres?«

Die Frau lachte. »Nein, auch ich bin nur zum Schauen hier. Sehen Sie, die kleine, mit den dunklen Haaren? Das ist meine Nichte. Felicitas. Ich finde, sie ist wunderschön. Ein kleiner Engel, nicht wahr?«

»Ja, das ist sie.«

Sie blieb noch eine Zeit lang stehen, nachdem die nette Dame gegangen war. Felicitas, ein wirklich schöner Name für ein ausgesprochen hübsches Mädchen.

Laura saß neben Veronika, die gerade davon erzählte, wie viel Felicitas in den letzten zwei Tagen zugenommen hatte.

»Ich weiß, das klingt wahrscheinlich alles banal für dich, aber jedes Gramm zählt«, sagte sie.

Laura lachte. »Ob du es glaubst oder nicht. In meinem Leben sehne ich mich manchmal nach ein wenig Banalität. Ich brauch es nicht immer aufregend. Heute zum Beispiel hab ich lauter ganz normale Dinge getan: Ich war joggen, danach einkaufen, und ich habe mir ein Mittagessen gekocht.«

»Das klingt gut. Ich habe gehört, dass du eine gute Köchin bist.«

»Wer hat das erzählt?«, fragte Laura.

»Deine Mutter und Daniel, sie meinten, du solltest das viel öfter machen.«

Laura winkte ab. »Ja, ich weiß. Beide wollen mich lieber hinter dem Herd stehen sehen als an einem Tatort.«

»Ich stelle mir deinen Job aber viel spannender vor als Kochen. In der Zeitung steht etwas über den Lilienmörder. Ist das etwa dein Fall?«

Laura nickte knapp. Sie wollte Veronika nicht zu viel erzählen, um sie nicht zu beunruhigen. Das, was sie bereits wusste, war schon zu viel für die Gemütsverfassung einer jungen Mutter. »Hast du die Zeitung noch?«

Veronika deutete auf ihren Nachttisch. »Ich hoffe, ihr fasst den Täter bald.«

»Ja, das hoffe ich auch. Ich hole mir einen Kaffee. Und unterwegs schau ich noch mal nach Felicitas. Sie ist so ein süßer Engel. Soll ich dir etwas mitbringen?

Veronika wollte nichts. Sie sei gut versorgt, meinte sie. Das Einzige, was ihr abgehe, sei ein richtig guter Kaffee, und den gebe es hier sowieso nicht.

Am Glasfenster vor der Säuglingsstation stand eine Frau. Laura stellte sich neben sie und hatte nur noch Augen für ihre kleine Nichte. Wie winzig sie in dem Bettchen wirkte. Sie wechselte ein paar Worte mit der Frau und zeigte ihr stolz Felicitas. Dann gab sie sich einen Ruck und löste sich von dem Anblick des Babys. Sie ging Richtung Kaffeeautomaten. Bevor sie ums Eck bog, blickte sie zurück. Irgendetwas irritierte sie an der Fremden, doch was es war, konnte sie nicht mit Bestimmtheit sagen. Die Frau stand immer noch vor dem Glasfenster und starrte die Babys an. Jetzt wusste Laura auch, was sie an dieser Person verwirrte: Sie trug einen Mantel, der bis unter die Knie reichte, sodass der Schluss nahelag, sie wäre eine Besucherin. Aber ihre Füße waren nackt. Sie hatte weder Socken noch Schuhe an. Auch keine Hausschuhe. War sie doch nur eine Patientin, die von der gynäkologischen Abteilung herübergekommen war, um sich die Babys anzusehen? Und der Mantel? Wie passte der zu der restlichen Erscheinung? Laura, du bist eindeutig überarbeitet.

Eine Krankenschwester trat auf die Unbekannte zu und sprach ein paar Worte mit ihr. Laura konnte nicht verstehen, was sie zu der Frau sagte, aber die nickte und ging den Flur entlang, Richtung der Tür, die in die Gynäkologie führte.

Laura wandte sich ab, ging zum Automaten und zog sich einen großen Kaffee.

Als sie auf dem Rückweg zu Veronikas Zimmer die Krankenschwester traf, lächelten sie sich an, und Laura unterdrückte ihren Impuls, nach der Frau zu fragen. Sie musste aufhören, immer und überall nach Indizien Ausschau zu halten. Wie sollte sie da noch unvoreingenommen auf ihre Mitmenschen zugehen können? Laura stand vor Veronikas Tür, sie wollte die Klinke schon hinunterdrücken, doch dann drehte sie sich um und eilte der Krankenschwester nach.

»Entschuldigen Sie!«

Laura, du bist völlig durchgeknallt!, sagte dieses Stimmchen, das auf ihrer Schulter saß und ihr immer die unangenehmen Dinge ins Ohr flüsterte.

Egal, antwortete sie stumm. Ich will ja nur sichergehen.

»Entschuldigung«, rief sie noch einmal. Die Schwester drehte sich nach ihr um. »Ja, kann ich Ihnen helfen?«

»Diese Frau eben – kennen Sie sie?«

»Ja, wir kennen sie alle. Das ist Caroline. Sie kommt uns manchmal besuchen.« Irgendwo ertönte ein Summen. »Tut mir leid, ich muss zu einer Patientin.«

Na siehst du, beruhigte die innere Stimme sie. Du hast wieder einmal Gespenster gesehen, wo es gar keine gibt.

Sie blieb nicht lange bei Veronika. Laura hatte das Gefühl, sie müsste irgendetwas tun. Gleichzeitig wäre es ein denkbar schlechter Moment gewesen, ausgerechnet heute im Labor aufzukreuzen. Wagner würde toben, und wer ihn schon mal in solch einem Gemütszustand erlebt hatte, wusste, dass man ihm besser aus dem Weg ging, bis er sich beruhigt hatte. Weil sie nicht wusste, was sie sonst mit ihrer Zeit anfangen sollte, stellte sie ihr Handy an, das prompt zu vibrieren anfing und ihr anzeigte, dass sie fünf verpasste Anrufe hatte, alle von Wagner.

Sie wählte Jakobsons Nummer. Zwei Minuten später hatte sie ein Treffen mit ihm vereinbart. Eine unverbindliche Verabredung zum Kaffee – ohne berufliche Interessen, wie er betonte. Ihr sollte es recht sein. Es war schon lange her, dass sie sich mit einem Mann getroffen hatte, den sie gleichermaßen anziehend wie interessant fand. Und wie es aussah, schien Jakobson ihr ähnliche Gefühle entgegenzubringen. Gut, dass sie sich für den langen Rock und die Bluse entschieden hatte. Sie wollte ihm nicht schon wieder in Jeans entgegentreten. Kein berufliches Interesse? Nun gut. Sie hatte nichts dagegen, für Jakobson von persönlichem Interesse zu sein.

Heinz hatte nicht viel zu tun. Das war manchmal der Vorteil am Bereitschaftsdienst. Man musste zwar anwesend sein, konnte aber Dinge erledigen, zu denen man sonst in der Hektik des Alltags nicht kam. Wie zum Beispiel den Schreibtisch aufräumen. Oder die Listen durchgehen, die er sich in der Apotheke ausgedruckt hatte. Er holte sich einen Kaffee, setzte sich in seinen Chefsessel und überlegte, wie er es am besten anstellen sollte, die Codes den jeweiligen Ärzten zuzuordnen. Schließlich erstellte er sich am Computer eine Excel-Datei und begann, alles in Tabellen einzutragen. Keine Frage, das war ein großer Aufwand, aber erstens hatte er im Moment ohnehin nichts anderes zu tun, und zweitens ist kein Aufwand groß genug, wenn er einen zum Ziel bringt. Diese Ziffern und Nummern, Codes und Namen würden ihn zu der Mörderin führen, davon war er überzeugt.

Der Vormittag verging, und dass es Mittagszeit wurde, merkte er nur am Knurren seines Magens. Vom Würstelstand holte er sich zwei warme Leberkässemmeln und verspeiste sie an seinem Schreibtisch, während er weiterarbeitete. Langsam zeichnete sich ein Trend ab. Einige Ärzte tauchten naturgemäß öfter auf als andere, was nur verständlich war, denn ihre Praxen befanden sich in der Nähe der Apotheken, die er sich rausgesucht hatte. Als sein Telefon klingelte, schreckte er von seiner Tabelle hoch. Eine Fußgängerin war von einem Auto erfasst worden, der Fahrer hatte Fahrerflucht begangen. Sie war ins nächste Krankenhaus eingeliefert worden und dort verstorben. Wie in solchen Fällen üblich, musste eine Obduktion gemacht werden. In einer halben Stunde wurde die Leiche gebracht. Er sah auf die Uhr und seufzte. Es wäre ja auch zu schön gewesen, wenn er einmal einen Arbeitstag ohne Sektion hätte erleben dürfen.

Wagner war den ganzen Vormittag damit beschäftigt, die Wogen zu glätten, die der Zeitungsartikel ausgelöst hatte. Erst gegen halb zwölf hatte er das Gefühl, wieder Land zu sehen. Er beschloss, sich nun um die Alibis der restlichen Frauen zu kümmern und unterwegs etwas zu essen. Seit er sein Frühstück so abrupt stehen lassen musste, hatte er sich zwischendurch schnell einen Automatenkaffee gegönnt. Abgesehen davon, dass der keine richtige Morgenmahlzeit ersetzen konnte, war er auch vom Geschmack her nicht das Gelbe vom Ei. Viel zu künstlich und trotzdem verwässert, aber immer noch besser als der, den er sich selbst zu Hause gebrüht hätte.

Bevor er ging, schaute er noch in der Telefonzentrale vorbei, in der nun drei Leute saßen. Keiner von ihnen sah glücklich aus, aber alle bemühten sich, trotz der manchmal eigenartigen Anrufer, freundlich zu bleiben.

»Ich bin jetzt außer Haus. Wenn ein wichtiger Anruf reinkommt, dann verständigt mich bitte.« Er nahm sich einen Notizzettel und notierte seine Handynummer. Drei Köpfe nickten und wandten sich wieder ihrer Aufgabe zu. Hoffentlich brachte der ganze Aufwand irgendwas. Er würde ihn vor seinen Vorgesetzten rechtfertigen müssen. Und spätestens dann war es Zeit, sich zu entscheiden, ob er von seiner Vermutung, jemand aus dem Haus hätte die Presse verständigt, erzählte oder ob er es auf sich beruhen ließ. Aber ganz egal, wozu er sich entschloss, er selbst würde es nicht vergessen können.

Caroline saß in einer Nische in einem Einkaufszentrum und überlegte, was sie nun tun sollte. Die Krankenschwester war nett gewesen, aber sie hatte auch unmissverständlich gesagt, sie müsse jetzt gehen. Aber wohin? Nach Hause konnte sie nicht. Zu viel Schreckliches war dort geschehen. Würde sie überhaupt jemals wieder einen Fuß in ihre Wohnung setzen? Was würde dann mit Sarahs Zimmer, ihren Sachen passieren? Die konnte sie nicht einfach zurücklassen. Was würde ihre Tochter dazu sagen, wenn sie erst wieder zurück war?

Sie hatte bei Patrick einen Fehler gemacht, aber wer hätte ahnen können, dass er nicht tot war? Bestimmt lag es daran, dass er einfach zu alt war, um ein Engel zu werden.

Wieder erklang die Stimme ihrer Tochter in ihrem Kopf, aber nicht wie gewohnt, sondern eher wie eine Erinnerung. »Bring Gott einen neuen Engel, dann lässt Er mich vielleicht gehen!« Caroline stand auf. Sie musste handeln. Sarahs Stimme kam zunehmend entfernter. Irgendwann würde selbst die Erinnerung an sie verblassen, und dann hätte sie ihre Kleine endgültig verloren. Sie wankte ein wenig, als sie sich wieder Richtung Krankenhaus in Bewegung setzte. Aus den Tiefen ihres Bewusstseins holte sie sich Sarahs Stimme hervor. »Gott lässt dich nicht im Stich.«

Sie musste vertrauen. Hatte sie nicht ohnehin noch etwas im Spital zu erledigen? Wollte sie nicht jemanden besuchen? Gerlinde? Dr. Siegfried? Die Babys? Die Babys.

Warum sie diesmal den Hintereingang nahm, konnte sie nicht sagen, sie hatte einfach das Gefühl, es sei besser, nicht durch die Eingangshalle zu gehen.

Instinktiv schlug sie den Weg zur Treppe hinunter ein, die in den Keller führte. Hier war die Wäscherei. Schmutzige Laken, Bettwäsche und Patientenkittel, aber auch die Kammer mit der sauberen Wäsche. Schwüle Luft und der Geruch nach Stärke gaben ihr das Gefühl, an einem Ort der Sauberkeit zu sein, auch wenn die Berge an Wäschestücken auf dem Boden vom Gegenteil zeugten. Hier wird Unreines rein, Schmutziges sauber. Auch ich wandle mich zu einem neuen Menschen. Fast euphorisch öffnete sie einen Schrank und nahm daraus einen Arbeitskittel, wie ihn die Krankenschwestern hier trugen. Sie streifte ihren Mantel ab und zog den Kittel über. »Gott sorgt für dich«, sang sie leise vor sich hin, während sie weiter durch die Kellerräume streifte. Sie brauchte noch Schuhe.

Die fand sie nach kurzer Zeit in einem Spind. Er war nicht versperrt, denn die Besitzerin – und Caroline dachte sich, dass es eine Frau sein musste, denn die Turnschuhe hatten Größe 38 und waren weiß-gold – hatte keine Wertgegenstände darin gelassen. Entweder hatte sie den Schlüssel vergessen, oder sie war eine Praktikantin, die in der Regel keinen Spindschlüssel bekamen, sondern einfach irgendeinen benutzten, der frei war, um ihre Jacken und ihr Schuhwerk abzulegen.

Außer den Schuhen am Boden des Spinds hing noch eine Regenjacke darin. Sie wühlte in den Taschen und fand eine Euromünze und einen Haargummi. Sie stellte sich vor den Spiegel und fasste ihr Haar zu einem Pferdeschweif zusammen. Als sie im Spiegel außen auf der Tür ihr Abbild sah, zuckte sie zusammen. Es war, als würde eine Fremde ihr entgegenblicken. Das war nicht sie. Nicht Caroline, sondern eine sehr dünne, hohlwangige Krankenschwester mit dunklen Schatten unter den Augen und stumpfem, hochgebundenem dunklem Haar. Ein neuer Mensch.

Sie schlüpfte in die Turnschuhe. Die waren mindestens eine halbe Nummer zu klein und drückten vorne an der Spitze, aber besser als nichts. Sie rollte die Zehen ein. Es würde schon gehen. Zu kleine Schuhe waren bloß eine winzige Hürde im Vergleich zu dem, was sie überwinden musste.

In der Ambulanz kam sie an einem Snackautomaten vorbei. Ihre Hand wanderte in die Tasche, holte die Münze heraus. Sie drückte sich einen Müsliriegel und eine Minitüte Chips zu je fünfzig Cent herunter. Gleich neben dem Automaten öffnete sie die Tüte und stopfte sich heißhungrig die Kartoffelscheiben in den Mund. Sie riss die Folie auseinander und leckte die Brösel ab. Dann warf sie die leere Tüte in den Mülleimer. Unentschlossen drehte sie den Müsliriegel hin und her. Eigentlich hatte sie noch Hunger, die Chips hatten nicht gereicht. Aber dann steckte sie den Riegel in ihren Arbeitsmantel. Wer konnte schon sagen, wann sie wieder etwas zu essen hätte. Sie würde ihn aufheben.

Auf der Toilette ließ sie Wasser aus der Leitung laufen. Erst als sie sich sicher sein konnte, dass damit alles in Ordnung war, schöpfte sie die kühle Flüssigkeit mit den Händen und trank. Ah! Das tat gut. Einigermaßen gestärkt verließ sie das Damenklo.

In den Lift stieg sie immer noch nicht ein. Auch wenn sie in ihrer Verkleidung von Satans Helfern nicht erkannt werden konnte, hatte sie vor den Kameras Angst. Man wusste schließlich nie – und jetzt ein Risiko eingehen? Nein, dann lieber noch einmal zu Fuß die Treppen hochsteigen. Diesmal ging es schon bedeutend leichter. Gott stärkte sie für ihre Aufgabe. Innerlich jubelte sie, denn es zeigte ihr, dass sie auf dem rechten Weg war. Sie handelte in Seinem Sinne. Ihr Lohn war Sarah, immer noch. Er prüfte sie, gab ihr noch eine Chance, wollte wissen, ob sie auch bereit war, alles zu geben, alles zu tun. Ob sie es wert war, Sarah zurückzubekommen. Mutter zu sein.

Sie würde diese letzte Prüfung bestehen, nichts konnte sie noch aufhalten, ihre Tochter wieder in ihre Arme schließen zu können. Nichts.

Caroline nahm den gleichen Weg wie schon zuvor. Ihr Herz hämmerte, und sie war gefasst darauf, jederzeit loszulaufen, falls sie jemand aufhalten wollte. Doch niemand sprach sie an. Ungehindert gelangte sie zu der Glastür, die die Gynäkologie von der Säuglingsstation trennte.

Eine Krankenschwester überprüfte bei einem der Säuglinge irgendetwas, machte einen Eintrag ins Krankenblatt. Caroline blickte sich nach einem Versteck um, in dem sie auf einen günstigen Moment warten konnte. Die Patiententoilette bot sich an. Sie lag schräg gegenüber. Wenn sie durch den Türspalt lugte, konnte sie den Raum mit den Babys im Auge behalten. Sogar den Schwesternbereich hatte sie im Blickfeld.

Ein paar Besucher kamen vorbei, blieben kurz vor der Säuglingsstation stehen und sahen durch die Glasscheibe. Die Krankenschwester hob nur kurz den Blick, achtete aber nicht weiter auf die Leute, die gleich wieder weitergingen.

Ein Summen ertönte. Die Schwester stand auf, verließ ihren Platz und verschwand in einem der Zimmer.

Jetzt! Einen besseren Augenblick würde es nicht geben, der Gang war leer. Caroline huschte zu der Glastür hinüber, öffnete sie und stand in dem Babyzimmer. Einen Moment war sie wie erstarrt. Dieser typische Geruch. Nur Neugeborene rochen so. Mit einem Schlag war die Erinnerung an Sarahs Geburt wieder da. An den weichen Flaum ihrer Haare, die sanfte Babyhaut, die kleinen Fingerchen und den Duft, den sie ausströmte. Sie schüttelte den Kopf, vertrieb jeden weiteren Gedanken an Sarah. Hier und jetzt. Keine Zeit, um Träumen nachzuhängen. Einen weiteren Augenblick brauchte sie, um sich für eines der Kinder zu entscheiden. Ihr Blick fiel auf ein Bettchen und ein Namensschild. Eine Stimme klang in ihrem Ohr. »Sie sieht wunderschön aus, wie ein kleiner Engel.« Plötzlich war es ganz klar, welches Kind es sein musste.

Sie hob das schlafende Baby aus dem Wärmebettchen, wickelte es eng in die Decke. Ob das reichen würde? Sie schaute sich um. Neugeborene, besonders Frühchen, sollten viel am Körper getragen werden. Auf einem Regal neben dem Wickeltisch auf der Seite des Raumes lagen Tragetücher auf einem Stapel. Auch sie besaß solch ein Tuch. Sarah hatte nie darin gelegen, hatte es nie benutzt.

Die Zeit schien stillzustehen, und sie hatte das Gefühl, eine Ewigkeit in dem Zimmer verbracht zu haben, doch als sie mit dem Säugling durch die Glastür schritt und sie draußen auf die Uhr schaute, merkte sie, dass erst drei Minuten vergangen waren, seit sie das Zimmer betreten hatte. Mit einem Blick nach rechts und links steuerte sie das Treppenhaus an. Sie musste sich zusammenreißen, um nicht loszulaufen. Energie durchflutete ihren Körper, doch sie wollte weder das Baby aufwecken noch jemand auf sich aufmerksam machen.

Im Keller legte sie das Tragetuch an und das Kind mitsamt der Decke hinein. Ihr Mantel lag noch dort, wo sie ihn ausgezogen hatte. Sie warf ihn sich über und band sich den Gürtel zu. Jemand, der mit einem Baby im Tragetuch durch den Hinterausgang das Krankenhaus verließ, würde eher auffallen als eine, die so tat, als sei sie eine normale Besucherin oder eine Mutter, die mit ihrem Kind entlassen wurde. Mit dem kostbaren Schatz an ihrem Herzen öffnete sie die Notausgangstür und stand in der Eingangshalle. Ohne auf die anderen Leute zu achten, steuerte sie die elektrische Drehtür an, die sie hinausführte. Hinaus ins Freie, einen Riesenschritt Richtung Sarah.

Es war ein angenehmes Gewicht, das sie trug. Jeder Schritt erinnerte sie an die Schwangerschaft mit Sarah. Wie stolz sie ihren Bauch präsentiert hatte!

Wohin sollte sie sich wenden? Das Baby durfte nicht lange im Freien bleiben, und sie musste weg von hier, bevor sie entdeckt wurde. Es würde nicht lange dauern, bis Alarm geschlagen wurde.

Nach Hause. Doch nach Hause, obwohl es ihr innerlich widerstrebte. Trotzdem erschien ihr das am vernünftigsten. Lilien musste sie auch noch besorgen. Sie steckte ihre Hände in die Taschen ihres Mantels. Als ihre Fingerspitzen auf Papier stießen, holte sie es raus. Verblüfft betrachtete sie ihren Fund. Ein Geldschein! Er war ein Geschenk Gottes. Ja. Damit konnte sie die Lilien kaufen.

Ihr Mantel verdeckte das Tragetuch. Nur wer genau hinsah, würde ihre kostbare Last bemerken. Diesmal nahm sie die öffentlichen Verkehrsmittel, denn so verminderte sie das Risiko, in der Nähe des Spitals entdeckt zu werden.

Ich muss aufpassen, auf Satans Helfer, auf die Bösen, die Monster. Doch heute hielten sie sich verborgen, was natürlich nicht hieß, dass sie nicht da waren. Sie hatten sich bloß versteckt. Nicht leichtsinnig werden! Nein, das hatte sie nicht vor. Sie würde auf sich und auf Sarah achtgeben. Nein, nicht Sarah. Das Baby war nicht Sarah. Natürlich nicht. Aber es würde ihr helfen, ihr Kind wiederzubekommen.

Caroline nahm einen Bus, der in die entgegengesetzte Richtung zu ihrer Wohnung fuhr. Abschütteln, sie musste ihre unsichtbaren Verfolger abschütteln. Sie verließ den Autobus und wartete auf die Straßenbahn, die nur ein paar Minuten später kam. Zwei Stationen später stieg sie wieder aus, denn beim Vorbeifahren hatte sie eine Blumenhandlung entdeckt. Sie betrat das Geschäft und verlangte fünfzehn Lilien. Die Verkäuferin schaute sie eigenartig an. Immer wieder ruhten deren Augen auf ihr und ihrem Bauch, wo das Tragetuch unter dem Mantel hervorblitzte.

»Dreißig Euro, bitte.«

Caroline reichte ihr den Zwanzigeuroschein. »Ich hab nicht mehr.«

»Tut mir leid, dann kann ich Ihnen nur zehn geben«, sagte die Verkäuferin.

»Gut, dann zehn. Die werden auch reichen.«

Die Frau schlug die Blumen in Papier ein. »Bitte sehr. Ist das eigentlich bequem?« Sie deutete auf die Ausbuchtung in Carolines Mantel. »Wissen Sie, meine Schwester ist schwanger und wünscht sich so ein Tragetuch, aber ich weiß nicht. Ich finde, ein Kinderwagen ist doch viel praktischer, oder nicht?«

Caroline lächelte. »Ich habe beides probiert. Wenn ich viel mit öffentlichen Verkehrsmitteln unterwegs bin, ist das Tuch bequemer. Ich mag mit dem Kinderwagen die Rolltreppen nicht benutzen. Und Sarah schläft viel ruhiger, wenn sie meinen Herzschlag spürt.«

Die Frau nickte. »Ja, das hab ich auch schon gehört. Danke für die Auskunft.«

Erleichtert verließ Caroline die Blumenhandlung. Die Verkäuferin hatte sich bloß für das Tragetuch interessiert. Sie war sogar nett gewesen.

Das Baby regte sich unter ihrem Mantel. Hoffentlich begann es nicht zu schreien, das konnte sie jetzt nicht gebrauchen. Sie würde es herausnehmen müssen, es beruhigen, und alle würden sie dabei beobachten. Aber es war sofort wieder ruhig, schlief weiter.

Caroline lächelte. Braves Baby. Sarah war auch ein braves Baby gewesen. Sie hatte nie geweint, kein einziges Mal.

Als sie die Wohnung betrat, schüttelte sie sich vor Ekel. Außer in Sarahs Zimmer fühlte sie sich nirgendwo sicher.

Jeder Raum barg Unheimliches. Überall passierten Dinge, die sie sich nicht erklären konnte, die ihr Angst machten. Sie wollte nur weg. Mit Sarah würde alles anders aussehen. Sie konnte sich eine neue Wohnung suchen, ein neues Leben aufbauen. Alles wird anders, wenn Sarah wieder da ist. Mach es schnell. Je eher, desto besser.

Geld. Sie brauchte Geld für das Taufkleid. Sie wusste, dass sie irgendwo in der Küche noch in einem alten Marmeladenglas etwas Kleingeld gesammelt hatte. Allerdings war es für ein neues Taufkleid sicher zu wenig. Außerdem fürchtete sie sich davor, die Küche zu betreten. Das Schlafzimmer war auch tabu, das Bad ebenso. Wo sollte sie sonst nach Geld suchen? Sie legte die Lilien in Sarahs Bettchen und schaute sich um. Ihr Blick blieb auf einer Spardose haften. Jeden Tag ihrer Schwangerschaft hatte sie einen Euro hineingeworfen, von dem Augenblick an, von dem sie davon wusste. Sie wollte diese Geste beibehalten, um für ihr Kind ein Sparbuch zu eröffnen. Es waren über zweihundertvierzig Euro zusammengekommen. Sie nahm die Büchse an sich, schaute noch einmal in das Tragetuch hinein. Sarah schlief noch immer. Ruhig und gleichmäßig ging ihr Atem. Sarah? Nein, das war nicht Sarah. Sarah war ein Engel, und sie musste ihre Tochter mit diesem Kind vertauschen. Sie sieht aber so aus wie Sarah. So winzig, die schwarzen Haare. Nein, nein. Es gab nur einen Weg, wie Sarah zurückkehren konnte. Dieses Kind ist deine Versuchung. Eine Prüfung, noch eine. Gott will wissen, ob du bereit bist, alles für Ihn zu geben. Dieses Kind, das aussieht wie deine Tochter. Lass dich nicht in die Irre führen. Tu, was du tun musst, und tu es bald. Mit jeder Stunde, die vergeht, fällt es dir schwerer. Und dann ist Sarah verloren. Für immer verloren für dich.

Sie musste nachdenken, brauchte einen guten Platz für die letzte Ruhestätte, an der das Baby ungestört seine Wandlung zum Engel vollziehen konnte. Und sie hatte schon eine Vorstellung davon, wo sie dieses Baby an Gott übergeben wollte: Es gab einen Ort, der »Am Himmel« hieß. Am Cobenzl oben, an der Himmelstraße. Dass ihr das nicht schon früher eingefallen war, wunderte sie, dabei wäre es von Anfang an naheliegend gewesen. Damit würde sie nun ein grandioses Finale schaffen. Welcher Platz wäre dafür besser geeignet? Die Begegnung mit Gott, der Tausch Engel gegen Engel, Kind gegen Kind. Am Himmel.

Sarah wurde munter. Sie meckerte nur ein wenig. Caroline nahm sie aus dem Tuch und hielt sie auf dem Arm. Wie schön sie doch war. Nein, nicht Sarah. Das ist nicht deine Tochter, vergiss das nicht.

Das Baby brauchte frische Windeln. Wahrscheinlich hatte es auch Hunger. Sie legte das Kleine neben die Lilien ins Bettchen. Nun würde sie sich doch überwinden und in die Küche gehen. Sie musste ein Fläschchen herrichten, es füttern, damit es nicht unruhig wurde und alle auf sie aufmerksam wurden. Beeil dich, spornte sie sich an. Sarah wartet auf dich. Am Himmel.

KAPITEL DREISSIG

Wagner war niedergeschlagen. Keine der Frauen kam als Täterin infrage. Was nun? Irgendetwas hatten sie übersehen. Am Ende waren sie einem Hirngespinst nachgelaufen, geboren aus der Verzweiflung, weil sie sonst keine Spur hatten, der sie folgen konnten. Wenn die Täterin nun gar nicht im Krankenhaus arbeitete?

Er überlegte, nach Hause zu fahren, entschied sich aber dagegen. Da blieb immer noch die Sache mit dem Zeitungsartikel. Er konnte seine Mitarbeiter damit nicht alleinlassen. Wahrscheinlich waren mittlerweile alle Leitungen überlastet, und die Presseanfragen kamen auch noch hinzu.

Einen Moment lang sehnte er sich nach der Zeit seiner Anfänge zurück, als er bloß die Anweisungen seiner Vorgesetzten hatte befolgen müssen. Wenn jemand etwas verbockte, war in letzter Konsequenz der Chef dafür verantwortlich. Nun war er selbst in die Chefetage aufgestiegen, und das hatte für ihn weit mehr Nachteile als Vorzüge.

Nun sei nicht ungerecht, rief er sich zur Ordnung. Schließlich bist du genau dort, wo du immer sein wolltest. Nur weil es jetzt schwierig wird, passt es dir nicht? Eine Medaille, zwei Seiten. Er hasste diese Stimme der Vernunft in sich. Vor allem, wenn sie recht hatte.

Gerade als er aus dem Auto stieg, klingelte sein Handy. Die aufgeregte Stimme der Telefonistin drang an sein Ohr. »Eine Blumenhandlung aus dem 20. Bezirk hat sich gemeldet. Eine Frau hat eben ein Bund Lilien gekauft, sie hatte ein Baby bei sich.«

»Ich bin schon da!«, rief er und verfiel in einen Laufschritt. Wenn dieser Anruf wirklich dafür sorgte, dass sie die Täterin fassten, war er bereit, allen Ärger über die Preisgabe der Information an die Zeitung zu vergessen. Freu dich nicht zu früh, sagte die lästige Stimme in ihm. Es muss gar nichts bedeuten. Ja, gab er stumm zu, aber hoffen wird man wohl noch dürfen.

Heinz hatte die Obduktion fast abgeschlossen, wesentlich viel Neues konnte er zum Tathergang nicht beisteuern. Die Frau war ihren inneren Verletzungen erlegen, die Ärzte hatten getan, was in ihrer Macht stand. Immerhin hatte er die Reifenabdrücke auf ihrem Körper fotografiert, vielleicht würden die Kollegen von der Polizei damit den Täter ermitteln. Mehr konnte er für die Tote und deren Angehörige nicht tun.

Das Telefon klingelte, was selten genug vorkam, denn alle, die ihn kannten, wussten, dass er Störungen jeder Art verabscheute, wenn er sezierte. Praktischerweise verfügte der Anschluss über eine Freisprecheinrichtung, die man auf Knopfdruck einschalten konnte. Dennoch nutzte Heinz diese Möglichkeit nur in Notfällen. Er war der Ansicht, dass jede Ablenkung seine Aufmerksamkeit trübe. Nicht nur, dass man leicht etwas übersehen konnte, auch die Verletzungsgefahr nahm zu, wenn man seine Konzentration auf zwei Dinge gleichzeitig richten musste.

Darum entlockte das Telefonklingeln ihm auch nur ein genervtes Stöhnen. Sein Assistent warf ihm einen wissenden Blick zu und drückte mit dem Ellbogen auf den Freisprechknopf.

»Heinz, ich habe gehört, dass du arbeitest, aber wir haben eben einen Anruf reinbekommen. Eine Frau mit einem Säugling hat in einem Blumengeschäft Lilien gekauft. Ich fahr sofort hin. Und übrigens: Meine restlichen Tatverdächtigen haben alle Alibis, die ich zwar noch nachprüfen lassen muss, aber sie klingen schlüssig. Ich glaube nicht, dass es eine von ihnen war. Wir haben irgendetwas übersehen. Oder uns gründlich getäuscht, als wir annahmen, die Frau müsse eine Mitarbeiterin des Krankenhauses sein.« Wagners Stimme klang durch die Freisprecheinrichtung etwas verzerrt. Dennoch konnte Heinz die Aufregung in ihr hören.

Er unterbrach die Naht, an der er gerade gearbeitet hatte. »Ich bin mit meiner Liste fast durch, was sagt denn Römer? Kriegen wir den Beschluss, damit die Ärzte uns an die Patientennamen lassen?«

»Nein. Sie meinte, keine Chance. Das können wir also vergessen.«

»Hm. Blöde Sache, die ganze Arbeit war für die Katz. Obwohl, vielleicht doch nicht ganz. Mir kommt da grad eine Idee – mal sehen, was ich machen kann. Ich meld mich bei dir, oder umgekehrt. Und Helmut …« Er bedeutete Kramer, die Näherei zu übernehmen. Der nickte, und Heinz befreite sich von den Handschuhen. »… wir müssen uns beeilen. Wenn sie ein Kind bei sich hat, weißt du, was das bedeutet.«

»Ja. Ich weiß.« Mehr sagte Wagner nicht. Doch in diesen drei Worten steckte alles: Die Hoffnung, der Mörderin endlich nahe zu kommen. Die Angst, es nicht rechtzeitig zu schaffen. Die Sorge um ein weiteres Menschenleben. Die Entschlossenheit, um jeden Preis einen weiteren Mord zu verhindern.

»Gut, ich wollte es nur nicht unerwähnt lassen«, murmelte er, doch da hatte Wagner schon aufgelegt.

Einmal mehr ärgerte er sich über die Bürokratie, die ihnen Steine in den Weg legte. Diesen auszuweichen kostete Anstrengung und Zeit. Besonders Letztere war oft kostbar. So wie jetzt.

Er warf seinen grünen OP-Kittel in den Wäschebehälter

und wusch sich die Hände. Dann eilte er in sein Büro. Die Liste wies noch einige Lücken auf, aber mithilfe der Tabelle, die er erstellt hatte, konnte er sie bald schließen. Nun war er auf seinen guten Namen und auf seine Verbindungen angewiesen. Er würde den einen oder anderen Gefallen einfordern müssen, doch vorher brauchte er noch einmal die Hilfe von Gerlinde Weiß, der Sekretärin im Krankenhaus.

Laura hatte sich schon lange nicht mehr in Gesellschaft eines Mannes so wohl gefühlt. Wolfgang Jakobson hatte mit keinem Wort ihren verzweifelten Anruf von gestern erwähnt. Er behelligte sie auch nicht mit Fragen über ihre Arbeit. Eigenartigerweise fanden sie genug neutrale Gesprächsthemen, und je länger sie ihm gegenübersaß und ihn ansah, seiner Stimme lauschte und seine lebhaften Gesten beobachtete, mit denen er seine Ausführungen unterstrich, desto mehr gefiel er ihr. Eben hatte er eine Anekdote über seine Kindheit erzählt und fragte sie, welches peinliche Erlebnis ihrer Kinderzeit ihr im Gedächtnis haften geblieben war, als ihr Handy summte. Ihr erster Impuls war, das Läuten zu ignorieren. Sie fluchte, dass sie vergessen hatte, es nach ihrem Anruf bei Jakobson wieder auszumachen.

»Entschuldigen Sie«, sagte sie und schaute auf die Nummer auf dem Display. Doch statt Wagners Telefonnummer, die sie erwartet hatte und dessen Anruf sie bestimmt nicht angenommen hätte, sah sie Veronikas Telefonnummer.

»Hallo, meine Liebe«, sagte sie in den Apparat. Doch Veronikas hysterisches Schluchzen ließ sie augenblicklich innehalten.

»Laura, du musst sofort herkommen. Felicitas ist weg. Spurlos verschwunden.«

»O mein Gott, ich komme. Ich bin gleich bei dir.«

Sie stand auf und wäre am liebsten aus dem Café gestürmt.

Nur der ratlose Blick Wolfgang Jakobsons hielt sie davon ab. Er hatte eine Erklärung verdient, fand sie. Während sie in ihrer Tasche nach einem Fünfeuroschein kramte, sagte sie: »Ein Notfall. Meine neugeborene Nichte ist aus dem Krankenhaus verschwunden.« Sie spürte, wie mit den Worten auch die Tränen kamen. Felicitas. Ihre kleine Nichte. Sie biss sich auf die Lippen, um ein Schluchzen zu unterdrücken.

Jakobson sprang sofort auf. Er schien auch ohne weitere Worte zu verstehen, was in Laura vorging. »Kommen Sie, ich bringe Sie hin. Sie sind viel zu aufgelöst, um selbst zu fahren.«

Sie nickte. Mehr hätte sie nicht zuwege gebracht.

Erst als sie in seinem Auto saß, brach es aus ihr hervor: »Ich war vorhin noch da.« Und dann: »O Gott!« Sie schlug die Hand vor den Mund, als könne sie mit den Worten auch die Gedanken zurückhalten. Aber es half nichts. Sosehr sie sich bemühte, sich zu beruhigen, immer wieder schoss es ihr durch den Kopf, dass ihre schlimmsten Befürchtungen eingetroffen waren. Ausgerechnet in diesem Krankenhaus hatte Felicitas zur Welt kommen müssen. Es schien ein Fluch über der Institution zu liegen, was natürlich Blödsinn war. Sie glaubte nicht an Voodoo oder sonstigen Humbug. Bitte lass ihr nichts passieren, murmelte sie unentwegt vor sich hin. Sie spürte, wie Jakobson ihr von der Seite einen Blick zuwarf, er sich aber gleich wieder auf die Straße konzentrierte. Es war gut, jemanden bei sich zu haben. Jemanden, der die Nerven behielt. Sie war ihm unendlich dankbar, dass er einfach handelte, ohne Fragen zu stellen und ohne Antworten zu erwarten. Nicht einmal das einfache Wort »Danke« brachte sie über ihre Lippen.

Wagner sprach mit der Verkäuferin der Blumenhandlung. Es war verblüffend, wie sehr deren Beschreibung der Kundin mit dem Bild übereinstimmte, das er sich selbst von der

Mörderin gemacht hatte. Etwa dreißig Jahre alt, dunkelbraune, schulterlange Haare, die sie zu einem Pferdeschwanz zusammengebunden trug. »Ist Ihnen sonst noch was aufgefallen?«, fragte er. Normalerweise war er immer sehr vorsichtig, was Zeugenaussagen betraf. Die wenigsten Leute bewiesen Beobachtungsgabe, und wenn man drei verschiedene Menschen befragte, gab es nicht selten drei grundverschiedene Versionen. Aber diese Frau hier war Gold wert. Sie hatte sich nicht nur Details wie die weiß-goldenen Turnschuhe gemerkt, sondern die Kundin auch noch in ein Gespräch verwickelt, um sie ein wenig länger aufzuhalten, damit sie sie genauer studieren konnte.

»Sie ging ein wenig komisch, als wären ihr die Schuhe zu klein. Und sie hatte ein blau-weiß gestreiftes Tragetuch um den Oberkörper geschlungen. Ich fragte sie, ob das denn bequem sei, und sie antwortete, Sarah schlafe gerne darin.«

Bei der Erwähnung des Namens durchfuhr ihn die Erkenntnis, dass er ihn schon irgendwo, irgendwann gehört hatte. Er war sich sogar sicher, dass es im Zusammenhang mit diesem Fall gewesen war. Doch er wusste nicht, wohin dieses winzige Puzzlestück passte. Er schrieb auf seinen Block »Sarah – kommt mir bekannt vor«. Später würde er in Ruhe darüber nachdenken können. Jetzt musste er den Ausführungen der Zeugin folgen, die eben schilderte, dass die Frau eigentlich fünfzehn Lilien haben wollte, aber nur einen Zwanzigeuroschein bei sich gehabt habe. Sie hätte sich dann mit zehn Stück zufriedengegeben und dabei so was Ähnliches wie »Die werden reichen müssen« gemurmelt.

»Können Sie mir sagen, wie lange das her ist?«

»Na ja, etwas länger als eine Stunde, denke ich. Aber auf die genaue Uhrzeit habe ich nicht geachtet.«

Wagner bedankte sich, lobte die Verkäuferin für ihr umsichtiges Handeln und war auf dem Weg nach draußen, als sein Telefon klingelte. Es war Heinz.

»Servus. Dein Anruf könnte nicht gelegener kommen, ich bin mit der Blumenhändlerin gerade fertig. Vor etwa einer Stunde hat sie die Verdächtige gesehen, mit ihr gesprochen. Die Dame konnte mir eine ziemlich genaue Beschreibung von ihr geben. Sie sieht wirklich so aus, wie Laura gesagt hat.«

»Eine Stunde? Wir kriegen sie. Ich habe in der Zwischenzeit ein paar Quellen angezapft. Jemand von der Sozialversicherung, der in der Datenverarbeitung arbeitet und mir noch einen Gefallen schuldig war. Er hat mir versprochen, mir die Patientennamen der fraglichen Ärzte zu schicken, allerdings wird das noch ein wenig dauern. Ich habe auch unsere Freundin, die Weiß, angerufen, denn wir haben tatsächlich etwas übersehen.« Heinz machte eine kleine Pause.

»Nun red schon! Ich bin begeistert von deiner Genialität, und ich weiß, dass mich das wieder eine Essenseinladung kostet, aber ich zahle gerne, wenn du mir den Namen der Mörderin sagen kannst.«

Heinz lachte. »Den weiß ich nicht. Noch nicht. Die Liste der Mitarbeiterinnen war nicht vollständig. Wir hatten doch davon gesprochen, dass die Frau krank sein muss. Bloß werden Personen, die länger als drei Monate im Krankenstand sind, aus der Personalliste gestrichen, weil ihre Posten danach besetzt werden können. Die kommen dann in einen Pool, und wenn sie wieder dienstfähig sind, sucht man eine neue Stelle für sie, das kann auch in einem anderen Krankenhaus sein.«

»Das heißt, wir brauchen die Namen der Personen, die schon länger krankgeschrieben sind.« Wagner sprach mehr zu sich selbst als zu Heinz.

»Genau. Darum hab ich also Gerlinde Weiß angerufen, meinen Charme spielen lassen und sie gebeten, ins Krankenhaus zu fahren und diese Namen herauszusuchen.«

»Heute? An einem Samstag? Und dazu hat sie sich bereit

erklärt?« Heinz schaffte es immer wieder, ihn zu verblüffen. Dabei sollte er seinen Freund doch mittlerweile kennen.

»Ja. Ich musste sie schon ein wenig bearbeiten, aber als ich ihr erklärt habe, es ginge um Leben oder Tod, konnte sie mir meine Bitte nicht länger abschlagen. Jetzt bist du dran. Ich kann hier erst in einer Stunde weg, dann ist mein Dienst zu Ende, aber du fährst jetzt bitte ins Krankenhaus und holst dir die Namen. Wir treffen uns dann im ›Café Clock‹, das ist nur fünf Minuten von der Klinik entfernt.«

Wagner war einverstanden. Nur ein paar Minuten später saß er im Auto. Um diese Zeit schien ganz Wien irgendwohin fahren zu wollen. Er wünschte sich, er hätte jetzt ein Einsatzfahrzeug mit Blaulicht.

Ungeduldig trommelte er mit den Fingern aufs Lenkrad. Endlich setzte sich die Kolonne in Bewegung. Wenn es in dem Tempo weiterging, würde er für die Strecke, die unter normalen Umständen in zehn Minuten zu bewältigen war, etwa dreimal so lange brauchen.

Laura sprang aus Jakobsons Auto, bevor es noch richtig stand. Sie lief zum Eingang.

»Viel Glück!«, rief der Reporter hinter ihr her. Sie drehte sich nicht einmal nach ihm um und kam sich schäbig dabei vor. Er war wirklich eine Seele von einem Menschen. Wenn alles gut ausgeht, bekommt er eine reelle Chance, versprach sie sich.

Sie durchquerte die Halle im Laufschritt, wich dabei Leuten aus und erreichte den Lift. Sie drückte mehrmals auf die Taste, um ihn zu rufen. Gerade als sie sich zur Treppe wenden wollte, hielt der Aufzug mit einem Pling, und die Tür ging auf. Zwei Ärzte und ein paar Besucher stiegen aus, Laura drängte sich zwischen sie durch in die Kabine, presste die Türschließtaste und danach den Knopf für den zweiten

Stock. Endlich setzte sich der Aufzug in Bewegung. Alles schien hier in Zeitlupe zu passieren, wie immer, wenn man es eilig hatte.

Der Lift hielt in der ersten Etage, ein Mann stieg ein und nickte ihr zu. Dann hielt der Aufzug im zweiten Stock, und Laura drückte sich durch die halb geöffnete Tür. Schon von Weitem sah sie Veronika vor dem Schwesternbereich stehen. Sie hatte die Arme um ihren Körper geschlungen. Als sie näher kam, bemerkte sie die verweinten Augen ihrer Schwägerin. Eine der Krankenschwestern hielt Veronika einen Becher hin. Veronika schüttelte den Kopf.

Wie konnte so etwas passieren? Wie konnte einfach ein Kind aus der Säuglingsstation verschwinden? Wo waren die Sicherheitsvorkehrungen? Wen konnte man dafür verantwortlich machen?

Veronika hatte sie entdeckt und stürzte auf sie zu. Laura drückte sie an sich. »Großer Gott, ich weiß nicht, was ich tun soll!«, brach es aus ihrer Schwägerin hervor.

Wenn ich das bloß selber wüsste, dachte Laura. Laut sagte sie: »Wir finden sie. Ganz sicher. Wo ist Daniel? Hast du ihn verständigt?«

Veronika schniefte. »Ja, aber gerade eben erst. Ich habe dich zuerst angerufen. Du arbeitest für die Polizei.«

Laura ließ sich genau schildern, was passiert und wann Felicitas' Verschwinden bemerkt worden war.

Veronika putzte sich mit einem durchweichten Taschentuch die Nase. »Nachdem du weg warst, wollte ich noch ein wenig schlafen. Hätte ich es bloß nicht getan! Wenn ich sie nur gleich geholt hätte, dann wäre sie noch da.«

Wieder flossen Tränen. Laura legte beschwichtigend ihre Hand auf Veronikas Arm. »Nein, du hast keine Schuld. Du warst die halbe Nacht auf, und wenn man glaubt, man wäre ausgeschlafen, nur weil man den ganzen Tag im Bett verbringen kann, kennt man den Krankenhausbetrieb nicht.«

Veronika hatte sich so weit gefasst, dass sie fortfahren konnte. »Ich habe nicht lange geschlafen, eine Stunde vielleicht. Als ich aufgewacht bin, ging ich nach draußen. Die Schwester war gerade in einem der Zimmer, und Felicitas' Bettchen war leer. Ich dachte mir nichts Schlimmes dabei. Ich nahm an, man habe sie zu einer Untersuchung abgeholt und wollte mich nicht extra deswegen wecken. Als die Krankenschwester wieder zurückkam, habe ich sie nach Felicitas gefragt, aber sie wusste nichts von einem Termin. Sie sagte mir, als sie entdeckt hatte, dass Felicitas weg war, habe sie angenommen, sie sei bei mir. Sie telefonierte herum, aber keiner hat Felicitas gesehen. Sie ist einfach fort.« Wieder schluchzte sie. »Mein süßer Engel ist fort.«

Laura hob elektrisiert den Kopf. »Was hast du eben gesagt?«

Veronika sah sie verständnislos an. »Ich sagte, die Schwester rief überall an …«

»Nein, nein. Danach.«

»Mein Engel. Mein kleiner Engel, sie ist fort.«

In Lauras Gehirn stoben die Gedanken durcheinander. Wortfetzen fielen ihr ein. »Engel.« »Unschuldig.« »Fort.«

Eine Frau, die aussah, als wäre sie eine Besucherin, aber keine war. Diese Frau war die Lilienmörderin, und sie, Laura, hatte mit ihr gesprochen, ihr Felicitas stolz gezeigt. Ihre Nichte in die Hände einer kranken Person gespielt.

»Laura, was ist mit dir? Du bist ganz blass!« Veronikas Stimme klang der Panik nahe. Laura riss sich zusammen. »Es geht schon wieder. Ich muss mit der Krankensschwester reden. Du wartest auf Daniel.«

Sie ließ Veronika stehen und ging zur Schwester hinüber, die auf ihrem Stuhl Platz genommen hatte und ihr Gesicht in den Händen barg, anstatt die Monitore zu überwachen.

Felicitas' Entführung nahm auch sie sichtlich mit. Sie hob den Kopf, als Lauras Schatten auf sie fiel.

»Wissen Sie noch? Ich habe Sie vorhin nach dieser Frau gefragt, die vor dem Babyzimmer gestanden hatte.«

Die Frau straffte ihre Schultern und nickte. »Sicher erinnere ich mich. An Sie und an Caroline. Caroline Mitterhofer. Meinen Sie etwa …? Nein. Sie war doch schon oft hier.«

»Erzählen Sie mir von ihr. Von Caroline. Kennen Sie sie schon lange?«

»Seit ich hier bin. Sie hat mal in der Verwaltung unten gearbeitet. Doch dann hat sie ihr Baby verloren. Wir haben sie gleich nach der Totgeburt auf die Gyn verlegt, damit sie nicht ständig die glücklichen Mütter vor Augen haben musste.«

Laura hakte nach. »Wann war das?«

»Oh, vor etwas über drei Monaten, wenn ich mich richtig erinnere. Sie kam immer wieder herüber, um sich die Babys anzusehen. Wir ließen sie. Sie hat niemand was getan.«

»Und kam sie auch nachher noch vorbei? Ich meine, nachdem sie entlassen worden war?«

»Ich habe sie auch noch später ein-, zweimal gesehen. Sie erzählte mir, sie sei bei Dr. Siegfried in Behandlung.«

»Dr. Siegfried? Wer ist das? Der Gynäkologe?«, fragte Laura.

Die Krankenschwester schüttelte den Kopf. »Nein, unser Psychiater. Glauben Sie wirklich, Caroline hat das Baby entführt? Meine Güte, ich hatte keine Ahnung, dass …«

»Ich muss mit Dr. Siegfried sprechen. Sofort.«

Lauras Ton ließ keinen Widerspruch zu.

»Ich piepse ihn an«, sagte die Schwester und griff zum Telefon.

Fast umgehend kam der Rückruf, sie hob ab und sprach leise in den Hörer. Dann legte sie auf. »Er kommt sofort«, sagte sie zu Laura.

In Lauras Magen breitete sich ein flaues Gefühl aus. Felicitas war in Händen einer Frau, die schon zwei Babys getötet und ein drittes Kind beinahe umgebracht hatte. »Meine Tochter Sarah ist fort. Bei ihrem Vater.« Das waren die Worte Carolines gewesen. Jäh erschloss sich ihr die Bedeutung. Sarah war Carolines totes Baby! Mit Vater war nicht der leibliche gemeint, sondern der himmlische. Wenn sie Felicitas nicht rechtzeitig fanden, würde sie bald Sarah und den anderen Kindern Gesellschaft leisten.

Die Tür öffnete sich, und ein Mann mit fast weißem Haar trat ein. Das konnte nur Dr. Siegfried sein. Trugen Psychiater grundsätzlich keinen weißen Kittel?

»Sind Sie Dr. Siegfried?«, fragte Laura sicherheitshalber nach.

Der Angesprochene nickte. »Es geht um eine Patientin von Ihnen. Caroline Mitterhofer.«

Der Arzt hatte ein freundliches Lächeln aufgesetzt, und Laura konnte sich vorstellen, dass es auf seine Patienten beruhigend wirkte. »Ihnen ist klar, dass ich Ihnen keinerlei Auskünfte über meine Patienten geben darf? Wer sind Sie, wenn ich fragen darf?«

Laura stellte sich vor und fasste kurz zusammen, worum es ging.

»Sie können sich jetzt natürlich auf Ihre Schweigepflicht berufen, aber ich möchte zu bedenken geben, dass Caroline ein Frühgeborenes entführt hat, das sie in ihrem kranken Wahn umbringen wird, wenn wir sie nicht rechtzeitig finden. Womöglich will sie sich selbst ebenfalls töten.« Laura sah, wie der Arzt mit sich rang. Sie wusste, wie er sich fühlte. So wie sie, als sie vor der Entscheidung stand, Jakobson die Informationen über die Lilien zu geben.

»Ich kann Ihnen nichts sagen. Es tut mir leid.« Er zeigte nicht so viel Courage, wie sie es getan hatte. Sie wollte sich enttäuscht abwenden, doch er rief sie zurück. »Frau Campelli, ich könnte Ihnen aber verraten, ob Ihre Vermutungen, die Sie ohne Zweifel haben, stimmen oder nicht.«

Der Mann hatte eindeutig zu viele Filme geguckt, aber wenn er meinte, dann bitte. Sie würde mitspielen.

»Also gut. Ich gehe davon aus, dass Caroline durch den Tod ihrer Tochter schwer traumatisiert wurde«, sagte sie.

Der Psychiater nickte. »Kein Wunder. Eine Frau, die sich nichts sehnlicher wünscht als ein Kind und nach einer Fehlgeburt auch noch eine Totgeburt erleben muss, geht normalerweise nicht einfach zur Tagesordnung über. Ganz allgemein gesprochen.«

Laura lächelte kaum merklich. Der Mann war doch patenter, als sie erwartet hatte.

»Okay, bleiben wir hypothetisch. Solch eine Frau würde sich wahrscheinlich krankschreiben lassen und einen Arzt ihres Vertrauens aufsuchen. Was würde der ihr verschreiben?«

»Nun, ich denke, Lorazepam wäre ein geeignetes Mittel, um ihre Angstzustände und vor allem ihre Schlaflosigkeit zu behandeln.«

»Behandeln Sie denn auch Mitarbeiter des Krankenhauses? Oder können Sie mir diese Frage auch nicht beantworten?«, wollte Laura wissen.

»Nun, normalerweise verweise ich die wegen Befangenheit an befreundete Kollegen. Ich finde es nicht klug, wenn sich die Grenzen verwischen und ich mit meinen Patienten zusammenarbeiten soll, in welcher Form auch immer.«

»Aber manchmal machen Sie auch Ausnahmen, nicht wahr?« Laura wog ihre Worte ab. Sie wollte keinesfalls den Anschein erwecken, sie würde die Regeln, die er für dieses Gespräch aufgestellt hatte, brechen. Sie war dankbar dafür, dass er sich bereit erklärte, ihr zu helfen. Auch wenn sie dafür einen Tanz auf rohen Eiern veranstaltete.

»Nun, wenn diese Mitarbeiterin de facto gar nicht mehr

als solche gilt, weil sie bereits krankgeschrieben ist und sie sich weigert, einen anderen Arzt zu konsultieren, weil sie außer mir niemandem vertraut, dann lautet die Antwort Ja.«

»Ich danke Ihnen, Dr. Siegfried.« Laura schüttelte Dr. Siegfrieds Hand. »Wenn ich jemals einen Psychiater brauche, wende ich mich an Sie. Sie müssen sehr erfolgreich sein, wenn Sie Ihre Patienten nur halb so gut behandeln, wie Sie Fragen beantworten.«

Er deutete eine Verbeugung an. »Junges Fräulein, ich würde mich darüber freuen, aber ich hoffe sehr, dass Sie meine Dienste nie in Anspruch nehmen müssen.«

Laura lächelte ihn an. Junges Fräulein hatte er gesagt. Von jedem anderen hätte es sich gestelzt angehört, aber aus seinem Mund klang es wie ein Kompliment.

Dr. Siegfried winkte ihr noch zu, bevor er ging. Laura tippte die Nummer ihrer Arbeitsstelle ein. Hab ich dich, dachte sie, als sie dem Tüten lauschte und darauf wartete, dass einer ihrer Mitarbeiter abhob.

»Ferry, bitte geh an den Computer, und such mir die Adresse einer Caroline Mitterhofer raus, es ist dringend. Ja, ich warte.«

Drei Minuten später hatte sie Caroline Mitterhofers Adresse. Es gab mehrere mit diesem Namen, doch nur eine wohnte im 20. Bezirk.

Sie sah kurz nach Veronika, die ein Beruhigungsmittel bekommen hatte und nun apathisch vor sich hin starrte.

»Veronika, Liebes! Ich weiß jetzt, wer Felicitas entführt hat. Ich weiß auch, wo sie ist. Ich bringe dir deine Tochter wieder.«

Veronika schaute sie an. Die leise Stimme klang fremd und passte nicht zu ihrer sonst so lebenslustigen Schwägerin. »Gut. Das ist gut. Bring meine Kleine wieder zurück. Bitte. Ich verlass mich auf dich.«

Glücklicherweise war vor dem Krankenhausgebäude ein Taxistand. Da Laura ihr Auto stehen gelassen hatte, blieb ihr nun nichts anderes übrig, als sich ein Taxi zu nehmen.

»Nordwestbahnstraße 75, bitte. Und das schnell, ich hab es eilig.«

Der Fahrer nickte und fädelte sich in den Verkehr ein. Erst jetzt dachte sie daran, dass sie Wagner anrufen musste. Sie hatte gleich mehrere Riesendummheiten begangen, doch jetzt würde sie die wiedergutmachen können.

Gerlinde Weiß wartete schon auf Wagner. Sie hielt einen Zettel in der Hand. »Hier, die Liste mit den Krankmeldungen. Daran hätte ich auch gleich denken können!«

»Wir aber auch, Frau Weiß. Es ist bestimmt nicht Ihre Schuld. Vielen Dank, dass Sie extra an einem Samstag hierhergekommen sind.«

Gerlinde Weiß winkte ab. »Keine Ursache. Wenn es Ihnen hilft.«

»Das hoffe ich.«

Wenn diese Namen ihn nicht weiterbrachten, wusste er auch nicht weiter. Dann würde er wieder ganz von vorne anfangen müssen.

Das »Café Clock« war leicht zu finden. Das Auto ließ er, von Laura inspiriert, im Halteverbot stehen. Schließlich war es für jeden Parksheriff und jeden Polizisten auch ohne Blaulicht anhand des Kennzeichens als Polizeifahrzeug erkennbar.

Er suchte sich einen Tisch in Fensternähe und bestellte sich eine Melange. Innerlich drängte ihn seine Ungeduld dazu, etwas Sinnvolleres zu tun. Sich zu bewegen, die Mörderin zu stellen, aber so schwer es ihm auch fiel, es blieb ihm nichts weiter übrig, als auf Heinz zu warten. Um wenigstens diese Zeit nicht ungenutzt verstreichen zu lassen, vertiefte er sich in die Namensliste, die er von Gerlinde Weiß erhalten hatte. Sie war alphabetisch geordnet, mit Datum der Krankmeldung versehen, und Wagner wunderte sich, wie manche schon ein halbes oder ein ganzes Jahr von der Dienststelle fernbleiben konnten und dennoch Geld bekamen. Sein Kollege Moser fiel ihm ein. Der war auch schon seit über zwei Monaten krankgeschrieben. Dessen Behandlung würde sich bestimmt noch länger hinziehen, aber wenn sie abgeschlossen war und es Moser wieder besser ging, würde er für die Wiener Kripo ein echter Gewinn sein. Möglich, dass es bei diesen Fällen ähnlich gelagert war, räumte er ein.

Die Kellnerin brachte den Kaffee. Wagner atmete tief den Duft ein. Mann, wie er sich auf diesen Kaffee freute!

Er nahm den ersten Schluck. Das war schon etwas anderes als der Automatenkaffee im Präsidium, ganz zu schweigen von seinem eigenen Gebräu. Eine Hand legte sich auf seine Schulter, und Wagner wandte sich um.

»Wann wirst du dir merken, dass du dich nicht immer so anschleichen sollst?«, brummte er, als er Heinz erkannte.

»Ich bin nicht geschlichen, du warst abgelenkt.«

»Ist ja egal, setz dich. Was hast du herausbekommen?«

Heinz nahm Platz und deutete auf die Papiere vor Wagner. »Sind das die Namen von der Weiß?«

Wagner nickte.

»Die Liste ist aber umfangreich. Ich dachte nicht, dass es so viele Personen wären.«

»Wir müssen die Liste halt durchgehen und alle streichen, die nicht infrage kommen.«

Heinz grinste. »Nein, müssen wir nicht. Wir vergleichen die Namen auf deiner Liste mit denen auf meiner.« Er holte einen zusammengefalteten Zettel aus seiner Brusttasche und strich ihn glatt.

»Was ist das?«, fragte Wagner.

»Als Polizist willst du das nicht wissen«, antwortete Heinz,

»aber als mein Freund kann ich dir verraten, dass das die Patientennamen sind, die Lorazepam verschrieben bekommen haben.«

Wagner pfiff durch die Zähne. »Als Polizist möchte ich dir sagen, dass dein Kumpel und du euch strafbar gemacht habt. Das nennt man Datenklau.« Er machte eine kurze Pause. »Aber als dein Freund bewundere ich deine außergewöhnlichen Methoden der Informationsbeschaffung. Auch wenn ich der Staatsanwaltschaft gegenüber deine Liste nie erwähnen darf.«

»Du liest vor, ich vergleiche«, sagte Heinz, ohne auf Wagners Worte einzugehen.

Wagner nahm einen weiteren Schluck von seinem Kaffee und begann, die Namen der Reihe nach vorzulesen. Er war gerade bei »Kehrhaus« angelangt, als sein Telefon klingelte. Wer störte denn nun wieder? Konnte er nicht einmal in Ruhe etwas erledigen, ohne dass er dabei unterbrochen wurde?

Als er die Nummer erkannte, stutzte er. Laura? Was wollte sie? Pflichtbewusst zurückrufen, weil er sie zigmal angerufen hatte und sie nicht abgehoben hatte? Oder schuldbewusst, weil sie sich entschuldigen wollte?

»Jetzt heb doch ab! Das Gedudel ist ja nervtötend!«, wetterte Heinz.

»Es ist Laura.«

»Ja und? Dann nutz die Gelegenheit und frag sie gleich, ob sie mit der Pressegeschichte etwas zu tun hat, damit das ein für alle Mal aus der Welt geschafft ist.«

Wagner drückte auf den grünen Knopf. Noch bevor er sich richtig melden konnte, tönte Lauras aufgeregte Stimme durchs Handy.

»Die Frau, die wir suchen, heißt Caroline Mitterhofer, sie wohnt in der Nordwestbahnstraße 75. Ich sitz im Taxi und fahr zu ihr.«

Verflucht, woher wusste sie das schon wieder – und wie kam sie dazu, selbst hinzufahren, anstatt Verstärkung anzufordern?

»Laura, du bleibst, wo du bist. Heinz und ich sind in der Nähe. Wir übernehmen das.«

»Nein!«, schrie sie. »Ich kann nicht auf euch warten. Sie hat Felicitas!«

»Deine Nichte? Wieso ...?«

»Keine Zeit. Wir können nachher reden. Über alles. Aber jetzt kann ich nicht.«

»Laura, bitte. Du darfst da nicht reingehen. Wer weiß, wozu diese Frau fähig ist. Sie ist krank, du bist weder bewaffnet, noch kannst du einer irren Person sonst etwas entgegensetzen. Beobachte das Haus, aber geh nicht rein, verstanden?«

Laura seufzte. »Sie ist meine Nichte. Ein Baby. Es tut mir leid.«

Wagner war aufgesprungen. Heinz hatte schon das Geld für den Kaffee auf den Tisch gelegt.

»Frag mich nicht wie, aber Laura hat den Namen der Täterin. Caroline Mitterhofer, Nordwestbahnstraße 75. Das Baby ist Lauras neugeborene Nichte.«

»Scheiße!«

Ja, ein besseres Wort gab es dafür nicht.

Man musste nur Wagners Gesichtsausdruck während des Telefonats mit Laura beobachtet haben, um zu merken, dass es wichtig war. Darum hatte Heinz auch die drei Euro für den Kaffee auf den Tisch gelegt, um sofort aufbruchbereit zu sein.

Es war schlimmer, als er angenommen hatte. Laura war unterwegs zu der Mörderin, und die hatte ausgerechnet ihre Nichte in ihrer Gewalt.

Sie setzten sich ins Auto. Wagner fuhr los. »Caroline Mitterhofer. Steht auf deiner Liste drauf. Und auch auf meiner. Dr. Siegfried hat ihr Lorazepam verschrieben«, sagte Heinz, während er seine Brille zurechtrückte und zwischen den Zetteln hin und her blätterte.

»Nordwestbahnstraße – da waren wir doch schon«, sagte Wagner. »Der Name kommt mir auch bekannt vor. Ich weiß aber nicht, wohin ich ihn tun soll.«

»Ich schon. Caroline Mitterhofer ist die Nachbarin von Yvonne Kruger. Weißt du noch? Sie hat gemeint, sie hätte auch eine Tochter. Sarah, wenn ich mich richtig erinnere. Verdammt. Wir haben mit der Mörderin gesprochen, und es ist uns nichts an ihr aufgefallen!«

»Ja, nach Lauras Beschreibung hätte es mir einfallen müssen. Und spätestens vorhin, als die Blumenhändlerin mir gegenüber den Namen ›Sarah‹ erwähnt hat«, stimmte Wagner ihm zu.

»Geht es nicht schneller?« Das Bild, das er gerade vor Augen hatte, war schrecklich, selbst für ihn, der einiges gewohnt war. Er wollte um keinen Preis ein weiteres Baby obduzieren. Man wusste nie, was dieser kranken Frau einfallen würde, wenn sie sich bedroht fühlte. Wenn jemand ihr in den Weg trat und sie an ihrer Mission hindern wollte.

Wagners Gesichtsausdruck war grimmig, als er hervorpresste: »Ich fahre schon, so schnell ich kann. Das nächste Mal nehme ich ein Auto mit Blaulicht und Sirene.«

Caroline hatte die Windeln gewechselt und das Baby gefüttert. Ihre Befürchtungen waren ganz umsonst gewesen, keine Würmer, Maden oder sonstiges Getier in der Küche.

Sie band sich das Tragetuch um und legte Felicitas hinein. Ein wenig vermisste sie nun doch den Kinderwagen. Er hätte ihr jetzt gute Dienste geleistet. So musste sie die ganze Zeit über die Lilien in der Hand halten, während sie das Taufkleid besorgte. Das Taufkleid. Sie sah auf die Uhr. Es war allerhöchste Zeit zu gehen, sonst würden die Geschäfte schließen.

Sie holte aus dem Kinderzimmer die Lilien, tränkte eine Lage Küchenpapier mit Wasser und wickelte sie um die Stängel. Damit die Feuchtigkeit drinnen blieb, stülpte sie eine kleine Plastiktüte darüber und befestigte alles mit einem Gummiband. So würde es gehen. Die Lilien würden nicht welk und ihre Hände nicht nass werden.

Einen kurzen Moment schwankte sie. Sie könnte dieses Baby anstelle von Sarah behalten. Etwas in ihr schrie auf. Niemals. Nein. Vergiss nicht, dieses Kind ist nicht deine Tochter. Sie wartet auf dich. Am Himmel. Du hast schon einen Fehler gemacht. Einen zweiten kannst du dir nicht leisten.

Seufzend strich sie mit der freien Hand durch das Tuch über den Rücken des Babys. Dann verließ sie ihre Wohnung, ging die Treppe hinunter und trat auf die Straße. Sie war erst ein paar Schritte von ihrem Wohnhaus entfernt, als sie sich umdrehte. Es war schon Gewohnheit, dass sie sich nach Verfolgern umsah. Vorsicht walten ließ, bei allem, was sie tat.

Ein Taxi bog um die Ecke. Es fuhr langsam, als suche der Fahrer eine Hausnummer. Die Wagentür öffnete sich, und eine Frau stieg aus. Sie stürmte in Carolines Haus.

Diese Frau kenne ich, dachte Caroline. Die war im Krankenhaus, sie hat mit mir gesprochen, hat mir das Baby gezeigt. Was will sie hier? Das Baby holen? Nein, sie war nett. Sie wird mir mein Kind nicht wegnehmen. Geh weiter, mahnte sie sich zur Eile. Du musst noch ein Taufkleid kaufen.

Ach ja. Das Taufkleid. Die Geschäfte schlossen bald.

Caroline setzte sich in Bewegung.

Laura hetzte die Stufen hinauf. Unwillkürlich registrierte sie, in welch schmutzigem und desolatem Zustand sich das Treppenhaus befand, aber das Einzige, was sie interessierte, war Felicitas. Im zweiten Stockwerk angelangt, musste sie sich erst mal orientieren, denn auf den meisten Türen waren weder Nummern noch Namen angeschrieben.

Sie wollte schon irgendwo klopfen und nach Caroline Mitterhofer fragen, da las sie auf einer Tür »Kruger«. Da wohnte also Kevin? Ein Zufall? Nein, bestimmt nicht. Die Mörderin wohnte im selben Haus, womöglich Tür an Tür mit dem ersten Opfer. Und tatsächlich, gleich auf dem Eingang nebenan prangte ein Schild, auf dem Caroline Mitterhofer stand.

Laura hielt einen Moment inne. Sollte sie klopfen? Würde Caroline überhaupt öffnen? »Geh da nicht alleine rein«, hörte sie Wagner sagen. Aber Felicitas war da drinnen, und womöglich ging es um Sekunden.

Sie drückte auf die Klinke, und die Tür schwang auf. Alle ihre Sinne waren angespannt, als sie die Wohnung betrat. Es sah fürchterlich aus. Verwahrlost und schmutzig. Vom Flur gingen mehrere Türen weg. Hinter welcher war Felicitas?

Laura entschied sich, zuerst nach links zu gehen. Die erste Tür gehörte zum Badezimmer, es stank nach Erbrochenem, und Berge von Kleidungsstücken lagen verstreut am Boden. Sie lauschte, ob sie von irgendwoher ein Geräusch, ein Weinen hörte, aber es war still. Viel zu still. Bitte, lass mich nicht zu spät gekommen sein, betete sie stumm. Weiter. Sie kam in die Küche, die noch schlimmer aussah als das Badezimmer. Essensreste lagen auf dem Tisch, am Boden klebte eine rotbraune eingetrocknete Flüssigkeit, wahrscheinlich Tee. Blutspritzer waren es nicht, sie hatte schon sehr häufig getrocknetes altes Blut gesehen. Das sah anders aus. Ein zerbrochener Teller und gekochte, mittlerweile vertrocknete Nudeln lagen verstreut am Fußboden. Der Kühlschrank war offen und verströmte aus seinem Inneren einen Geruch, der ihr übel werden ließ. Diese Frau ist krank, rief sie sich in Erinnerung. Vor ihr lag das ganze Ausmaß der Krankheit. Kein normaler

Mensch konnte in solch einer Unordnung leben, das war gesundheitsschädlich.

Laura wandte sich in die andere Richtung des Flurs. Sie stieß die nächste Tür auf. Das Schlafzimmer. Ebenso unordentlich wie alles, was sie bisher gesehen hatte, die Fasern des roten Teppichs waren verklebt und verdreckt. Verflucht, wo war Caroline? Wo hatte sie Felicitas versteckt?

Die letzte Tür. Ein Kinderzimmer. Mit viel Liebe eingerichtet. »Ich habe auch eine Tochter, die ist bei ihrem Vater«, klang Carolines Stimme in ihr nach. Auch hier waren sämtliche Kleidungsstücke aus den Schränken gerissen worden, wie in großer Angst oder Eile. In der Ecke stand ein Gitterbett an der Wand. Ein Kissen und eine Decke lagen darin. Aber kein Baby. Dafür bemerkte Laura gelbe Flecken auf dem Kissenüberzug. Sie fuhr mit dem Finger darüber. Blütenstaub. Von Lilien.

Großer Gott, nein! Sie war zu spät gekommen. Caroline war weg, Felicitas vielleicht schon tot.

Denk nach, denk nach, forderte sie von sich das Unmögliche. Wie konnte sie jetzt einen klaren Gedanken fassen?

Die Windel. Eine gebrauchte Windel lag auf der Wickelkommode. Sie musste eben erst gewechselt worden sein, weil sie noch lauwarm war. Sie hatte Caroline nur um Haaresbreite verpasst. Wenn sie sich beeilte, konnte sie sie vielleicht noch einholen.

Laura sprintete los, die zwei Stockwerke hinunter, immer zwei Stufen auf einmal nehmend.

Von links war sie mit dem Taxi gekommen, sie hätte Caroline gesehen, wenn sie an ihr vorbeigegangen wäre. Also blieb nur rechts. Ein langgezogener Straßenzug, gerade. Und ganz weit hinten eine winzige Gestalt. Sie lief, so schnell sie mit ihren Schuhen und dem Rock konnte, der Person hinterher, von der sie glaubte, dass es Caroline war. Caroline, die Felicitas bei sich hatte. Sie müssen es sein. Müssen einfach.

Wagner bog schlingernd um die Ecke, und Heinz sah, wie Laura gerade aus dem Hauseingang kam, kurz stockte und dann in Fahrtrichtung zu rennen begann.

»Verflucht.« Wagner schlug mit beiden Händen auf das Lenkrad.

»Fahr hinterher«, rief Heinz.

»Ab da vorne ist eine Einbahnstraße«, antwortete Wagner. Heinz konnte nicht anders, er versetzte Wagner einen Rempler mit dem Ellbogen. »Spinnst du? Was glaubst du, wie egal mir das jetzt ist!«

Endlich gab Wagner Gas.

Caroline Mitterhofer hatte offenbar bemerkt, dass sie verfolgt wurde, denn sie begann ebenfalls zu laufen. Wo wollte sie hin? Schlagartig wurde Heinz klar, welchen Weg Caroline nun in ihrer Angst einschlug.

»Sie läuft auf die Brücke!«, rief er.

»Ich weiß, ich ruf Verstärkung.«

Wagner sprach ins Funkgerät, ordnete eine sofortige Straßensperre an, trotzdem würde es zu lange dauern.

Laura hatte Caroline in der Zwischenzeit fast erreicht, und auch sie hatte Wagner und Heinz bemerkt.

Mit einer Hand bedeutete sie ihnen, nicht näher zu kommen, die andere Hand hatte sie beschwichtigend ausgestreckt. Caroline war stehen geblieben, hielt das Baby in Händen und war bedenklich nahe am Geländer.

Laura hatte bemerkt, dass hinter ihr ein Wagen hielt, aber sie wagte es nicht, sich umzusehen und Caroline aus den Augen zu lassen. Wer immer auch gekommen war, sie hoffte, dass er bleiben würde, wo er war. Diese Frau war knapp vor dem Durchdrehen. Und sie hatte Felicitas.

Im gleichen Augenblick schrie Caroline Mitterhofer auch schon: »Nicht näher kommen, sonst lass ich das Baby fallen.«

Laura hätte gefleht, gebettelt, gelogen und betrogen, sich

vor Caroline auf den Boden geworfen, wenn es etwas genützt hätte. Doch das Einzige, was sie tun konnte, war, sie zu beruhigen.

»Es ist alles in Ordnung, es wird Ihnen nichts geschehen.«

Caroline drückte Felicitas an sich. Angsterfüllt schrie sie: »Die Monster sind da. Sie wollen mir mein Baby wegnehmen.«

Nun drehte sich Laura doch um. Wagner und Heinz stiegen aus dem Wagen. Gott sei Dank! Beschwichtigend hob sie den Arm und nickte den beiden zu, in der Hoffnung, sie würden nichts Unüberlegtes tun. Nichts überstürzen. Ihr die Chance lassen, mit Caroline zu reden. Diese Frau ist krank, rief sie sich ins Gedächtnis. Auch wenn du blind vor Sorge um Felicitas bist und sie dieser Frau am liebsten aus den Händen reißen würdest – sie ist krank. Du würdest damit das Baby gefährden. Du musst zu ihr durchdringen! Wie hieß Carolines tote Tochter noch mal? Sie hatte es doch eben noch gewusst! Das Leben ihrer Nichte hing davon ab. Denk nach! Halte sie am Reden!

»Caroline, Sie wollen dem Baby nichts tun. Sie lieben Kinder, nicht wahr?«

»Ja, Kinder sind mein ein und alles.« Erleichterung machte sich in Laura breit. Die Frau sprach mit ihr. Solange sie das tat, würde sie Felicitas nichts tun. Sie überlegte krampfhaft, in welche Richtung sie die Unterhaltung lenken sollte. Carolines Tochter. Sie brauchte den Namen. Sprich weiter!

»Wo ist Ihr Kind, Caroline?«

»Sarah? Das sagte ich doch. Bei ihrem Vater. Dort spielt sie mit den anderen Engeln, bis ich sie abholen komme.«

Ja, natürlich. Sarah.

Sie musste den Namen ins Spiel bringen.

»Aber nein, sehen Sie denn nicht? Das ist Sarah. Da ist doch Ihre kleine Tochter. Sie halten sie in Händen. Alles ist in Ordnung. Darf ich sie mir ansehen?«

Caroline starrte erstaunt auf Felicitas in ihren Armen. »Das ist Sarah? Nein, sie wartet auf mich. Ich muss sie gegen dieses Baby eintauschen.«

»Doch, sehen Sie sie an. Ist sie nicht wunderschön? Kinder, die bei Gott waren, können sich verwandeln. Sehen Sie nur, dieses Engelsgesicht kann nur Sarah gehören«, sprach Laura weiter auf die Frau ein.

Aus den Augenwinkeln bemerkte sie, dass Heinz es geschafft hatte, näher heranzukommen.

»Caroline, darf ich mir Sarah ansehen? Sie wissen doch, ich sehe mir gerne Babys an, so wie Sie. Erinnern Sie sich? Wir haben uns im Krankenhaus heute gemeinsam die Babys angeschaut.«

Laura wagte sich einen Schritt vor, und als Caroline nicht drohte, dem Kind was anzutun, ja, nicht einmal protestierte, setzte sie alles auf eine Karte und ging noch zwei Schritte vor. Nun konnte sie Caroline fast berühren. Felicitas, Tante Laura ist hier, sandte sie in Gedanken beruhigend ihrer Nichte zu.

»Sie ist wirklich wunderhübsch. Eine schöne Tochter haben Sie. Darf ich sie mal halten? Ich verspreche, dass ich auf sie aufpasse.«

»Sie haben keine Kinder, nicht wahr?«, fragte Caroline.

»Nein, leider. Ich wünsche mir aber welche. Am liebsten einen Jungen und ein Mädchen.«

Von Ferne waren die Polizeisirenen zu hören und kamen schnell näher. Auch Caroline hatte sie offenbar bemerkt, denn sie blickte sich verzweifelt um.

»Caroline, es ist alles in Ordnung«, beeilte sich Laura zu versichern. Sie durfte sie jetzt nicht verlieren. So knapp vor dem Ziel. Sie musste Carolines Aufmerksamkeit wieder auf sich lenken. »Es muss irgendwo ein Unfall passiert sein. Sie wissen doch, hier passiert ständig was. Die Leute fahren einfach viel zu unvorsichtig. Darf ich jetzt Sarah auf den Arm nehmen?«

Caroline sah Laura an, als wolle sie ihr in die Seele blicken. Ein Schaudern überkam sie. Was würde geschehen, wenn Caroline in ihrem Wahn etwas sah, das ihr nicht behagte. Wenn sie Laura nicht für würdig befand, ihr ihre vermeintliche Tochter anzuvertrauen? Bitte, gib sie mir, betete sie stumm. Gib mir Felicitas!

Anscheinend bestand sie den Test, denn Caroline reichte ihr das Kind. Es war in die Decke vom Krankenhaus gewickelt. Einen kurzen Moment setzte ihre Atmung aus. Felicitas regte sich nicht. Doch als sie die Decke zurückschlug, bewegte die Kleine ihre winzige Faust. Laura fuhr mit ihrem Finger über die Wange ihrer Nichte. Sie war warm. Warm und weich. Lebendig.

Irgendetwas musste Caroline irritiert haben, denn sie wich zurück, hatte das Geländer im Rücken. »Geben Sie mir mein Kind«, schrie sie Laura zu.

Laura schüttelte den Kopf. Nein. Nur über ihre Leiche würde sie ihre Nichte dieser Frau wiedergeben.

»Ich habe mich geirrt«, sagte sie ruhig. »Das ist nicht Sarah. Das ist meine kleine Nichte, Felicitas. Sie haben sie aus dem Krankenhaus mitgenommen, wissen Sie noch?«

»Geben Sie mir mein Kind!« Laura kam sich beinahe schäbig vor, hatte sie dieser armen kranken Frau doch eingeredet, Felicitas wäre Sarah. »Kommen Sie, lassen Sie sich von mir helfen. Ich bringe Sie ins Krankenhaus, zu Dr. Siegfried.«

»Dr. Siegfried?« Caroline drehte sich um und sah ins Wasser. Laura hatte das Gefühl, sie würde jeden Augenblick springen. Doch da wandte sie sich wieder Laura zu. »Dr. Siegfried. Ich kenne ihn. Er ist ein guter Arzt.«

»Ja, er wartet auf Sie. Er kann Ihnen helfen, Sarahs Tod zu verarbeiten.«

Im gleichen Moment, in dem sie die letzten Worte ausgesprochen hatte, wusste sie, dass sie einen Fehler begangen hatte. Caroline starrte sie und das Baby an, und bevor Laura einschreiten konnte, war sie über das Geländer geklettert.

»Nein, tun Sie das nicht«, rief Laura. Wie sollte sie Caroline davor bewahren zu springen, wenn sie doch ihre Nichte in den Armen hielt? Hilflos sah sie sich nach Heinz und Wagner um.

Caroline murmelte: »Sarah, meine kleine Sarah ist dort im Wasser. Sie wartet.« Dann ließ sie das Geländer los.

Heinz lief gleichzeitig mit Wagner in dem Moment los, als Caroline sprang. Bis zuletzt hatte er gehofft, Laura würde sie davon überzeugen können, aufzugeben. Während Wagner zu Laura stürmte, hatte er nur einen Gedanken. Ich muss sie retten. Er schwang zuerst das eine, dann das andere Bein über das Geländer und atmete tief durch. Bilder schossen ihm durch den Kopf. Er war seinem Gewissen ein Menschenleben schuldig, weil er einst gezögert hatte. Als Emilias Peiniger verletzt am Boden gelegen hatte, hätte er ihn beinahe verbluten lassen. Die Erste Hilfe, die er schließlich doch geleistet hatte, war zu spät gekommen. Dieser Gedanke würde ihn nie wieder loslassen. Doch hier würde er nicht zögern. Er sprang.

Der Aufprall raubte ihm eine Sekunde lang den Atem. Das Wasser war trüb, die Strömung stark. Heinz holte mehrmals tief Luft und tauchte unter. Kam an anderer Stelle wieder hoch, füllte seine Lunge erneut mit Sauerstoff, tauchte wieder.

Da, ein Schatten, rechts unter ihm. Die Luft wurde knapp. Zwei, drei Schwimmzüge, dann hast du sie erreicht, machte er sich Mut. Er hatte das Gefühl, sein Brustkorb würde bersten, als er den leblosen Körper ergriff und das zusätzliche Gewicht mit sich hochzog. Alles in ihm gierte nach dem lebensnotwendigen Sauerstoff. Er konnte schon die Oberfläche sehen. Mit kräftigen Beinbewegungen drückte er sich nach oben, durchbrach die Wasseroberfläche und schnappte nach Luft. Caroline Mitterhofer hing leblos in seinem Griff, während er sich und sie durch Wassertreten an der Oberfläche hielt. Vom Donauufer steuerte ein Polizeiboot auf ihn zu. In Rückenlage schleppte Heinz Caroline Mitterhofer dem Boot entgegen.

Als sie auf das Boot gehievt wurde, begann sie zu würgen und zu spucken. Sie lebte. Sie lebte, war alles, woran Heinz denken konnte, als sie zum Ufer zurückfuhren.

Die zwei Kollegen von der Wasserschutzpolizei halfen zuerst ihr und dann ihm aus dem Gefährt. Rettungssanitäter hüllten Caroline in eine wärmende Decke, und zwei uniformierte Polizisten führten sie den Weg hinauf zum Parkplatz.

Auch Heinz wurde eine Decke angeboten, die er aber dankend ablehnte. »Sie haben bestimmt Ersatzkleidung im Notarztwagen. Wenn ich mir die leihen könnte …«

Bevor er sich umzog, sah er sich nach seinem Freund um. Er hatte Laura fürsorglich seinen Arm um ihre Schultern gelegt. Wenn die nicht ein Traumpaar abgaben, wer denn sonst? Bloß mussten die beiden auch noch darauf kommen – und Heinz fürchtete, das würde noch ein weiter Weg bis dorthin sein.

Mittlerweile waren Caroline Handschellen angelegt worden. Mit gesenktem Kopf und triefenden Haaren sah sie verloren aus, als habe sie keinen Platz auf dieser Welt. Vielleicht war genau das ihr Problem. Einer der Polizisten öffnete die Fahrzeugtür und half Caroline beim Einsteigen. Der Blick, den sie ihm zuwarf, bevor die Wagentür geschlossen wurde, brannte sich in sein Gedächtnis ein. Nie wieder würde er den Vorwurf in ihren Augen vergessen können.

Wagner kam zu Heinz herübergelaufen. »Ich bring Laura mit dem Baby ins Krankenhaus zurück. Wie geht es dir? Morgen wirst du groß als Held in jeder Tageszeitung gefeiert werden!«

»Ich weiß nicht. Besonders heldenhaft fühle ich mich nicht. Nur nass. Sie wird mich dafür hassen, dass ich sie rausgeholt habe.«

»Aber du selbst wirst dich dafür nicht hassen, und das ist das Wichtigste.«

EPILOG

Einige Tage später im »Traviata«

»Heute lade ich dich ein«, sagte Heinz zu Wagner.

»Wie komme ich zu dieser Ehre? Eigentlich bin ich dir was schuldig.«

Heinz grinste. »Darauf komme ich zu gegebener Zeit zurück. Aber dein Geburtstag ist in dem ganzen Trubel untergegangen. Ich dachte mir, den könnten wir heute nachfeiern.«

»Ich feiere jedes Jahr Geburtstag, aber die kleine Felicitas hätte womöglich nicht einmal ihren ersten erlebt. Da ist mir meiner nicht so wichtig gewesen.«

»Du hättest Laura mitbringen sollen«, sagte Heinz. »Sie hat großartige Arbeit geleistet.«

»Ich hätte sie auch beinahe gefragt.«

Heinz schüttelte den Kopf. »Warum hast du es dann nicht getan?«

Wagner nippte an seinem Bier, das die Kellnerin in der Zwischenzeit gebracht hatte.

»Ach, ich weiß nicht. Dort oben auf der Brücke, da schien es mir, als wären wir uns für einen Augenblick ganz nah. Alles, was ich danach gesagt oder getan hätte, reicht an dieses Gefühl nicht heran.«

»Hast du mit ihr nun endlich gesprochen?«

»Wegen des Zeitungsartikels? Auf dem Weg ins Krankenhaus erzählte sie mir, dass sie die Informationen weitergegeben hat. Sie wollte es wieder rückgängig machen, aber dafür war es bereits zu spät. Und weißt du was? Ich bin ihr nicht einmal mehr böse.«

Heinz atmete auf. Wenigstens schien ein wesentlicher Punkt zwischen den beiden geklärt zu sein.

»Weißt du, was ich nicht verstehe? Wie konnte Caroline Mitterhofer wirklich glauben, ihre Tochter hätte mit ihr geredet? Wie soll das alles zusammenpassen? Sarah ist bei der Geburt gestorben. Ich habe schon sehr viel erlebt, aber das widerspricht jeder Logik.«

»Deiner und meiner Logik vielleicht. Aber nicht ihrer. Sie hat sich die Stimme nicht eingebildet. Für sie war sie real. Ich weiß, dass es für uns nur schwer nachzuvollziehen ist. Ach, und hier«, Heinz nahm ein Päckchen vom Sessel neben sich und überreichte es Wagner, »noch ein kleines Geschenk.«

»Was ist es?«, fragte sein Freund.

»Mach es auf.«

Wagner riss das Papier auf und schaute auf den Titel: »Schizophrenie. Ursachen – Verlauf – Therapie. Hilfen für Betroffene« von Silvano Arieti.

»Äh, danke.« Seine Begeisterung hielt sich in Grenzen, bemerkte Heinz. Deswegen erklärte er: »Du wolltest erfahren, was in ihr vorgegangen ist. Lies es, und ich hoffe, du wirst sie dann besser verstehen.«

Wagner legte das Buch zur Seite. »Das ist das zweite Geschenk, das ich zum Geburtstag bekomme.«

»So? Und welches war das erste?«

»Sonja hat mir eine Flasche mit meinem Lieblingsbier geschickt. Ich hab's noch nicht getrunken.«

Heinz nahm einen tiefen Schluck aus seinem Glas. »Wirst du es noch tun?«

»Keine Ahnung. Im Moment kann ich mich nicht dazu durchringen. Hat Bier ein Verfallsdatum?«

Heinz lachte. »Eine Zeit lang wird es schon noch haltbar sein. Aber nicht ewig.«

Dann wurde er ernst. »Mich beschäftigt die ganze Zeit

über die Frage, wie sie damit zurechtkommen wird, zu wissen, dass sie zwei Babys getötet hat.«

»Du machst dir zu viele Gedanken. Wir haben sie gefasst. Sie bekommt ihre Behandlung, und einige Mütter können wieder ruhiger schlafen.«

»Du kannst mir nicht weismachen, dass du nicht darüber nachdenkst«, warf Heinz ein. Er kannte Wagner. Der war noch nie einer gewesen, der seine Fälle einfach so abschüttelte und danach zur Tagesordnung überging.

»Du hast recht. Ich denke sogar ständig darüber nach, was schiefgelaufen ist und was es gebraucht hätte, um es erst gar nicht so weit kommen zu lassen. Wären die Morde nicht passiert, wenn Yvonne Kruger sich besser um Kevin gekümmert hätte? Oder wenn Laura Schellingers Mutter mit ihren Kindern nicht auf diesen Spielplatz gegangen wäre? Vielleicht hätte einer der Ärzte die Schizophrenie schon viel eher diagnostizieren können, und Caroline wäre nie an diesem Punkt angelangt. Du siehst, ich stelle mir eine ganze Menge Fragen, aber ich glaube nicht, dass ich auf die jemals Antworten bekomme. Ich habe mit Caroline Mitterhofer gesprochen. Sie hält mich immer noch für ein Monster, für eine Ausgeburt Satans. Das ist doch absurd. Ich habe mich bisher immer zu den Guten gezählt.«

»Ich weiß, was du meinst. Du hättest den Blick sehen sollen, den sie mir bei ihrer Festnahme zugeworfen hat! Als hätte ich ein Verbrechen an ihr begangen. Sie lebt in ihrer ganz eigenen Welt. Die Ärzte werden sie in unsere zurückführen, und das wird nicht leicht für sie werden. Vielleicht wäre es für sie wirklich besser gewesen, ich hätte sie gehen lassen. Sie wird mit ihrer Schuld leben müssen.«

»Müssen wir das nicht alle – auf die eine oder andere Weise?«

»Was meinst du damit?« Heinz war doch derjenige, der meist von Schuldgefühlen zerfressen wurde. Er hatte jetzt noch nicht verwunden, dass er Wagner aus Innsbruck zurückgeholt hatte und womöglich doch dafür verantwortlich war, dass Sonja und er sich getrennt hatten. Sogar Emilias Entführung war genau genommen ihm zuzuschreiben. Wagner, so hatte er bisher stets gedacht, kam mit solchen Dingen viel besser zurecht als er.

Sein Freund blickte ihn an. »Nun, wenn ich gleich auf Laura gehört hätte, wäre vielleicht die kleine Schellinger noch am Leben. Und dann noch die andere Geschichte: Als Lauras Vater gestorben war, habe ich alles verspielt, was sich zwischen uns noch hätte entwickeln können, indem ich ihre Trauer und ihre Betrunkenheit ausgenutzt habe. Wenn ich daran denke, komme ich mir wie ein Schuft vor. Wie soll Laura mich lieben können, wenn ich mich selbst dafür hasse?«

Heinz seufzte. »Mensch, du bist aber auch ein blinder Trottel. Es wird wirklich Zeit, dass ihr mal miteinander redet. Nicht im Labor, nicht in deinem Büro und auch nicht auf irgendwelchen Brücken. Lad sie doch in ein schickes Restaurant ein. Oder ins Kino.«

»Ich könnte ihr ein paar Blumen schicken. Mich für meine Verbohrtheit entschuldigen.«

»Ja, eine gute Idee. Ich würde vorschlagen, ein paar symbolträchtige Lilien?«, erwiderte Heinz grinsend.

Wagner warf mit der Serviette nach ihm. »Ganz sicher nicht. Ich dachte da mehr an rote Rosen.«

Heinz erhob sein Glas. Wagner tat es ihm gleich.

»Worauf wollen wir anstoßen?«, fragte sein Freund.

»Natürlich auf dich«, antwortete Heinz.

Auch wenn Wagner meinte, sein Geburtstag sei nicht wichtig, Heinz empfand es anders. Für ihn war er sehr wohl bedeutsam, denn es waren diese kleinen Dinge, die sie beide in schweren Zeiten aufrecht hielten. Ihnen die Kraft gaben, sich mit schlimmen Angelegenheiten wie Tod und Mord auseinanderzusetzen. Kleine, fast banale Dinge wie eben dieser Glückwunsch zum Geburtstag seines Freundes.

Sie waren ein Zeichen dafür, dass das Leben weiterging.

Noch ein paar Worte zu diesem Roman

Vielleicht sind Ihnen meine Figuren schon so bekannt, dass Sie meinen, jemanden oder gar sich selbst in ihnen wiederzuerkennen. Aber ich versichere Ihnen, alle Personen in diesem Buch sind Produkte meiner Phantasie.

Viele Schauplätze und Straßen finden Sie auf einem Wiener Stadtplan, doch manche werden Sie vergeblich suchen. Einige bestimmte Gebäude, wie das Krankenhaus, in dem ermittelt wird, das gerichtsmedizinische Institut und auch das Hauptkommissariat, existieren in der Realität nicht.

Schizophrenie ist eine Krankheit, die häufiger vorkommt, als man glauben möchte. Natürlich reagieren nicht alle Kranken so, wie ich es in meinem Roman beschreibe. Meist wird die Schizophrenie rechtzeitig erkannt und behandelt. Die Chancen stehen gut, mithilfe der verschriebenen Medikamente ein normales Leben zu führen.

Caroline ist ein Extrembeispiel. Dass ihre Schizophrenie trotzdem so realitätsnah wie nur irgend möglich gezeichnet wurde, habe ich Dr. Melanie Metzenthin, Fachärztin für Psychiatrie und Psychotherapie, zu verdanken. Sie sorgte nicht nur dafür, dass Caroline so reagiert, wie sie es mit ihrer Krankheit tun sollte, sondern sie »verschrieb« ihr auch stets die richtigen Medikamente. Melanie, du warst und bist mir eine unschätzbare Hilfe, und ganz besonders danke ich dir für deinen Satz mit dem Nackten, der den Verkehr regelt, den ich Heinz Martin in den Mund legen durfte.

Weiters möchte ich meinen wunderbaren Testlesern Wolfgang Schroeder, Iris Tscharf und Dorothea Böhme danken, die mir während des Schreibens zur Seite standen.

Ohne euch hätte ich das nicht so gut und auch nicht so schnell hinbekommen.

Ich danke meinem Agenten Bastian Schlück, der immer zielgenau seine Finger auf die wunden Punkte legte und mich dazu brachte, das Beste aus mir rauszuholen.

Michaela Kenklies, meine tolle Lektorin bei Piper, möchte ich ebenfalls erwähnen. Sie ist so unheimlich motivierend und zeigt so viel Begeisterung für meine Romane. Das gibt mir das Gefühl, etwas Besonderes geschaffen zu haben.

Mein Mann und meine Kinder müssen immer zurückstecken, wenn ich an meinen Romanen schreibe. Ich vertröste sie oft auf »später«, viele Ausflüge müssen sie ohne mich machen, und vor allem müssen sie mich und meine Schreiblaunen aushalten, wenn etwas nicht so läuft, wie es soll, oder ich verzweifelt bin, weil der Abgabetermin immer näher rückt. Ihr seid meine Stütze und meine Kraftquelle.

Aber ganz besonders möchte ich meinen Lesern danken. Ich habe zu meinem ersten Roman so viele tolle und manchmal auch kritische Rückmeldungen bekommen. Über jede einzelne habe ich mich gefreut.

Dieses Buch hier ist für euch!

Valentina Berger

Der Augenschneider

Psychothriller. 288 Seiten.
Piper Taschenbuch

Er schneidet ihnen bei lebendigem Leib die Augen heraus: jungen, schönen Frauen. Denn er braucht ihr Augenlicht …

Heinz Martin, Gerichtsmediziner in Wien, ist einem Serienkiller auf der Spur. Zwei Frauen hat er schon gefoltert und grausam verstümmelt. Beide Opfer waren attraktiv, schlank und hochgewachsen. Dann verschwindet auch Martins bildschöne Schwester spurlos, und kurz darauf schickt ihm der Killer eine Nachricht, die keinen Zweifel an daran lässt, was er mit ihr vorhat …

05/2528/01/L

Marina Heib

Puppenspiele

Thriller. 336 Seiten.
Piper Taschenbuch

Eine rote Narbe über dem Herzen und ein Spiegel in der Hand. Ein Serienkiller veranstaltet eine besonders grausame Inszenierung mit seinen jungen Opfern. Welche Botschaft steckt dahinter? Christian Beyer und sein Team decken ein skrupelloses Spiel um Geld und Fortschritt auf, das jetzt seinen tödlichen Tribut fordert.

»Das Blut kann einem schon in den Adern gefrieren.«
Hamburger Morgenpost

05/2572/01/R

Tanja Pleva

Gottesopfer

Thriller. 336 Seiten.
Piper Taschenbuch

Auf dem Campo dei Fiori in Rom wird eine junge Frau verbrannt wie eine Hexe. Die Tat eines Besessenen? Er schlägt wieder zu, und auch dieser Mord trägt dieselbe Handschrift. Der Täter scheint im Bann eines religiösen Wahns zu stehen. Doch seine Identität bleibt lange im Dunkeln – so lange, bis es für sein nächstes Opfer fast zu spät ist …

05/2514/01/L

Karla Schmidt

Das Kind auf der Treppe

Psychothriller. 320 Seiten.
Piper Taschenbuch

Die junge Musikerin Leni Draugur flieht aus Reykjavik vor ihrem gewalttätigen Mann. Sie weiß nicht, ob sie ihn in Notwehr getötet hat oder ob er ihr auf den Fersen ist – und welcher Gedanke der schlimmere ist … Als sie endlich spät nachts bei ihrer Halbschwester Zicky in Berlin ankommt, sitzt dort im Treppenhaus ein merkwürdig blasser, kleiner Junge allein auf den Stufen. Leni nimmt sich des geheimnisvollen Jungen an und versucht ihn zu beschützen, denn in Berlin hat das »Schulwegmonster« bereits mehrere Kinder auf bestialische Art getötet. Gleichzeitig weiß sie, dass sie vor ihrem Mann erst dann sicher sein kann, wenn er tot ist.

»Mein Thriller des Jahres. Das Ende war etwas ganz Besonderes und hat mich berührt.«
Charlotte Lyne (»Das Haus Gottes«)

05/2519/01/R